| PREMIUM LABEL. op. 003

오작교는
싫습니다

IV

오작교는 싫습니다

살오른곱등이 장편소설

PREMIUM
LABEL

CONTENTS

오작교는 싫습니다

Romance Fantasy
crescendo

주인공은 싫습니다

18

주인공은 싫습니다

축제가 끝나고 나는 약속대로 검술부 선생님의 검을 받아가기로 했다. 거의 봉사 수준의 일이었으므로 스승님은 내 행동을 높게 사 줬다. 수업이 끝나고 두꺼운 책들을 포함한 짐들을 기숙사에 푼 뒤 검술부 선생님이 계신 곳으로 갔다.

검술부 선생님은 퇴근하려고 하시는 건지, 검술복에서 평범한 정 장 차림으로 갈아입으시고 열쇠를 챙기고 있었다. 열쇠는 잘그락거 리며 선생님의 코트 주머니 속으로 들어갔다. 퇴근이 기쁜 건지 선 생님은 내가 온 것도 모르고 짐 챙기기에 바쁘셨다.

나는 정신이 없어 보이는 선생님을 바로 부르지 않고 그가 날 발 견할 여유가 생길 때까지 기다렸다. 선생님은 기다리고 있는 나를 조금 늦게 발견했다.

"슈라이나 웨스트? 뭐 물어볼 거 있나?"

사실, 그가 쓰던 검이 꼭 필요한 건 아니었다. 생각난 김에 온 것이 었다. 하지만, 그때 일을 다시 언급하자니 번거로운 것 같기도 하고,

너무 오래된 일인 것 같아 갑작스레 말하기 망설여졌다. 그러나 기왕 온 거, 받아가는 게 덜 억울할 것 같다.

"……축제에 대표로 나가면."

"아, 맞다! 검을 주기로 했었지?"

다행히 약속에 대해 아예 까먹은 건 아닌 것 같았다. 선생님은 기억났다며 박수를 한 번 치더니 다시 분주하게 자신의 책상 쪽으로 움직였다. 선생님께선 코트 주머니에 다시 손을 넣고 열쇠를 찾기 위해 잘그락거렸다. 수많은 열쇠 속에서 작은 금색 열쇠를 꺼낸 그는 특유의 경중거리는 걸음걸이로 자신의 물품 보관함 쪽으로 이동했다.

보관함을 여니 온갖 종류의 검이 진열되어 있었다. 레이피어, 망고슈, 단검 등등 온갖 종류의 검은 다 모여 있었다. 검술부 선생님께서는 하일리와 비슷한 취미를 가지신 것 같다. 검을 잡는 사람들의 공통점이랄까.

스완하덴도 딱히 검만 모으는 것 같진 않지만 무기류를 모았지? 나도 검 몇 개를 모으고 있다. 아주 예전에 드워프제 검을 손에 넣으려고 하일리와 싸운 적이 있었지. 하일리를 처음 봤을 때 나름 황태자라고 겁먹었던 것 같은데. 엄청 추억이다.

잠시 추억에 젖어 있자, 선생님께서 진열된 검들 가장 밑부분에 있는 검 하나를 꺼냈다. 검은 검게 때가 탄 흰색 천으로 감겨 있었다. 먼지가 얼마나 많은지, 그 검을 꺼낼 때 선생님은 물론 나도 연거푸 기침이 나왔다.

"자, 슈라이나 웨스트. 여기 약속한 스승님의 케케묵은 검이다."

"……정말 케케묵었네요."

나는 검을 받고 흰색 천을 풀어보며 말했다. 몇백 년은 되었다고 해도 믿을 것 같았다. 검의 형태가 거의 사라져 있었다.

"처음 샀을 때부터 그랬으니 신상이나 다름없다. 왠지 신비로워서 샀는데 신비롭기만 하고 날은 무뎌서 별로 안 좋다. 네가 알아서 갈아서 써라."

"……"

검을 만질 때마다 알 수 없는 가루가 우수수 떨어졌다. 먼지인 건지, 아니면 재료가 오래되어 떨어져 나가고 있는 건지 모르겠지만 후자에 가까운 것 같다.

"그래도, 과일은 잘 깎이니까……?"

선생님은 뒷머리를 긁으며 떫은 목소리로 대답했다. 이 없어져 가는 검을 준다는 조건으로 날 내보내려고 했다니. 선생님 이 사기꾼.

"……감사합니다. 잘 쓸게요."

"역시 너무 고물이지? 그럼 이 망고슈는 어때?"

나는 최대한 입꼬리를 끌어올리려고 노력하며 감사를 표했지만 썩은 미소가 나왔다. 선생님은 내 반응에 양심에 찔린 건지 덜덜 떨리는 손으로 나에게 신상 망고슈를 그제야 내밀었다.

"아, 그냥 이거 가져갈게요."

그의 신상 망고슈를 거절했다. 제발 가져가지 말아 달라는 검술부 선생님의 표정이 아주 장관이었다.

"슈라이나, 아주 멋진 공연이었다. 정말 대단했어."

내가 망고슈를 거절하자 검술부 선생님은 함박웃음을 지으며 내 등을 쳤다. 팡팡 소리가 나게 내 등을 친 선생님 때문에 잡은 검에 힘을 줘서 부서뜨릴 뻔했다.

"전 이만 가보겠습니다. 어서 칼같이 퇴근하세요."

선생님의 칭찬에 어설프게 웃어 보이곤 그에게 인사했다. 그리곤 몸을 돌려 조금 빠른 걸음으로 방문을 나섰다. 최대한 들뜬 티를 내지 않으려고 노력하면서. 선생님이 더 이상 시야에 보이지 않는다는 걸 확인한 나는 검을 소중하게 들고 처음엔 걸었다. 그다음엔 조금 빠르게 걸었고, 급기야 뛰기 시작했다.

내가 선생님이 아끼는 신상 망고슈를 가져가지 않은 이유는 그를 배려해서가 아니었다. 이 몇백 년이 된 것 같은 칼에서 나만 느낄 수 있는 마력을 감지했기 때문이었다. 의외로 엄청난 것을 받아버렸다.

* * *

방으로 돌아온 나는 조심스럽게 검게 때가 탄 천을 풀었다. 천을 풀자마자 철 조각과 손잡이의 부품 조각들이 떨어져 나왔다.

"으윽…… 콜록콜록."

검을 감은 천에서 아까와 같이 엄청난 먼지와 가루들이 나와 흩날렸다. 잠시 기침을 한 나는 방 안을 환기시켰다. 헤이즐이 있었더라면 이 쓰레기는 뭐냐며 방에 먼지 피우지 말고 당장 버리라고 했을 것이다. 그녀가 요새 가게 준비 때문에 바쁘다는 사실에 조금 감사하며 검을 바닥에 잠시 내려놓았다.

검은 바닥에 닿자마자 또 조각들을 떨어뜨리며 검은색의 마력을 피워 냈다. 검은색 마력은 아주 미미하게 나와 눈으로 확인하는 게 거의 불가능하지만, 어느 정도의 검은색 마력을 소유하고 있는 나는 그걸 감지하는 게 가능했다.

나는 쟁반에 녹슨 걸 없애주는 용액을 부어 그 안에 손수건을 담갔다. 소매를 걷어 올리고 자세를 잡은 나는 젖은 손수건을 쭈욱 짠 뒤 검이 더 이상 부서지지 않게 조심스레 닦았다.

검은 닦으면 닦을수록 본래의 모습을 드러냈다. 아무래도 선생님은 검을 사고 사용할 수 없다고 판단해 한 번도 닦은 적이 없는 것 같았다. 조금이라도 닦아보는 걸 시도했더라면 이 검을 나에게 그냥 넘겨줄 리가 없었다.

검이 부서지지 않게 노력하며 몇십 분을 검을 닦는 데에 소비하자, 왠지 익숙한 화려한 문양들과 그 문양에 따라 적절히 박힌 오색의 보석들이 보였다. 보석들은 대부분 검은색에 가까운 어두운 계열이었다.

나는 검에 새겨진 문양이 익숙한 이유를 알았다. 검의 손잡이 부분에 새겨진 패턴은 황실에서 자주 사용하는 것이었기 때문이었다. 검은색 마력은 얇은 실과 같다는 특징을 가지고 있는데 아무도 본 적이 없지만 마력이 사용될 때 회오리 모양을 만든다고 한다. 황실은 그 회오리 모양을 조금 변형시켜 화려한 패턴을 만들었고 그걸 황실에서 쓰는 모든 제품에 박아넣었다.

새겨진 황실 패턴들을 손으로 짚어가며 회오리 문양이 모이는 지점까지 이르렀다. 문양이 한곳으로 모이는 부분에는 한 사람의 이름이 화려한 필기체로 새겨져 있었다.

"레슬리안 오르드 이아네스……."

익숙한 이름이었다. 조금 놀라 나도 모르게 그 이름을 작게 중얼거렸다. 그 이름은 제국 역사학에서 익히 배워 알고 있었다. 레슬리안 오르드 이아네스, 제국의 초대 황제였다. 그는 비운의 황제로도 잘 알려져 있었는데, 오르드 제국의 초대 황제 레슬리안이 나라를 세운 배경에는 드래곤의 죽음이 깔려 있었다.

검술에 있어서 일인자였던 레슬리안은 드래곤의 심장을 얻으면 더욱 막강한 힘을 얻을 수 있다는 정보를 듣고 신에 가까운 존재인 드래곤에게 감히 도전했다.

그의 도전은 성공으로 끝나 드래곤의 심장과 함께 막대한 마력을 얻어 제국을 건국했지만 끝이 좋지 않았다. 드래곤이 죽기 직전에 내린 저주로 인해 그는 모든 가족과 친척, 그리고 가까운 사람을 잃었다고 한다.

건국 신화에 대한 자세한 이야기는 헤스티아가 전문이다. 헤스티아는 제국의 모든 역사를 꿰뚫고 있으니 더욱 세부적인 사실까지 읊을 수 있을 것이다.

여하튼 중요한 사실은 내가 가지고 있는 검이 그 유명한 레슬리안 황제의 것이었다는 사실이었다. 오르드 제국 건국 신화가 사실이라면, 이 검으로 블랙 드래곤을 죽인 것일까? 검에 담겨 있는 미지의 기운을 읽으며 심장이 뛰었다. 내 몸속에 있는 아직 불완전한 마력들이 검에 담겨 있는 마력에 반응해 날뛰었다. 검에 담긴 마력들이 제발 날 회수해 달라고 날뛰는 것 같았다. 나도 모르게 입술을 핥았다.

"내가 흡수할 수 있을 것 같은데……."

마력이 배열이나 패턴으로 이뤄져 있지 않았다. 즉, 그 뜻은 검에 흑마법이 걸려 있지 않고, 순수한 흑마력만이 검 속에 담겨 있다는 것이다. 심지어 안에 들어 있는 마력은 사용된 적이 없어 아주 깨끗하고 강한 느낌이었다.

내 몸속에 있는 검은 마력이 편의점의 유통기한 지난 폐기처분용

삼각김밥 느낌이라면 검 속에 담긴 마력은 하일리가 종종 나눠주는 황실 디저트 느낌이다.

나는 눈을 감고 검에 손을 올렸다. 손이 검에 닿고 마력을 건들려고 시도하자마자 검 속에 있던 마력이 기다렸다는 듯이 내 쪽에 흡수되었다. 깨끗하고 강한 마력이 소용돌이치며 내 몸속으로 들어왔다. 왠지 간질거렸지만 참을 만했다.

"……대박."

몸속에 있던 이질적인 검은 마력이 완벽히 정제되었다. 내 몸속에 있는 마력의 양은 크게 변함없었다. 다만 섞인 마력 때문에 낮아졌던 마력의 질이 높아졌다. 그 뜻은 나한텐 쓸 수 있는 일반 계열 마력과 흑 계열 마력이 동시에 존재한다는 말이었다. 내가 원하면 스스로의 마력을 이용해 언제든지 흑마법도 쓸 수 있고 일반 마법도 쓸 수 있고 응용까지 가능했다.

마력의 질이 높아지면 마법석까지 만드는 것이 가능하다. 비록 코리나 스완하덴처럼 순도 높은 마법석을 대량으로 펑펑 찍어내는 것은 불가능하지만 나도 내 마력으로 마법석을 만들 수 있었다. 그야말로 엄청난 발전이었다.

내 몸에 있는 모든 마력을 손 쪽으로 응축시켰다. 상당한 집중력을 요하는 과정이었기에 나는 차분히 숨을 고르고 몸에 힘을 풀었다. 눈을 감고 집중하자 아무것도 없던 손에 이물감이 느껴지기 시작했다. 그 이물감은 점점 커졌다가 일정한 크기에 도달했을 때엔 더 이상 커지려고 하지 않았다.

나는 손을 펴서 내 손의 이물감을 확인했다. 내가 도전할 수 없었던 부분이라고 생각했기 때문에 더욱 설레었다. 손안에는 손톱 크기의 작은 마법석이 생겨 있었다. 마법석의 전체적인 색은 다홍색이었지만 그 속에 검은색의 마력이 소용돌이 혹은 검은색 꽃처럼 휘감겨 있는 채로 굳어 있었다. 마력의 질이 높아져서 그런지 비록 마법석의 크기는 작았지만 마치 보석처럼 영롱한 빛을 가지고 있었다.

처음 만든 마법석은 왠지 쓰기보단 기념하고 싶었기에 따로 챙겨뒀다. 팔찌나 피어스 같은 걸로 만들어볼까 생각하며 마법석을 주머니에 넣었다.

"……내가 아는 흑마법은 별로 없는데."

흑마법은 잊혀진 마법이어서 서적이나 정보가 한정적이다. 내가 그동안 접한 흑마법은 저주 마법, 차원 마법. 둘밖에 없다. 저주 마법의 마법진은 그릴 수 있지만 순도와 별개로 마력이 턱도 없이 부족해 마법석을 모아 사용해야 한다. 그 때문에 지금 사용하기엔 무리가 있었다. 게다가 어디에 저주를 걸어야 할지도 모르겠다.

그리고 차원에 관한 마법은…….

"차원이라……."

흑마법의 가장 높은 단계인 차원 마법은 조금 안다. 마력의 조건이 충족되지 않을 때, 내 몸에 걸린 흑마법의 마력만 이용해 차원 마법을 써서 몸이 한 번 뒤집힌 적이 있었지. 정말 아팠고 유쾌한 경험은 아니었다.

하지만 이제는 이 흑마력이 완전히 내 것이 되었고, 순도도 굉장히 높아져서 차원 마법을 무리 없이 쓸 수 있을 것 같았다.

"해볼까?"

가벼운 마음으로 시도만 해보기로 했다. 시도만 하는 건 죄가 아니잖아? 너무 갑작스럽게 중간 단계 없이 고난도 마법을 쓰는 것에 왠지 모를 죄책감을 느꼈다.

나는 눈을 감고 예전에 내 손등에 그려졌었던 마법진을 떠올리며 허공에 가물가물한 패턴을 그렸다. 지금 안 사실이지만 그때의 마법진에는 같은 세상의 다른 차원으로 목적지가 설정되어 있었다. 손등에 그려진 그대로 마법진을 그린다면 예전에 꿈이라고 착각하고 갔던 세상으로 또 갈 것이었다. 그 때문에 능력껏 마법진을 조금 변형해서 그렸다.

"……이게 과연 될까."

나는 보고 싶은 차원으로 목적지를 변경했다. 보면 안 될 것을 몰래 보는 기분이었다. 아까보다 심장이 더욱 쿵쾅쿵쾅 뛰기 시작했다.

어느 순간부터 내가 자주 꿨던 전생의 꿈들과 원작의 내용과 비슷한 다른 세상의 꿈들이 우연이 아니라는 것을 알아차리게 되었다. 내 무의식이 만들어낸 꿈이 아니라, 누군가가 나에게 지속적으로 마법을 썼기 때문에 그동안 그런 꿈들을 꿨던 것이다.

전생에 관한 꿈을 꿀 때마다 느꼈던 아주 미약한 마법진의 기운을 떠올리며 나는 배열을 만들어 내려갔다. 그렸다가 마법진의 기운이 틀린 것 같으면 다시 지우고 처음부터 시작했다. 전생의 꿈을 꿨을 때와 비슷한 느낌이 들 때까지 반복하며 마법진을 그렸다. 몇십 번을 그리자, 나는 비슷한 느낌의 마법진을 겨우 찾을 수 있었다.

왜 굳이 전생으로 차원을 맞췄냐면, 저번에 코리 때의 사건 이후로 전생에 관한 꿈이 끊겼기 때문이었다. 오래된 관계들을 다시 볼 수 없자 굉장히 그리워졌다. 그냥 그리울 뿐이었다. 시험 삼아 흑마법 연습 겸 익숙한 얼굴들을 볼 수 있다면 즐거울 것이다.

나는 지금 시간대로 그쪽 차원의 상황을 보려다 일반 마법을 응용해 시간을 돌렸다. 최대한 시간대도 내가 알고 있는 그 시간대로 맞췄다. 내가 죽었을 때의 그쪽 상황은 보기 싫어서 대충 그 전으로 돌려놓았다. 나는 심호흡을 하며 마법진을 완성시켜 내 손목 부근에 그 마법진을 씌웠다.

[예안 누나!]

[언니이!]

마법진을 실행하자마자 다른 차원에 있는 아이들의 영상이 머릿속에 흘러들어 왔다. 익숙한 아이들의 모습 사이로 이젠 어색한 내 예전 얼굴이 보인다. 꿈을 꾸지 않게 된 이후로 오랜만에 보는 그리운 사람들이었다. 나는 나도 모르게 헛숨을 들이켰다.

* * *

입을 계속 벌린 채로 생각에 깊이 잠겨 있다가 몸을 움직이는 것조차 잊고 있었다. 몸이 저릴 법도 하지만 나는 그 자세 그대로 가만히 숨만 쉬고 있었다.

눈을 아주 간간이 깜박였다. 눈 안쪽이 먹먹해졌지만 이상하리만치 눈물은 나오지 않았다. 뻑뻑하게 느껴지는 눈동자는 허공의 한 지점을 뚫어져라 응시했다. 시선 끝에 무언가가 있어서 응시한 것이 아니었다. 시선을 둔 곳에는 그저 마른 화분 하나만이 있을 뿐이었다.

저번에 본 그 장면이 계속 머릿속에서 반복되고 반복된다. 수없이 곱씹고 곱씹었다. 과거의 환상에 나는 단단히 사로잡히고 말았다. 연습 삼아 흑마법을 시전한 뒤부터 계속 옛 생각을 떨쳐버릴 수가 없었다. 너무도 그립고 그리운 사람들.

전생의 기억은 나에게 있어서 계속 생각하고 싶을 만큼 즐거운 기억은 아니었다. 오히려 반대라면 모를까. 스스로의 미래조차 막막한데 동생들의 미래까지 책임을 지기로 다짐했었던 난 온갖 고생이란 고생은 다 했다. 손이 부르틀 때까지 설거지를 했고, 추운 날에 잘 올라가지도 않는 입꼬리를 올리며 손님을 맞았으며, 그럼에도 불어가는 빚과 보이지 않는 것 같은 희망에 혼자 입술을 뜯었다. 내가 사서 고생을 하기로 다짐한 이유는 동생들 때문이었고 반대로 부모님이 모두 죽고 내가 그나마 힘을 내며 살아갈 수 있었던 이유도 동생들이었다.

살아가는 것은 고문이었다. 내일은 무슨 나쁜 일이 터질까 불안해 뜬눈으로 밤을 새우기도 했다. 차라리 모든 걸 다 포기하고 이기적으로도 살아보고 싶었다.

내 또래 애들은 굉장히 자유롭고 행복해 보이는데 나만 불행한 것 같았다. 그게 아니라는 걸 내심 알고 있으면서도 굉장히 힘들었다. 그래도 나는 절대로 내 가족들을 버릴 수가 없었다. 가족을 떠나서 하나같이 너무도 사랑스러운 이들이었다. 미울 때도 있지만 이쁠 때가 더욱 많았다.

흑마법으로 그 차원의 기억을 하염없이 돌리고 돌려보았다. 채소를 골라 먹다가 들키면 내 입에 자기 채소를 넣던 귀여운 막냇동생. 막냇동생 세미와 아침마다 고물 텔레비전에서 나오는 곰돌이의 키 쑥쑥 율동을 따라 했었지.

자신은 다 컸다며 바쁜 나를 위해 요리를 시도하지만 언제나 태워 먹는 셋째 예환. 아, 결국 많이 태워 먹다가 나중에는 정말 맛있는 오므라이스를 성공했다. 그러나 기뻐서 접시를 들고 나에게 뛰어오다가 결국 첫 성공 요리를 뒤엎고 말았었다.

그리고 세유. 세유는 원래부터 좀 호전적이고 싸우는 것을 무척 좋아해서 사람들 사이에서 문제아로 입방아에 올랐지만 사실 까보면 개구쟁이에 참 밝고, 성실하고, 똑똑한 아이였다. 그러나 부모님이 돌아가시고 불량해지고 말았지. 아니, 정확히는 내가 학교도 뭐고 다 그만두고 나서 아침부터 새벽까지 일하기 시작할 때부터 비뚤어졌다. 그놈의 쌈박질도 시작하고 매일 밤늦게 들어오고 여러모로 냉랭해졌었지.

하일리를 자꾸 남동생같이 생각하게 되는 이유가 바로 세유 때문이었다. 하일리가 검은색 머리카락을 가지고 있어서 더욱 그에게 이입하기 쉬웠다. 물론 외모가 비슷한 건 아니었다. 엄연히 소설 남자 주인공인 하일리 쪽이 훨씬 더 잘생겼다.

세유가 하일리보다 호전적인 것 같고. 그러나 하일리의 한심하고 귀여운 점이 세유가 변하기 전의 모습과 많이 닮아 나도 모르게 겹쳐보는 것 같다. 자기 스스로에 대한 욕심이 있고 발전하려는 모습도 많이 닮았고. 실력에 대한 겸손함도 비슷하다. 그런 하일리와 자주 다녀서 그런지 계속 과거를 떨어뜨릴 수가 없었다.

흑마법을 써서 과거를 확인하는 게 가능해지자 말할 필요도 없이 더욱 꽉 쥐게 되었다. 다리를 달달 떨며 오늘 수업이 모두 끝나기만을 손꼽아 기다렸다. 무의식적으로 시계를 자꾸만 확인하게 된다. 수업이 끝나자마자 방으로 달려가 마법으로 또 그때의 기억을 꺼내볼 것이다. 분명 어젯밤에 '전생의 기억은 이제 더 이상 의미 없으니 그만 봐야지', 수도 없이 다짐했는데 이미 마음은 보는 쪽으로 결정이 나 있다.

절대로 전생으로 돌아가고 싶지는 않다. 그러나 잊기에는 너무 강렬했던 순간이었다. 내가 버린 책임들이 거기에 남아 있었다. 내 미련이 거기에 남아 있었다. 슬픔과 고통, 몸부림이 거기에 남아 있었다. 풀지 못한 내 욕구와 바람들이 그곳에 뭉쳐 있었다.

그냥 놓을 수가 없었다.

"슈슈, 슈슈?"

"아, 어. 왜?"

입을 벌린 채로 멍하니 생각에 잠겨 있다가 헤스티아의 목소리에 나는 겨우 정신을 차렸다.

"요새 왜 이렇게 멍하니 있어……?"

사실 아까부터 헤스티아는 내 옆에 앉아 재잘거리고 있었지만 나는 어느 순간부터 그 대화의 중심을 놓치고 말았다. 과거 생각이 또 튀어나왔기 때문인 것 같다. 수업 시간이 끝나 잠시 생긴 쉬는 시간 사이, 헤스티아가 대화를 시작했지만 계속 답해주지 못했다.

"멍 안 때렸어. 검사는 무턱대고 안 때려."

미안해서 이윽고 대답했지만 떨떠름했다.

"요새 무슨 일 있어? 굉장히 우울해 보여, 슈슈."

"없는데."

"……거짓말."

"우울한 것보다 요새 잠을 못 자서 졸리긴 해."

정돈하지 못해 흐트러진 앞머리를 귀 옆으로 넘겨준 헤스티아는 걱정스러운 표정으로 물어보았다. 헤스티아의 걱정이 고마웠고 미안했지만 어색한 웃음이 나올 뿐이었다.

"……난 먼저 가볼게."

어제는 막냇동생과 함께 〈스폰지밥〉을 봤고, 싱긋거리며 웃는 동생의 얼굴을 한참 바라보다 잠이 들었던 것 같다. 빨리 수업을 끝내고 기숙사로 돌아가고 싶었기에 나는 먼저 자리에서 일어났다.

헤스티아와 같이 가면 좋겠지만 다음 수업은 그녀와 달랐다. 나는 옷자락을 붙잡은 헤스티아의 머리카락을 몇 번 톡톡 쓰다듬어주고 힘없이 걸었다. 과거의 기억을 꺼내 보면 볼수록 어깨가 무거워졌다.

"슈슈……!"

뒤에서 헤스티아가 부르는 목소리가 들려왔지만 입을 열어 대답할 기분이 아니었다. 헤스티아는 최근 어두워진 내 분위기를 걱정하는 것 같았다. 그녀에게 최대한 입꼬리를 올려 웃어 보였지만 내 웃음이 잘 전달되었는지는 미지수다.

* * *

너무 많이 그려 이제 눈을 감고도 그릴 수 있는 흑마법 차원 마법진을 허공에 새겨 내 손등에 입혔다.

[디멘션]

"405, 294, 248."

마법진에 마력을 부어 넣으며 시동어를 읊었다. 저 먼 차원의 보고 싶은 장소, 시간, 상황의 수를 정확히 명시해 줬다. 저번에 마법을 시전하다가 오류가 나서 장소 궤도가 아프리카의 한 초원으로 맞춰지는 바람에 다큐멘터리를 봤었지. 그 이후로 정확하게 마법진과 시동어를 맞추려고 노력했다.

마법이 정상적으로 시동되자, 이어 익숙해진 과거의 내 얼굴이 뇌

속에서 상영되었다. 익숙한 눈물점과 검은 머리, 검은 눈동자. 익숙한 나였다. 한예안이다, 한예안. 몇 번을 보아도 신기할 뿐이다.

제삼자의 입장에서 바라본 과거의 내 모습은 참 정신이 없어 보였다. 머리는 빗지 못해 언제나 산발에, 잠이 부족해 눈이 매우 퀭했다. 몰입할 프로젝트가 생겼을 때의 코리 모습과 흡사하다.

과거의 나, 한예안은 하품을 진득하게 많이 했다. 분명 병원이나 식당 같은 곳에서 잔뜩 챙겨온 공짜 믹스 커피를 타 마시며 억지로 잠을 쫓았기 때문일 것이다.

"한세미, 일어나. 어서 학교 가야지."

자고 있는 동생의 머리카락을 쓰다듬으며 조심스레 말하자, 세미는 그저 이불 속에서 뒤척이기만 했다. 생기가 돌고 있는 작은 입을 비죽 내밀며 좀 더 자고 싶다고 칭얼거렸다. 내 다리를 껴안으며 "언니 5분만……." 하고 칭얼거리는 세미는 충분히 귀여웠다. 지금 보아도 참 귀엽다.

귀여워도 학교는 제시간에 가야 했기에 나는 세미의 이불을 개서 집어넣고 불을 켰었다. 언제나 세미는 이불을 개고 불을 켜야만 일어났지. 드디어 누웠던 몸을 일으킨 세미였지만 졸린 건지 옷을 갈아입다가 또 졸기 시작했다. 사실 그날은 평소보다 더 일찍 깨웠기에 그냥 졸게 내버려 두었었다. 저러다가 밥 냄새가 나면 일어났고.

과거의 나는 누군가를 찾는지 고개를 왼쪽에서 오른쪽으로 돌리다가 곧 찾는 얼굴이 보이지 않자 한숨을 깊게 쉬었다. 나는 저 때의 내가 누굴 찾고 있는지 알고 있었다. 분명 세유겠지.

"바빠도 밥이라도 먹고 가지."

세유가 개어 놓고 간 이부자리를 괜히 가볍게 툭툭 찬 나는 다시 흐트러진 이불을 정리했다. 당시의 세유는 저녁 늦게 돌아오고 아침 일찍, 모두가 잘 때 나갔다. 나는 이때 세유가 그저 이 집구석이 싫어 그러는 거라고 생각했었던 것 같다. 같이 이야기를 하고 싶어도 언제나 나를 피하기 급급했던 세유다.

여튼 과거의 나는 여러 이유로 세유에게 참 속상했던 게 많았었지. 뇌 속 영상의 내 얼굴은 세유의 자리를 바라보며 그렇게 밝은 표정을 짓고 있진 않았다. 남이 봤을 때는 그저 멍한 표정이지만, 한때 나였기에 알 수 있었다. 과거의 나는 심통이 나 있었다.

세유의 자리를 멀거니 바라보다 탄 냄새가 났기에 나는 머리카락을 대충 묶어 올리며 예환이 서 있는 곳으로 향했다.

"검은 부분은 먹지 말랬지."

나는 탄 식빵으로 추정되는 검은색 덩어리를 태연하게 먹으려고 하는 예환의 머리카락을 쓰다듬으며 탄 부분을 칼로 능숙하게 벗겨 내 주었다.

"누나도 학교 가야지. 나 다 커서 이제 혼자 밥 해먹을 수 있어! 세미도 밥 먹여서 보낼 테니까, 걱정 말고 먼저 가!"

예환이는 씩씩하게 말했다. 요리를 언제나 망치는 예환이었지만 나는 그에게 아침 차리는 걸 그만하라고 말하지 않았던 것 같다. 일단 가족들에게 음식을 해주고 싶다는 마음이 대견해서가 첫 번째 이유였고, 도움이 된다는 것 자체에 큰 만족감과 자부심을 느끼고 있었는데 굳이 꺾고 싶지 않다는 게 두 번째 이유였다. 게다가 굉장히 즐거워 보였고.

처음엔 어린애가 불과 칼을 잡는 게 위험해 보여 말리고 싶었지만 정말 나나 세유, 세미를 위해 음식을 만들고 싶어 하기에 차마 말리지 못했다. 그만하라고 무작정 말하기보단 요리하다가 다치지 않게 불 사용법과 칼 사용법을 제대로 알려주니 태우는 것 빼고는 정말 척척 알아서 잘했다. 불 조절에는 아직 능숙하지 않은 것 같지만.

막냇동생은 태운 걸 먹이면 안 됐으므로 세미의 음식은 내가 했다. 예환을 도와 세미의 아침까지 준비하자, 세미는 식탁 쪽으로 기어 나왔다. 눈곱을 손으로 대충 떼어낸 우리 세미는 예환이의 곱슬거리는 검은 머리카락 위에 머리를 기대고 또 졸았다. 그러다가 나를 발견하더니 내 쪽으로 기어와 숟가락을 집었다.

밥을 먹고 있는 어린 동생들 옆에 앉아 내 학교 가방을 챙기고 있자니, 갑자기 화장실에서 누군가가 나와 출입문 쪽으로 빠르게 걸어갔다. 집 밖으로 빠르게 나가려고 하는 사람은 다름이 아닌 세유였다. 세유는 감기 걸린 것도 아니면서 마스크로 얼굴의 반은 가리고 있었다. 과거의 나, 예안은 그런 세유를 성급히 붙잡았다.

"한세유, 너! 잠시만."

자리에서 벌떡 일어나, 나가려는 세유를 막자 그가 눈썹을 찡그렸다. 세유에게 다가가자, 세유는 고개를 푸욱 숙이며 언성을 높였다.

"신경 쓰지 말라고 했잖아!"

"그게 아니라, 나갈 때 음식물 쓰레기 들고 가라고."

"……."

과민 반응하는 세유의 손에 음식물 쓰레기 봉투를 쥐여주자, 그는 그저 헛웃음을 지었다. 마스크로 자신의 얼굴을 더욱 꼼꼼히 가린 세유는 음식물이 든 봉투를 들고 빠른 걸음으로 방문을 나서려고 했다. 세유는 이때 내가 자신이나 동생 챙겨주는 걸 극도로 싫어했다.

영상 속의 나는 집을 나서려는 세유를 걱정이 가득한 눈으로 바라

보고 있었다. 잠시 머뭇거린 나는, 곧 입을 열어 쌀쌀맞아진 동생의
이름을 불렀다.

"한세유."

"……."

이름을 부르자 세유는 현관문을 열다가 고개를 돌려 나를 쳐다보
았다. 영상 속의 나는 무언가를 말하기 굉장히 망설이고 있었다. 내
가 저 때 무슨 생각을 하고 있었는지는 대충 안다. "집에 좀 일찍 들
어와라, 혹시 싸움하고 다니냐." 등등 잔소리를 해야 하나 말아야 하
나 고민하고 있는 중일 것이다.

잠시 고민하며 침묵을 유지한 나는 오래 지나지 않아 입을 열었다.

"믿으니까 네 생활에 참견은 안 할 거야."

마스크와 길게 내린 그의 앞머리 때문에 세유의 얼굴이 가려져 그
가 어떤 표정을 짓고 있는지는 알 수 없었다. 그러나 계속 내 쪽을
보고 있는 걸 보니 내 말을 듣고 있긴 한 것 같다.

"어디 계속 그렇게 쌈박질해 봐. 또 신뢰를 깨면 진득하게 집착해
줄 테니까."

그렇게 말한 나는 한세유에게 연고를 하나 던졌다. 가방을 뒤져
파스도 몇 개 던져줬다. 세유는 가만히 날아오는 파스와 연고를 잡
지 못해 가만히 맞았다. 걱정이 어린 분노를 담아 던진 거라 가방에
맞은 물건들이 퍽 찰진 소리를 냈다.

세유는 내가 던진 약들을 한번 바라보더니 주머니에 넣었다. 나를
힐끔 쳐다보고 말없이 나간 세유였다. 예전 같았더라면 "으아아! 학
교 극혐!"이라고 투덜거리며 쾌활하게 집을 나섰을 텐데 말이다.

세유가 나간 자리를 보고 있자니, 무심코 집의 구석에 놓여 있는

먼지가 쌓인 한 박스가 눈에 들어왔다. 세유가 몇 년째 손도 대지 않고 있는 아두이노 부품 상자였다.

나를 계기로 세유가 공학에 관심을 가졌던 것 같다. 냉장고나 티비 수리 비용이 엄청나기에 내가 수리하는 방법을 모색했을 때 세유가 자기도 힘이 될 거라며 같이 공부했었다.

어렸을 때 같이 머리를 싸매고 티비 리모컨을 고치려 했던 때가 그리웠다. 세유가 이쪽에 관심이 있어 하는 날 위해 전공을 정하고 열심히 공부하자, 나도 가족에게 자꾸 벽을 치는 세유와 가까워지기 위해 더욱 열심히 공부했다. 잡지도 보고 책도 읽고 무료 강의도 듣고. 서로 그렇게 모르는 사실과 새로 안 사실을 공유하며 같이 배웠었다.

그러나 내가 알바를 뛰기 시작한 이후로부터 아두이노든, 프로그래밍이든, 학교 공부든, 그냥 모든 것에서 손을 떼어버리고 말았다. 방황, 방황 괜찮다. 위기 후에는 방황이 있고 방황 끝에는 성장이 있으니까 말이다. 지금 세유가 방황하는 시기가 대학을 준비해야 하는 시기여서 참 좋지 않긴 한데, 나중에 공대 한 곳도 못 쓰게 되어 울면서 후회해 봐야 정신 차릴 것이다.

"그건 지가 책임져야지, 뭐."

그렇게 중얼거린 예전의 나였지만 얼굴에는 씁쓸한 감정이 떠올라 있었다. 그리고 그런 내 표정을 바라보고 있는 현재의 내 표정도 그렇게 밝지는 않은 것 같다.

애들을 일찌감치 모두 학교로 보낸 나는 애들이 먹다가 남긴 음식들로 대충 아침을 때우고 집을 나섰다. 전액 장학금을 받고 대학에 갈 예정이라 알바 때문에 학교 공부를 소홀히 하지 않았다. 대신 학교 끝나고 아주 밤늦게까지 일했다. 예전엔 새벽에 나가는 알바도 뛰었지만 동생들이 내 몸을 너무 걱정하기에 몇 개는 줄인 상태였다. 아침 알바는 나가지 않는 대신에 그때 학교 공부를 집중해서 했던 것 같다.

점심을 굶고 부족한 잠을 보충하고 있는 내 모습을 보며 괜히 그때의 감정에 이입이 되었다. 학교에선 친구 한 명 없어 나는 언제나 혼자 구석에 앉아 있었다. 점심시간에도, 쉬는 시간에도 말이다. 시간만 나면 공책을 펴고 알바비와 생활비, 그리고 이자 갚는 돈을 계산하는 나를 바라보았다. 하교 후에 행사장 알바를 뛰고, 편의점 알바를 뛰고, 편의점 알바를 하는 와중에 휴대폰으로 광고하는 알바를 뛰는 내 모습을 바라보았다.

틈새 시간에는 계속 공부하고 있다. 내 인생을 아예 내려놓고 있지는 않았다. 지금은 돈 버는 것에 집중하고 있지만 혹시 미래에 내가 하고 싶은 게 생긴다면 바로 뛰어들 수 있게 틈틈이 기본 공부를 했다.

세면대에 영어 단어들을 덕지덕지 붙여놓고 잠을 자는 곳 벽 쪽과 천장에도 외워야 할 거나 알아두면 좋은 상식들을 정리해서 붙여놓았다. 정말 쉴 새 없이 공부하고 뛰고 움직였다. 지금 기억을 되짚어봐도 참 힘든 시간이었다. 매일매일 숨 막힐 정도로 바쁜 날들이 일상이 되었다고 해서 괜찮은 건 아니었으니까.

하루의 피곤함이 내일의 피곤함이 되고 누적된 게 또 누적이 되어 나는 바닥을 기어 다녔다. 그런 기분이었다. 그래도 차라리 그게 나았다. 부모님이 돌아가셨다는 사실을 잊기 위해 책임감의 무게를 높여 스스로 세뇌했다. 절대 투정 부리지 않았다. 받아줄 사람도 없었고. 열심히는 하지만 잘하고 있는 것 같지는 않았다. 더더욱 나아진 건 없었고.

소리 지르고 싶었지만 숨죽였다.

아주 조용히.

아주.

…….

* * *

흑마법을 통해 전생의 기억을 보다가 그만 잠이 든 것 같다.

잠에서 깨어 눈을 뜬 나는 땀을 뻘뻘 흘리고 있었다. 온갖 인상을 쓴 채로 깨어났는데 좋은 기분은 아니었다. 검술 수업이 끝나자마자 벤치에 앉아 마법을 썼기에 잠들었던 장소도 벤치였다. 깊은 한숨을 내쉬며 하늘을 올려다봤는데 왠지 옆에서 시원한 바람이 불어와 고개를 돌렸다. 인조적인 작은 바람이었기에 그저 의아했다.

"많이 더운가? 왜 이런 곳에서 자고 있나."

웬 바람인가 싶었더니 하일리가 자신의 수업 폴더로 내 쪽에 부채질하고 있었다. 땀이 흥건했지만 하일리의 부채질 능력 덕분인지 빠르게 식고 있었다.

이제 막 자신의 오전 수업이 끝난 건지 하일리는 학교 가방을 들고 있었다. 하일리는 잠에서 막 깬 나와 눈이 마주치자 눈을 동그랗게 뜨더니 맑게 이를 보이며 웃었다. 개구진 웃음이었다.

"그만 자고 슬슬 오후 수업에 가야 하지 않나? 거참 느긋하다."

내 쪽으로 부채질을 하고 있지만 그에게도 바람이 불어 검은 앞머리가 바람에 따라 뒤로 넘겨졌다.

그저 멀거니 하일리를 쳐다보고 있자, 하일리가 잠 깨라며 바람의 강도를 좀 더 높였다. 집중하는 건지 입술을 살짝 물며 온 힘을 다해 부채질하는 하일리를 뚫어져라 쳐다보았다.

그의 강풍 덕분에 앞머리와 옆머리가 산발이 되어 얼굴을 덮었다. 하일리는 내 꼴이 웃긴 건지 내 얼굴을 보며 낄낄거렸다.

"이얏, 얍."

하일리는 각도와 방향을 정신없이 바꿔가며 부채질했다. 얼굴에 달라붙은 머리카락을 자신의 손으로 치워주기도 하고 다시 산발로 만들었다. 그가 너무 격렬하게 부채질을 해서 그런지 폴더 안의 내용물이 바람 때문에 빠져나오려고 할 때마다 하일리는 눈을 가늘게 뜨며 종이를 다시 집어넣었다.

"!"

땀을 뻘뻘 흘리며 자고 있던 나에게 장난스레 부채질을 하던 하일리가 돌연 놀란 표정을 지었다.

"왜……."

하일리는 부채질을 멈추었다. 산발이 되어버린 내 머리카락을 정리해 주며 더욱 눈을 동그랗게 떴다.

"왜 우나."

그의 말에 나는 내가 어느 순간부터 눈물을 흘리고 있었다는 사실을 깨달았다. 몰랐는데 나는 울고 있었다.

"무슨 일이야."

내 옆에 앉은 하일리는 옆구리에 끼고 있던 자신의 가방을 옆에 내려놓으며 내 얼굴을 양손으로 잡았다. 진지한 표정을 지으며 인상을 쓴 하일리였다. 무슨 일이냐고 묻는 하일리에 나는 당혹스러울 수밖에 없었다. 무슨 일인지 내가 알고 싶었다.

잠에서 깨어나자마자 터진 눈물은 한참 멈출 생각을 하지 않았다. 이젠 아무 일도 아닌데 우는 게 너무 한심하고 새삼스러워 이를 악물지만 눈물은 꾸역꾸역 기어코 나온다. 머리카락을 잡아 눈 쪽에 가져다 대어 얼굴을 가렸다. 다행히 우는 소리는 나지 않았다. 눈물은 계속 났기에 훌쩍임은 있었지만 큰 울음소리는 없었다.

왜 갑자기 감성이 풍부해졌는지 모른다. 힘든 건 전생의 나일 텐데 슬프고 괴로워 우는 건 나였다.

하일리는 의외로 조용히 옆에 있어 줬다. 눈물이 제대로 터진 이후로 "무슨 일이야.", "괜찮아?", "울지마." 같은 상투적인 위로의 말 없이 조용하게 내 옆에 앉아 울고 있는 나를 바라보지 않으려고 했다.

잦은 훌쩍임은 곧 줄어들었고 나는 곧 굉장히 부끄러워졌다. 양손으로 얼굴을 가렸던 나는 조심스레 얼굴에 붙은 머리카락을 떼어내며 입을 열었다.

"부채질 때문에 눈에 먼지가 들어가서."

눈을 비비며 먼지를 떼어낸 척한 나는 겸사겸사 눈물도 닦아냈다. 하일리는 능청스럽게 내 말에 태연히 맞장구 쳐줬다.

"아, 바람이 그렇게 셌나?"

"엄청. 처음에 눈물이 수평 방향으로 움직였어요."

"뭣하면 부채질의 강도를 높여 눈 안에 있는 먼지 날려 보내줄까? 아직도 먼지 안 빠진 것 같다."

왠지 부끄럽게 느껴지는 눈물을 빠르게 닦아내니 하일리가 수업 파일을 들고 그 안에 자신의 기를 집어넣었다. 얼마나 세게 부채질하려기에 기까지 넣는 거야.

"이보다 더 세게 부채질하면 먼지보다 눈알 그 자체가 날아갈 것 같은데요."

"그래도 먼지는 빠지지 않나."

"야."

"미안."

하일리는 수업 파일을 가방에 집어넣으며 다행히도 행동을 삼갔다. 부채질을 그만둔 하일리는 자신의 무릎에 팔꿈치를 올려놓으며 몸을 살짝 수그리다가 고개를 돌려 내 쪽을 바라보았다. 무게 중심이 앞으로 좀 쏠려 있어 그의 새카만 머리카락도 앞쪽으로 사락거리며 움직였다.

나를 보다가 잠시 손을 들어 앞머리를 매만진 하일리는 곧 그 상태로 자신의 머리카락을 거칠게 헤집었다. 조금 앓는 소리를 낸 것 같기도 하다.

"슈라이나 웨스트."

"네."

"기억해?"

그의 말에 나는 고개를 살짝 갸웃거렸다. 하일리가 볼을 살짝 긁적였다. 앞머리 끝을 만지작거리는 걸 보니 부끄러운 듯 보였다.

"잘난 척하다가 너에게 깨진 적도 있고, 수치스러운 대사를 내뱉다가 들킨 적도 있잖아."

"기억하죠."

"반대로 나는 네가 노래 부르다가 삑사리 난 것도 들었고 키 크려고 발악하다가 발목 삔 것도 봤다."

그의 입에서 자신의 수치와 내 수치가 하나둘씩 읊어지자 나는 헛웃음만 지으며 고개를 끄덕였다. 아무렴 다 기억한다.

"네 앞에서 질질 짠 것도 기억하나?"

카라딜이 아팠을 때를 이야기하는 것이다. 가볍게 이야기하고 있지만 심각한 상황이었기에 나는 표정을 살짝 굳히고 고개를 끄덕였다. 하일리는 내가 고개를 끄덕이자 내 머리에 자신의 손을 올려놓고 앞을 바라보았다.

"서로 수도 없이 본 '부끄러운 일' 중에 우는 거 하나 추가되는 것뿐이다."

"……."

"너랑 나랑 똑같이 못나게 우니까, 마음대로 울어도 된다."

하일리는 그렇게 말하며 가방에서 점심으로 나온 우유를 꺼내 나에게 건넸다. 황태자가 우유를 챙겨 가방에 넣고 다닌다니…… 거참 알뜰하다. 저번에 그가 힘들어서 울었을 때 내가 물을 건넸던 것이 불현듯 떠올랐다.

"아무것도 안 물어보고 구경만 해줄 테니까 말이다."

장난스러운 미소를 지은 하일리를 바라보며 나도 마주 미소를 지었다. 썩은 미소였지만.

얄미우면서도 진심을 담은 듯한 그의 진지한 말에 나는 재차 웃음이 나왔다.

"먼지 때문에 나온 눈물이라니까요."

하일리는 내 변명에 작게 웃으며 등을 가볍게 두들겼다. 그의 웃는 모습에 누군가가 겹쳐 보였다. 다시금 향수가 저 밑에서 치고 올라왔고, 또 눈물이 쏟아져 나왔다.

더욱더 서럽게, 그러나 조용히 울기 시작한 나를 바라보던 그는 꽤 안절부절못한 표정이었다. 그는 망설이다 위로 어린 손길로 나를 조심스럽게 껴안아 줬다. 어색한 건지 등을 구부리고 나와 너무 가깝게 닿지 않으려고 했다. 등에 닿는 손이 따뜻했다.

순간 하일리와 이러는 게 어색해 잠시 눈물이 멈췄지만, 곧 그의 어깨에 얼굴을 묻고 동생들을 떠올렸다.

* * *

하일리와 그 뒤로 시시콜콜한 일상 이야기를 나누었다. 기분을 전환하려는 용도였다. 드워프제 검 이야기에서부터 거의 없어진 종족이라 할 수 있는 엘프제 검 이야기까지. 기타 등등 이야기를 나누다가 어느새 아우그란 산 토벌 이야기가 나왔는데, 그린반 한 남학생의 멍청한 토벌 실화를 풀던 하일리가 깜짝 놀란 표정을 지으며 화제를 돌렸다.

"아우그란 산 이야기가 나와서 하는 말인데, 완전 까먹고 있었다."

하일리는 그렇게 말하며 가방에 손을 넣고 뒤적였다. 그는 자신의 두꺼운 마법 교과서를 페이지 1부터 끝까지 빠르게 펴다가 그 사이에 끼어 있는 한 쪽지를 꺼냈다. 쪽지인 줄 알았으나 접은 걸 펼치니 책의 찢어진 한 페이지였다. 깔끔하게 찢어진 페이지를 펴서 준 하일리는 나에게 그것을 쥐여줬다.

"예전에 네가 아플 때 아우그란 산 뒤지다가 찾은 거다. 무슨 상형 문자 같은데 난 도저히 읽을 수가 없어서 말이지. 마법에 관한 언어이면 네가 알 것 같아 가져와 봤다."

나는 하일리가 준 찢어진 페이지 조각을 받고 인상을 찌푸렸다. 이 쪽지가 뭐? 마법에 관한 언어? 마법에 관한 언어는 딱히 존재하지 않는 걸로 알고 있는데.

종이를 펼쳐본 나는 또 인상을 썼다. 마법에 관한 언어는 아니지만 왠지 익숙한 문자 같은데 읽을 수가 없었다. 하일리에게 네가 못 읽는 상형문자를 내가 어떻게 아느냐고 말해보았지만, 이상하리만치 너무 글자가 익숙했다. 혹시나 해서 거꾸로 돌려 읽는 걸 시도해봤더니 너무도 술술 읽혔다.

"······!"

헤스티아는 산에 올라갔다. 뒤는 보려고 하지 않았다. 모든 것이 불바다일 게 뻔하기 때문이었다. 내딛는 한 발자국, 한 발자국이 무겁기 그지없지만 기어코 앞으로 나가려 했다.

피로 물들인 것 같은 짙붉은 하늘을 가득 채운 건 검은색의 날아다니는 마물들이었다.

위와 같이 땅에서도 짙붉은 붉은색이 모든 걸 집어삼키고 있었다. 아카데미도, 황궁도, 수도도, 모두. 피로, 불로, 혼돈으로. 실로 아비규환이다.

몬스터들은 그의 귀환에 기뻐 날뛴다. 헤스티아는 지금 당장이라도 그에게 나아가는 걸 그만두고 싶었지만 이를 악물었다.

"이젠 다 질렸어! 어쩜 그토록 이기적인 인간들······ 도망칠 거야! 살아남을 거라고!"

헤스티아는 아우그란 산에 올라가면서 모두 진작 죽었기를 바랐다. 그러면 상황이 조금 나아지지 않을까, 그녀는 생각했다.

높은 꼭대기에 올라가니 수도의 풍경이 정말 잘 보였다. 저 멀리 보면 드보아스 가문 저택도 눈에 들어온다. 웅장하면서도 세련된 저택에는 완성되지 못한 영구 마법진이 곳곳에 널려 있었는데, 별안간 스스로 기이한 소리를 내기 시작했다.

저택 곳곳에 그려져 있는 고장 난 마법진들이 다시 한번 빛을 머금었다. 아주 환한 빛.

이 찢어진 종이는 아마 이 제국 통틀어서 읽을 수 있는 사람이 나밖에 없을 것이다. 한국어거든.

"이게 왜 여기에……."

내가 전생에 읽었던 '헤스티아의 그놈들'이라는 소설의 마지막 페이지였다. 왜 여기에 이게.

하일리가 안의 내용을 읽을 수 있냐고 물어보자, 나는 고개를 저었다. 읽을 수 있다고 하면 무슨 내용이냐고 물어볼 거고, 이게 무슨 내용인지 알려주기엔 조금 뭐하다.

"소설이 피폐물이었던 건 알고 있었지만……."

나는 하일리에게서 뺏어온 그 마지막 페이지를 다시 한번 읽었다. 너무 가물가물해서 잘 기억이 나지 않았었는데 이제 확실하게 기억이 난다.

"결말에 헤스티아가 아무와도 맺어지지 않았던 이유가……."

난 단순히 헤스티아가 결정 장애가 와서 못 고른 건 줄 알았는데 그게 아니라…….

다 죽고 파멸해서였던 것 같다.

작중 묘사를 보면 모든 것이 불구덩이에 잠겼고, 헤스티아는 이 모든 것을 저주하면서도 어딘가를 올라간다. 아우그란 산이었나. 소설을 대충 훌훌 넘기며 읽었던 난 파괴적인 표현들이 그저 비유인 줄로만 알았다. 당시 '헤스티아의 그놈들'을 읽었을 때 이 책이 그저 연애소설인 줄 알았기에 뜬금없어 보이는 전개를 그저 웃으며 넘겼다.

하일리가 준 종이를 두세 번 접으며 주머니에 넣었다. 절로 한숨이 나온다.

"⋯⋯확인해야 하나."

못마땅해 작게 중얼거렸다.

현재까지 소설과 비슷하게 흐르는 부분이 거의 없었다. 그 뜻은 소설대로 현재가 흘러가지 않고 있다는 뜻이었다. 그러나 책의 결말이 그런 결말이니 신경 쓰지 않을 순 없었다.

"내가 죽었을 때 부분은 보기 싫었는데."

지금까지 계속 내가 죽기 전 상황만 돌려보고 있었다. 죽을 때의 상황이 나올 것 같으면 다시 앞쪽으로 돌려 재생하고 재생했다.

죽었을 때의 장면을 보기 싫어하는 이유는 그저 무서워서였다. 죽음을 맞이한 그 상황이 그저 꺼림칙했다. 누구나 자기가 죽어가는 모습을 보는 건 달갑지 않을 것이다. 그러나 내가 그 책을 거의 죽기 직전에 읽었으니 확인하고 싶으면 그때로 돌아가야 하는 것이다.

"보기 싫다고. 보기 싫어."

투덜거리면서도 아까 그 종이 속 읽었던 내용 때문에 마법진을 그렸다. 이번엔 시간대를 조금 더 뒤로 보냈다. 뒤로, 뒤로 내가 죽었던 그 시간대로.

진짜 보기 싫은데.

마력을 마법진 안에 부어 넣으며 다시 한번 생각했다.

진짜로.

그리고 나는 내가 죽었던 그 시점으로 이미지를 맞췄다.

* * *

나는 '헤스티아의 그놈들'이라는 책을 찾은 시점을 보려고 했지만 어쩐 일인지 찾을 수가 없었다.

어느 순간부터 나는 그 책을 들고 있었다. 정말 언젠가부터 들고 있었다. 제목부터가 로맨스 향이 물씬 나고, 전개가 이상한 것 같지만 묘하게 끌리는 내용에 알바 중에도 간간이 읽었다. 유흥거리는 거의 다 참는 대신 난 나 스스로에게 로맨스 소설만큼은 허용했다.

책 읽는 것은 유익하기도 했고 이야기에 몰입하면 잠시 현실을 잊을 수 있었다. 그 책의 문체와 글 쓰는 방식이 너무 마음에 들었기에 나는 내 금쪽같은 시간을 아주 틈틈이 쪼개 그 로맨스 소설을 읽었다. 기실 장황한 스토리 위에 얹힌 로맨스 부분만 읽은 거지만 말이다. 스토리 부분이 너무 어두워서 대충 흐름만 읽고 건너뛰었던 것 같다. 그래서 지금에서야 책의 그 무시무시한 결말이 이해가 되었던 거고.

알바생들이 입는 옷을 입고 손님이 한산한 시간에 '헤스티아의 그놈들'을 읽고 있는 내가 보였다. 옆에 단어장을 놔두고 턱을 괴며 무덤덤한 표정으로 책장을 훌렁훌렁 넘기는 전생의 나. 나는 전생의 내 옆에 둥둥 떠서 다가갔다. 그나저나 별로 좋지 못한 인상은 전생 때도 마찬가지다.

전생의 나, 예안의 옆에 다가가 같이 그 문제의 소설책을 읽었다.

내가 내 옆에서 책을 읽는 건 여태 꿈속에서 해왔던 짓이기에 어색하지 않았다. 예안 몰래 뒷장을 먼저 넘겨보니 하일리가 준 마지막 페이지는 그대로 책에 있었다. 현재 나는 거의 책의 마지막 부분을 읽고 있었다. 뒷이야기의 상황을 알아야 했기에 나는 예안의 주변에 둥둥 떠서 같이 소설을 읽어 내려갔다. 아, 오랜만에 읽으니 재밌네.

스완하덴은 옆구리에 있던 원 모양 검을 뽑아 들고 그대로 눈앞의 사람의 얼굴을 찍었다. 달빛에 비친 잔인한 웃음 위로 피가 튀겼다…….

열심히 책을 읽어 내려가던 과거의 나는 한 장면에서 멈춰 인상을 쓰며 중얼거렸다. 옆에서 같이 읽던 나도 같은 장면에서 멈췄다.

"이거 고백 장면 맞지……?"

중얼거린 예안은 눈썹 한쪽을 들어 올렸다. 예안이 중얼거리듯 읊은 대사에 내가 다 놀랐다. 맞다, 저 장면. 헤스티아에게 치근덕대는 사람들을 모두 그녀의 눈앞에서 핏덩어리로 만들어버리는 장면이다. 그리고 그 뒤 스완하덴 미친놈이 그녀에게 좋아한다고 고백했었지.

당시엔 내가 이 책에 들어올 거라는 사실을 몰랐으니 그저 '작가가 고어한 거 진짜 좋아하나 보네.'라고 치부하며 넘어갔었다. 소설 캐릭터들의 도덕이 파괴된 장면들이 많이 나왔지만 꿋꿋이 읽어 내려갔었다.

그래, 그랬었지. 가물가물했던 소설의 내용이 조금씩 되살아났다. 예전에 꿈에서 전생의 내용과 더불어 소설 원작 내용이 나오긴 했지만 워낙 희미한 꿈이어서 말이지.

"지금 읽으니까, 좀 색다르게 느껴지네."

전생의 나와 나란히 앉아 책을 읽으며 나는 살짝 놀랐다. 일단 남주들 모두 맛이 간 건 원래 알았던 사실이었지만, 헤스티아와 연애 장면 대사가 상당히 작위적인 느낌이 들었기 때문이었다. 평소 남주들의 대사는 캐릭터 성격과 잘 맞아떨어졌다. 그런데 왜 연애 장면만 나오면 성격이 달라지는 것 같지. 억지로 끼워 맞추려고 한 듯 이질적인 느낌이 들었다.

피 튀기다가 갑자기 좋아해! 전투인 것 같다가 갑자기 뽀뽀! 이런 식이랄까. 게다가 이 작가, 슈라이나를 엄청 싫어하는 것 같다. 슈라이나를 묘사할 때 너무 얄밉게 묘사하고 있다. 물론 예전에 꿈속에서 보았던 그 익숙지 않은 성격의 슈라이나와 소설 속 대사가 잘 어울렸지만 좀 더 얄밉게 적혀진 것 같다.

짜증 나는데 안타까운 느낌의 캐릭터다. 근거 없는 자신감이 엄청나고, 만약 어떤 남자가 조금이라도 자신에게 관심을 보이면 좋아하는 거라고 단정 짓는다. 허세와 허영심이 많고 행동이나 언사가 매우 가볍게 나온다. ……작가가 슈라이나를 진짜 아메바 수준의 사람으로 묘사했다. 너무해.

여러 가지 의아한 점이 있어도 스토리 자체는 여전히 흥미진진했다.

"왜, 결말이 이 모양이지. 왜 다 죽는 거야? 결국 헤스티아는 어떻게 된 거고."

전생의 나는 피가 튀기는 부분에서 책을 휙휙 넘기다가 기어코 마지막 장을 다 읽었을 때 인상을 쓰며 투정 부렸다. 내가 기억하는 대로 헤스티아는 아무와도 이어지지 않았다. 딱히 헤스티아도 남자 주인공들과 이뤄지고 싶은 마음이 없어 보이기도 했고. 그나마 마지막에 헤스티아가 코리와 친한 걸 보아 코리에게 가능성이 보이는 듯했지만 막판엔 코리마저 이상하게 변해버린다.

　모두 헤스티아를 좋아해서 매달리긴 했지만 그녀 자신은 이들에게 질려 떠났다. 그리고 떠난 곳이 학교 뒷산이야? 왜 하필 아카데미 뒷산이야, 헤스티아. 뭔가 깨잖아. 스토리가 갑자기 산으로 갔다.

　……여튼 연애 라인은 엉망이어도, 스토리가 산으로 갔어도, 굉장히 재미있었다.

　책을 다 읽은 전생의 나는 찜찜함으로 표정이 괴로워 보였다. 책의 단단한 겉표지를 만지작거리던 예안은 다시 한번 결말 부분을 훑어보더니 짜증스레 책을 계산대 위로 가볍게 던졌다.

　"아 짜증 나, 찜찜해."

　책을 다 읽었을 때는 마침 알바 시간도 끝났을 때였다. 어차피 손님이 한산한 시간 때 심심풀이 땅콩으로 읽는 소설이었기에 집에 돌아갈 시간이 되자마자 책에서 미련을 끊었다.

　시계를 한 번 본 예안은 폐기 처분하려고 모아둔 삼각 김밥 중 하나를 먹고 옷을 챙겨 입었다. 부스스한 머리카락을 제대로 올려 묶고 자꾸 눈을 찌르는 앞머리를 쓸어 넘긴 예안은 화장실에 가려는지 잠시 자리에서 일어났다.

　과거의 내가 화장실에 간 사이 나는 그녀가 방금 가방에 넣은 책을 꺼내 보았다. '헤스티아의 그놈들'은 제목은 유치하지만 그 표지만큼은 굉장히 멋스럽게 되어 있었다. 책의 모서리마다 금색 패턴이 화려하게 그려졌다. 금색으로 동그란 원이 안으로 그려지다가 담쟁이덩굴같이 가지처럼 바깥쪽으로 뻗어나갔다. 섬세한 패턴 때문인지, 아니면 요새 서적답지 않은 두꺼운 표지 때문인지는 몰라도 옛날 서적 같은 느낌이 물씬 났다. 살짝 노란빛의 종이를 손가락 끝으로 만져보며 나는 책의 앞뒤를 살폈다.

"작가 이름도 없고, 출판사도 없고."

예안이 놓고 간 책을 만져보며 인상을 썼다. 정말 작가에 대한 아무 설명도 없었다. 갑자기 이런 책이 어디서 튀어나왔는지는 잘 모르겠다. 현재 돌아가는 상황에 대한 단서를 얻고 싶어서 나는 좀 더 유심히 책을 살폈다. 앞쪽 부분에 작가 프로필 설명이 있지 않을까 다시 한번 확인했지만 역시 없었다.

예안이 돌아오기 전까지 빨리 확인하고 도로 가방 안에 집어넣어야 했기에 좀 급히 움직였다. 전생의 나에겐 지금의 내가 보이지 않을 테니 책이 혼자 붕붕 떠 있는 것처럼 보일 것이다. 기겁하겠지.

눈에 힘을 주며 나는 책장을 훌렁훌렁 넘겨보았다. 익숙한 인물들의 이름이 보이고, 전개가 보이고 내용이 보이고, 그게 다였다. 그저 책의 제목과 이야기만 담겨 있을 뿐이었다.

"잠시만."

뿐인 줄 알았다. 잠시만.

첫 페이지는 빈 종이였고 두 번째 페이지에는 제목이 적혀 있었다. 그리고 무심코 지나간 세 번째 페이지에 시선이 문득 꽂혔다. 나는 조심스레 그 페이지에 적힌 내용을 읊었다. 짧은 문장이었지만 손가락으로 짚어가며 읽었다.

달갑지 않은 *마지막 희망*에게.

"마지막 희망……?"

간혹 작가들은 책의 들어가는 부분에 "이 책을 누구누구에게 바칩니다." 또는 "~에게."라고 이 책을 쓰며 생각나는 사람, 고마운 사람 등의 이름을 적는다.

이 작가는 마지막 희망인 분을 찾는다. 심지어 희망이라면서 달갑지 않단다. 무슨 뜻인지 알고 싶어 더욱 자세히 읽어보려고 했지만 딱 그 문장. '마지막 희망에게'밖에 없었다.

잠시 더 바라보며 이 의미를 생각해 보려다가 예안이 돌아오는 소리가 들리자 재빨리 가방 안에 책을 넣었다. 그러나 넣는 순간 책의 겉표지 부분의 패턴과 모양이 눈에 걸렸다.

"저거……!"

그저 단순하게 책을 예쁘게 장식하기 위한 무늬인 줄 알았으나 마법진을 조각내어 책의 모서리 부근에 박아넣은 것이다.

마법진이 무엇인지 자세하게 분석하기도 전에 예안은 가방의 지퍼를 닫고 그대로 나가버리고 말았다. 편의점을 나가는 내 예전 뒷모습을 바라보며 혀를 찼다. 저 책 때문에 계속 졸래졸래 따라다녀야 할 판이다. 나도 모르게 눈썹 사이를 구기며 이를 악물었다.

이 뒤의 일은 다시 보고 싶지 않았지만…….

바람이 얼음같이 차가운 날, 하얀 입김을 뿜어내며 집으로 돌아가는 길에 예안은 고개를 들어 밤하늘을 바라보았다. 가방끈을 바짝 당긴 그녀는 하늘만 멀거니 바라보며 걸었다. 빛이 나야만 하는 별들은 주위의 빛들 때문에 희미했다. 동생들 주려고 산 붕어빵은 차갑게 식어가는 중이었다. 립밤을 바르지 않아 튼 입술이 따가워 그녀는 혀로 입술을 훑었지만 그럴수록 입술은 더욱 건조해졌다.

내가 죽는 날 밤이었다.

* * *

예안, 그러니까 전생의 나는 괜한 돌을 툭툭 차며 어기적어기적 걸어가고 있었다. 다크서클은 턱까지 내려와 있고 아침에 단정히 빗은 검은 머리카락은 굉장히 산발이었다. 내가 죽은 마지막 날은 꽤 선명히 기억하고 있었기에 힘없이 걷고 있는 예안이 무슨 생각을 하고 있는지 알기 쉬웠다.

예안은 시내 거리를 걷고 있었다. 꽤 어둑어둑한 시간이라 사람들이 줄어들 법한데, 시내였기에 적지 않은 사람들이 지나다니고 있었다. 시끌벅적한 사람들 소리가 듣기 싫어 예안은 방향을 틀어 주택 거리 쪽으로 걸음을 옮겼다.

가로등 빛에 커졌다가 작아졌다 하는 자신의 그림자를 바라보며 걸어가던 예안의 시선이 교복을 입으며 자신을 스쳐 지나가는 또래 애들에게 꽂혔다.

"오늘은 학원 때문에 오래 못 만났으니까, 내일 같이 영화 보자."

"너 또 나 몰래 공포 영화 예매하면 죽여버린다?"

다정하게 팔짱을 끼며 교복을 입고 지나쳐가는 애들을 과거의 나는 미련스럽게 쳐다보고 있었다. 그러다가 과거의 나는 고개를 돌려 곧 빠르게 집 쪽으로 뛰어갔다.

"안 부러워."

입술을 비죽이며 인상을 찌푸린 예안은 작게 중얼거렸다. 지쳐 느릿했던 걸음이 일순 빨라졌다. 그런 내 모습을 바라보며 나는 짜게 식은 미소를 지을 수밖에 없었다.

"저러고 나중에 버킷리스트에 적겠지, 뭐."

'남친과 100일 채우기'도 대충 저렇게 부러워하다가 공책에 적은 거니 말이다. 에릭에게 참교육을 받고 모두 부질없다는 걸 깨달아버린 나는 그저 과거의 내가 안쓰러울 뿐이었다.

"부러워하지 마. 연애 별거 없어~ 남친 에릭이야~ 쓰레기야~."

나는 예안의 옆에서 들리지도 않을 괜한 꼬장을 부렸다. 그녀의 귀에다 대고 속삭였다. 진심으로 희망을 밟고 싶다. 흑역사를 지우게.

예안은 당연히 내 말은 들리지 않는지 태연한 표정으로 하늘을 멀거니 바라보았다.

"이런 고생도 언젠가는 끝이 나겠지?"

"……당연히 끝 안 나겠지. 뛰는 알바는 가면 갈수록 늘어날 거고……."

"그래도 좀 자유로워질 때가 오지 않을까?"

"아냐, 그때가 되면 난 과로사로 진작에 세상을 떴을 거야."

나는 혼자 묻고 혼자 대답하는 예안을 안쓰럽게 쳐다보았다. 과거의 내 머리 위에 손 대신 나뭇잎을 올리며 고개를 절레절레 저었다. 힘들어서 잠시 벤치에 앉아 쉬는 예안의 표정은 해탈한 사람의 것이었다. 헌혈해서 받은 초코파이를 입에 쑤셔 집어넣고 너무 빨리 먹어 콜록거린 과거의 나는 허공에 흰 입김을 띄웠다. 들숨 날숨마다 지침이 느껴진다.

이젠 괴로움이 무뎌져 그저 지쳐 보이기만 한 예안이었다. 괜히 그때의 상황에 이입이 되어버렸다. 쓴웃음을 지으며 예안의 옆에 앉아 같이 하늘을 바라보았다. 밤하늘의 별들을 바라보고 있는 나는 분명히 예환이가 또 식재료를 다 태워버렸을까 남몰래 걱정하고 있겠지.

"애들이 다 클 때까지만이라도……."

거칠게 마른세수를 한 예안은 한숨을 쉬었다.

"미래의 나에게 좋은 것들을 잠시 맡겨둔다 생각하자. 그저 나중으로 미뤄둘 뿐이야."

몇 번이고 중얼거린 예안이었다. 그러나 힘든 건 힘든 건지 표정이 나아지진 않았다.

"다 독립시킨 뒤에는 혼자 쭈욱 나 하고 싶은 것만 하고 사는 거야. 1인 1닭도 해보고 말이야."

조용히 과거의 내 옆에 앉아 예안의 신세 한탄을 듣고 있었다.

그래, 1인 1닭. 그런 것도 해보고 싶어 했구나. 기억했다가 돌아가면 해줄게.

"나 친구 없는데, 친구도 만들어보고."

그것참 슬프네. 괜찮아, 친구 이제 많이 생겼어.

"예쁜 옷 입고 놀러 나가고 싶다. 뽑기 인형도 뽑아보고 싶고 맛집도 돌아다녀 보고 싶고."

칙칙한 로브를 둘러 입고 나간 적은 있어도 예쁜 옷 입고 놀러 나간 적은 없다. 그것도 해줄게.

"동생에게 모범을 보여야 한다는 압박감 없이 내 감정에 솔직해지고 싶다. 엄마, 아빠가 돌아가셨을 때 슬퍼할 여유도 없었는데."

"……."

예안은 미래에 나에게 주어질 수 있는 자유를 상상하며 기쁜 표정을 짓다가도 쓸쓸한 표정을 지었다. 괴로워 보이진 않았지만 그저 한없이 지쳐 보였다. 현재의 상황을 순순히 받아들인 예안의 어깨는 축 늘어져 있었다.

기약 없는 미래의 희망 사항을 읊는 예안을 바라보며 마음 깊숙이 뜨거움을 느꼈다. 나는 이다음에 무슨 일이 벌어질지 알았기 때문이었다. 왠지 아무 말도, 생각도 할 수 없었다.

"근데 아직은 아냐."

한참을 혼자 조용히 생각만 하던 예안은 고개를 저었다. 분명히 세미가 나눗셈에 전전긍긍하고 있는 모습을 생각했을 것이다. 달걀케첩 비빔밥이면 그저 껌벅 죽는 예환이도 생각났을 것이다. 또한, 최근에 비뚤어진 노선을 타서 심히 걱정되지만, 점차 회복하고 있는 세유도 생각났을 것이다.

길가에 널브러진 아무 돌멩이를 툭툭 차며 걷고 있는 예안의 옆에서 나는 조용히 둥둥 떠다녔다. 더 나빠질 일은 없겠지라는 생각이 그나마 위안이었던 것 같다.

-띠링.

바람 때문에 흐트러진 머리카락을 넘기고 있는데, 경쾌한 휴대폰 알람이 사뭇 고요했던 주변에 울렸다. 어기적어기적 걸어가던 예안은 잠시 걸음을 멈추고 휴대폰을 바라보았다. 환한 빛을 뿜어내는 액정 속에는 메시지 하나가 도착했다는 창이 떠 있었다.

자신에게 메시지가 올 일은 별로 없었기에 예안은 스팸 문자인가 싶어 잠시 인상을 썼다. 그러나 발신된 곳이 익숙한 기관이자, 바로 휴대폰의 잠금을 풀었다.

"오오……."

예안은 걸음을 멈추고 길거리 한가운데에 우뚝 섰다. 눈은 놀람의 감정으로 커졌고 나는 몇 번이고 휴대폰 액정에 띄워진 한글을 소리 내서 읽었다. 얼마 전에 상금이 탐나 지원했던 공모전에서 상을 탔다는 문자였다.

"꽁돈 생겼다……."

안 그래도 요새 알바 사장님이 월급을 자꾸 미뤄서 재정 상황이 빡셌는데 공모전 상금은 가뭄의 오아시스 같은 존재였다. 원래 돈이 걸려 있는 공모전이나 대회에 자주 참여해 상금 따위를 많이 탔었는데 이번 공모전의 상금은 좀 많이 컸다.

"신났네, 신났어."

아까 우울했던 모습은 어디 가고 예안은 음소거로 환호의 댄스를 추고 있었다. 오른쪽, 왼쪽으로 폴짝이며 방정맞게 움직였다. 아유, 부끄러워.

"오랜만에 고기 파티나 할까?"

나는 휴대폰을 잠그고 주머니에 넣어 다시 걸어갔다. 아까보다는 훨씬 가벼워진 발걸음이었다. 상금이 꽤 크니 어느 정도의 사치는 포용이 가능할 것이다.

"아냐, 돈이 좀 생겼다고 해이해져서 그만큼 써버리면 의미 없잖아. 이럴수록 더욱 절약해야지."

생각해 보면 그날은 다른 날에 비해 유독 운이 좋던 날이었다. 알바가 지루하고 고되긴 했지만 웬일로 고객이 별로 없어 책 한 권(혜스티아의 그놈들)을 다 읽을 수 있었고 돈 걱정을 하고 있던 참에 상금을 탔다.

고기 파티는 나중으로 미루고 동생들을 위해 자그마한 선물을 사기로 했다. 나는 걸음을 돌려 상가들이 있는 쪽으로 향했다.

곧 한 해의 말이었다. 조금만 있으면 해가 넘어가고 우리 동생들도 나이 한 개씩 더 먹는다. 세유는 더 징그러워질 테고, 예환이는 더 성숙해질 거고, 세미는 더 귀여워질 테고. 그리고 나는 이제 성인이 될 것이었다. 다음으로 넘어가는 해는 나에게 꽤 의미가 있는 일이었다.

원래는 새해 때 특식을 먹으며 서로를 축하했지만 이번엔 좀 특별하니, 원하던 선물을 하나씩 쥐어주는 것도 나쁘지 않을 것 같다. 예환이는 요리 도구, 세미는 공룡 컬러링 북, 세유는…… 요새 정신 차리고 공부하고 있으니 용돈이나 학용품도 괜찮을 것 같다. 아, 그러면 고깃값이랑 비슷하게 나오려나. 그냥 고기 먹을까?

우울해져서 늘어졌던 예안이 돈 덕분에 부활했다. 원래 하는 일마다 잘 풀리지 않는 사람에게 조금의 빛이 보이게 된다면 몇 배로 희망을 느끼기 마련이다.

전생의 나는 억눌려 있었다. 동생들을 책임져야 한다는 사실이 나를 붙들어 매고 있었다. 내 것을 포기하며, 감정을 억누르고, 욕구를 무시하고 그렇게 살았었다. 하고 싶은 것에 제한이 있을 때의 고통을 알기에 동생이나 다른 사람들이 언제나 자신의 선택에 따른 삶을 살았으면 하는 바람을 가지고 있었다.

비록 그 당시의 나는 아무것도 하지 못했음에도 말이다. 그래도 나는 적어도 꿈은 꾸고 살았다. 언젠가는 돈이든, 뭐든 신경 쓰지 않고 오로지 내 선택에 만족하고 책임지며 살아갈 수 있는 날을 말이다. 아직까진 나에 대해 깊이 생각해 본 적이 없으니 정확히 내가 뭘 하고 싶은 건지는 잘 모르겠지만 말이다. 정확히 뭘 할지 모르면 안전한 공무원이 최고니, 그걸로 갈까? 연금도 꼬박꼬박 나오고 괜찮은 것 같다.

현재는 책임이 나 혼자가 아닌 동생들에게도 닿아 있으니 그에 따른 내 최선을 다할 테지만, 이렇게만 살아간다면, 낙심하지 않고 매일 내 열심을 다한다면 그런 날이 꼭 올 것 같은 느낌이 들었다. 그냥 갑자기 이상하게도 희망에 차오르는 그런 날이었다.

바보같이 상속 처리를 확실하게 안 해 유산과 같이 떠넘겨 받게 된 빚도 거의 다 갚았으니 곧 있으면 거기에서도 자유로워질 테고, 유일한 걱정이었던 세유도 이젠 정신을 차리고 있던 중이었고, 동생들이 모두 다 크기까지만 내가 돌보면 부모님과의 약속도 이루는 것이다.

물론 동생들이 다 커서도 자주 놀고 만나고 챙겨줄 테지만, 그냥 내가 느끼는 책임감이 좀 덜해질 것 같다. 그때는 갑자기 알래스카로 떠나는 극단적인 선택을 해도 동생들이 다 컸으니 마음에 걸리진 않을 테니까. 동생들이 다 커서 나에게서 그들을 독립시킨다는 게, 그런 의미다. 아끼는 애들이고 편안함을 느끼게 해주는 애들이니 여전히 끼고 살 테지만.

그저 난, 예안은, 들떠 있었다. 선물을 사고, 산 김에 그 자리에서 편지까지 다 쓰고 포장했다. 손에는 동생들 선물을 한가득 안고, 돌아가는 길에 붕어빵이 보이자 4마리를 샀다. 붕어빵은 샀을 때부터 이미 식어 있었다. 잘 팔리지 않는 건지, 만든 지 시간이 좀 되어 보였다. 온기를 찾기 힘든 붕어빵을 받고 예안은 추운 날에 고생하는 할머니에게 인사를 했다. 원래 나는 차가운 것을 좋아하니 신경 쓰지 않았다.

눅눅한 붕어빵을 오물오물 먹으며 유난히 조용한 거리를 걸었다.

"춥다……"

입을 열어 중얼거리니 유럽식 집의 굴뚝 연기 같은 뽀얀 입김이 나왔다. 도로의 차는 아주 간간이 보였다. 차가 다니기엔 조금 늦은 시간이어서 한산한 듯하다. 회색 느낌의 바람이 차갑게 볼을 치고 지나갔다. 입 밖으로 나오는 입김은 새파란 느낌이다. 교체되지 않은 가로등의 깜박이는 빛과 비슷한 것 같다. 그날의 밤은 유난히 차가운 색이어서, 카메라의 회색 필터가 씐 것 같았다.

완전한 조용함 가운데 내 흥얼거림만 작게 퍼졌다. 쌀쌀해서 손을 비비적거렸다. 나는 새해 때 줄 선물인데 애들이 먼저 풀어보면 어떡하지, 따위의 즐거운 생각을 하고 있었다. 갈라진 입술이 좀 따가워 혀로 핥았지만 더욱 갈라져 갔다.

손이 튼 곳을 만지며 나는 어제 일과 오늘 일을 생각했던 것 같다. 매일매일이 힘들었다. 금방 쓰러진다 해도 이상할 게 없었다. 태어나서부터 고비였고 고비가 아니었던 적이 없었다. 나만 힘들다고 생각했던 적은 없었다. 그러나 나만 이 불행의 고리를 끊어낼 수 없다고 생각했었다. 죽기 직전까지도 난 평생 그렇게 살겠지 생각하면서도 작은 희망을 느꼈다. 앞으로 더욱 힘들 테고, 내 책임을 위해 포기할 일들도 많겠지만, 내년이면 법적으로 더욱 자유로워지고 또 아직 시간이 많으니-.

끼이익, 쾅!

시린 아스팔트 바닥을 천천히, 끈끈히 적시는 건 뜨거운 피였다. 은은한 미소를 담고 있던 얼굴 위에도 검은 머리카락과 함께 붉은 피가 적셔졌다. 바람 소리가 유난히 크게 들릴 만큼 사방은 조용했다. 술에 취해 얼굴이 붉은 운전자의 욕설만 나지막이 들려왔다.

여기까지가 내 마지막 기억이었다.

핸들에 얼굴을 거의 반다시피 한 운전자는 바닥에 의식을 잃고 초라하게 널브러진 소녀를 발견하지 못한 듯, 다시 그녀를 또 치고 운전을 마저 했다. 아직 인도의 초록색 불이 깜박이고 있었다.

가방 속에 있던 물건들은 예안의 주위로 널브러졌다. 아까 읽었던 책도 가방 밖으로 나와 있었다. 바닥에 피가 흥건했던지라, 그 책도 다른 물건들과 같이 천천히 붉은색을 입어갔다. 책의 겉표지에 있던 금색 마법진 무늬는 이미 사라지고 없었다. 나는 쓸모가 없어진 책을 들어 올렸다가 다시 바닥에 내동댕이쳤다.

나는 겨울밤에 홀로 쓸쓸하게 죽은 내 모습을 바라보았다. 차가운 바닥 위의 죽은 덩어리. 문득 죽은 부모님의 시체가 같이 떠올랐다. 나 혼자 부모님의 시체를 확인했을 때의 기분이 들었다. 보잘것없이 태어난 나는 보잘것없이 비참하게 떠났다. 부모님의 약속도 지키지 못하고, 내 바람도 이루지 못하고, 그저. 이루지 못하고, 난.

손을 뻗어 하늘을 바라보고 있는 내 검은색 눈동자를 감겨주었다. 그래도, 동생들이 내가 죽는 모습을 안 봐서 다행이네. 아니, 마지막 순간에 삶의 동력이었던 동생들 얼굴도 보지 못하고 죽었으니 불행인 건가.

책에서 얻은 정보도 있고, 내 시체가 처리되는 과정은 별로 보기 싫으니 돌아가려고 했다. 아직 나를 발견한 사람은 없지만 곧 누군가가 신고하면 수거해갈 것이다. 동생들은 내 사망 소식을 전화로 들으려나. 부모님에 이어 나까지 죽으니 그저 너무 미안하고 마음에 걸릴 뿐이다. 세유가 걱정이다. 세유가 또 삐뚤어지면 안 되는데. 개선되고 있었는데, 또 막 나가는 거 아니겠지. 미친 듯이 조여오는 가슴 때문에 나는 인상을 쓰며 다른 차원의 기억에서 벗어나는 마법진을 그렸다.

가려는데 웬 익숙한 목소리가 들려온다.

"우리 언니가 이번에 성인이 될 때, 딱 주는 거야?"

"응, 깜짝 선물이니까 그때 동안 열심히 누나 속 썩이는 거다?"

"세미는 그러면 바닥에 똥 쌀 거야! 그리고 예환 오빠가 치울 거다."

"좋아, 좋아."

"세유 형 못됐어. 꼭 누나 속상하게 하는 걸로 몰래카메라 해야 해?"

"야, 내 생일 때를 생각해봐."

"흐음, 그때 확실히 예안 누나가 심하긴 했지. 형아가 발가벗고 동네 한 바퀴 돌았을 때 진짜 웃겼는데."

세 명의 친숙한 아이들이 서로 손을 잡으며 길을 걷고 있었다. 세명 중 가장 키가 큰 세유의 손에는 누군가를 위한 선물이 들려 있었다. 포장되어 있어서 안의 내용물은 보이지 않았다. 나는 그리던 마법진을 멈추고 놀라 내 시체 쪽으로 다가오는 그들을 바라보았다.

"……안 되는데."

동생들이 내 시체를 발견하는 걸 막고 싶었다. 나는 몸을 돌려 동생들 쪽으로 움직이려고 했지만, 나보다 굴러가는 그들의 눈이 더 빨랐다.

"어머, 깜짝이야."

세유가 가장 먼저 저 멀리 길가에 널브러진 사람을 발견하고 동생들의 눈을 가렸다.

"형아, 갑자기 뭐야?"

"오빠 장난치지 마. 재미없어."

동생들의 야유가 들려왔지만 세유는 인상을 쓰고 저 멀리 누워 있는 사람을 응시했다. 잘 보이지 않는 듯 인상을 썼다.

"얘들아. 내가 아이스크림이 먹고 싶어서 사 올 테니까, 먼저 집에 돌아가 있을래? 반대편 길로 제일 빨리 집에 들어가는 사람한테 아이스크림 2개 줄게."

세유가 조건을 걸며 애들을 먼저 집으로 보내려고 하자, 예환이와 세미는 서로 경쟁을 하며 뛰어 돌아갔다. 세유는 애들이 돌아간 것을 확인하고 재빨리 핸드폰을 들어 경찰에 신고했다.

"신고했으니까, 아이스크림 사 가지고 돌아가야겠다."

정말로 다행히 세유는 나를 확인하지 않았다. 그대로 걸음을 돌려 마트 쪽으로 발걸음을 옮겼다.

"지금쯤 알바 끝났으려나?"

세유는 중얼거리며 주머니에서 다시 휴대폰을 꺼내 들었다. 그리고 번호를 눌러 누군가에게 전화를 걸었다. 세유의 휴대폰 액정에 '맏누나'라는 글자가 뜨며 다이얼이 울렸다.

"한예안 놈, 스무 살이라니. 으, 징그러워."

휴대폰을 귀에 대며 세유는 몸서리쳤다. 그는 자신의 손에 쥐어진 작은 박스를 들어 올렸다. 뚜껑을 살짝 여니 거기엔 장미 모양 배지가 들어 있었다.

"나 방황했을 때, 참 속이 많이 썩었겠지. 참 대단한 누나야."

세유는 쓴웃음을 지으며 그 배지를 만지작거리다가 다시 뚜껑을 덮고 주머니에 넣었다.

"이젠 좀 행복할 일만 남아 있으면 좋겠다. 우리, 모두."

세유는 천천히 걸어가며 흰 입김을 내뱉었다. 세유의 혼잣말을 듣고 나자, 가슴이 더욱 조여드는 것 같았다. 당장 떠나야 했지만 좀처럼 마법진을 그리는 손이 떨어지지 않았다. 그는 나와 연결되기를 기다렸지만 한참 동안 연결이 되지 않자 고개를 갸웃거리며 다시 연걸 버튼을 눌렀다.

따리리리…… 따리리리…….

세유가 전화를 걸었을 때 그의 바로 뒤에서 내 기본 벨소리가 울렸다. 그 벨소리를 들은 세유는 이상하다 싶어 인상을 썼다. 다른 사람의 벨소리인 줄 알았는데, 그 벨소리는 자신이 전화를 걸 때만 울렸다. 세유는 혹시나 싶어 고개를 돌려 그 벨소리가 울리는 쪽을 바라보았다. 그의 시선 끝에는 싸늘한 시신 한 구가 있었고, 그제야 세유는 뭔가가 잘못되었음을 느꼈다.

핸드폰을 떨어뜨린 세유는 아까 발걸음을 돌렸던 시신 쪽으로 뛰어갔다. 사방에 동생들 새해 선물들이 널브러진 채로 바닥에 누워 있는 사람의 주머니에서 벨소리가 울렸다. 깨진 화면에는 여러 검은색, 붉은색 선들이 그어져 있었지만 '한세방구'라고 적힌 글자는 확실하게 보였다.

"한예안!"

세유는 처참해진 나를 끌어안고 당장 기절해도 이상할 것이 없을 사람처럼 소리를 내질렀다.

나는 그 뒤를 차마 더 볼 수 없을 것 같아 자리를 빠져나왔다.

* * *

나는 수건을 차가운 물에 적시고 얼굴 위에 올려놓았다. 숨 쉴 때마다 내 얼굴 모양 형태로 푹 파였다가 팽창했다가 반복했다. 오랜만에 기숙사로 돌아온 헤이즐이 내 행동을 보며 뭐하냐고 웃길래 나도 힘없이 웃었다. 수건은 차가웠지만 내 눈 쪽은 미지근했다.

침착해, 이미 지나간 일이야. 지난 일이야.

숨이 쉬어지지 않아 잠시 캑캑거리다, 그러다…… 그러다 울었다.

* * *

이미 지나도 한참 지난 일 가지고 내 감정을 질질 끄는 건 싫어서 최대한 잊으려고 했다. 너무도 많은 시간이 흘렀는데, 그때 일을 굳이 꺼내서 내가 죽었으니 슬프다, 동생들 보고 싶다 하며 엉엉 우는 건 아닌 것 같았다.

나는 내가 죽은 뒤의 일은 보지 않았다. 흑마법을 최근 들어 너무 많이 사용하여 기운이 빠지기도 했고, 그 뒤에 동생들에게 일어났을 일이 차마 용기가 나지 않아 볼 수가 없었다. 그 뒤에 잘 지내는지 너무 보고 싶었지만 두려운 감정이 더 커, 회피했다.

티를 최대한 내지 않으려고 했지만 우울해 보이는 건 어쩔 수 없는 것 같다. 걸어가다가 창에 비친 내 모습을 보니 확실히 어깨가 처져 있는 것이 무척 힘들어 보였다. 다른 학생들이 괜찮냐며 어깨를 두들겨 주길래 나는 억지로 입꼬리를 들어 올려 안심시켰다.

아무튼, 우울한 건 둘째치고 내가 과거의 기억을 확인했던 목적은 책의 '마지막 장'이 마음에 걸려서였다. 헤스티아가 아우그란 산에 올라가던 그 장면.

전생으로 거슬러 올라가도 크게 얻은 건 별로 없는 것 같다. 그저 내가 누군가의 의도에 따라 이곳으로 오게 되었다는 것만 확실하게 알았다는 게 유일한 수확이랄까.

그 이외에 의뭉스러운 점이 몇 가지 더 있었지만, 현재로선 확신할 수 있는 건 그게 다였다. 나는 조금 더 많은 정보를 끌어모으기 위해 현재 제국 시세에 가장 깨어 있는 이브에게 찾아갔다. 이브는 자주 학교의 조용한 정자에 앉아 일을 보았다. 그가 거기 있을 거라 생각하고 발걸음을 옮기니, 이브는 역시 기둥 쪽에 허리를 기대 비스듬히 앉아 서류를 훑고 있었다.

이브 쪽으로 다가가자, 그는 들고 있던 것을 내려놓고 내 쪽으로 몸을 돌렸다. 최근에 내가 기분이 딱히 좋지는 않다는 걸 인식한 듯 그의 행동이 평소보다 더 조심스러웠다.

그는 나를 보자마자 끌어안지 않았다. 그저 한 발자국 뒤로 물러서서 나를 물끄러미 쳐다보다가 내 이마를 쓸어 그 뒤 머리까지 조심스럽게 쓰다듬었다. 그러다가 나를 가까이 끌어 자신의 옆에 앉히고서 어디론가 사라지더니 곧 나에게 닭꼬치를 쥐여줬다. 갑자기 어디서 가져온 건진 모르겠지만.

학교 정원 계단 쪽 높은 턱에 나란히 앉아 잠시 분수대를 바라보았다. 이브는 내 머리 위에 손을 올려놓으며 작게 토닥였다. 시선은 앞을 향한 채 우울하게 된 이유가 있냐고 물었다. 덧붙여 혹 기분을 나쁘게 만든 사람이 있는 거냐고도 물었다. 그의 말에 나는 잠시 생각하다가 고개를 저었다.

머릿속이 혼잡해서, 나는 주가 되어야 할 다른 복잡한 주제를 꺼내 머리를 식히려 했다.

"이브, 네가 봤을 때 오르드 제국의 현재 상태는 어떤 것 같아?"

궁금했던 주제로 화제를 돌리니 이브가 의아한 표정을 짓는다. 뜬구름 잡는 소리처럼 들렸을 것 같다. 이브는 눈을 가늘게 뜨고 나를 뚫어져라 쳐다보다가, 내 질문에 진지하게 답해주었다.

"상태라니, 정확히 뭘 말하라는 거야?"

"그냥, 전체적인 분위기."

분위기를 묻는 내 말을 듣고서, 이브는 혹시 알아보는 게 학교 과제냐고 물어보았다. 캐묻지 말고 빨리 대답이나 해주라고 그를 손가락으로 쿡쿡 찌르자 이브가 자신을 찌른 내 손가락을 살짝 깨물었다. 내가 소스라치게 놀라며 손가락을 빼자 이브가 팔짱을 끼며 내 질문에 대답해 줬다.

"예전은 몰라도, 최근에는 제법 평화로워졌지."

"그래?"

"계승 문제 때문에 시끄러워질 법했는데, 하일리 오르드 씨가 2황자의 능력을 엄청난 차이로 압도해서 말이지. 별문제 없이 잘 넘어갔어. 그것 말고, 또 사건이…… 몇 개 있는데 최근에 이상하리만치 다 잘 정리돼서."

내가 조용히, 열심히 아카데미를 다니고 있는 사이에 위기는 다 지나갔다고 한다. 멸망 위기도 있었고, 왕권 분쟁도 있었는데 어느샌가 모두 다 잘 끝났다고.

신문을 읽거나, 요새 교수님들 대화를 들어 보면 지금 제국은 평화롭기 그지없었다. 책의 내용대로라면 지금쯤 난폭해진 아우그란 산의 몬스터들이 제국으로 내려와 사람들을 공격하고, 나라를 대표하는 귀족 가문의 후계자들이 미쳐 날뛰어 왕권이 위협받고 있어야 할 텐데 이브의 말대로 모든 게 다 가라앉아 있었다.

주니어 후반 때까지만 해도 기승을 부리던 몬스터들은 다시 얌전해지기 시작했고, 차기 황제 또한 하일리가 내정되어 왕권은 안정된 상태였다. 광기에 미쳐버렸어야 할 나의 친구들은 지금 여유롭게 체스나 하고 있다. 나도 방금 하고 오는 길이다.

완전한 안정기였다. 이상하다.

"갑자기 왜 묻는 거야?"

"혹시 제국이 한 번에 멸망할 일이 있을 수 있을까?"

이브는 멸망이라는 말에 처음에 코웃음을 쳤다. 그러다가 인상을
조금 쓰더니 "그랬었을 수도 있겠다." 하며 작게 중얼거렸다.

내 쪽을 다시 똑바로 쳐다보았을 때는 인상을 편 상태였다.

"……현재는 없을걸?"

뜸을 들이며 대답한 이브네스는 볼을 살짝 긁적였다.

예전이면 몰라도.

이브는 자신의 발아래를 응시하며 한동안 조용했다. 무언가 생각
에 잠긴 듯하더니, 곧 고개를 저었다.

"응, 다 끝났어. 사소한 문제들은 많지만, 네가 걱정하는 큰일은
터지지 않을 거야."

이브의 말은 신빙성이 있었다. 위험해 보이는 조짐이 생기는 듯했
다가 어느 순간부터 사라졌다. 책의 결말이 그러하다 해도, 이미 현
재의 상황은 그때의 상황과 많이 틀어져 있었다. 나는 개운치 않게
일단 사실을 받아들이기로 했다. 가려운 곳을 긁어줄 정도의 정보는
아니었지만, 이 정도면 충분했다.

생각을 마친 난 이브의 옆자리에 앉아 있다가 뛰어내렸다. 불현듯
동아리실에 가서 몬스터 빌리지를 확인해 보고 싶어졌기 때문이었
다. 자리를 떠나려고 하니, 이브가 나를 뚫어져라 쳐다보더니 내 팔
을 붙잡았다.

"슈슈."

"왜?"

"모레 시간 되면 나랑 놀러 나갈래?"

갑작스러운 그의 제안에 난 눈썹 한쪽을 들어 올렸다.

그러다가 난 곧 그의 의도를 알아차렸다. 이브의 미소엔 나에 대한 걱정이 살짝 드리워져 있었다. 감동받게 걱정하긴.

"에릭 때문에 빼앗긴 너와의 시간이 한탄스러워서, 채워야겠어."

이브가 나긋한 빛이 도는 은안을 가늘게 뜨며 작게 미소를 지었다.

날 가까이 끌어당기고 귀에 작은 목소리로 읊은 이브네스를 바라보며 나는 잠시 눈동자를 굴리다가 고개를 힘없이 끄덕였다.

그러시든지.

* * *

동아리실에 들어오면 제일 먼저 과자 냄새가 난다. 그리고 눈을 좀 더 돌려보면 한쪽 벽을 가득 채운 몬스터 빌리지가 눈에 확 들어온다. 학교에 들어왔을 때부터 만들고 운영했던 몬스터 빌리지는 이제 아우그란 산을 거의 완벽하게 구현하고 있었다.

처음 주니어 때는 산의 대략적인 형태를 만들고 그 안에 몬스터를 채워 넣었었다. 그러나 시간이 좀 흐르고 나와 코리의 마법에 정교함이라는 게 생기자 대략적인 형태가 아닌, 완벽한 모형을 만들 수 있었다.

저번에 코리와 아우그란 산에 가서 크게 산을 스캔한 적이 있었다. 물체의 형태를 읽고 기억하는 스캔 마법은 최근에 우리 동아리에서 개발한 마법으로 굉장히 많은 마력과 복잡한 마법진을 요구해 꽤 오랜 시간 준비했다.

내가 마법진의 배열과 수식을 맞추면 코리가 마법진의 범위를 확장시키고 마력을 퍼부었다. 그렇게 해서 정확한 아우그란 산의 틀을 얻을 수 있었다. 흑마력이 흘렀던 산의 이상한 구역은 내 마력을 흘려 넣음으로써 대체했다.

그렇게 스캔한 아우그란 산의 틀을 가지고 와 다시 모형을 만들었을 때, 몬스터 빌리지는 몇 배로 번창했다. 예전에 코리를 공격했었던 푸른색의 괴기한 마물도 생겼고 그 외에 여러 강한 상급 마물들도 생겨났다.

근데 요새 몬스터 빌리지를 관찰하면 의아한 게 있었다.

나는 작은 인형에 와인색 옷을 입혀 호전적인 성격을 가졌었던 몬스터 앞에 내려놓았다. 내 손톱 크기의 작은 몬스터는 인형을 바로 물어뜯지 않았다. 잠시 으르렁거리더니, 코로 인형을 몇 번 톡톡 치고선, 그대로 장난을 치기 시작했다.

처음 와인색 옷에 반응하며 갈가리 찢을 때와 판이한 반응이었다. 나는 혹시나 하고 그 마물에게 내 손가락을 주는 위험한 짓을 해보았다. 마물은 거대한 내 손가락에 깜짝 놀라 잠시 머뭇거리다가 곧 내 손톱을 가지고 놀았다.

그러고 보니 예전에, 제국이 건립되기 전에 인간들이 몬스터들과 친하게 지냈던 적이 있었다고 제국 역사학책에서 읽은 것 같다. 그러나 제국이 건국되고 나서 몬스터들은 종종 마을을 내려와 사람들을 공격하기 시작했다고 한다. 그것참 이상하지.

나는 아우그란 산의 모형 쪽으로 눈을 돌렸다. 그중에서도 흑마력이 강하게 느껴지는 부분을 지그시 응시했다. 역시 저쪽이 정말 의심스럽다. 산의 최상층부에 위치한 저곳. 예전보다 덜 공격적인 마력을 뿜어내는 것 같다. 지금은 많이 정돈된 흑마력이 느껴진다. 그 구역의 긍정적인 변화에 빨리 찾아가서 조사해 봐야 할 것 같았다.

그런데, 일단 지금은 좀 쉬고 싶었다. 할 일이 많아서 좋긴 하다. 그때 본 장면을 난 최대한 신경 쓰지 않고 싶었다. 그래서 좀 바삐 움직였고 그때만큼은 잠시 그 생각에서 벗어날 수 있었다.

나는 내 손가락을 혀로 핥는 마물을 바라보았다. 한참을 핥다가 등이 간지러운 건지, 내 손톱 쪽에 자신의 등을 가져다 대어 비비기 시작한다.

꽤 얌전히 구는 마물을 아무 생각 없이 바라보았다. 그냥 멀거니 앉아 바라보기만 했는데, 갑자기 시야가 흐려지기 시작했다. 특별한 일이 있는 건 아니었다. 그냥 모든 것이 불투명해지더니 일렁이기 시작했다. 눈동자에 모였던 물기들은 충분히 커져 툭, 툭 바닥에 한두 방울 떨어지기 시작했다. 한두 방울 흐르던 눈물은 결국 수십 방울이 되었고, 수십 방울의 눈물이 떨어지는 걸 보니 난 내가 울고 있음을 깨달았다.

"아, 짜증 나…… 이게 뭐야……."

눈물이 하염없이 흘러나왔다. 내가 의도한 눈물이 아니어서 정말 당황스럽다. 딱히 많이 슬픈 것도 아닌데 왜 우는 거지.

불현듯 아래를 보니, 손안에 있던 마물이 눈물에 맞았는지 몸을 움찔거렸다. 나는 우는 와중에도 마물이 눈물을 피하려 움직이는 꼴이 웃겨 일부러 크게 웃었다. 웃음의 반작용인지, 웃을수록 왠지 마음이 저려와 더욱 흐느꼈다.

계속 신경 쓰지 않으려 했다. 신경 쓰지 않으려 했지만 은연중에 동생들 생각이 난 것 같다. 희망을 느꼈던 찰나에 죽어버려 슬펐기도 하고, 내 죽은 모습을 봐야만 했던 세유에게 미안한 감정이 들었다. 이루지 못한 염원들이 가슴을 울렸고, 끝내 동생들을 지키지 못하고 떠날 수밖에 없었던 내 상황이 너무 싫었다.

내 우는 소리가 듣기 싫어서 최대한 울음소리를 죽였다. 입술을 물며 눈물만 계속 흘렸다. 어제부터 별 난리를 치네, 나는. 한심하다고 생각하면서도 울음은 멈추지 않았다. 죽음의 장면을 목격했던 이후로, 기운을 내보려고 하지만 기분은 땅굴을 파고, 더 깊게 파서 내 핵에 닿을 기세다. 최근 들어 자주 우는 것 같다. 점점 어려지는 기분이다. 차라리 전생 때의 내가 더 성숙한 것 같다. 전생에서는 부모님이 돌아가신 날 제외하곤 눈물 한 방울 흘리지도 않았었는데.

당시에는 장녀로서, 집안의 가장으로서 약한 모습을 보이면 안 되었기 때문에 감정을 잘 억누르고 살았었다. 그런데 이곳에 와서 많은 사람들의 사랑과 챙김을 받으니 응석받이가 된 것 같다. 냉정함을 유지하기가 어렵다. 애초에 내가 냉정한 사람이라 생각한 적이 없다는 것이 모순이지만 말이다.

내가 죽은 뒤로 애들이 어떻게 변했을까 조금 무서웠다. 당장 돌아가 모든 것을 고쳐놓고 싶었지만 그런 행동은 너무 감정적이라는 걸 안다. 애초에 불가능에 가까운 일이었고.

어떻게 마법을 잘 만져본다면 전생 때로 돌아갈 수 있는 방법이 있긴 했다. 책에서 나왔듯 이론적으로만 가능한 이야기라고 했지만 시도해 볼 수 있는 거 아니야? 그러다가 난 고개를 저었다. 내 욕심 때문에 암묵적인 마법진의 위계질서를 엉망으로 만들 순 없었다.

지나가 버린 일을 포기하고 내려놓아야 했다. 아무리 두렵더라도,

죄의식이 있어도, 슬퍼도, 절망스러워도. 근데 억누르면 억누를수록 더욱 상황을 받아들이기가 힘들었다. 억누르면서도 계속 그 상황을 곱씹기 때문일까.

이미 한참 지난 일이다. 냉정하게 잊고 싶었지만 한심하게도 너무 힘들었다. 숨을 깊게 들이쉬며 숨을 고르려고 했다. 휴지에 손을 뻗어 눈물을 닦으려, 몸을 돌린 순간이었다. 때마침, 하필이면 그때 누군가가 들어왔다.

문이 열리는 소리가 들렸고, 살짝 끄는 듯한 익숙한 발걸음 소리도 들려왔다. 부실에 들어온 사람은 굳이 확인하지 않아도 코리인 것을 알 수 있었다. 어차피 부실에 들어올 만한 사람은 나나 코리밖에 없기도 하고.

내가 그에게서 등을 지고 있었으면 좋았겠지만, 측면 쪽을 바라보고 있었기에 부실로 막 들어온 코리와 눈이 마주치고 말았다. 나는 크게 당황했다. 코리는 놀란 듯 눈이 커졌고 그의 반응에 나는 괜히 더 민망해졌다. 왜 자꾸 울 때마다 사람들이랑 마주치는 거지? 왜일까. 나는 거지 같은 타이밍을 저주했다.

살갑게 올라간 녹안이 나를 지그시 응시하자 나는 그의 시선을 피하기 위해 눈동자를 굴렸다.

"……아, 그게."

잠시의 침묵이 부실 내에 머물렀다. 당황한 뇌는 변명거리를 떠올려 보려고 했다.

때마침 난 내 옆에 널브러져 있는 양파 담요를 발견했다. 코리가 집에 쌓여 있는 마법 용품들을 가지고 올 때 보따리용으로 쓴 담요였다. 양파 담요를 뚫어져라 쳐다본 나는 고개를 들어 이미 나와 버린 눈물을 흘렸다.

"아, 눈 매워."

아주 천천히, 매끄럽게. 볼을 타고 한 방울의 눈물이 또르르 흘러 내렸다. 괜히 천천히 흐르니 더 부끄럽다. 너무 급히 생각해낸 임기응변이라, 내가 생각해도 좀 어이가 없었다. 스스로를 한심하다고 생각하며 놀람에 말라가는 눈물을 닦아냈다. 왠지 코리를 쳐다보기가 부끄러워 시선을 아래로 내렸다.

잠시 멈췄던 발걸음 소리는 이내 다시 들려왔다. 소리는 점점 커져 곧 내 바로 앞에서 들렸다. 나는 고개를 들어 내 바로 앞에 있을 코리를 쳐다보았다.

코리는 내 임기응변에 평소와 같이 미소를 짓지도 않았고, 그렇다고 해서 딱히 화난 표정도 아니었다. 내가 앉아 있는 몬스터 빌리지 근처로 다가온 코리는 나를 물끄러미 쳐다보고선 자신의 손을 들어 올렸다. 코리는 자신의 엄지로 내 눈 밑을 훔쳤다. 그의 손가락은 시원했다.

"나도 양파 싫어해."

"……"

"그럴 수 있지."

코리는 미소를 지으며 나직한 목소리로 속삭였다. 내 헛소리에 장단 맞춰주는 건 코리밖에 없을 거다. 눈물이 잠시 멎어 코를 훌쩍이는데, 코리가 한술 더 떴다.

"예끼."

슈슈를 울리다니.

그러고선 담요를 소파 위로 성의 없이 던졌다. 내가 그만하면 됐다고, 고맙다고 나도 입꼬리 한쪽을 들어 올리며 말하자, 코리는 방금 행동이 자신이 생각해도 좀 뻘쭘한 듯, 눈동자를 굴리다가 머리카락을 거칠게 헤집었다.

코리는 터덜터덜 걸으며 내 쪽으로 가까이 다가와 같은 벽에 기대앉았다. 코리는 점심때 받은 사과를 아직도 쥐고 있었는데, 괜히 그걸 만지작거렸다. 몇 번 사과를 만지작거리던 코리는 이윽고 입을 열었다.

"기댈래?"

코리는 자신의 어깨를 툭툭 치며 물어보았다. 어깨 위로 널브러진 머리카락이 거슬릴까 봐 그는 꽁지 머리로 머리카락을 묶었다.

코리는 언제나 참 편안한 존재였다. 함부로 선을 넘어 훅 들어오는 일이 없었다. 캐묻지도 않고, 강압적이지도 않으면서 내가 지키고 싶어 하는 선을 알고 지켜주는 느낌이었다. 어렸을 때부터 그랬다.

나는 피식 미소를 짓고 힘없이 그의 어깨에 머리를 내려놓았다. 코리는 내가 정말 기댈 거라 예상 못 했는지 눈동자가 살짝 커졌다. 그러다가 곧 자신의 머리를 내 머리 위로 마주 기댔다.

코리의 시선은 잠시 양파 담요 쪽으로 향하더니 곧 입을 열었다.

"울 수도 있는 거야."

그는 잠시 뜸을 들이다가 혼잣말하듯 말했다. 고개를 숙이고 있는 나를 바라보고 있지는 않았지만, 나는 그 말이 나에게 하는 말이라는 걸 알 수 있었다.

"어떤 이유든 간에 괴로울 수도 있는 거고."

코리 특유의 낮고 갈라진 목소리에 실린 말은 참 다정했다.

"부끄럽다면 울음을 참아도 돼. 반대로 네가 울음을 쏟아내어도 문제가 될 건 없고."

그는 내 주머니 쪽에 들어 있는 사탕과 초콜릿 껍데기들을 꺼내 쓰레기통에 대신 넣어주었다.

"네가 아무리 난리를 피워도, 널 꼬아 볼 사람은 여기 없으니까."

코리의 말을 듣다가 나는 고개를 들어 올렸다. 그 역시도 고개를 돌려 우린 서로 마주 보게 되었다. 현재 내 상황이 어떠한지 말하지 않았음에도 불구하고 굉장히 위로받는 기분이었다. 나는 내 상황을 말하는 게 꺼려졌기에 이런 그의 행동이 참 편하게 느껴졌다.

예전에도 이랬던 적이 있었던 것 같다. 처음 코리를 만났을 때, 그러니까 아직 코리와 친하다고 생각이 들기 전에, 그의 살벌한 얼굴에 자주 쫄았을 때도 이렇게 가라앉았던 적이 한 번 있었다. 그때도 참 무심한 듯 다정하게 위로해 줬었지.

코리의 말에 나는 괜히 좀 비뚤어지고 싶었다. 짧아서 슬픈 팔다리를 열심히 교차해서 몸을 배배 꼬았다. 사지가 엉성하게 꼬아진 상태로 코리를 한번 쳐다보았다.

"거짓말 치시네."

코리는 내 반응에 곧 웃음을 크게 터뜨렸다.

너 참 대단하다, 하고 웃음기 어린 목소리로 중얼거린 코리는 상체를 살짝 일으키며 고쳐 앉았다. 상체를 살짝 일으키다가 코리는 돌연히 내 귀 쪽으로 시선을 옮겼다. 그는 자신이 예전에 선물해 준 오렌지 피어스 쪽에 시선을 고정했다.

"내가 준 거 정말 잘 차고 다니네."

"……네가 웬만하면 차고 다니라고 했잖아."

"그렇긴 해."

살짝 힘이 없는 상태에서 나누는 대화가 참 좋았다. 벽에 기대 늘어져서 나는 코리의 말에 느릿한 목소리로 대답했다.

"근데 이 피어스에 걸린 시간 마법은 도대체 뭐야?"

예전에 받았던 건데 아직도 이 귀걸이 안에 무슨 마법이 걸려 있는지 모른다. 마법의 정체를 알 수 없게 코리가 락을 걸어놓았기 때문이다. 이 락이 얼마나 견고한지, 풀려면 많은 마력이 필요했다.

코리는 내 물음에 살짝 곤란한 듯 볼을 긁적였다.

"그게…… 비밀이야. 너 졸업할 때 알려줄게."

나는 눈을 가늘게 떴다.

"뭔 마법이길래 자꾸 보여 주길 망설이는 거야?"

"아직은 비밀이래도."

코리는 작게 웃더니 곧 생각에 잠긴 듯 잠시 말이 없었다.

"한 가지 힌트를 주자면, 마법을 새겨넣을 때, 네가 괴로운 기억을 꺼내는 것만큼 행복했었던 기억도 같이 꺼내 봤으면 좋겠다는 마음이었어."

"뭔 소리야."

고개를 갸웃거리며 반문하자 코리가 한숨을 쉬며 머리카락을 거칠게 헤집었다.

그는 손을 뻗어 내 귀 쪽에 손가락을 가까이 가져갔다.

"에라, 모르겠다."

그리고 피어스에 걸린 시간 마법의 락을 풀었다. 코리는 사용을 정지시킨 마법진에 자신의 마력을 흘려 넣어 그 마법진이 제 기능을 발휘할 수 있게 만들었다. 피어스에서 황금빛 마력이 강하게 새어 나오더니 곧 작은 마법진이 스스로 그려졌다.

락이 풀리며 시간 마법진이 천천히 돌아가게 되는 경이로운 광경을 보고 있었다. 사용이 잠시 정지되었던 마법진이 일정한 간격으로 빛을 뿜어내며 언제든 사용할 수 있는 상태로 바뀌었다.

착용하고 있던 피어스를 빼고 잠시 멀거니 바라보고 있었는데 갑자기 노크 소리가 들려왔다.

"그…… 저 코리 님, 어떤 애가 마법 연습을 하다가 교수님께서 설치한 마법 피해 최소 장치를 엉망으로 만들어서…… 교수님께서 도움이 필요하시다고 코리 님 불러오래요."

부실에 한 아이가 노크하고 들어와 코리를 불렀다.

그 아이는 코리의 눈치를 살피더니 곧 잔뜩 겁을 먹은 표정을 짓다가 미안하다고 울먹일 듯이 사과했다. 그의 말이 마음에 안 드는 건지, 코리의 눈이 가늘어졌기 때문이었다.

코리는 입을 비죽 내밀며 툴툴거리기 시작했다. 머리를 거칠게 헤집으며 "가기 싫은데……." 하고 중얼거렸다.

결국 코리는 자신을 두려워하면서도 기필코 데려가려고 하는 그 학생에게 끌려나갔다. 교수님의 사랑(심부름)을 듬뿍 받는 코리에게 힘내라고 하자, 그는 억울한 표정을 지었다.

그렇게 문이 닫히고 부실 안은 다시 나 혼자뿐이었다.

문 쪽에서 눈을 돌려 다시 손안의 피어스를 바라보았다. 상큼한 오렌지 모양의 피어스가 환한 빛을 뿜어내고 있었다. 희미했던 시간 마법진이 선명해지며 피어스 주위에 작게 떠다녔다.

오렌지 심 쪽에 박힌 작은 마법석을 엄지로 만지다가 마법진을 건드려보았다. 시간 마법진이 선명해지자, 나는 이 마법진이 지금까지 무슨 역할을 해 왔던 건지 바로 알 수 있었다.

"와, 코리 드보아스, 너 진짜……."

입꼬리 한쪽이 나도 모르게 올라갔다. 헛웃음이 지어졌다.

코리가 옛날에 그린 마법진을 가동시키기 위해 그 위로 내 마력을 흘려보냈다. 마력을 흘려보내자마자 옛 시간의 일부가 바로 눈앞에 띄워졌다.

영상의 첫 부분은 코리의 선물에 감동받아 거울을 보며 귀에 바로 피어스를 꽂았던 순간부터 시작되었다. 영상의 시점은 나인 건지, 나는 보이지 않고 내가 보았던 풍경들이 보였다.

[갑자기, 뭔 선물이야. 감동받게.]

내 얼굴은 보이지 않았지만 들리는 목소리는 굉장히 들떠 있었다.

그 첫 기억을 시작해서 나는 몇몇 영상을 더 골라 확인했다.

[으아아아악! 슈슈, 제발 그만 좀 틀어라! 그만 좀 우려먹으라고!]

괴로워하는 하일리의 목소리와 함께 내 웃음소리도 들렸다.

이게 무슨 상황이었는지 잠시 생각하다 보니 곧 떠올랐다. 하일리와 하는 고된 수련에 괜히 삐져서 그를 약 올릴 때였다. 미안하지만 우리 황태자님은 어렸을 때부터 놀리는 재미가 있었다.

저 때 참 재미있었는데.

또 여러 영상들이 귀걸이에서 나와 흘러 지나갔다.

[슈슈, 이번에 내가 쓴 글이 대표 신문사에 채택됐어!]

헤스티아가 나를 부둥켜안고 눈물을 흘리며 웃고 있는 영상이 나왔다. 내 손을 잡고 빙글빙글 돌았는데, 그래서 그런지 사방이 빙글빙글 돌고 있었다. 헤스티아의 손을 마주 잡은, 살짝 떨리고 있는 내 손을 바라보니 나도 역시 그녀의 성취에 매우 흥분하고 있었다.

그래, 그랬던 적이 있었다.

그 뒤로도 계속 즐거운 영상들이 흘러갔다. 주니어 엔드 파티 때의 카드 왕관, 선생님을 상대로 장난을 치다가 검술부 애들과 사이 좋게 기합을 받으며 낄낄거리던 기억.

코리가 내 피어스에 걸어둔 마법은 굉장히 다정했다. 피어스 속의 시간 마법진은 가장 즐거웠고, 행복했었던 시간들만 담아두고 있었다. 물론 '피어스를 차고 다녔을 때의'라는 조건이 붙지만, 나는 웬만하면 몸에 찬 액세서리는 귀찮아서 빼지 않았기에 주니어 때부터 현재까지 가장 좋았던 시간들이 담겨 있었다.

생각해 보면, 이 피어스는 아주 예전에 그 앞에서 한 번 부끄러운 모습, 그러니까 나도 모르게 힘 빠진 모습을 보인 후 받았던 거다.

"멋있는 놈."

이 마법을 졸업 선물로 받았더라면 진짜 감동이었을 것이다. 물론 지금 감동받지 않았다는 소리는 아니지만.

귀걸이에 마력을 흘리는 것을 멈추고 피어스 속에 내 소중했던 시간들을 다시 집어넣었다.

나는 무릎 사이에 얼굴을 묻고 깊게 한숨을 쉬었다. 지금 현재 내가 느끼고 있는 기분을 표현할 방법이 없어 손가락만 꼼지락거렸다. 미소를 짓고 있었지만, 완벽히 유쾌한 기분은 아니었다.

문득 아까의 코리의 말이 떠올랐다.

그래, 꼭 항상 유쾌할 필요는 없는 거지?

억지로 전생을 잊고 기분을 전환하려 할 필요도 없었다. 그냥 있는 그대로 받아들이고 충분히 슬퍼하며 시간을 두고 흘려보내도 된다.

현재에 이미 충분히 만족하고 있다는 걸 인정한다. 전생의 시간만큼 현재의 시간들도 너무 소중했다.

방금 방대한 양의 즐거운 추억들을 보며 깨달았다. 조금 풀 죽고 슬퍼한다고 해도 이 시간들이 날아가는 건 아니다. 앞으로 누릴 소중할 시간도 그대로 남아 있을 테고.

다만 나는 전생의 동생들을 위해, 나를 위해 좀 더 슬퍼하고 싶었다.

* * *

이브가 예전부터 항상 입에 달고 살았던 말이 '한가롭게 놀고 싶다'였다. 상단주에게서 풀려나기 전에도 그렇고, 막 풀려났을 때도 그렇고, 이브는 아무 생각도 하지 않고 여유롭게 살고 싶다는 말을 많이 했다.

그런데 막상 풀려났어도 딱히 달라지지 않았다. 규칙적인 생활에 여전히 끊임없이 일했고, 일했으며, 일했다. 예전보다 여유가 생긴 것 같으나 그래도 일반 사람들이 일하는 양에 비해 턱없이 많다.

그런 그가 놀자고 했을 때는 대부분 휴식에 초점이 맞춰져 있었다. 그가 생각하는 휴식은 마음이 편안해지는 사람과 그냥 같이 있는 거였다. 때문에 여러모로 바빠 휴식을 원하는 그는 나를 자주 찾았다.

이브는 많은 사람들을 알고 지냈지만 깊은 관계는 맺지 않는다. 이브에게 내가 특별해진 이유는 솔직히 진짜 잘 모르겠다. 돈을 받고 일하는 그런 정말 사무적인 관계에서 시작했다. 내가 그에게 해준 거라곤 별로 없었다.

의뢰 기간 동안 껌딱지처럼 붙어 있다가 조금 정이 들어 챙겨줬고. 이브치곤 너무 쉽게 나에게 마음을 열어준 것 같았다. 심지어 나때문에 복수가 엉망이 되지 않았나? 이브랑 같이 여러 산을 넘긴 했지만, 이렇게까지 친해진 건 좀 많이 신기했다.

오늘 그와 같이 시내로 나가 놀기로 약속했으니 짐을 챙기고 나가려고 하는데 문득 예전 일이 떠올랐다. 이브와 상단주 일로 시내에서 만날 때 모습을 바꾸고 만난 적이 있었다. 아무 생각 없이 모습을 바꿨던 터라 '예안'의 모습이 나왔었지.

옛날 생각이 나자, 잠시 고민에 빠졌다.

"상관없지 않을까."

상관없겠지. 나는 옷 갈아입는 것을 마치고 거울 앞에 서서 잠시 빙글 돌아보았다. 몸의 중심 쪽에 힘을 모으고 마력을 쏟았다. 손가락으로 원을 그리고 그 안에 마법진의 세세한 내용들을 적어 내려갔다. 많은 마력을 요하는 고차원의 마법이라 마력이 한꺼번에 쑹덩 빠져나갔다. 예전의 나였더라면 빠져나가는 마력의 양 때문에 마법석 없인 엄두도 못 낼 마법이었지만 지금은 예전에 비해 마력의 양이 많아졌으니 견딜 만했다.

환한 빛이 몸에서 뻗어 나아가며 내 모습이 천천히 변해갔다. 주황색 머리카락이 검은색 머리카락으로, 퀭한 삼백안이 평범한 속쌍꺼풀 진 눈으로. 눈과 볼 사이에 점이 하나 생겨났다.

마법을 쓰고 다시 눈을 떴을 때, 거울 속의 내 모습이 제일 먼저 눈에 들어왔다. 한예안이었다. 스스로 이렇게 모습을 바꾸고 옛 이름을 꺼내 부르니 부끄럽기 그지없었다. 괜히 뻘쭘해서 방을 한 번 쭈욱 둘러보았다.

나밖에 없다는 걸 알지만 괜히 확인했다. 옷장에서 후드를 꺼낸 나는 그걸 푹 뒤집어썼다.

＊ ＊ ＊

"슈슈?"

이브는 시내 거리에 나와 나를 기다리고 있었다. 잠시 책을 읽다가 고개를 든 그는 내 모습을 발견하자마자 눈썹 한쪽을 들어 올렸다. 읽던 책을 덮고 자신의 옆구리에 낀 이브는 내 쪽으로 몸을 돌렸다.

"익숙한 모습이네? 웬일이야."

한예안으로 모습을 바꾼 나는 이브의 질문에 답하지 않았다. 후드를 그저 더 푹 내리고 입을 내밀었다. 먼저 앞서서 몇 발자국 나갔다. 그러다가 문득 내가 왜 모습을 바꾸고 걸어 다니는 걸 쑥스러워하는 건지 의아한 감정이 들었다.

눌러쓰던 후드를 아예 벗은 나는 이브의 팔목을 잡고 앞서서 나갔다.

"이브, 무슨 일이 있어도 돈 쓰지 마."

내가 그의 팔을 잡고 살짝 빨리 걸어도 그는 다리가 길었기 때문에 평온하게 따라왔다. 이브는 내 말에 고개를 살짝 갸웃거렸다. 인상도 살짝 쓴 것 같다.

"오늘은 내가 내 돈으로 나를 위해 다 쓸 거야. 오늘은 내가 너의 봉이야."

"방해하면?"

"방해하면 배신죄로 계약 패널티가 발동될걸."

이브는 그 말에 충격을 받은 듯 표정을 단번에 굳혔다.

"그렇게까지 할 필요가 있어?"

그의 물음에 나는 단호하게 고개를 끄덕였다. 돈을 쓰는 자가 갑이다. 오늘은 갑질하는 날이다.

"저기 게임장 가보자."

지금까지 놀 땐 딱히 생각나는 놀거리가 없었기에 언제나 애들이 가는 곳을 따라갔었다. 그래서인지 이브네스는 내가 갑자기 적극적으로 나오자 눈을 좀 크게 뜨더니 헛웃음과 함께 고개를 끄덕였다.

시내 거리엔 오락장이 많았다. 다트를 던져 경품을 따는 곳도 있었고 공을 차야 경품을 주는 곳도 있었고 격파를 하여 경품을 주는 곳도 있었다.

"이브, 나 멋있는 것 좀 봐줘."

나는 이브에게 영상구를 쥐여준 채, 격파하는 쪽으로 이동했다. 불가능처럼 보이는 송판 깨기 장엔 사람들이 오지 않아 파리가 날렸다. 주인아저씨는 모처럼 손님이 오자 자리에서 벌떡 일어나며 반겨주었다.

"아니, 귀한 손님들이 오셨네. 그래서, 남자분이 여자분에게 점수 좀 따보려고 도전하는 거지?"

새로운 송판을 꺼내며 세팅하기 시작한 주인아저씨는 이브를 능글맞은 눈으로 바라보았다. 이브에게 능글맞음으로 상대하려고 하다니, 가소로운 분.

"근데, 그렇기엔 남자분이 너무 힘이 없어 보이는 거 아냐? 너무 잘생기기만 했다~."

아저씨가 팔꿈치로 이브를 툭툭 건들며 불쾌한 시선을 보내자 이브가 비웃었다. 이브가 나를 바라보며 고갯짓을 하자 난 소매를 걷고 송판 앞으로 나갔다. 나가는 길에 아저씨가 방해가 되길래 어깨를 잡고 옆으로 보내드렸다.

"단순한 힘자랑에."

그렇게 말한 나는 손 쪽에 마력을 모았다. 몰래 버프 마법을 걸자 팔이 근육으로 우락부락해지더니 점점 팽창했다. 팔에 힘을 주고 근육이 커지며 핏줄이 올라오기 시작하자 주인장 아저씨의 눈이 매우 동그래졌다. 살짝 몸을 비틀며 반동을 준 나는 그대로 주먹을 송판 위로 꽂았다.

"그딴 거 없어."

엄청난 파괴음과 함께 송판이 부서졌다. 가루가 되어버린 송판을 바라보며 주인아저씨가 입을 다물지 못했다. 송판이 몇 단으로 쌓여 있었는데 단번에 부서지는 것도 모자라 땅 밑까지 살짝 금이 갔다. 나는 고개를 돌려 상품 진열대 쪽을 바라보았다. 방금 10장 이상 깼으니 대형 선물을 받을 수 있었다. 아저씨가 놀라 벙쪄 아무런 행동도 취하지 않자, 내가 진열대 쪽으로 이동했다.

이브를 닮은 주황색 여우 대형 인형이 보이자 나는 그걸 아저씨에게 흔들어 보였다. 아저씨는 입을 다물지 못한 채 그저 고개를 끄덕였다. 가져가라는 뜻이겠지, 뭐. 입꼬리 한쪽을 올리며 살짝 놀란 눈으로 바라보고 있는 이브에게 나는 인형을 던졌다.

"선물."

이브는 영상구를 들고 있다가 날아오는 인형에 빠르게 팔을 움직여 잡았다. 웬만해선 소리 내서 웃지 않는 이브가 푸핫, 하며 웃음을 결국 짧게 터뜨렸다. 소매를 좀 더 걷어 올리고 목을 좀 풀자 이브가 멋있다고 칭찬해 줬다.

내가 다른 게임장에 가자고 말하자 이브가 고개를 끄덕이며 내 마음대로 하라고 한다. 이브는 옆구리에 주황색 여우 인형을 끼고 내가 가는 쪽을 따라왔다. 이번엔 다트였다. 연속으로 중앙을 맞추다 못해 판을 꿰뚫었다. 물론 마법이 조금 가세했지만, 아는 사람은 나와 이브밖에 없다. 게다가 마법도 하나의 내 실력이라고.

나는 3개의 상품을 따냈기에 상품 진열하는 쪽으로 이동했다.

"이건 세미 거고."

달팽이 인형이 있길래 집어 들었다.

"이건 예환이 거."

실용적인 것을 좋아하는 예환이에게는 과도를.

"한세유는……."

잠시 상품 진열대를 바라보는데, 목걸이 줄이 있었다. 비즈가 박혀 있어야 할 자리엔 아무것도 없어 허전했다. 나는 잠시 인상을 쓰다가, 그 목걸이 줄을 집어 들었다.

이브가 누구 선물이냐고 물어보자, 나는 애기들 선물이라며 얼버무렸다. 이브는 이해가 되지 않는 듯 미간을 살짝 구기며 고개를 갸웃거렸지만 깊게 생각하지 않기로 했는지 고개를 끄덕였다.

이브는 오늘따라 굉장히 활발히 움직이는 나를 흥미로워하고 있었다. 내가 즐기니 자신도 즐겁다는 상투적이지만 진심이 담긴 말을 했다. 이브는 내 쪽으로 가까이 다가와 어깨에 팔을 둘렀다.

"가지고 싶은 거 있어?"

평소에 이브가 많이 뭘 주니 나도 많이 주고 싶었다. 이브의 팔을 치우지 않고 물어보자, 그가 잠시 앞을 보며 고민했다. 그러다가 곧 나를 내려다보며 약스레 웃었다.

"가지고 싶은 것보단, 저거 하고 싶은데."

그가 가리킨 곳에는 연인들끼리 하는 좀 스킨십이 짙은 게임이 있었다. 별로 설명하고 싶진 않다.

"기각."

단호히 거절하자 이브가 눈을 가늘게 떴다.

평소답지 않게 소리를 지르며 신나게 놀았지만 시끄럽게 굴수록 더욱 기분이 가라앉는 것 같았다.

연속으로 한 게임 때문에 몸이 좀 지치자, 칼로리 보충을 하러 길거리 음식들을 파는 쪽으로 이동했다. 길거리 음식보단 오늘은 음식점에 가서 좀 사치를 부리고 싶었다. 그리고 보니 전생의 나는 1인 1닭을 하고 싶어 했었지.

나는 이브를 데리고 닭고기를 파는 곳으로 갔다. 한 사람당 한 마리의 닭을 시키려고 하자, 이브가 사색을 하며 괜찮다고 했다. 나는 이브를 위해 과일과 샐러드를 시켜줬다. 좀 지친 상태라 닭 요리가 나오기 전까지는 의자에 널브러져 있었다. 너무 하얗게 불태웠나. 다 놀고 나니 기분이 좀 심란했다.

건너편에 심플한 직사각형 거울이 하나 있었다. 거기에 내 모습이 비치고 있었다. 검은색 머리카락에 검은 눈. 꼭 전생 때로 돌아온 것 같다. 하지만 내 옆엔 동생들이 아닌 새로운 인연이 있었다.

엎드려 잠시 숨을 고르고 있다가 고개를 들어 맞은편에 앉은 이브를 바라보았다. 이브는 아까 내가 따준 주황색 여우 인형을 물끄러미 쳐다보고 있었다. 여우의 머리에는 짧은 털들이 있었는데 이브는 그걸 손가락으로 정리해 주고 있었다.

"이 여우 인형 나 닮아서 준 거야?"

"몰라."

그의 물음에 나는 어깨를 으쓱였다.

음식이 나오기 전 짧은 시간 동안 이브를 물끄러미 쳐다보았다.

엎드린 내 눈앞에는 표면에 물방울이 맺힌 물컵이 있었다. 그 물컵 너머로 바라본 이브는 흐물흐물했다.

"못생겼어. 흐물흐물."

"넌 지금 눈이 세 배로 커져서 엄청 예뻐. 요괴 같아."

입꼬리 한쪽을 삐뚜름하게 올리며 이브가 나를 비웃었다. 이브가 보고 있는 내 모습을 상상하니 상당히 웃길 것 같았다.

나는 컵의 굴곡 때문에 눈이 세 배로 커진 그 상태 그대로 가만히 있었다. 굴곡진 물컵을 중간에 두고 이브와 눈을 한참 맞췄다. 눈을 몇 번 크게 뜨며 깜박이자 이브가 뭐하냐고 물어보았다.

"윙크."

눈이 세 배 커진 상태에서 한쪽 눈을 찡그려 윙크를 하니 그가 조용히 물을 마시다가 빠르게 물컵을 내려놓았다. 물을 마시기 전에 내려놓은 걸 보니 뿜을 뻔해서 내려놓은 것 같다. 하하. 내 개그력. 엄청나지? 그래 엄청나. 이브가 뿜을 정도라고! 모두 자리에서 일어나 박수! 쏴아아아아. 갑자기 폭포가 쏟아졌고 그 아래에 대머리의 수도사가 천 쪼가리 한 장으로 하반신을 가린 채 수련을 행하고 있었다고 한다. 쿠구궁……

"슈슈, 너 괜찮아?"

손을 뻗은 이브가 내 눈을 가린 물컵을 옆으로 치우며 나지막이 웃었다. 나는 테이블에 머리를 박고 입을 벌린 채로 멍하니 앉아 있었다. 입을 너무 크게 벌려서 곧 침이 흘러나올 것 같았다. 머릿속에 지금 꽃밭이랑 아침 드라마랑 급식 아주머니의 금니밖에 남아 있지 않다. 찡긋.

"으어어…… 으어……."

게슈탈트 붕괴 현상. 한예안의 모습으로 있자니 왠지 싱숭생숭하다. 내 머릿속에선 사슴이 뛰어다닌다. 실컷 놀고 나니 그랬다. 사냥꾼이 사슴을 겨냥했고 곧 타앙! 계란탕! 매운탕!

눈동자를 획 뒤집어 이브가 내 옆으로 치웠던 유리컵을 바라보았다. 투명한 유리컵에 비친 나는 입을 바보같이 벌리며 조용히 널브러져 있었다. 머릿속에선 지금 멘탈이 무너져 가며 난리가 났지만 겉은 평온하기만 했다.

이브가 여우 인형의 손으로 내 볼을 찔렀다. 살아 있어? 아니. 난 죽었어. 끅.

음식이 나오기 전까지 나는 아주 조용히 엎드려 있었다. 아까 너무 신나게 날뛰다 보니 지금 힘이 잔뜩 빠져, 햇빛 아래 널려 바람에 펄럭이는 줄무늬 티셔츠 같다.

"이브, 넌 누군가가 정말 보고 싶었던 적이 있었어?"

한참을 그렇게 초파리 같은 발상으로 멘붕에 빠졌다가 이윽고 생각의 흐름에 따라 입을 열었다. 음식이 나오지 않아 괴로워하며 테이블을 톡톡 건드리고 있었다. 세유에게 선물해 주고 싶은 목걸이 줄을 바라보다가 문득 아무 말이 튀어나왔다. 사실 정말 '아무 말'은 아니었다. 문득 궁금했기에 물어보았다.

"응. 네가 에릭한테 갔을 때."

넌 내 눈앞에 나타나지도 않았지. 이브는 먼저 나온 샐러드를 포크로 찍으며 나를 노려보았다.

"너무했어."

이브는 그렇게 말하며 샐러드를 내 앞으로 내밀었다. 닭고기를 왕창 먹을 생각이라, 그가 내민 샐러드를 다시 그쪽으로 밀었다. 거절당한 자신의 음식을 멀거니 쳐다본 이브는 하는 수 없이 깨작이며 방울토마토를 입에 넣었다.

"아, 한 명 있다."

잠시 짧게 우물거린 이브는 음식을 삼키고 누군가가 생각난 듯 입을 열었다. 때마침 닭고기가 나와 내 시선이 그쪽으로 팔렸지만, 입으로는 계속 말하라고 그를 부추겼다.

"하디스 루나아샤."

하기스? 매직 팬티? 전혀 진지해지지 못하는 내 정신을 최대한 가다듬으려고 노력했다. 정신 차리라고 뺨을 때리고 싶었지만 아프니까 내가 나 스스로 뺨을 때리는 상상을 했다. 찰싹.

"루나아샤?"

생각을 가다듬고 입을 열었다. 그가 꺼낸 이름의 성은 이브 것과 같아서 살짝 놀랐다.

"나름 친했던 친구이자 형제였어."

고기에 손을 대지 않고 그의 말을 들으려고 하자, 이브가 먹으면서 들으라고 내 손에 포크를 쥐여줬다. 나는 닭고기의 연한 살을 집었다.

"같이 상단주의 저택에 들어갔을 때 변장했던 나 기억해? 넌 지금 모습에, 나는 붉은 머리였잖아."

이브의 말에 나는 인상을 쓰고 과거 일을 떠올려 보려고 했다.

때는 몇 년 전이었다. 그때는 상단주의 저택에 들어가기 전이었고, 서로 모습을 바꾸고 시내 쪽에서 만나기로 했었지. 모습을 바꾸는 마법을 시전할 때, 정확히 이미지를 잡아놓지 않으면 자신에게 강렬했던 사람 위주로 모습이 변한다. 그때 한창 꿈에 내 모습이 자주 나와서 그런지, 아무 생각 없이 시전했다가 전생의 모습으로 변해버리고 말았고, 마력이 없는 이브는 그냥 속수무책으로 기억 속 아무 사람이 튀어나왔다고 했다. 그 당시 이브는 자신의 변한 모습을 보며 살짝 난감해했었지. 기억이 난다. 기억난다며 고개를 끄덕이며 우물거리자 이브는 이어 입을 열었다.

"그때 변한 모습이 하디스 루나아샤야."

하디스 루나아샤라는 사람이 이브가 변했던 사람이라고? 내가 놀라 눈만 껌벅이자 이브가 입꼬리 한쪽을 들어 올렸다.

"웃음이 많고 시끄러웠던 형이야. 지금은 죽은 것과 다름없지만."

모호한 말에 나는 인상을 썼다. 잠시 뜸을 들였다가 그 이유를 조심스레 물어보았다.

"어설프게 멍청하고, 어설프게 똑똑해서 그래."

포크로 드레싱에 버무려진 작은 사과 조각을 찍은 이브는 그 사람을 회상하는 듯 잠시 말이 없었다.

"마지막에 자기 살겠다고 배신한 건 괘씸하지만, 이전의 그와의 관계가 그립기도 해."

마지막에 배신이라는 단어를 꺼낼 때, 이브의 표정이 좋지 않았다.

"원래 그 사람을 생각하면 증오밖에 없었는데, 삶에 좀 여유가 생기니까 하디스가 이해가 좀 되는 것 같고. 여러모로 후회도 있고. 조금 더 그를 믿었더라면 상황이 달라졌을까 싶고."

혼잣말하듯 중얼거린 이브였다. 그는 턱을 괴며 자신의 무릎 위에 올려놓은 주황색 여우 인형을 만지작거렸다. 이브가 꺼내는 지극히 개인적인 이야기에 나는 아까 전보단 숙연해지고 차분해졌다.

이브와 하디스라는 사람과의 추억을 난 몰랐기에 그의 말이 완벽히 이해 가지 않았다. 그 사람을 떠올리며 짓는 표정이 괴로워 보여

더 많은 이야기를 캐물을 수가 없었다.

조용히 쓴웃음을 짓는 이브네스를 잠시 조용히, 말없이 바라보았다. 왠지 입맛이 사라져 포크로 괜한 고기만 쿡쿡 찌르는데, 문득 의문 하나가 생겨 입을 열었다.

"그런데 하디스라는 사람으로 변한 거면, 그때 그 모습으로 상단주에게 나선 거 엄청 위험했던 거 아니야?"

이브는 내 말에 턱을 괴던 손을 빼더니 인형에게 꽂은 눈동자를 내 쪽으로 꽂았다. 느리게 고개를 끄덕이는 이브였다.

"어. 그래서 조금 난감했어. 알다시피 난 마력이 없어서 모습을 내가 원하는 대로 바꿀 순 없거든."

그가 유리컵의 표면을 손가락으로 건드리자, 녹고 있던 얼음이 빙글, 반 바퀴를 돌았다.

"어차피 하디스는 상단주 얼굴도 보기 전에 내가 처리했었어. 혹시 그 모습으로 변했을 때 알아챌 수도 있는 경우를 생각해 잠시 기억에 혼란을 주는 액을 뿌렸으니까, 뭐."

어깨를 으쓱이며 말한 이브네스는 물을 한 모금 마셨다. 혹시 스완하덴이 기억에 혼란을 주는 액을 줬냐고 물어보자 이브네스는 고개를 끄덕였다. 어지간히 스완이 싫은지 조금 불쾌한 표정이었다.

"그래서, 슈슈 네가 보고 싶어 하는 사람이 누구야?"

이브는 눈을 가늘게 뜨며 화제를 돌렸다. 아까부터 이게 참 걸렸다고 말한 이브는 내 손에 들린 목걸이 줄을 바라보았다.

"……안 알려줘."

집요한 이브의 시선을 피하고 싶었지만 유심히도 노려보는 이브였다. 알려줘도 상관은 없지만 그렇게 된다면 구구절절 전생 일을 꺼내고 설명해야 해서 귀찮았다.

"남자야?"

내가 고개를 끄덕이자, 이브의 입꼬리가 움찔거렸다. 표정 관리를 할 때의 특유 표정이었다. 남자도 있고, 여자도 있고, 길거리 고양이들도 있다고 추가로 말하자 이브가 등을 의자에 기대며 괜히 나를 노려보았다.

테이블에 앉은 지 꽤 오랜 시간이 흘렀는지 컵 속의 얼음이 많이 녹아 있었다. 물 위에 둥둥 떠다니는 얼음을 보며 나는 잠시 생각에 잠겼다. 잠시 말이 없어지면 자연스럽게 생각나는 이들에 나는 한숨을 쉬었다. 한숨과 같이 푸념도 튀어나왔다.

"앞으로 평생 볼 수 없는 사람들인데, 너무 보고 싶고 생각나. 무엇보다 너무 걱정돼. 어쩌면 좋지."

이브를 쳐다보며 말하자 그가 곤란하다는 표정을 지었다. 물어볼 번지수를 잘못 찾았다고 말한 이브는 그래도 날 위해 같이 고민은 해줬다.

"……글쎄. 어렵다."

이브는 작게 중얼거렸다. 나를 쳐다보면서 생각에 잠긴 이브는 손을 뻗어 내 입 주변을 털어줬다.

"평생 볼 수도 없는데 걱정이 된다면, 그저 그 사람들을 믿는 것밖에 달리 방도가 있을까."

나를 올곧이 바라보며 입을 여는 이브를 보니, 새삼 그가 참 많이 변했다는 것을 깨달았다. 처음엔 여러모로 조급하고 불안해 보였었는데 지금은 이해와 신뢰를 생각해 볼 수 있을 정도로 사람에게 여유가 생긴 것 같았다. 그가 천천히 좋은 쪽으로 변해가고 있다는 건 알고 있었지만 갑자기 새삼스레 느껴졌다.

"옛날에도 내 셔츠에 잔뜩 묻히면서 먹더니, 네 옷에도 흘리는 거야?"

잠시 딴생각하며 음식을 먹다 보니 아주 조금, 진짜 조금 흘리고 말았다. 이브는 내 옷에 음식이 떨어지자마자 방긋 미소를 지으며 타박했다.

"어쩔 수 없네. 새로 옷 사러 가자."

어차피 옷가게도 들릴 생각이긴 했다. 예전의 나는 예쁜 옷을 입고 시내를 돌아다니고 싶어 했으니까. 이브의 말에 고개를 끄덕이며 자리를 털고 일어나려 하는데, 지갑이 사라졌다.

"슈슈, 사실 아까 어떤 소매치기가 네 지갑 훔쳐 가는 걸 봤거든."

그렇게 말한 이브의 손에는 내 지갑이 들려 있었다. 네가 소매치기였냐. 이브는 나를 도발적으로 바라보며 내 지갑을 몇 번 던졌다 받더니, 그대로 없애버렸다. 없애기보단 이동 마법이 걸린 물건을 사용하여 내 기숙사 쪽으로 보낸 것 같았다.

내 쪽으로 다가온 이브는 내 어깨에 자신의 팔을 올려놓고 식당 계산하는 곳에 동전 몇 개를 튕겨 컵 속 안에 명중시켜 넣었다. 원래 더 좋아하는 쪽이 더 많이 해주는 거야. 귀에 중얼거린 이브는 참 재수 없는 미소를 지었다.

* * *

나는 그날 하루 종일 예안의 모습으로 있었다. 이브와 시내에서 잔뜩 뭔가를 사고 놀다 돌아왔을 땐, 주황빛 석양이 하늘에 잔상을 남기고 있었다.

기숙사로 바로 들어가기 전에, 나는 학교의 작은 호수로 향했다. 기숙사로 들어가면 옷을 갈아입고 예안의 모습에서 벗어나야 하는데, 왠지 빨리 돌아가고 싶지 않았다. 어차피 주말이라 아카데미에 학생들이 거의 없으니 크게 상관없었다. 호숫가에 도착하자 학생들은 거의 보이지 않았다. 나는 호수 앞에 앉아 물에 반사되는 내 모습을 멀거니 바라보았다.

"내가 죽고 나서 잘 생활하고 있을까."

손을 뻗어 물 표면을 만져보았다.

"세유가 불안한데……."

딱히 책임지려는 성격도 아니고. 제대로 비뚤어져 있을 것 같았다. 세유와 다른 동생들이 잘 생활할 거라고 믿고 싶었지만, 솔직히 조금 많이 불안했다. 조금 전까지 괜찮았던 기분이 다시 가라앉았다. 안 그래도 상처가 많은 아이들인데, 나 때문에 더욱 깊은 상처를 받았겠지. 걱정이 되어 그 뒤의 일들을 보고 싶었지만, 우려했던 결과를 보게 될까 무서웠다.

"짜증 나네……."

예안의 얼굴 위로 덧발랐던 화장을 지우고 단정히 묶었던 머리도 풀러 헝클어뜨렸다. 물 표면에 비친 내 얼굴 위로 손을 뻗어 작은 파도를 만들었다. 물 표면의 내 얼굴은 희미해졌다. 이제 슬슬 돌아가려고 등을 돌리는데 나무 그늘 아래 앉아 있는 스완하덴이 보였다. 그의 손에는 '믿음직스러운 사람의 특징 10가지'라는 책이 들려 있었다. 근데 독서용이라기보다는 햇빛 가리는 용으로 쓰고 있던 것 같다.

스완은 내가 서 있는 방향에서 잘 보이지 않는 각도에 앉아 있었다. 그래서 호숫가에 앉아 있는 내내 그를 발견하지 못하고 있다가, 이제야 그의 존재를 눈치챈 것이다. 나는 괜히 뻘쭘해져서 스완은 무시하고 빨리 자리를 뜨려고 했다. 아마 스완은 예안의 모습은 처음 보는 것일 테니, 날 못 알아볼 것이다. 못 알아봤으면 좋겠다.

"……잠시만."

그가 나를 불렀다.

"너, 왠지 익숙한데……."

생각해 보니, 예전에 상단주의 저택에서 이 모습으로 마주한 적이 있었다. 그때 내 얼굴을 바라보며 살짝 놀란 표정을 지었었던 것도 기억났다.

"한, 예안…… 이라는 이름으로 슈슈가 기억하고 있었지."

인상을 쓰며 필사적으로 떠올리려는 스완하덴이었다. 나는 그의 말을 듣고 깜짝 놀라 뒤를 돌아보았다. 코리나 하일리는 몰라도 스완하덴에겐 이 모습의 이름을 알려준 적 없었다. 너 어떻게 알고 있는 거야.

* * *

스완하덴은 예전부터 호수 쪽에서 시간을 보내는 것을 좋아했다. 수업에서 마주치는 거 말고, 그와 자주 마주치는 곳이 있다면 그곳은 바로 호수 쪽이었다. 바람이 불어옴에 따라 나뭇잎도 부딪혔다. 청량한 나뭇잎 소리가 들려왔고, 소리에 잇따라 스완하덴의 백발에 가까운 은발도 살랑였다. 잠시 자고 있었던 것인지, 머리카락이 조금 흐트러져 있었다.

스완은 인상을 쓰며 내 쪽으로 빠르지 않은 걸음으로 다가왔다. 가까이 오는 스완하덴을 바라보며 나는 어떻게 행동해야 할지 감이 오지 않아 입술을 살짝 깨물었다. 도망칠까 잠시 고민했지만 도망치면 쫓아올 것 같아 함부로 움직이지도 못하겠다.

스완하덴이 내 눈을 똑바로 마주 보고 다가온 게 거의 처음이어서 당황하는 중이었다. 놀람 이외의 감정이 느껴지지 않는 무표정을 지은 스완하덴이 낯설었다.

잠시 나를 물끄러미 쳐다보던 스완하덴은 내 마력의 상태를 확인하더니 곧 예쁘게 웃었다.

"아, 뭐야. 슈슈?"

아까와 다르게 상냥해진 목소리 톤이었다.

잠시 내 얼굴을 멍하니 멀뚱멀뚱 쳐다보던 스완은 잠시 뭔가를 곰곰이 생각하더니 눈을 동그랗게 떴다. 곧 정말 빠른 속도로 표정을 굳혔다.

"잠시만. 슈라이나라고?"

웃음기를 싹 지운 스완하덴은 조용히 중얼거렸다. 왠지 모르겠지만 크게 당황한 것 같은 스완하덴에게 다가가니 그가 귀를 조금 붉히며 뒤로 몇 보 물러섰다. 스완하덴이 잠시 새로운 모습에 적응할 시간을 달라기에, 나는 의아했지만 고개를 끄덕였다.

분명히 아까 스완하덴이 나보고 예안이라고 했었지. 내 기억을 읽었다고 했고. 무척 수상했기에 인상을 살짝 찌푸리며 입을 열었다.

"너가 이 모습을 어떻게 알아?"

다리가 조금 아팠기에 나는 잔디가 제일 푹신푹신해 보이는 곳에 앉아 스완하덴을 바라보았다. 내가 스완에게 앉으라고 내 옆의 잔디를 손으로 툭툭 치자, 스완하덴은 잠시 머뭇거리다가 옆에 와서 앉았다.

스완하덴은 내 말에 잠시 침묵을 유지했다. 팔을 뒤로 뻗고 잔디에 손을 올린 채 고개를 뒤로 젖혀 하늘을 바라보았다. 고개가 젖혀짐에 따라 앞머리가 뒤로 넘어가, 단정한 이마가 드러났다. 잠시 생각을 정리하는 듯 인상을 썼다.

스완은 말없이 하늘을 보다가 고개를 돌려 내 얼굴을 응시했다. 이번엔 시선을 피하지 않았다. 나를 똑바로 바라보던 스완하덴은 턱을 괴어 팔을 무릎 위로 올려놓았다.

"넌 무슨 모습이어도 다 괜찮은 것 같아."

스완하덴은 주제를 피하고 싶은 건지, 말을 돌렸다. 이놈이.

솔직하게 말하라고 그를 노려보며 말하자, 스완하덴이 눈동자를 호수가 있는 앞쪽으로 굴렸다.

"……예전에 네가 아팠을 때, 널 치료한 적이 있었어. 그때 어쩌다 네 기억을 읽게 됐는데 다 본 건 아니야."

하는 수 없이 뱉어낸 스완의 말을 들으며 나는 눈을 가늘게 떴다.

"내가 아팠었다고?"

전혀 기억이 없다. 친했다고 한 스완이랑은 척을 지고 지낸 기억밖에 없고, 내가 아팠다고 스완은 주장하는데 나는 당시에 돌도 씹어 먹을 정도로 건강했었다. 어쨌거나, 나에겐 없는 기억을 가지고 있으니 그냥 납득하기로 했다. 잠시 손가락으로 무릎을 톡톡 건드리던 스완하덴은 고개를 돌리며 입을 열었다.

"혹시 그 모습도 네가 맞는 거야? 다른 사람이 아니라?"

"응, 뭐. 그럴걸."

이미 기억을 읽었다는 말에 나는 스완하덴에게 숨김없이 말했다. 전생에 대한 것을 말해도 스완하덴은 날 미친 취급하지 않을 것 같다. 스완하덴이 처음에 날 못 알아본 걸 보아 그가 말했듯, 내 기억을 완전히 다 읽은 것 같진 않다.

스완하덴은 내가 긍정하며 고개를 끄덕이자 빠르게 납득했다. "어쩐지. 눈에 확 들어오더라."라고 중얼거리던 그는 손을 뻗어 내긴 검은색 머리카락을 만지작거렸다.

"그럼 넌, 환생한 거야?"

"어? 어…… 그렇지. 아마도. 아니, 맞아."

아무렇지도 않게 상황을 받아들이는 것 같기에 무척 당황했다.

눈치가 빠른 스완하덴은 내가 당황한 걸 알고 아주 옅은 미소를 지으며 상황을 설명해 줬다.

"불가능한 일은 아니니까. 놀랄 건 없어."

"……."

"이미 한 번 죽은 영혼을 데려와서 주인 없는 몸에 불어넣는 흑마법이 존재하거든. 쓸 수 있는 인간은 없지만, 존재하긴 해. 근데 다른 차원에서 온 영혼이 이곳에서 환생한 건 네가 처음일걸."

스완하덴에게서 이런 설명을 들으니 기분이 이상했다. 블란치 가문 도서관에는 금지된 정보들이 적힌 책들이 한가득이니, 스완은 저 정보를 자신의 저택 도서관에서 읽었을 가능성이 컸다. 흑마법에 그런 마법이 존재한다는 사실을 처음 알았다.

아니, 언젠가 나도 저 사실을 책에서 읽은 것 같다. 신과 비슷한 존재가 영혼을 관리한다고 했지. 차원 이동도 가능하게 하고. 나중에 스완하덴 한번 잘 꼬드겨서 블란치 가문의 도서관에 데려다 달라고 할까.

"그나저나 내 기억을 읽었단 말이지……."

나는 손을 꼼지락거리며 중얼거렸다. 이유가 어떻든, 내가 모르는 사이에 읽힌다는 건 사생활이 침해당하는 것 아닌가. 솔직히 말하자면, 크게 기분은 나쁘지 않았지만 그냥 좀 찜찜했다. 눈을 가늘게 뜨며 스완하덴을 바라보니, 그는 고개를 반대로 돌렸다.

"……미안, 너무 돕고 싶어서."

긴장한 것 같은 스완하덴은 인상을 쓰고 있었다. 웬만해선 표정 변화가 크지 않는 스완인지라, 티가 많이 나진 않았지만 꽤 오랜 시간 함께 시간을 보냈으니 그 미세한 차이가 보였다.

내가 대답을 하지 않고 계속 그의 측면을 바라보자, 스완하덴이 백마법은 주로 치료 용도로 쓰이기 때문에 내가 부끄럽다고 생각한 사소한 기억은 잘 읽히지 않는다고 했다. 그저 너무 일상적이어서 읽혀도 신경이 쓰이지 않을 기억이나, 내 상태에 큰 영향을 미치고 있는 중심 기억들 위주로 읽힌다고 추가로 설명했다.

스완답지 않게 남의 기분을 살피며 열심히 해명하려는 모습에, 나는 그만하면 이해했다고 그의 어깨를 두들겼다. 망할 과거를 까먹어서, 돕고 싶었다는 스완의 뜻을 이해할 순 없지만 그래도 나름 나를 신경 쓰고 행동한 사실이라는 건 믿어졌다.

죄책감 어린 표정을 지으며 호수를 바라보고 있는 스완하덴이 왠지 굉장히 친근하게 느껴졌다. 남을 상대할 때의 스완하덴을 바라보면 나도 모르게 그를 경계하게 되는데, 단둘만 있을 때는 그가 굉장히 달라졌기에 스완이 편하게 느껴질 때가 있다. 지금이 그렇다. 평화로운 분위기와 호수의 절경이 한몫한 것 같다. 몸에 힘을 빼며 난 잔디에 기대 조금 누웠다.

"넌 이전에 어떤 사람이었어?"

스완하덴은 주변에 널린 기다란 강아지풀을 들고 빙글빙글 돌리며 물어보았다.

"기억 읽었다며."

"……제일 상처가 깊게 난 기억이라, 튕겨 나갔어."

스완하덴의 손에 들린 강아지풀이 위아래로 왔다 갔다 움직였다. 그는 평소보다 진지한 분위기였다.

"정신 계열 치료마법은 상대가 핵심 기억을 공유해야만 가능해. 그 기억을 꺼내기 괴로운 사람들은 주로 기억을 읽히는 방법을 택하지만, 당사자만 괜찮다면 말로 설명해서 나누는 것도 괜찮아."

스완하덴은 잠시 고민하느라 조용히 있다가 입을 열었다. 뜬금없이 나온 정신 계열 치료마법 이야기에 나는 잠시 어리둥절했다.

"날 치료하고 싶은 거야? 미안하지만 나 멀쩡한데."

입꼬리 한쪽 끝을 올리며 나는 이죽거렸다. 스완하덴은 내 말에 살짝 미소를 지었다.

"치료는 사실 핑계야. 넌 충분히 너 스스로를 잘 챙길 거라 믿어. 근데, 그거랑 별개로……."

스완은 고개를 돌려 내 시선을 마주 받았다. 오색의 보석안이 예쁜 색을 띠며 나를 바라보았다.

"네가 느끼는 아픔들을 같이 느껴보고 싶어."

그렇게 말하며 지은 스완하덴의 미소는 조금 슬퍼 보였다. 오글거릴 수 있는 대사였지만, 언제나 생각해 왔다는 듯 건조한 말투로 말하니 진실되어 보였다. 자신의 머리카락과 대조되는 내 검은색 머리카락을 손가락으로 감으며 그는 이어 입을 열었다.

"내 작은 욕심."

스완하덴에게 장점을 굳이 찾자면, 그 누구도 따라올 수 없는 미친 외모와 솔직한 성격에 있었다. 스완하덴이 허물 좋은 말을 하지 않을 걸 알기에, 저 말이 어느 정도 사실이라는 것도 안다. 왜 저러는지는 정말 의문이어도.

지금까지는 그저 이상하다 싶어 넘어갔던 새삼스러운 사실이 떠올랐다. 생각해 보면 스완하덴은 언제나 내가 다치는 거나 상처받는 것에 있어선 민감했다.

예전에 키 크는 체조를 하다 발목을 삔 것도 그렇고, 하일리가 정신을 놓고 공격해 왔을 때도 그렇고, 흑마법에 걸렸을 때도 그렇고. 우리 엄마 아빠보다 더 극성일 때가 많다.

나는 살짝 나른해져 있던 상태였다. 붉은색에 가까운 해는 따스했고, 선선히 불어오는 바람은 기분을 좋게 만들었다.

"욕심이라면, 한번 치료해 보시든지."

스완하덴의 눈동자가 내 말에 살짝 확장되었다.

이야기 듣다가 졸면 저주 마법 걸 거야. 그에게 다 털어놓기에 앞서 눈을 작게 뜨며 그에게 말하자, 스완하덴이 그럴 일은 코리의 지렁이 글씨체가 꼿꼿하게 펴지게 될 확률보다 낮다고 했다. 나는 작게 웃으며 입을 열었다.

* * *

딱히 장황하게 설명할 것도 없었다. 사람들은 누구나 다 각자의 아픔을 가지고 있었고, 내 문제도 별다를 것이 없다고 생각했기에 대충 있었던 일만 요약해서 설명했다.

막상 말하며 생각해 보니, 내 일은 다른 애들에 비하면 정말 약소한 것이었다. 누구나 다 자신의 환경에 맞춰 살기 위해 노력하고, 누구나 다 가까운 사람들의 죽음을 맞이해야만 하며, 누구나 살면서 포기하는 것쯤은 있었다.

그렇게 생각하며 말해도, 그때의 상황을 생각하면 여전히 아팠다. 솔직히 말하면 괜찮아질 법도 해도 다시 감정이 치고 올라오는 경우가 많았다. 내가 힘들었던 건 둘째치고, 그렇게 내가 세상을 떠난 후 동생들이 어떻게 살아갈까 너무나 불안했다.

이야기의 결론은 지금 그때의 기억 때문에 불안하고 슬프다로 끝났다. 말하다 보니 나도 모르게 내 부정적인 감정들도 스완하덴에게 털어놓게 되었는데, 굉장히 부끄러워졌다. 친구이긴 해도 엄연히 타인인 그에게 지금 내가 무슨 소리를 하는 건가 싶다.

내가 자처해서 말하긴 했지만 뒤늦게 후회가 들었다. 여러모로 까발려진 기분이다. 아이스링크 위에 발가벗고 서서 조명을 받고 있는 기분.

"넌 네가 느꼈던 상처의 크기에 비해, 참 덤덤하게 말해."

스완하덴은 내 이야기를 다 듣고 나서 아주 작게 중얼거렸다. 인상을 쓴 그는 좀 불안해 보였다.

"사실 상냥하게 말하는 게 어려워서, 너한테 말을 걸 때면 언제나 더뎌."

"편하게 말해도 돼."

내가 픽 웃으며 말하자 스완이 절대 싫다고 했다.

"사람이 가장 타인에게 취약해질 때가, 마음을 열어 자신을 보였을 때래. 그래서 지금 함부로 말하기가 무서워."

스완하덴은 아까 햇빛 가리개용으로 쓰던 책을 나에게 꺼내 보이며 여기서 읽은 내용이라고 부연 설명했다. 장식용으로 들고 다닌 책은 아니었나 보다.

"네게 조언이나, 딱 알맞은 따뜻한 말을 해주고 싶은데, 어렵다."

"……스완 맞아?"

딱히 스완하덴이 내 일을 해결해 줄 거라고 생각해서 어렵게 꺼낸 이야기가 아니라, 나 속 편하라고 꺼낸 이야기였는데 그가 내 일을 들은 것에 대한 의무감을 가지니 괜히 웃음이 나왔다. 나를 많이 생각해 주는 것 같아 고마웠다. 내가 웃으며 그의 옆구리를 치며 장난 치자 그는 아무런 표정의 변화 없이 내 쪽으로 손을 뻗었다.

"보러 가자."

"뭐? 뭘?"

"무서우면, 같이 있어줄게."

나는 스완하덴이 무슨 말을 하고 있는 건지 대충 짐작했다. 설마, 내가 죽고 난 뒤의 그 상황을 보러 가자는 건가.

"동생들, 가서 안아주고 싶지 않아?"

스완하덴은 잠시 꽤 멋스럽게 미소 지었다. 곧 웃음을 지우고 원래의 무뚝뚝한 표정으로 돌아온 그는 크게 마법진을 그리기 시작했다. 예전에 꿈속에서 헤어나오지 못하고 있을 때, 스완하덴이 날 거기에서 꺼내기 위해 그렸었던 마법진과 굉장히 흡사했다.

마법진을 그리기 전에 그는 자신의 손목에 줄줄이 채워져 있던 마력 제어 팔찌를 힘으로 부쉈다. 마력이 충만해진 스완은 계속 마법

진을 그리다가 내 쪽을 바라보며 고갯짓했다. 스완의 고개 끝에는
아까 내가 뽑기로 고른 동생들 선물이 있었다.

"선물 챙겨. 대신 오래는 못 버텨."

그가 그리고 있던 건 이동 마법진이었다.

* * *

스완하덴의 손을 잡고 잠시 긴 어둠의 길을 걸었다.

어둠만이 존재하고 있는 곳이어서 스완의 얼굴이 보이지 않았다.
그래서 우리는 서로를 잃어버리지 않기 위해 손을 잡았다. 어둠 저
끝에 있는 빛에는 내가 돌려보던 전생이 있을 것이다.

예전에 그 꿈속으로 빠져들었을 때도 이런 긴 어둠의 통로를 거쳤
었지만 그때는 둥둥 떠 있었다. 지금 스완하덴과 이 길을 걷고 있으
니 기분이 이상했다. 내가 살짝 긴장해서 침을 삼키니, 스완하덴이
손을 더욱 꽈악 잡았다. 내 손이 땀으로 가득 차기 시작해서 괜히 스
완에게 미안했다.

"축축하지? 미안, 좀 긴장돼서."

스완하덴은 대답 대신 잡았던 손을 고쳐잡아 깍지를 꼈다. 대답이
없었지만 반응을 보니 신경을 쓰고 있는 것 같지는 않았다. 나 같았
으면 불쾌해서 손 놓았다.

스완하덴의 손이 시원해서 내 손의 열이 같이 식혀지는 기분이다.
스완이 든든하게 느껴져 마주 잡으니 그가 살짝 움찔했다.

완전 계 탔다. 스완하덴은 내 손을 잡고 걸어가며 매우 작게 중얼
거렸다. 잘못 들은 것 같아 스완 쪽을 바라보니 어둠 때문에 아무것

도 보이지 않았다.

* * *

　스완하덴과 손을 잡고 어둠의 길의 끝에 있는 환한 불빛 쪽으로 걸어갔다. 환한 빛이 비치자 나는 눈이 부셔 인상을 썼고 잠시 빛 때문에 걸음을 멈추니, 어느새 난 이동되어 있었다.

　빛에 적응하고 사방을 확인하자마자 도착한 곳은 다름이 아닌 우리 집 앞 공원이었다. 도착하자마자 스완하덴은 좀 심하게 비틀거렸지만 내가 쳐다보자 아무렇지 않은 척하며 허리를 세웠다.

　스완하덴과 내가 갑자기 튀어나오면 당황할 사람들을 위해 한적하지만, 최대한 내 동생들과 가까운 장소로 이동했다. 현재 해는 지고 있던 시점이었고, 덕분에 사람들이 별로 없었다.

　다시는 올 수 없을 거라 생각했던 땅에 다시 발을 디디고, 이상하리만치 그리웠던 탁한 공기를 폐에 가득 채우고, 익숙한 풍경들을 다시 눈에 담으니 가슴이 두근거렸다.

　"동생들은 근처에 있는 거야?"

　스완하덴이 살짝 인상을 쓰며 묻자 고개를 끄덕인 나는 동생들을 찾으려고 눈동자를 왼쪽 끝부터 오른쪽 끝까지 두리번거렸다.

　내가 죽고 나서 바로 그 뒤 시점은 보기가 싫어 일부러 일 년 뒤로 시간을 옮겼다. 일 년 정도는 이제 어느 정도 정리가 될 시점이라 생각했기 때문이었다. 물론 사람이 죽고 그 사람을 잊기까지 일 년이라는 시간은 턱없이 짧지만 나 나름대로 타협한 것이다. 내가 이렇게까지 겁쟁이일 줄은 몰랐다.

언제나 눈앞에 문제가 닥치면 그랬듯, 나는 상황에 대한 오만가지 변수들을 생각해 보았다.

일단 세유가 비뚤어져서 세미와 예환이를 방치해 두는 변수 하나.

세미나 예환이나 견딜 수 없는 상처에 비뚤어져서 세유를 힘들게 하는 변수 둘.

세 명 다 그냥 막 나가기 시작해서 내가 지키고 싶었던 가족이 모두 깨진 변수 셋.

심장이 아까부터 조용하지만 빠른 속도로 두근거린다. 좋은 상황은 그려지지 않고 있었다. 부모님을 잃고 회복해 나아가던 시간은 매우 길었다. 예환이는 성숙해서 금방 상처를 딛고 일어섰지만, 세유나 세미가 많이 힘들어했었다.

굳이 이다음 일을 보는 게 옳은 것인가. 나는 생각에 잠겨 손톱을 까딱였다. 그들을 다시 볼 수 있다는 기쁨은 초조로 바뀌었다. 감정이 굉장히 불안정해졌다.

스완하덴은 도착해서도 내 손을 놓지 않고 있었다. 내 얼굴을 아까부터 뚫어져라 쳐다보던 그는 엄지로 내 손등을 살짝 쓰다듬으며 입을 열었다.

"동생들이 막 나갈까 봐 걱정되면, 정신 마법 쓸까?"

스완하덴의 말에 나는 정신을 바짝 차렸다. 다정하고 부드럽게 웃으면서 무슨 그런 엄청난 소리를 한다. 그 덕에 나는 아까의 긴장이 한순간에 날아감을 느꼈다. 스완하덴의 정신 마법은 곧 정신 교육을 시켜 준다는 건데, 스완하덴의 정신 교육을 지나가며 보고야 말았던 나는 그게 얼마나 무서운 것인지 알았다.

나는 고개를 세차게 저었다. 두 번 저었고 세 번 저었다가 그냥 거

세게 저었다. 강렬한 거부반응을 보였다.

"안 그래도 힘들 애들인데 굳이 또 시련을 겪을 필요는……."

당황하며 스완하덴의 양팔을 붙잡자 그가 픽 웃었다.

"농담이야. 네가 아끼는 건 안 건드려. 나 카림 엄청 아끼는 거 몰라?"

스완하덴이 카림을 언급하자, 나는 예전에 그가 카림을 목말 태우고 학교를 돌았던 일을 떠올렸다. 카림이 말랐지만 키가 커져서 들기 어려울 텐데도 번쩍 들어 올리고 막 뛰었지. 그리고 그 뒤를 비이디엘이 손에 가시투성이인 엉성한 꽃다발(직접 만든 것 같다)을 들고 쫓았던 것 같다.

카림은 상당히 스완을 잘 따랐다. 그를 무서워하는 것 같기도 하지만, 카림은 학교 내에서 스완을 유일하게 좋게 평가하고 있었다. 생각해 보니 스완하덴이 애잔해서 좀 슬퍼졌다.

"긴장 풀어."

스완하덴이 내 등을 툭툭 두들기며 입을 열었다. 나는 그런 스완하덴을 바라보며 작게 웃음 지으며 고개를 끄덕였다.

"한예환! 정의의 공격을 받아라! 푸와아아! 콰과광!"

"세미야, 그만해. 정신 사나워."

"삐용, 삐용, 삐용! 콰과광!"

스완하덴과 내 반대편에서 별안간 두 앳된 목소리가 들려왔다. 어린 여자아이 한 명과 남자아이 한 명이 공원의 길을 걸어가고 있었다. 익숙한 목소리였기에 나는 그쪽으로 시선을 돌렸다. 내가 재빨리 고개를 돌리자 스완하덴도 같이 고개를 돌려 그 목소리의 주인공들을 바라보았다.

세미와 예환이었다. 나는 조금 급하게 그들의 상태를 살폈다.

"근데 우리 뭐 사러 가는 거라 했더라?"

"세유 형 화장실에서 구출해 줘야지. 휴지 다 떨어져서 거기에 갇혔잖아. 형 치질 생기면 돈 깨지니까 빨리 가자."

"아휴! 진짜 골칫덩이! 그냥 손으로 닦으면 되잖아."

"……세미야, 네 이야기니."

세미와 예환이의 대화를 들으며 나는 작게 미소를 지었다. 왠지 모르게 안도도 들었다. 그 이전과 크게 달라진 건 없어 보였다. 여전히 밝고 귀여웠다. 다들 좀 살이 빠진 것 같지만 표정과 눈동자는 여전히 밝았다.

그들의 대화에서 세유가 언급되자 인상을 쓰고 대화에 집중했다. 세유의 근황이 궁금했다. 내가 죽고 난 후 무슨 일이 생겼을까 걱정했지만 내가 생각하는 것과 좀 다른 종류의 문제가 생긴 듯하다.

나는 스완의 겉옷을 잡고 그를 이끌었다. 그 두 명의 뒤를 몰래 따르며 열심히 이동했다. 스완하덴도 한참 내 장단에 맞춰 살금살금 이동하다가 곧 입을 열었다.

"염탐만 할 거야?"

그의 말에 나는 고개를 저었다. 가서 말도 걸고 싶었고 인사도 하고 싶었는데 좀처럼 발걸음이 떨어지지 않았다. 게다가 나는 현재 예안의 모습이잖아. 너무 정신없이 와서 변장 마법을 풀지 못한 상태였다. 갑자기 죽었던 가족이 살아 돌아오면 혼란만 줄 것이다.

망설이는 나를 보던 스완하덴은 자신의 겉옷을 벗었다. 셔츠 안에 검은색 반팔을 입고 있었던 스완은 자신의 팔에 감긴 붕대를 보고 가만히 있다가, "아직 괜찮네." 하고 중얼거렸다.

그는 벗은 흰색 셔츠를 내 얼굴 쪽에 둘둘 감았다. 그리곤 내가 앞을 볼 수 있게끔 눈 쪽 머리카락을 치워줬다.

"따라와."

난 딱히 아무 생각도, 계획도 없었기에 일단 스완하덴을 따르기로 했다. 그리고 스완하덴은 무대포로 내 동생들 앞에 서서 길을 가로막았다. 스완하덴도 별 계획이나 생각이 없던 것 같았다.

"……."

"……."

세미와 예환이는 갑자기 뜬금없이 나타나 자신들의 길을 막은 스완하덴을 그저 멀거니 쳐다보았다. 나는 좀 부끄러워서 그의 옆에 당당히 서 있진 못하고 등 뒤에 숨었다. 살짝 고개를 빼서 스완하덴 앞에 멀뚱멀뚱 서 있는 세미와 예환이를 바라봤는데 그저 보기만 해도 너무 좋았다.

갑자기 튀어나와 말도 없이 자신들을 노려보고 있는 스완하덴이 만일 평범한 사람이었더라면, 세미와 예환이는 그저 무시하고 지나갔을 것이다. 그러나 아무래도 스완의 외모가 워낙 튀어서인지, 그들은 잠시 멈춰 서서 스완의 얼굴을 멍하니 바라봤다.

스완은 잠시 버퍼링에 걸린 것 같은 현장을 바라보며 자신의 뒤로 숨은 나에게 번역 마법을 걸어달라고 속삭였다. 아, 말이 안 통하니 아무 말도 못 했던 거군. 나는 고개를 끄덕이며 스완의 등에 마법진을 그렸다.

"안녕."

번역 마법이 제대로 걸린 것을 확인한 스완이 입을 열자, 세미와 예환이가 동시에 화들짝 놀랐다. 걸렸던 버퍼링이 풀린 순간이었다.

"우와아아! 실물이다!"

언제나 시끄러운 세미가 웬일로 조용하다 싶더니, 뒤늦게 기다렸다는 듯 소리쳤다. 옆에 있던 예환이가 세미의 외침에 깜짝 놀라 인상을 썼다. 나도 사실 깜짝 놀랐다.

"예환 오빠! 실물이야! 옛날에 언니랑 같이 보던 '장미 공주님의 하루'에 나오던 왕자랑 똑같이 생겼어! 티비에서 튀어나왔나 봐! 사람같이 안 생겼어!"

흥분한 세미는 예환이의 어깨를 잡고 짤짤 흔들었다. 예환이는 세미를 보고 날뛰지 말라고 조용하게 말했다. 세미는 예환이의 말을 듣지 않고 스완하덴 주변을 빙글빙글 돌았다. 예환이는 스완하덴에게 미안하다고 짧게 사과하고 세미를 스완에게 멀리 떨어뜨렸다.

"세미야, 그냥 외국인이야."

"예환 오빠는 너무 진지해! 저리 가! 티비에 나오는 오스카르도르 왕자님 맞죠!"

세미는 연예인이라도 본 것처럼 눈을 반짝이며 스완하덴을 바라보았다. 스완하덴은 오스카르도르라는 이상한 이름을 중얼거리며 나에게 누구냐고 물어봤다. 나는 사람들이 만들어낸 가상의 인물이라고 설명해 주자 그가 이해한 듯 고개를 끄덕였다.

"아니."

스완은 냉정했다. 세미는 그의 말에 볼을 부풀렸다.

"거짓말! 완전 똑같이 생겼는데요? 우리 언니가 완전 좋아했는데, 사인 받아도 돼요?"

"맞아. 근데 최근에 스완하덴으로 개명했어."

어느새 주머니에서 펜을 꺼내 세미가 들고 있던 껌 껍질에 괴상한 그림을 그려주고 있는 스완은 물 흐르듯 유창한 거짓말을 보여줬다.

"뒤에는 누구예요? 설마 공주님?"

"어."

스완하덴은 거짓말로 밀어붙이기로 작정한 것 같았다.

"근데 왜 저렇게 꽁꽁 싸매고 있어요?"

"공주가 너무 예뻐져서 얼굴을 봉인했어. 나만 볼 거야."

스완하덴이 이브와 방을 쓰다 보니 이브 병에 옮은 것 같았다. 이브는 나에게 저런 느끼한 말은 하지 않았지만 행동이 그런 느낌이었다.

세미와 예환이는 스완에게 금방 경계를 풀었다. 예환이는 인상을 쓰며 스완을 조금 경계하는 듯싶더니, "아, 설마 우리나라까지 와서 코스프레 하는 외국인인 건가." 하고 말하며 스완의 존재를 납득했다.

예환이의 말에 스완은 내 쪽으로 고개를 돌리며 이번엔 코스프레가 뭔지 물어보았다. 내가 대충 둘러대라고 말하자, 스완하덴은 고개를 끄덕였다.

"맞아. 할 일이 더럽게 없어서."

스완의 말에 예환이는 머쓱하게 웃었다.

"아…… 그렇구나. 이 붕대는 뭐예요?"

예환이의 질문에 스완하덴의 눈동자는 다시 나에게로 꽂혔다. 이게 무슨 맥락이냐고 스완이 물어보자, 나는 대충 컨셉이라고 말하라고 했다. 컨셉이 뭐냐고 물어보자 나는 그냥 둘러대라고 답했다. 스완하덴은 인상을 쓰다가 고개를 끄덕였다.

"간지템."

아무래도 번역 마법의 효과가 너무 좋은 것 같았다. 스완이 눈치가 무섭게 빨라 다행이었다. 나는 스완의 언어 사용을 보며 입꼬리 한쪽을 들어 올렸다.

"목까지 하고 있으면 안 더워요? 코스프레도 몸 생각하면서 해요. 그러다가 더위 먹어요. 근데 엄청 멋있긴 해요. 역시 얼굴이 잘생기면 다인가 봐."

"다긴 해."

스완하덴은 예환이의 잔소리에 고개를 끄덕였다.

그렇게 스완이 동생들에게 접근해서 대신 말을 걸어줄 동안, 나는 실컷 오랜만에 보는 동생들을 가까이서 구경할 수 있었다.

화려한 외모 덕인 건지, 스완하덴은 동생들에게 인기가 좋았다. 무뚝뚝해 보이긴 해도 묻는 말에는 꼬박꼬박 대답해 주는 스완하덴이었다. 스완은 간간이 동생들을 보며 웃었다. 내 앞에서 자주 웃듯이 동생들 앞에서도 잘 웃으려 입꼬리를 올렸다.

애써서 인상 관리를 해야 하는 코리와 다르게 스완하덴이 웃으니 정말 마음씨 착한 천사 같긴 했다. 스완하덴이 잘 웃으며 대화를 하자, 나중엔 동생들의 경계가 완전히 풀어져 결국 화장지를 사러 마트까지 같이 가자는 제안도 받아냈다.

그래서 스완과 마트까지 나란히 걷게 된 세미와 예환이는 스완하덴이 신기한 것인지 끊임없이 질문을 던졌다. 스완하덴은 제일 시끄러운 세미에게 사탕을 먹여 조용히 하게끔 했지만, 세미는 사탕을 받자마자 와작와작 씹어 먹어 다시 떠들었기에 스완은 반쯤 포기하며 모든 질문을 받아줬다.

어느 나라에서 오셨는지, 등등. 스완과 함께 있으니 조용히 있던 나에게도 질문이 오기도 했다.

"누나는 우리나라 사람이에요? 저 형은 확실히 외국인인데 누나는 친숙해서요."

예환이는 스완의 셔츠 사이로 삐져나온 내 검은색 머리카락과 간간이 보이는 검은색 눈동자를 보며 말했다. 애들을 볼 때마다 가슴이 벅차올랐다. 언제나 꿈속에서만 보았던 예환이가 나를 쳐다보며 질문을 했지만 그 벅찬 기분 때문에 난 아무 말도 할 수 없었다. 입을 열면 아리랑의 어조로 말이 나올 것 같아 무서웠다.

나는 예환이의 질문에 대충 고개를 끄덕였다. 비록 말은 못 걸고 있지만 그들의 일상을 스완과의 대화를 통해 들을 수 있다는 것만으로도 좋았다.

스완하덴은 처음에 그들의 질문에 귀찮아하는 듯하면서도 꼬박꼬박 대답해 주더니, 이야기만 듣고 아무 말도 하지 않고 있는 나를 발견하고 나선 자신이 직접 질문을 했다. 내가 듣고 싶어 하는 일상적인 이야기에 대해서 말이다. 아침은 뭘 먹었는지, 학교생활은 잘하고 있는지 등등.

은발의 미친 외모로 사생활을 캐묻는 외국인에, 예환이는 다시 경계하는 것 같았지만 스완이 이 나라의 어린이들에 대해 책을 쓴다고 말하자 오히려 예환이가 적극적으로 변해 잘 대답해 주었다. 저런 뻥쟁이.

세미와 예환이는 스완에게 관심을 오롯이 쏟는 것 같으면서도 내 쪽을 계속 힐끔힐끔 쳐다보았다. 나는 내 얼굴을 들킬까 봐 조금 더 그의 셔츠를 여몄다.

마트에 들려 화장지를 한 묶음 사고 이젠 집 쪽으로 돌아가는 길이었다. 원래도 짧은 거리였지만 유난히 짧게 느껴졌다.

다행히 예환이와 세미는 집으로 곧장 가는 길을 선택하지 않고 공원을 빙 둘러 집 가는 길을 선택했기 때문에 조금 더 이야기를 나누며 걸을 수 있었다. 처음에 왜 굳이 빙 둘러 가는 건지 궁금했지만, 곧 그 이유를 알 것 같아 인상을 썼다.

나 때문에 그 길을 피하는 건가. 내 죽음이 여러 방면으로 그들의 생활 방식에 영향을 끼칠 거라는 사실을 알곤 있었지만 막상 눈으로 확인하니 그렇게 유쾌하진 않다.

"흥흥~ 나는 장밋빛 공! 주! 내가 제일 예뻐~."

세미는 태어날 때부터 에너지가 넘치는 아이였다. 집 가는 길 내내 가만히 걷지를 못하고 폴짝폴짝 붉은 돌만 밟으며 걸었다. 세미는 손을 양쪽으로 뻗으며 흥얼거리다가 이따금 입을 열어 노래를 불렀다.

내가 죽기 전에 나와 같이 봤었던, 아동용 만화의 주제가였다. 스완을 보니 그 애니메이션이 떠오른 것인지 주제가를 부르고 있었다. 노래를 부르며 뛰어가던 세미는 후렴구를 부르다가 이내 멈췄다.

"아, 이다음에 뭐였더라? 다음에 가사가 뭐였지 오빠?"

세미는 멈춰 서서 머리를 긁적이며 인상을 썼다.

"날아가던 욕심쟁이 단팥죽!"

"아냐! 그건 다른 노래잖아!"

내 옆을 총총 뛰어다니며 걷던 세미는 언제나 그렇듯 예환이에게 짜증을 냈다. 예환이는 세미를 바라보며 입을 비죽 내밀었다. 그 모습을 지켜보던 나는 나도 모르게 예전의 향수에 젖어 들어 입을 열었다. 그리고 충동적으로 노래를 불렀다.

나는 입을 열며 이다음 가사를 아직도 기억하고 있다는 사실이 신기했다.

"아~ 장밋빛. 아아~ 눈부시구나~."

일단 세미가 그다음 가사를 궁금해하기에 불렀지만, 나는 노래를 못 부른다. 진짜 못 부른다. 때문에 음정과 박자가 엉망이었지만 가사는 맞았으니 그다음은 부를 수 있을 것이다. 오랜만에 듣는 세미의 들뜬 노랫소리가 좋아서 습관적으로 불러버렸다.

내가 들어도 내 노랫소리가 최악이라 괜히 뻘쭘해져서 셔츠 속 볼을 긁었는데 문득, 예환이와 세미의 시선이 내게서 떨어지지 않고 있다는 걸 알게 되었다. 그들은 놀란 얼굴로 나를 쳐다보고 있었다. 특히 세미의 표정이 점점 일그러지더니 가관이 되었다. 커다란 눈동자가 점점 붉게 변하며 눈물이 천천히 고이기 시작했다.

예환이는 나를 보며 아스라한 미소를 지었다.

"언니…… 뭐야. 언니도 노래 왜 이렇게 못 불러."

울음에 젖은 세미의 목소리가 떨리고 있었다. 한 방울 떨어진 눈물은 두세 방울이 되었다. 작은 입이 오물오물거렸고 노래를 부르느라 튀었던 침 때문에 입술이 조금 번들거렸다.

훌쩍이던 세미는 갑자기 빵하고 울음을 터뜨렸다. 나에게 다가와 내 옷소매를 잡고 늘어졌다. 세미는 목이 긁히는 듯한 소리를 내며 울기 시작했는데, 자칫 목이 찢어지는 게 아닐까 걱정될 정도로 목소리가 컸다.

나는 갑자기 울기 시작하는 세미의 모습에 안절부절못했다. 어떻게 하지. 갑자기 안아주면 당황하지 않을까.

"완전 못 불러. 진짜 너무 못 불러. 그게 뭐야아……."

예환이는 갑자기 꺼이꺼이 울기 시작하는 세미를 안고 등을 토닥이더니 슬픈 표정으로 세미에게 이게 무슨 예의냐고 잔소리를 한 뒤, 나에게 머리를 숙여 사과했다.

"노래를 그렇게 못 부르신 건 아니에요. 그저 우리 맏누나랑 비슷하게 부르셔서 세미가 이러는 거예요. 저도 마찬가지지만, 세미가 우리 누나를 정말 잘 따랐거든요."

세미는 예환이의 어깨에 얼굴을 묻은 채 계속 울었다.

"보고 싶어, 언니야…… 언니야…… 보고 싶어……."

앓는 소리를 내는 세미의 콧속에서 콧물이 줄줄 나와 콧물 방울을 만들고, 예환이의 어깨도 적셨지만 예환이는 크게 신경 쓰지 않았다. 나도 어느새 스완의 뒤로 빠져 그의 어깨 쪽에 얼굴을 가리고 내 표정을 숨겼다. 어차피 셔츠 때문에 보이지도 않을 테지만, 그래도 숨기고 싶었다.

예환이가 나에게 재차 사과했지만 세미의 울음소리가 너무 커서 말할 때마다 막혔다. 예환이도 그런 세미를 따라 울고 있었다.

"세유 형이 딱 32,580일만 더 자면 누나 볼 수 있다고 했잖아. 참아, 한세미."

"학교에서 나눗셈 배웠는데 32,580일이면 90년이야, 오빠. 그냥 죽고 나서 보라는 소리잖아! 다 미워! 다 꺼져! 내가 바보 줄 알아?! 언니이! 예안 언니이! 언니이이!"

세미는 우느라 정신이 없었다. 예환이가 세미를 껴안고 있었지만, 세미가 밀쳐내서 땅에 착지하려다가 한 바퀴 굴렀다. 나는 깜짝 놀라 나도 모르게 세미가 다치기 전에 몸을 부축해 줬다.

나는 몸을 가누지 못한 채 우는 세미를 안아주고 싶어 계속 참다가 용기를 내었다. 울고 있는 세미를 향해 엉거주춤 팔을 뻗었다. 작은 손으로 눈물을 닦는 둥 마는 둥 하던 세미가 울면서 나에게 안겼다.

세미를 안으니 또 옛날 생각이 났다. 부모님이 돌아가신 후에도 세미가 자주 울었을 때 이렇게 안아 들어 엉덩이와 허리를 사이를 가볍게 토닥이며 달래주기도 했었다.

세미는 아직 몸집이 작아 아주 가볍게 들렸다. 내 목을 껴안고 울던 세미는 내가 안아 들자, 얼마 지나지 않아 울음을 그쳤다.

내 어깨에 자신의 콧물을 잔뜩 묻힌 세미를 보며 예환이가 내려오라고 타일렀지만 세미는 숨만 쌕쌕 내쉬며 미동도 하지 않았다.

나는 괜찮다고 예환이에게 웃어 보인 뒤 예환이의 머리카락을 쓰다듬었다. 예환이의 표정이 돌연 멍해졌다.

세미는 내 목에 두른 손을 꼼지락거리며 감정을 가다듬었다. 진정한 세미는 조용해졌다.

"세유 오빠가 내가 울면 언니가 속상해한대서, 멀리 떠나도 행복할 수 없다고 울지 말라고 했는데. 또 울어버렸어. 몇 달 동안 안 울었는데. 진짜야."

내 어깨에 자신의 포동포동한 볼을 가져다 댄 세미는 입술을 우물거리며 이어 말했다.

"셔츠 언니는 노래 못 부르니까 이건 예외야. 우리 언니, 평생 우리 걱정하고 뒷바라지하다가 떠났단 말이야. 다른 곳에 가서도 우리 때문에 슬프면 안 돼."

세미는 슬프게 중얼거렸다. 나는 세미의 말을 들으며 아무 말도 할 수 없었다. 아무 생각도 들지 않았다. 형용할 수 없는 감정만이 깊게 내 마음속에 일렁였다.

나는 입술을 꽈악 깨물며 잠시 숨을 깊게 내쉬고 세미에게 주려고 했었던 달팽이 인형을 꺼내 들었다. 세미가 보게끔 들어 올려 양옆으로 흔들어보았다. 세미는 눈을 동그랗게 뜨며 그 인형에 크게 관심을 보였다.

"달팽이다! 나 달팽이 완전 좋아해! 예전에 언니한테 장난감 사달라고 했을 때, 언니가 집에 벌레 잡으면서 놀라고 했는데…… 근데 달팽이 좋아해!"

흥분한 세미는 순서 없이 말을 내뱉었지만, 굉장히 좋아하고 있다는 사실은 틀림이 없었다. 세미는 코를 훌쩍이는 와중에도 맑게 웃으며 안긴 상태로 다리를 흔들었다. 세미의 품에 인형을 안겨주니 세미가 함박웃음을 지으며 품에서 벗어났다.

세미는 달팽이의 머리를 잡아당기고 놀면서 꺄르륵 웃었다. 장난치며 웃고 있었지만, 완전히 슬픔이 사라진 건 아니었다. 그래도 세미는 나를 보며 애써 미소를 지었다.

우는 세미를 인형으로 달랜 뒤, 난 예환이에게 어떻게 선물을 전해줄까 잠시 고민했다. 갑자기 과도를 건네주면 상당히 이상할 것이다. 하지만 곧 나는 지금 나에게 그런 생각을 할 여유가 없음을 깨달았다.

나는 예쁜 가방에 들어 있는 과도를 꺼내 예환이에게 줬다. 예환이는 우는 세미 옆에서 안절부절못하다가 뜬금없는 내 선물에 고개를 갸웃거렸다. 예환이는 나를 바라보며 왜 갑자기 주는 거냐고 물어보았지만 나는 대답을 할 수가 없었다.

시간이 얼마 남지 않았다. 나는 스완을 힐긋 쳐다보곤 예환이를 바라보며 한 가지를 부탁했다.

"이거 혹시 너희 형 줄 수 있어?"

이어서 목걸이 줄을 내밀었다. 목걸이의 보석 부분에는 다홍색과 검은색이 섞여 있는 작은 마법석이 박혀 있었다. 내가 맨 처음 만들었던 마법석으로, 나에게 굉장히 의미 있는 물건이었다.

예환이는 마법석이 달린 목걸이를 받고 잠시 나를 뚫어지게 쳐다보다가 곧 한숨을 쉬었다.

"누나가 모르는 사람의 물건은 막 받지 말라고 했는데, 에이 몰라. 이거 무슨 행사 경품이죠? 이거 무슨 이벤트예요?"

예환이는 고개를 갸웃거리며 나를 쳐다보았다. 내가 역시 이번에도 아무 말도 하지 못하자 예환이는 입술을 비죽 내밀었다.

나는 예환이의 말에 곰곰이 생각하다가 조금 뒤늦게 입을 열었다.

"프리허그…… 이벤트도 있는데 한 번만 안아봐도 될까?"

예환이는 이벤트가 죄다 뒤죽박죽이라며 투덜거리더니, 집에 도착하기 직전에 멈춰 섰다. 그리곤 눈동자를 굴리더니 이내 고개를 끄덕이며 그 작은 팔을 뻗어 나를 꼬옥 껴안았다. 아까 내 품에 매달려 있었던 세미도 다시 달려와 나를 껴안았다.

"이 언니가 세유 오빠도 이렇게 안아줬으면 좋겠다."

세미와 예환이는 나를 한 번 안더니 놓아주지 않았다. 둘의 얼굴에서 눈물이 흐르고 있었다. 나를 한참 껴안던 그들은 예환이의 "세유 형 진짜 치질 생기겠다."라는 말을 시작으로 나를 놓아주었다.

"얘들아, 정말 즐거웠어. 우리는 이제 가볼게. 집에 조심히 들어가."

나는 집 앞에 이르기 전에 멈춰 두 명을 돌려보냈다. 두 명은 계속 뒤돌아본 채 나에게 손을 흔들다가, 아파트 근처에서 자신들을 찾고 있는 세유의 모습에 냉큼 달려갔다.

"야! 너희 화장지 만들러 아마존에 갔다 왔냐? 왜 이렇게 늦어?"

"뭐야, 형. 왜 이렇게 빨리 나왔어? 더러워……."

"세유 오빠한테서 똥 냄새…… 아니다! 고기 냄새! 오빠 우리 빼고 고기 구워 먹은 거야?"

나는 저 일원 중의 하나였었던 예전의 나를 떠올렸다가 씁쓸한 미소를 지었다. 오랜만에 보는 세유는 더 야위어 있었고, 동생들 때문인지 눈빛이 조금 의젓해져 있었다. 물론 얄미운 건 여전했지만.

"나 혼자 먹으려고 한 게 아니라, 너희 깜짝 놀라게 해주려고 미리 구웠지, 이 똥방구들아."

"됐어. 비계밖에 안 남겨 놨겠지."

"세유 오빠가 그렇지 뭐."

암울했던 분위기가 끈끈한 유대감으로 채워지고 있다는 게 느껴졌다. 그들은 내가 생각했던 것보다 잘 자랐고, 강했다. 나는 먼발치에서 그들을 보며 미소 지었다. 다들 조금씩 고통을 극복하면서 앞으로 나아가고 있었다.

나는 세유에게 달려가 그에게도 작별 인사를 하고 싶었지만, 참고 스완에게 고개를 돌렸다.

"이제 그만 가자."

"왜? 좀 더 있지 그래. 쟤한테는 아직 인사도 안 했잖아."

나는 아까부터 안색이 파리해지기 시작한 스완을 바라보며 인상을 썼다. 그는 숨을 힘들게 내쉬고 있었다.

"가자니까."

"신경 쓰지 마. 여기까지 왔는데 할 거 다 해."

스완하덴은 내 이마에 이마를 기대고는 살짝 미소 지었다. 무게 중심이 일순간 나에게 쏠린 걸 보면 그의 힘이 떨어져 가고 있는 것이 분명했다.

"똥폼 잡지 말고 마법 풀어."

"……."

내 말에 스완하덴은 나와 동생들을 번갈아 쳐다보았다.

그가 망설이는 동안 그의 붕대 사이로 피가 흐르기 시작했다. 마력이 불안정해지면서 그의 상처가 다시 벌어진 게 분명했다. 나는 재빨리 스완의 양팔을 붙잡고 부탁했다.

"충분해. 스완, 난 이 정도가 좋아. 내 무리한 요구 들어줘서 고마워."

"……."

스완은 말없이 내 눈동자를 지그시 쳐다보았다.

"그니까 가자. 배고파, 나."

배고프다는 말에 스완은 그제야 시전했던 이동 마법을 풀었다. 나와 스완을 미세하게 감싸던 백마법 마법진이 사라지고, 진 속에 들어 있었던 마력은 다시 스완에게로 흡수되었다.

우리는 다시 그 어둠의 길 속에 놓이게 되었다. 길 끝에는 흰빛이 보였는데 저기로 나가면 나의 현재가 있을 것이다.

스완하덴은 어두운 통로로 들어서자마자 기다렸다는 듯 쓰러졌다. 그는 숨을 헐떡이며 겨우겨우 백마법을 이용해 스스로를 치료했다. 나는 고통스러워하는 스완하덴을 바라보며 마음을 다잡았다. 자책하고 싶지는 않았다. 그건 리스크가 큰 이동 마법을 쓰면서까지 날 위했던 그의 선택을 의미 없이 만들 테니까.

대신 스완 덕분에 평생 한으로 남아 있었을 일을 해소했으니 고맙다고 말하고 싶었다. 고마워하고 싶었다. 고생한 스완에게 미안하기도 했지만 고마운 마음이 더 컸다.

난 비틀거리는 스완하덴을 재빨리 부축해 주었다. 스완하덴은 앞을 바라보며 열심히 걷는 나를 바라보다가 픽 웃었다.

그는 내 머리에 자신의 머리를 얹고 잠시 비볐다. 오늘따라 그는 나에게 자주 붙었다. 모습이 바뀌어서 어색할 법도 한데, 그는 오히려 날 더 편하게 대했다.

스완은 잠시 내 얼굴에 자신의 얼굴을 기대 천천히 힘을 회복하다가 돌연히 놀라 고개를 들었다.

"왜 우는 거야?"

스완은 기대던 몸을 들어 올렸다. 회복이 빠른 스완이 쌩쌩한 척하는 건지, 진짜로 쌩쌩해진 건지 잘 모르겠지만 어느 정도 원래의 상태로 돌아온 것 같았다.

나는 손을 뻗어 스완하덴의 손에 깍지를 꼈다.

"돌아가자, 내가 원래 있던 곳으로. 돌아가자."

나는 길고 긴 어두운 통로를 천천히 걸어가며 다짐하듯 작게 중얼거렸다.

하나씩 메워져 가고 있었다. 그곳에 있었던 내 추억, 내 시간들이 새로운 기억과 시간들로 채워져 갔다. 그건 당연한 이치였다.

분명 앞으로도 나는 그들 안에 남아 있을 테고, 내 안에도 그들이 남아 있을 테지만 이젠 이 길고 어두운 길의 간격만큼 서로 다른 곳을 바라보고 살아갈 것이다.

내가 과거에 침체해 있을 동안 그들은 서서히 고통을 극복해내고 있었다. 대견하고 자랑스러웠지만 동시에 조금 서러웠다. 이런 감정이 드는 것도 다 내가 아직 어려서이기 때문인 건가.

저 길 끝을 나가면 이제 정말 내려놓아야 했다. 더 이상 과거를 붙들고 있을 핑계는 없었다. 그들이 내 행복을 바라며 제 가슴 한편에 날 묻어둔 것처럼 나도 그리해야만 했다. 지금까지는 잘되지 않았지만, 이젠 그래야 했다. 잘 살아갈 것이라고 믿으며 놓아주어야 했다.

책임감을 놓아버리니 문득, 내 안에 허전함이 가득 채워졌다. 나는 아까 세미가 운 것처럼 크게 소리 내어 울었다. 이렇게 소리 내서 추하게 우는 건 처음이었지만 아무것도 보이지 않는 탓에 마음이 놓였다. 고요한 가운데 내 울음소리만이 들려왔다.

이제 진짜 마지막이었다. 과거 일을 곱씹으며 슬퍼하는 건 진짜 이걸로 끝인 거다.

스완하덴은 말없이 내 손을 잡고 곁을 걸어줬다. 그의 손을 통해 목 손상을 막는 마법이 흘러들어왔다. 다시 마법을 쓰는 스완을 보니 어느 정도 회복이 되는 것 같았다.

"슈슈, 이제 허락해 줄 수 있어?"

"뭐."

"네가 옛날에 나한테 해줬던 거."

스완의 말에 나는 인상을 썼다. 당장 며칠 전에 내가 뭐를 했는지도 기억 안 나는데 옛날 일을 내가 어떻게 알아.

"그게 뭐야. 몰라. 마음대로 해."

나는 정신이 없었기에 훌쩍이며 대답했다.

내 허락이 떨어지자, 스완하덴은 내 손에 힘을 주며 좀 더 많은 양의 마력을 흘려보냈다.

스완과의 접촉을 통해 내 기억, 동시에 내 작은 감정 하나하나 모두 그에게 넘어가는 것이 느껴졌다. 좋았던 기억과 감정은 그와 나누면서 더욱 아름답게 변했고, 반대로 힘들었던 때의 기억들이 상처들과 함께 그에게 넘어가 아문 채로 돌아왔다.

내가 그동안 느꼈던 상실감, 책임감, 부담감 등이 그와 나누며 점점 가벼워지고 있었다.

아까 치료한다는 소리가 바로 이 마법을 두고 한 소리인 건가, 문득 생각이 들었다.

그는 치료 마법을 사용할 때 남의 상처를 받아들여 자신의 몸에서 치료했다. 정신 계열 치료도 비슷한 원리로 작동하는 듯했다. 나는 왜인지 모르게 그의 치료 방식을 잘 알고 있었지만 깊게 생각하지 않기로 했다.

치료 도중, 전생의 많은 기억과 상처들이 그에게 넘어갔다 돌아왔다. 아까는 혼자 괴로워하고 슬퍼했다면, 이젠 내 모든 것을 아는 누군가가 진심을 다해 같이 힘들어해 주니 자연스레 어깨가 가벼워졌다.

마법을 통한 대화와 공감에 나는 위로를 얻었다. 추억 하나하나가 신경 써야 할 난제가 아닌, 빛바랜 사진이 되어 내 안에 걸렸다. 내가 태연하게, 객관적인 눈으로 사진을 바라볼 수 있게 그걸 걸어준 건 스완하덴이었다.

참 아름다운 마법이라는 생각이 들었을 땐, 어느새 길 끝의 빛에 다다라 있었다. 우린 그 긴 길에서 벗어나 원래 세상으로 돌아왔다.

* * *

빛에서 나오자마자 나는 한 바퀴 거하게 굴렀다. 눈을 뜨니 스완하덴의 얼굴이 아주 가까이 있었다.

한밤중이어서 사방은 어두웠지만, 달빛은 아주 밝았다. 은은한 달빛을 받아 스완의 얼굴이 뚜렷하게 보였다. 스완은 나 대신 눈물을 흘리고 있었다. 숨결이 느껴질 듯한 거리에서 바라본 그의 오색 눈동자는 그저 예쁘다는 말밖에 나오지 않았다.

말없이 눈물만 뚝뚝 흘리고 있는 그의 눈가에 나도 모르게 내 엄지를 가져다 대었다. 스완과 가까이 얼굴을 마주하고 있으니, 그가 흘린 눈물 때문에 미약한 열기가 느껴졌다.

스완하덴은 바닥을 받치고 있던 오른손을 들어 아주 조심스럽게 내 얼굴 한쪽을 감쌌다. 소중하게 다뤄지고 있다는 게 느껴질 정도로 조심스러운 손길이었다.

말라가는 내 눈물을 손가락으로 쓸던 스완은 내 얼굴을 자신 쪽에 좀 더 가까이 이끌었다. 안 그래도 가까웠던 거리가 더욱 가까워졌다. 조금만 더 움직이면 입술이 닿을 것 같았다.

"사랑스럽지 않은 구석이 없어."

슬픈 미소를 지으며 입을 달싹인 스완은 쉰 목소리로 나에게 작게 속삭였다. 그가 말할 때마다 그의 옅은 숨이 느껴졌다. 순간, 입술이 닿은 듯한 착각이 들었다.

스완은 뒤늦게 거리를 깨달은 건지, 아니면 그걸 이미 의식하고 있는 상태인 건지 돌연 내 입술을 뚫어져라 쳐다보았다.

한동안 눈을 내리깔아 입술을 보던 그는, 다시 눈을 들어 올려 나를 쳐다보았다. 상당히 도발적인 눈빛이었지만, 강제적이진 않았다.

스완은 한쪽 손을 내 허리 부근에 힘없이 얹고, 다른 한쪽 손으로 내 얼굴을 붙잡아 자신의 얼굴 바로 앞에, 입술과 입술이 닿기 직전의 거리에서 멈추고 그대로 가만히 있었다. 난 여전히 그의 얼굴에 시선을 빼앗겨 밀어낼 생각도 못 하고 있었다.

두 입술이 살짝 맞닿았다 말았다 했다. 이미 닿은 것 같다는 착각이 들 정도로 가까운 거리였다. 입술 끝이 간지러웠다.

스완은 딱 거기까지의 거리를 유지할 뿐 더 이상 나를 끌어당기지도, 밀쳐내지도 않고 가만히 있었다.

묘한 분위기에 휩쓸려 시발점을 당긴 건 나였다.

나는 마치 홀린 듯 그의 입술 위에 작게 입을 맞추었다.

입술이 맞닿자마자 스완하덴이 기다렸다는 듯 나를 자신의 쪽으로 강하게 잡아끌었다. 그는 내 양팔을 자신의 목 쪽으로 넘기며 내 허리를 와락 끌어안았다. 그리고는 내 입 위로 자신의 입을 포개더니 한 번 빨아들였다가 놓아주었다. 스완은 순간 자신의 행동에 조금 당황한 듯 보였다.

나는 스완의 목을 살짝 끌어안고, 울고 있는 그의 눈동자 위로 몇 번 더 입을 맞추었다. 스완하덴은 연이은 내 행동에 놀랐는지 눈동자를 좀 크게 뜨다가 곧 슬픈 미소를 지으며 다시 내 얼굴을 자신 쪽으로 가까이 가져다 대었다.

이번엔 스완하덴이 먼저 입을 맞추었다. 처음엔 아주 부드럽게 키스를 하더니 점점 그 농도가 짙어졌다.

눈을 살짝 떠보니, 그는 아직도 눈물을 흘리고 있었다. 보석안 밖으로 흐르는 투명한 눈물이 키스하는 와중에도 흐르고 있었다.

"네가 너무 좋아……."

그가 흐느끼며 말했다.

좋아해.

울음이 섞인 갈라진 목소리로 재차 속삭였다. 그는 나지막이 그 말을 하고선 다시 내 입에 자신의 입을 가져다 대었다.

스완하덴도 키스하는 것이 처음인 건지, 살짝 서툴러 보였다. 괜찮다, 나도 엉망이었으니까. 그러나 감이 좋은 그는 곧 농밀하게 밀어붙이기 시작했다. 마치 내게 가르쳐주듯 부드럽게 리드하는 그가 얄미워서 그의 입술을 깨물자, 스완이 작게 웃었다.

나는 현재 누구와 뭘 하고 있는지, 무슨 소리를 들었는지 신경 쓸 정신이 없었다. 그저 내 욕구에 충실할 뿐이었다.

예전에도 그와 입을 맞댄 적(그냥 물어뜯긴 적)이 있었는데 그때와 기분이 판이하게 달랐다. 그땐 황당하고, 어이가 없고 화가 났다면 지금은 그저 좋았다. 누군가와 가까이 밀착하고 있다는 사실이 좋았고 따뜻한 온기가 좋았다. 이 기분에 이브가 스킨십을 하나 싶다.

내가 위에서 그를 껴안으며 입을 마주 대니, 스완하덴이 점점 뒤로 밀렸다. 혹시 그가 뒤로 넘어질까 걱정되어 몸을 뒤로 빼며 힘의 방향을 바꾸니 이번엔 위치가 바뀌어버렸다. 그의 목을 안은 채 뒤로 넘어질 뻔한 걸 스완이 손을 뻗어 내 머리를 받쳤다.

놀란 듯한 그의 모습에 나는 작게 웃으며 그를 껴안고 다시 아까 했던 것처럼 입을 맞췄다.

얼마나 시간이 흘렀을까, 슬슬 변신 마법이 풀리고 있다는 게 느껴졌다.

"스완……."

잠시 입을 뗀 나는 달뜬 목소리로 그의 이름을 불러보았다. 옆에 늘어진 검은색 머리카락은 주황색 머리카락으로 바뀌고 있는 중이었다.

내가 그를 부르자 스완하덴이 눈을 크게 뜨며 나를 바라보았다.

"……젠장."

스완하덴은 그 상태 그대로 굳었다. 살짝 충격을 받은 듯한 표정이었다.

"미쳤다."

스완하덴의 굳은 표정을 마지막으로 나는 그의 슬립 마법에 잠들고 말았다.

상체를 일으켜 눈을 떴다.

……아니, 뜨고 싶었지만 눈이 부어 있던 터라 잘 떠지지 않는다. 시야를 가로막는 엄청난 눈곱들도 눈을 뜨는 걸 방해했다. 나는 눈을 비비며 크게 뜨려고 했지만 기숙사 방에 들어오는 햇빛이 너무 강했다.

나는 인상을 쓰며 잠에서 깨기 위해 침대 옆 책상 위에 손을 뻗어 오렌지 주스를 벌컥벌컥 마셨다.

'이 오렌지 주스는 어디서 난 거지.'

배를 긁적이며 하품을 한 나는 책상 위에 있는 많은 양의 샌드위치 중 한 개에 손을 뻗어 우물우물 먹었다.

"이 샌드위치는 또 뭐지."

내가 좋아하는 멸치 샌드위치였다. 일단 내 책상 위에 있기에 먹고 있긴 한데, 누가 가져다 놓았는지는 의문이다. 책상 위에는 주스와 샌드위치뿐만 아니라 갖가지 간식들이 놓여 있었다.

나는 부스럭거리며 이불 안에서 잠시 뒹굴다가 문득 이불이 3개가 되었다는 사실을 알게 되었다. 침대 가장 아래에 깔려 있는 건 내 이불, 그 위의 이불은 옛날에 실수로 가져온 스완의 이불, 그리고 이번에 새로 생긴 이불은 그 출처를 모르겠다. 이 이불에서 스완의 비누 향이 강하게 나긴 하는데……

샌드위치를 먹으며 인상을 쓰다가 문득 내 앞에 있는 거울을 보게 되었다. 몰골이 엉망인 내 모습이 보였다. 머리는 산발이었고, 어제

입은 드레스에는 주름이 져 있었다.

양말은 잘 접힌 상태로 책상 위에 올려져 있었고, 신발은 바닥에 가지런히 놓여 있었다. 마치 발만 잘 준비를 마친 것 같은 상태였다.

어제 무슨 일이 있었기에 옷도 못 갈아입고 잠든 거지. 잠기운이 아직 가시지 않아 머리가 빨리 돌아가지 않는다.

대신 나는 눈만 깜박이며 주변을 바라보았다. 책상 위의 수북한 간식들, 갈아입지 못한 옷. 얌전히 개어진 양말, 그리고 이제 3개가 된 이불.

이쯤 되니 머릿속에 자연스레 의문 하나가 들었다.

"이 샌드위치 왜 이렇게 맛있지?"

진짜 너무 맛있었다. 하나를 클리어한 나는 또 다른 맛의 샌드위치를 집어 입에 넣었다. 이번엔 참치 마요네즈 샌드위치였다.

"그나저나 나 엄청 야한 꿈 꾼 것 같은데."

아까부터 흐릿한 기억의 편린들이 치고 올라왔다. 기억 자체가 몽롱한 느낌이라서 나는 그 기억이 꿈일 거라 대충 치부했다.

무슨 꿈이었더라. 일단 스완하덴이 등장했고 매우 예쁘게 생겼었다. 원래도 예뻤지만 더 신비롭고, 요정 같은 느낌이었다.

그리고 뭐했더라. 샌드위치를 먹으며 고민하던 나는 문득 떠오른 한 장면에 눈을 동그랗게 떴다. 잠이 한 번에 달아났다.

나는 침대 위에 있는 베개를 그대로 바닥에 던졌다.

"미쳤나 봐, 나."

꿈인 것 같은 몽롱한 기억이 뒤늦게 확 치고 올라왔다. 스완하덴과 껴안은 채로 꽤 오래 키스를 했던 것 같다.

"왜 그런 꿈을 꿨지? 뭐야, 나."

심지어 기분도 엄청 좋았었다. 그와 입술을 맞대며 떨리고 들뜬 듯한 느낌이 아직도 남아 있었다.

"예전에 꿈속 스완한테 입술을 뜯긴 충격으로 이런 꿈을 꾼 건가……."

아무튼, 진짜로 한 게 아니라서 다행이다. 일단 스완하덴한테 고맙다고 해야지. 진짜 했으면 무슨 낯으로 얼굴 보러 갔을까. 상상도 하기 싫어서 나는 고개를 저었다.

* * *

스완하덴과 마주치면 고맙다고 인사하려고 계속 벼르고 있었다. 근데 스완이 고맙다고 말할 틈을 주지 않았다.

스완은 하루 종일 마스크를 2개나 끼고 다녔는데, 하나로는 입을 소중하게 가리고 있었고, 다른 하나로는 눈을 가리고 있었다. 진짜 무슨 패션인지 모르겠다. 스완이 어디 안 좋은가 싶어서 지나가는 블루반 애를 붙잡고 물어보았다.

"스완 어디 아파?"

"걘 항상 어딘가 아파."

자연스레 고개가 끄덕여졌다.

"아, 슈라이나. 웬만하면 스완하덴 건들지 마. 특히 지금은."

"왜."

"몰라, 가구든 사람이든 그냥 잡히는 대로 부수니까 엄청 살벌해. 귀랑 얼굴이 빨개져 있던데 엄청 화났나 봐. 화난 것 같아."

"그냥 어디 아픈 게 아닐까."

"그럴 수도."

나는 블루반 애들에게 스완의 정보를 긁어모았다. 멍하니 있다가 갑자기 이유 없이 얼굴을 붉히고, 그다음엔 손에 잡히는 물건들을 주변인들에게 던진다고 한다.

사람도 예외는 없어서 만약 사람이 그의 손에 잡히면 짤짤 털린다고 한다. 그렇게 주변을 파괴하면서 그는 '미쳤어'를 중얼거린다고 했다. 행동만 막 나가지 표정은 평상시처럼 태연해 아이들은 더더욱 공포를 느꼈다.

그새 스완하덴에게 무슨 일이 생긴 걸까 궁금했던 나는 일부러 스완만 보면 크게 손을 흔들고 인사했다. 스완하덴은 내가 그럴 때마다 가다가도 뒤돌아 인사를 받아줬다. 그런데 이상한 건 내가 그에게 다가가자, 그가 도망쳤다는 것이었다.

그의 이름을 크게 부르며 쫓기 시작했다. 그의 뒷모습을 바라보니, 그의 귀는 아주 새빨갛게 물들어 있었다.

나는 스완하덴이 나를 이렇게 피하는 게 수상했다. 유독 나만 피하는 것 같다. 원래도 피하긴 했지만 요즘은 더욱 심해졌다.

아까의 스완의 반응을 떠올리며 나는 침대 위에 널브러졌다.

"설마 나한테 뭐 죄지은 거 있나? 아니면 내가 뭐 잘못했나?"

나는 침대 위에 앉아 팔짱을 끼고 생각에 잠겼다. 분명 그는 나에게 치료 마법을 시전한 이후부터 달라졌다. 혹시 치료 마법을 시전하다가 실수로 내 머릿속 무언가를 건드렸다든지. 그런 게 있다고 해도 현재 큰 불편함을 느끼지 않으니 봐줄 수 있었다.

그가 나에게 실수한 것으로 초점을 맞추니 신빙성이 생겨 나는 고민하면서 턱을 만졌다.

"······궁금한데. 한번 확인해 볼까."

정신 계열의 마법이라면 흑마법도 있었다. 치료가 목적인 백마법과 다르게 흑마법은 기억조작이거나 사람 조종의 목적으로 쓰이지만 말이다. 나도 정신 계열 마법을 쓸 수 있다면 정신세계에 접속하여 마법진을 확인해 보며 그가 썼던 마법을 살펴볼 수 있었다.

마법을 쓰면 마법진이 그려지기 때문에 언제나 흔적을 남긴다. 마법진을 없앨 수 있지만, 어차피 시간이 지나면 흐려져 잘 보이지 않기 때문에 굳이 지우지 않는다.

나는 코리에게 빌린 흑마법 서적을 꺼내 들고 정신 계열 마법 쪽의 챕터를 펼쳐 들었다. 책에는 사람 개인마다 정신에 따른 아주 넓은 공간이 있다고 했다. 거기에 접속할 수만 있다면 되겠지.

책에 그려진 마법진을 외운 나는 편하게 자리를 잡고 눈을 감았다. 책에 나와 있는 것같이 까마득한 어두움을 떠올리며 나는 머리쪽에 마력을 모았다.

충분한 마력이 모아지자, 나는 머릿속으로 마법진을 그리듯 상상했다. 마법진을 아까 떠올렸던 흑백 위에 단순히 생각만으로 그리자, 그 마법진이 돌연 스스로 보랏빛을 내며 곧 공간 속으로 흡수되기 시작한다.

마법진이 발동되기 시작하니 신기한 현상이 벌어졌다. 침대 위에 앉아 있던 내 몸에서 갑작스러운 부유감이 느껴지기 시작한 것이다.

다시 눈을 뜨니 기숙사의 풍경이 아니었다. 내 본래 몸은 기숙사 침대 위에 누워 있을 테지만 나의 모든 오감은 아까 접속한 정신세계에 집중되어 있었다.

제대로 마법이 걸린 것 같자, 나는 작게 환호성을 지르고는 주변을 바라보았다.

나는 아주 넓고 어두운 공간에 있었다. 이곳은 살짝 서늘했다. 내 발 바로 아래에 아주 깊은 물이 찰랑거리고 있었기 때문이었다. 내가 허공에 둥둥 떠 있지만 않았더라면 진작에 이 정체를 알 수 없는 물속에 빠졌을 것이다.

이곳은 아주 어두웠지만, 완전히 어두운 것은 아니었다. 하늘 위로 무수히 많은 등들이 떠다니고 있었다. 하늘에 떠 있는 등들만 본다면 마치 별들을 보는 것과 같다고 착각할 수 있을 테지만 물 위에 떠 있는 이 빛나는 물체를 본다면 한눈에 등인 것을 알 수 있었다.

흐르는 물 위로 등의 빛들이 비추어졌다. 등의 빛은 한 가지 색이 아니었다. 흰색, 푸른색, 연푸른색, 붉은색, 와인색, 옅은 분홍색 등 아주 많은 색의 등들이 하늘에도, 반사된 물 표면 위에도 빛나고 있었다.

나는 홀린 듯 그 등에 손을 가져다 대었다. 등에 손을 대자마자 여러 영상들이 내 눈앞에 보여졌다.

"이 등들은 내 기억을 담고 있는 건가."

그 사실을 인식하니 굳이 등에 손을 대지 않아도 등의 기억을 읽을 수 있었다. 내 고유의 기억인 만큼 등의 기억을 읽는 건 쉬웠다. 단순히 바라보기만 해도 등의 내용들이 내 머릿속에 흘러들어왔다.

등의 색에 의미가 있을 것 같아 모두 확인해 보았다. 등의 색은 그 기억에 따른 내 감정의 색을 담고 있었다.

그린색은 기억에 남을 만큼 특별히 즐거웠던 기억들.

옐로우색은 일상적이지만 중요한 기억들.

블루색은 기억에 남을 만큼 슬펐던 기억들.

레드색은 화가 나거나 비슷한 감정의 기억들.

그리고 유독 강렬한 빛을 내며 핏빛 색, 와인색을 뿜어내는 등도 있었다. 핏빛 등은 가장 높은 곳에 올라가 있었고 무척이나 강한 빛을 내뿜고 있었다. 게다가 굳이 기억을 보려고 하지 않아도 저절로 기억이 읽혔다.

와인색의 등은 살면서 가장 처절했고 괴로웠던 순간의 기억을 담고 있었다. 그리고 나머지 등들은 빛을 잃고 물 위에 잔잔히 떠다닌다. 그 빛을 잃은 등은 내가 만져야만 빛을 잠시 내며 기억을 보였다.

문득 이 등을 부수면 기억도 같이 사라질까, 의문이 들어 필요 없는 것 같은 기억에 손을 가져다 대었다. 등을 부수려고 하자 강한 거부감이 들어 나는 뻗은 손을 거뒀다. 아무리 나에게 중요하다고 여겨지지 않더라도 기억들은 모두 연결되어 있었다. 내가 좋아하는 기억을 담은 등까지 뻗어 있었다.

이 광경들이 신기하다고 생각하며 나는 주변을 살펴보았다. 고개를 좌부터 우까지 천천히 돌리며 이 풍경을 눈에 담았다. 그러다가 난 오로지 나의 것으로만 가득 찬 이곳에서 이질적인 것을 발견해냈다. 내가 찾던 것이었다.

그리 멀리 떨어지지 않은 곳에 스완하덴의 선명한 마법진이 보였다. 최근에 그려진 마법진이어서 아직 선명한 빛을 내고 있었다. 나는 한쪽 발가락을 물에 담그며 찰방거리다가 유유히 그 마법진의 지척으로 움직였다. 발에 닿는 시원한 물의 결이 기분 좋았다.

스완하덴이 최근에 그린 마법진에서는 흰색 마력이 뿜어져 나오고 있었다. 흰색 마력은 마치 실처럼 서로 꼬여 여러 등들을 서로 묶고 있었다.

저 등들은 내 전생의 기억을 담고 있는 등이라는 걸 굳이 확인하지 않아도 알았다. 묶인 등들이 붉거나 푸르기도 했지만, 그의 마력이 닿아 서서히 개나리색으로 변해가고 있었다.

내 과거의 기억들은 마법진에 묶인 채로 꽤 높은 곳에 떠 있었다. 전생의 기억은 나에게 중요한 기억이기 때문일 것이다.

손을 뻗어 그가 그린 마법진을 건드려보았다. 매우 정교해 딱히 손볼 곳이 없는 마법진이었다.

나는 고개를 갸웃거렸다. 이렇게 완벽히 치료 마법을 시전해 줬는데, 나를 피한다고? 그가 나에게 실수한 것이 없다면 역시 내가 실수한 건가. 딱히 짚이는 건 없는데 말이지.

"……저건 또 뭐지."

잘 보이지 않아 놓칠 뻔했다. 이 공간엔 이 스완의 마법진 이외에 또 이질적인 무언가가 존재했다. 또 다른 등들이 마법에 묶인 채 물에 잠겨 있었다. 완전히 잠긴 게 아닌 반만 잠겨 있었다. 등은 빛을 잃었지만 물 위로 뜨고 싶어 하는 것처럼 보였다.

빛을 잃은 등들을 계속 물속으로 밀어 넣고 있는 마법진은 시간이 많이 흘러 이미 선명함을 잃은 상태였다. 이 희미한 마법진을 발견해 낸 내 눈이 신기할 정도였다.

좀 빠르게 이동했기에 거슬렸던 앞머리가 뒤로 넘어갔다. 손을 뻗어 자꾸 물에서 빠져나오고 싶어 하는 등들을 물에서 끌어 올렸다. 입에 공기를 넣어 강하게 빛을 잃은 마법진 쪽으로 바람을 불었다.

마법진은 흰색 가루 같은 빛 조각을 뱉었다가 곧 선명한 흰색을 되찾았다.

마법진을 확인한 나는 의아함에 인상을 썼다.

"스완의 마법진……?"

스완의 마법진이긴 한데, 상당히 오래된 것 같았다.

마법진이 깜박깜박거리며 불안정하게 빛을 내기에 나는 조금 손을 봐서 마법진을 제대로 복구시켰다. 마법진은 일단 분명히 스완하덴의 것이 맞았다. 마법진에서 뿜어나오는 마력의 느낌이 스완 고유의 것이었기 때문이었다.

그러나 이상한 것이 있었는데, 최근 스완하덴의 마법진이 믿을 수 없이 정교했다면 방금 내가 손 본 마법진은 그것에 비해 많이 엉성했다.

이 마법진은 기억의 등들을 물 아래로 끌어 내리는 것이 목적인 것 같은데, 기억의 등들이 다시 물 위로 올라오려고 하는 걸 보면 마법진에 오류도 상당했다. 아직 백마법에 대해 숙달되지 않은 사람이 그린 것 같았다.

마법진에 틈과 오류가 많았기 때문에 마법진을 아예 무효화시키는 것은 무척이나 간단했다. 일반 계열 마력으로 백마법을 무효화시키는 건 불가능했지만 강하게 반대 속성을 띄는 흑마법이라면 가능했다. 나는 그물같이 퍼져 등을 감싼 백마법 진을 흑마력을 이용해 끊었다.

오래된 고무가 끊어지듯 마법진의 그물은 흑마력에 닿자마자 힘없이 녹아내렸다. 끊어짐과 동시에 서로와 서로가 연결된 등들이 빠른 속도로 허공에 떠올랐다.

물 아래 잠자고 있던 등들이 서서히 각자의 빛을 뿜어내기 시작하자 물도 같이 오색 빛으로 빛나기 시작했다.

등에서 은은히 뿜어져 나오는 불그스름한 빛, 푸른 빛, 녹빛, 온갖 색들이 섞여 물에서 빛나다가 기어코 수면 위로 나올 때는 모두 퍼져 각자의 색으로 빛났다. 아주 절경이었다.

등들이 저 위로 올라갈 때마다 내 머릿속에는 내가 잊고 있었던 기억들이 하나둘씩 생기기 시작했다.

오색 빛에 잇따른 기억들이 점점 수면 위로 올라왔다. 한꺼번에 많은 감정들이 훅 들어와 난 헛웃음만 삼켰다. 밤하늘같이 새까만 하늘 위로 날아간 등들은 한참을 올라가다가 곧 멈추었다.

한꺼번에 많은 기억들을 되찾은 내 감상평은 단 한 줄이었다.

"애야……."

울 수도, 웃을 수도 없이 그저 멍하니 하늘을 바라보았다.

* * *

"스완하덴 블란치!"

나는 블루반으로 달려가 문을 거칠게 열었다. 나무로 만들어진 문이 큰 소리를 내고 덜컹거렸다.

교실 안에 들어가 고개를 두리번거리며 그를 찾았다. 블루반 학생들이 갑작스러운 내 등장에 깜짝 놀란 표정을 지었다. 서로 장난을 치다가 하던 행동을 멈추고 눈을 껌벅였다.

스완이 보이지 않았다. 성큼성큼 블루반의 아무 애한테 다가갔다.

"스완 어디 갔는지 봤어?"

그는 고개를 천천히 내저었다. 그의 옆에 있는 친구 쪽으로 홱 고개를 돌리니 그 아이도 고개를 저었다. 아무도 모르기에 나는 스완하덴의 책상 쪽으로 걸어갔다. 스완의 자리는 교실의 맨 뒤편 구석이었다.

스완하덴의 책상 위에는 책이 가지런히 펼쳐져 있었다. 책에는 낙서가 한가득이었다. 주황색 털 뭉치 그림이었는데 왠지 나일 것 같아서 볼을 긁적였다.

스완하덴은 자리에서 막 나간 것 같았다. 의자가 바깥쪽으로 향하고 있었기 때문이다. 나는 잽싸게 블루반을 뛰쳐나갔다.

"스완하덴 블란치!"

나는 스완하덴을 애타게 부르며 그를 찾아다녔다.

"스완하덴 블란치!"

그린반에도 없었다.

"스완하덴 블란치!"

우리 반에도 없었다.

"스완!"

레드반에는 있을 리가 없고.

스완하덴이 사라졌다. 사라진 것보단 내가 못 찾는 거겠지. 동에 번쩍 서에 번쩍 불쑥불쑥 나타나는 스완이다 보니 그만큼 잘 사라지는 것 같다.

복도를 걸으며 스완하덴이 어디 있을까 두리번거렸다. 집 나간 스완하덴 찾습니다. 은색 머리통에 예쁜 보석안에 어여쁜 스완하덴 찾아요. 우리 망나니 스뎅 어딨어.

계속 두리번거리며 스완하덴을 찾았다. 은색 물체만 보면 눈에 불을 켜며 반응했다. 스완하덴을 잡기 위해 온몸의 감각 기능을 최대로 맞춰 놓았다.

벽을 손가락으로 쓸며 걷자니 드디어 백색에 가까운 은색 머리카락을 가진 한 사람을 발견했다. 건물 밖 학교 산책로 쪽에 있었다. 그는 벤치에 앉아 네잎클로버를 손에 하나 쥐고 그걸 멀뚱멀뚱 바라보고 있었다.

"스완!"

창틀에 기대 그의 이름을 불렀다. 배에 힘을 주고 그의 이름을 크게 부르자 스완의 시선이 네잎클로버에서 내 쪽으로 향했다. 나를 바라보자마자 스완하덴의 귀가 새빨갛게 물들었다. 얼굴도 조금 붉어졌다.

벤치에 앉아 있던 그가 그대로 자리에서 일어나려고 하자, 나는 인상을 쓰고 그를 다시 불렀다.

"스완! 너 움직이기만 해봐!"

스완하덴은 나를 힐끔 바라보더니 움직임을 멈추었다. 아직도 귀가 새빨개진 상태였다. 멈추는 듯하더니 다시 나를 힐끔 바라보고 나서 움직이기 시작했다.

그가 또 도망치려고 하자 나는 3층 창틀에 발을 올려놓았다. 몸집이 작으니 창틀에 올라가는 건 쉬웠다. 스완하덴을 잡으려고 별짓을 한다.

나는 그대로 날았다. 날기보다는 아래로 추락했다. 플라이 마법을 쓰기 위해 마력을 급히 썼더니 몸에서 두 가지 색의 마력이 소용돌이치며 나를 감쌌다. 나는 공중에서 한 바퀴 돌아 속도를 늦추며 안전하게 착지했다. 그리고 스완하덴을 쫓아 달렸다.

스완하덴은 뒤를 힐끔 바라보더니 자신의 바로 뒤에서 뛰고 있는 나를 보고 살짝 놀란 표정을 짓더니 손가락을 들었다. 내 앞쪽을 가리켰다.

"돌부리 조심해."

"……."

스완만 보고 달리다 보니 내 발밑을 미처 확인하지 못했다. 내가 그 돌부리를 뛰어넘자 스완은 안심하고 또 귀를 붉힌 채 달렸다. 스완하덴은 또 외길로 달리다가 미끄러운 길과 마주쳤을 때 속도를 줄였다.

팻말에 적혀 있는 '뛰지 마세요' 문구를 힐끔 본 그는 천천히 걷기 시작했다. 그가 그 길을 통과하려고 할 때 뒤를 돌고 나를 바라봤다.

"뛰지 말래."

"……."

스완하덴이 조심스럽게 걸으니 나도 그래야만 할 것 같다. 나도 그 길에서 터벅터벅 걸었다. 그는 그 길을 통과하자마자 또 뛰기 시작했다.

그가 잡힐 것 같지 않자 나는 잠시 속도를 줄이고 숨을 내쉬었다. 귀가 붉어진 주제에 무심한 표정으로 조깅하듯 달리는 스완하덴에게 승부욕이 생겨버렸다.

'꼭 붙잡아 주고 말겠어.'

의지를 담아 중얼거린 나는 신발에 손을 가져다 대고 시동어를 읊었다. 원래 급식을 제일 먼저 받기 위한 용도로 만든 신발이었지만 지금은 스완하덴을 잡는 데에 더 유용하게 쓰일 것 같다. 신발이 웅웅거리더니 곧 내 마력을 흡수했다.

나는 자세를 한번 잡고선 숨을 들이쉬었다. 일부러 내가 속도를 조절할 수 없게 최대로 맞춰 놓았다. 그리고 나는 땅을 박차고 뛰었고.

퍼억!

"억."

열심히 뛰던 스완하덴은 갑자기 뒤에서 들이받는 나 때문에 앞으로 넘어졌다. 나는 그와 부딪히자마자 신발의 마법진을 비활성화시켰다. 그리곤 스완하덴을 깔고 앉아 그의 몸을 앞으로 돌렸다.

내가 그의 얼굴을 보려고 하자, 스완하덴은 옆의 나뭇잎들을 한가득 쥐더니 자신의 얼굴 위에 올려놓았다.

"……푸."

그러나 녹색 애벌레가 그 나뭇잎 사이에 수줍게 숨어 있자, 스완은 얼굴을 털고 알아서 자기 얼굴을 보였다. 그답지 않게 무척 수줍은 표정이었다.

내가 조심스럽게 손을 뻗어 그의 얼굴을 만지려 하자, 나를 올곧이 쳐다보던 스완하덴은 또 귀를 붉혔다. 나는 그 달아오른 얼굴에 손을 아주 천천히 가까이 가져다 댔다.

스완하덴은 자신의 얼굴 쪽에 가까이 있는 손을 보며 눈을 살짝 크게 뜨더니 곧 질끈 눈을 감았다. 나는 손을 틀어 그의 멱살을 잡았다.

"죽고 싶지."

"……좋다 말았네."

스완하덴은 얼굴을 향했다가 멱살로 방향을 튼 내 손을 미련스럽게 바라보았다.

그의 장난스러운 말에 괜히 울컥해진 나는 그의 모습을 눈에 하나하나 담았다. 지금도 어렴풋이 예전의 모습이 남아 있었다. 새하얀 은발, 단정한 이목구비, 뚱한 표정.

내가 기억하는 스완하덴은 언제나 피투성이였다. 상처투성이에. 언제나 몸이 성한 곳이 하나 없었다. 매일 날이 서서 이를 드러냈고

툭하면 상처가 역류해서 괴로움에 몸부림쳤다. 혼자 방에 남아 고통을 견뎌야 한다는 것이 두려워 내 옷깃을 붙잡았었다. 예쁘고 가냘프고 상처투성이였던 아이였다.

스완하덴을 물끄러미 쳐다보자 그가 나를 마주 쳐다보며 망설이다 입꼬리를 끌어올리며 어색한 미소를 지었다. 잘 자란 그가 문득 눈에 들어왔다. 그 작고 상처투성이였던 아이는 어느덧 성장해 있었다. 엇비슷했던 키도 컸고, 이전보다 건강해졌으며 부쩍 밝아졌다.

아직도 몸 이곳저곳에 잔 상처들이 많았지만, 더 이상 역류 때문에 고통스러워하지는 않는다.

고통에서 벗어날 때까지, 태연해질 때까지 그는 혼자 부단히 노력했을 것이다. 그 방에서 빠져나와서. 홀로 다 버텨내서. 고통을 다 참고 나온 건가. 난 쓰린 미소를 지었다.

문득 지금의 그와 천차만별 다른 꿈속의 스완하덴이 떠올랐다. 그 모습과 지금의 모습이 너무도 확연한 차이를 보여 속이 시큰거렸다.

"……너."

"……?"

"다시 보니까 왜 이렇게 반가워."

스완하덴은 제 멱살을 잡은 내 손을 초롱초롱한 눈으로 멀거니 바라보다가 곧 성급히 고개를 돌렸다. 그가 눈썹 한쪽을 들어 올리고 있었다.

"너…… 혹시."

"스승이야."

내가 스스로 가리키며 스승이라고 하자 멍하던 스완의 눈에 초점이 돌아왔다.

"스승…… 스승 맞지. 스승님. 슈슈 스승. 게임 스승."

개미 같은 목소리로 중얼거린 스완하덴은 불안한 미소를 지었다.

"비밀이 새어나가지 않기 위해 지운 거야? 마법진을 보니까 공작이 아니라 네가 지웠던데."

그 말에 스완하덴은 표정을 싸악 굳혔다. 자신에게 쏟아지는 시선을 슬금슬금 피하더니 고개를 끄덕였다. 그의 얼굴에선 식은땀이 흐르고 있었다.

"……맞을 준비 됐어."

"어차피 공작가의 비밀 유지 때문에 지워야 했던 거 아냐?"

스완하덴은 내가 생각해도 쓸데없이 솔직했다.

"……율리넬이 남기고 싶은 추억은 남겨도 된다고 했어."

공작이 허락을 했다는 건, 곧 스완과의 추억이 사라진 이유가 순전히 스완 때문이라는 것이었다. 그가 내 기억 속에서 그와의 추억들을 모두 지운 것이다. 배신감이 울컥 올라왔고 나는 그가 앞서 말했던 말이 이해가 됐다.

왠지 맥이 빠지는 기분이어서 그의 멱살을 놓아주었다. 내 손에서 자유로워진 스완하덴은 뒤로 자빠질 뻔하다가 그냥 자빠졌다.

스완하덴은 쾌청한 하늘을 당혹 어린 눈빛으로 바라보다 힐끔힐끔 내 눈치를 봤다.

"이리와 좀 맞자."

내가 눈을 부라리자, 스완하덴이 침울한 표정으로 자신의 볼을 내밀었다. 하필이면 내민 게 볼이었다. 따귀를 때리라는 건가?

"너 어차피 때려도 안 아프잖아."

"그러킨 혀."

따귀를 때리는 대신 스완의 양 볼을 잡아 옆으로 잡아당겼다. 덕분에 스완의 발음이 어눌해져 나왔다.

"사실 율리넬이 모두 지우라고 했어."

"늦었어. 넌 참 불필요하게 정직해."

"······깊은 관계가 되려면 숨기는 게 없어야 한다고 하길래."

"······."

맞는 말이라 나는 얌전히 있었다. 저 말은 또 어디서 주워들은 걸까. 책에서 읽은 걸까.

스완하덴이 계속 쥐고 있던 네잎클로버를 바라보다가 자신의 배위에 올려놓았다. 스완은 굉장히 경직되어 있는 것 같았다. 별로 티는 나지 않았지만 오랫동안 그를 보아온 덕에 이제 그의 미세한 변화까지도 눈치챌 수 있었다.

"네게 좋은 추억만 남겨주고 싶었어. 그때 공포에 질린 네 얼굴이 너무나 선연했어. 넌 아무렇지 않은 척했지만. 너 나 몰래 뒤에서 구역질도 여러 번 했잖아."

"······너무 좋은 것만 보고 자라면 버릇 나빠져."

그의 말에 나는 화를 내고 싶어도 낼 수가 없었다. 쌍방과실이라고 치고 싶다.

잔인함에 면역이 없던 나는 스완하덴의 모습을 보며, 그의 상처를 붕대로 감아주며 여러 번 구토감을 느꼈었다. 그리고 몰래 가방에 비닐을 가져와 그가 등을 돌리고 자고 있을 때 속을 게워냈었지. 그만큼 그는 심한 상처들만 달고 있었다.

스완하덴은 손을 뻗어 내 옷깃을 만지작거렸다.

"난 네가 버릇 나빠도 좋은데. 네게 나쁜 건 다 없애고 싶어."

꽤 애처롭게 말해서 나는 잠시 시험에 빠졌다. 이대로 그가 내 기억을 헤집은 걸 그냥 넘어가 주고 싶어진 것이다.

비록 어긋나긴 했어도 스완은 그 자신의 최선의 배려를 나에게 보인 것이다. 그래도 아닌 건 아닌 거였기에 나는 마음을 단단히 먹었다.

비록 피에 추억이 점철되어 있다고 하더라도 나에겐 소중한 기억이었다. 그걸 당사자 허락 없이 빼앗은 스완을 용서할 수가 없었다.

"나에게 나쁜 거라니. 멋대로 판단하지 마. 그게 나쁜 건지 아닌 건지는 내가 직접 판단할 문제고, 필요하다면 내가 스스로 없앨 거야. 네가 지운 기억들이 나에겐 무척 소중한 추억이었다는 거 알아?"

성질을 내며 말했더니 스완하덴이 충격을 받은 듯 눈을 동그랗게 떴다.

"소중했어?"

"응."

"얼마나?"

"몰라."

"거짓말 아니지?"

"네가 직접 눈으로 확인해 봐서 잘 알잖아. 네 기억에 관한 기억의 등은 꽤 높은 곳에서 둥둥 떠다니고 있었어."

그가 손을 들어 올려 씰룩거리던 입꼬리를 매만졌다.

"……그렇구나."

소중하다니. 그가 나지막한 목소리로 중얼거렸다. 입꼬리를 만지다가 그가 양손을 들어 자신의 얼굴을 가렸다.

아까부터 얼굴이 계속 붉다. 귀도 붉고 손도 붉고. 스완하덴이 사실 정말 아픈가 생각이 들었지만 가린 손 틈 사이로 비죽 올라온 입꼬리를 보면 아닌 것 같기도.

아니, 그냥 정말 아픈 걸 수도.

"앞으로는 지레짐작해서 행동하지 않을게."

스완하덴은 내 말을 알아들은 건지 얼굴이 토마토처럼 새빨개진 채 입을 열었다. 얼굴을 가리고 있어 표정은 보이지 않았다. 그저 믿을 수 없을 정도로 새빨개졌다. 아까처럼 귀만 붉은 것이 아니라 옷으로 가리지 않은 부분도 전부 붉었다.

스완하덴이 제대로 반성한 것 같자, 나는 아까부터 궁금했던 것들 그리고 걱정스러웠던 것들을 쏟아냈다.

"그래서, 아카데미에 온 걸 보니 다 괜찮아진 거 맞지? 갑자기 너 저택으로 끌려가거나 그런 일은 없는 거야?"

"……."

"순례도 다녀왔다며, 혼자 간 거야? 공작님이 너 아카데미 다니는 거 알고 계신 거지? 혹시 몰래 다니고 있는 거면 내가 숨겨줘? 아직도 마력이 역류하는 건 아니겠지?"

"……."

"……너 어디 아픈 거 아니지? 왜 자꾸 몸을 떨어."

스완은 심장을 한 손으로 움켜잡고 다른 한 손으로 얼굴을 가리고 있었다. 가만히 내 말을 듣고 있다가 갑자기 저런 모습이다. 심지어 그는 숨도 쉬고 있지 않았다. 입을 다물고 얼굴이 잔뜩 붉어져선 정말 어디 아픈 것 같다.

"너 여러모로 사람 잘 죽인다."

제대로 보상받네. 그가 괴로워하며 나지막이 중얼거렸다.

* * *

그가 진정되기까지 꽤 많은 시간이 걸렸다. 내가 토닥이려고 하자 그러지 말라고 손을 뻗었다.

이제야 그의 행동들이 조금 이해가 가기 시작하면서 그와 더욱 친해진 기분이 들었다. 긴 이야기를 마치고 스완에게 자초지종을 들은 나는 그와의 심적 거리감이 완전히 사라짐을 느꼈다.

정말 오래된 친구를 만난 기분이었다. 기억을 되찾기 전까진 그 이상한 꿈 때문에 분명히 그의 얼굴 보기가 조금 부끄럽고 쑥스러웠지만 지금은 마냥 편했다.

어렸을 때 스완이 좀 불안해하면 재워주고 노래 불러주고 했던 기억이 떠올라 현재의 스완을 볼 때마다 잘 자란 것 같아 흐뭇한 미소가 지어졌다.

나는 오랜만에 그에게 체스를 권했다. 스완은 기꺼이 권유를 받아들였고 나는 예전으로 돌아간 것 같은 기분에 괜히 또 미소가 지어졌다. 스완하덴은 흐뭇해하는 내 미소를 바라보더니 곧 공격을 하기 위해 폰을 움직였다. 그리고 말을 움직일 때 같이 말을 꺼냈다.

"슈슈, 궁금한 게 있어."

"말해."

"네가 그때 입술 물어뜯은 곳만 자연치료를 멈추고 싶은데, 어떻게 하면 막을 수 있을까."

나는 그의 말에 진지하게 대답해 주려다가 곧 굳어버리고 말았다.

+

남겨진 남동생

좋건 싫건 시간은 어쨌거나 흐르고, 우리 가족의 한 축이 되어주던 한예안이 죽은 지 어언 10년이 되었다. 예환이와 세미도 이젠 자랄 만큼 다 자랐고 나도 직장에서 어느 정도 안정적인 자리에 올랐다. 시간과 노력은 틀어져 가던 상황을 바꿔주었고, 우리 가족은 한예안이 그렇게 바라던 안정을 얻게 되었다.

이번에 개발한 프로그램이 많은 다운로드 수를 기록하며 적지 않은 돈을 안겨주었고, 거기에 세미와 예환이가 알바를 해서 번 돈을 모으니 오래지 않아 빚을 다 갚을 수 있었다.

지금은 빚을 다 갚고 꽤 많은 돈을 적금에 부은 상태였다. 이번 프로젝트도 긍정적인 결과가 나올 것 같으니 지진이 일어나 집이 무너지지 않는 이상 돈 걱정은 안 해도 되었다.

동생들은 모두 독립해서 자신의 삶을 개척하러 떠났기에 집 안은 한적했다. 적적함이 컸기에 나는 공백을 채우려 잔잔한 노래를 틀었다.

"오늘 예안 누나한테 들려야겠다."

감미로운 여성의 보컬이 이어졌고 지갑의 낡은 모서리를 만지다가 문득 누나 생각이 났다.

예안이 있는 납골당은 집에서 꽤 가까웠다. 휴일이기도 하고 밀려 있는 일도 없었기에 이렇게 할 일 없이 혼자 집에 남아 있을 때면 언제나 한예안이 떠오르곤 한다.

우리 집 맏누나 한예안.

첫 만남은 우리 둘 다 초등학생 때였다. 내 품에는 아직 아기인 세미가 안겨 있고 나는 어정쩡하게 서서 어머니의 손을 잡았다. 어머니는 대뜸 새로운 가족이라며 또 다른 두 명의 애들을 소개했다. 한예안과 한예환. 그 아이들을 소개받음과 동시에 나는 이 씨였던 내 성이 한 씨로 바뀌었다는 소리를 듣고 한참 멘붕에 빠졌다.

'난 예환이 말고 새 동생 싫은데.'

곱게 차려입고 리본으로 야무지게 머리를 묶은 여자아이가 동그란 눈을 순진하게 껌벅이며 투덜거렸다. 첫 만남부터 시비를 털자 나도 소리를 지르며 너 같은 새 가족 싫다고 온 가족에게 통보하고 다녔었다.

한예안과는 어렸을 때부터 앙숙이었다. 아버지가 돈이 많은 건지 나와 달리 곱게 자란 분위기여서 괜히 아니꼬웠다. 그래서 많이 시비를 털었다. 의외로 한예안은 귀티 나는 겉모습과 달리 내 시비에 아주 적극적으로 반응했다. 내가 그녀를 밀쳐 넘어뜨리면 내 머리채를 쥐었고, 내가 그녀를 벽으로 밀면 그녀가 나를 바닥으로 밀어붙였다. 철없는 시절부터 그렇게 엎치락뒤치락 싸우며 같이 자랐다.

한예안에겐 엄연한 벽 같은 게 있었다. 팔을 뻗어 자신의 것과 남의 것을 분리하고 그다음 팔을 안으로 굽혀 아주 살뜰히 챙겼다. 초등학생 중반까지만 해도 나도 그렇고, 예안도 그렇고 서로를 가족이라고 전혀 생각하지 않았기 때문에 매일 싸우기나 하고 남처럼 지냈다. 그러나 위기가 닥치면 사람들은 살아남기 위해 어쩔 수 없이 뭉치게 된다. 집안이 거의 파산 직전까지 내몰렸을 때 한예안은 나에게 손을 내밀며 휴전 선언을 했었지.

'그만 싸우자. 서로 뭉쳐도 힘든 상황에서 싸우는 건 부질없는 일인 것 같아.'

한예안은 상황에 자신을 맞춰 알아서 성숙해지려고 했다. 너무 일찍이 철든 것이다. 그녀는 자신의 부모님이 힘들어하자마자, 재빨리 원치 않는 나와 세미를 끌어안았다. 자신이 도움이 될 수 있는 일을 찾아 책임을 지려고 했다. 쓸데없이.

그 모습이 가증스러웠다. 나는 뻗은 예안의 손을 쳐냈고 또 대판 싸웠다. 부모님은 돈을 버느라 바빴고 어렸을 때부터 언제나 싸움만 일삼던 내가 애정을 얻을 수 있는 곳은 한정되어 있었다. 한예안은 어느 시점부터 나를 지극히 자기 동생으로 생각하며 소중히 다뤘지만 나는 그녀를 받아들이지 않았다. 사실 누구도 받아들이지 않았다.

사실 나는 어렸을 때부터 혈기가 너무 왕성했다.

'선생님~ 세유가 또 애들 괴롭혀요.'

'쌤! 세유가 또 쌈박질해요!'

성격이 어렸을 때부터 드세고 다른 애들과 달랐다. 쌈박질을 이상하게 좋아했던 나는 매일 거리를 쏘다니며 아이들을 괴롭혔었다. 그래도 잘 보이고 싶은 사람, 예를 들면 어머니 앞에서는 얌전하게 굴었지만 다른 가족들이나 사람들 앞에서는 망나니처럼 행동했다.

그래서 나는 문제아로 낙인찍혀 버렸고, 모두들 내 폭력성에 치를 떨었던 것 같다. 엄마마저 가끔 혀를 내두르며 나를 포기할 때가 있었는데 한예안은 그냥 넘어가지 않았다.

'너 이 자료들 학교에 넘겨서 정학 먹게 할 거야. 그만해. 너 스스로 망치는 짓 하지 마.'

한예안은 내 약점까지 잡아가며 내 틀어진 행동을 잡으려고 했다. 협박이 먹히질 않으면 그녀는 직접 학교로 찾아와 난동을 부려 나를 부끄럽게 만들었다. 그래서 어찌저찌 한 번 내 욕구를 절제하면 부담스러울 정도로 칭찬해 줬다.

그녀는 내 일에 나보다도 적극적으로 나서줬다. 엄마마저 나를 믿지 못한 부분까지 이해하고 믿어주려 했다. 내가 싸워서 다쳐오면 일단 무조건적으로 내 편을 들어줬다.

한예안은 사실이든 아니든 나를 문제아로 바라보기보단 동생으로 나를 바라봤기에 내가 미처 신경 쓰지 못한 부분까지 이해하려고 했다. 그게 조금씩 날 바꿔가지 않았을까. 세상을 잘 살아가려면 내 마음대로 살려고 하기보다는 어느 정도 타협점이 필요하다는 걸 깨닫고 나서 좀 건강한 방향으로 나를 잡아갔다.

지금까지 내 틀어진 모습만 봤을 텐데, 한예안은 이상하게도 내 좋은 점만을 바라봤다. 나에게 벽을 치던 애가 갑자기 나를 자신의 팔 안으로 받아들이자 떨떠름했다. 왠지 모르게 기분이 무척 좋았다. 무시만 받던 상대에게서 그런 관심을 얻으니 말이다. 점점 열린 팔로 날 받아주는 한예안이었기에 나는 집안의 위기가 닥쳤을 때가 더 행복했다. 그녀의 대가 없는 일방적인 관심이 좋았다.

그녀가 날 자신의 선 안에 들여보냈다고 해서 나도 자신을 받아들이기를 강요하지 않았다. 그저 천천히 끊임없는 관심을 보이며 기다려줬다. 그렇게 나도 어머니 이외의 사람을 내 마음에 받아들이게 되었다.

집안 형편이 어려워지자 한예안은 물건을 꼭 고쳐 썼다. 특히 전자기기 같은 물건은 수리에 맡기면 돈 몇만 원은 깨졌기 때문에 자기가 알아서 물건을 고쳐보려고 애를 썼다. 내가 그나마 70점을 넘긴 과목이 수학이었는데 고작 그 이유 때문에 나와 같이 머리를 싸매고 물건을 고쳐보려고 했다.

한예안에게 힘이 되고 싶어 나는 열심히 공부하고 연구했다. 그리고 내가 멋지게 물건들을 고쳐 내자 한예안이 나를 다시 보길래 나는 아예 진로를 그쪽으로 잡게 되었다. 한예안이랑 같이 머리를 싸매고 뭔가를 이뤄내는 과정이 좋아서, 그저 그녀에게 더 알려주고 싶어서 최선을 다했다.

여담이지만 한예안이 아니었더라면 아마 나는 체육 쪽으로 빠졌지 않았을까 싶다. 태권도나 검도 같은 쪽 말이다.

그렇게 잘 유지되고 있던 나의 세계는 부모님이 돌아가시고 나서 망가져 가기 시작했다. 한예안도 티는 나지 않게 조금 조금씩 망가져 갔다. 우리는 장거리를 단거리의 페이스로 달리고 있었던 것이다. 종점이 어디 있는지도 모르면서 폐가 터질 정도로.

돌아가신 부모님께 죄송하지만 그들이 죽은 것보다 그들의 죽음으로 인해 한예안이 자신을 놓아버렸다는 사실이 더욱 슬펐다. 그때부터 한예안은 걷는 것조차 힘들어 보였다. 그렇게 너덜너덜해졌는데도 나를 책임지려고 하는 모습에 화가 나서 집을 자주 나갔다. 세미나 예환이가 한예안을 귀찮게 구는 모습도 보기 싫었다. 나는 집을 나가 예전의 습관으로 돌아가 쌈박질을 하고 다녔고 길거리를 방황했다.

그때 나는 너무 어렸다. 지금도 후회한다. 멍청했다. 그랬으면 안 됐다. 나는 그녀가 바라는 게 뭔지, 필요했던 게 뭔지 알고 있었음에도 회피했다. 너무 늦게 깨달았다. 내가 눈앞에 띄지 않으면 나에게 신경을 끌 줄 알았다. 어리석었다.

짐을 나눌 생각을 하지 않고 오히려 더 지게 하고 있었다. 내 행동이 그녀의 숨통을 죄이고 있다는 사실을 나는 거의 막바지쯤에 깨달을 수 있었다.

회피만 했었다. 억지로 쥐어진 가족이라는 관계가 어색해 피했던 것 같다. 끝에 가서야, 한예안이 활발함으로 자신을 포장하면서 속은 거의 망가질 때쯤 되어서야, 그녀를 진짜로 받아들였다.

그녀를 온전히 내 사람으로 받아들이고 책임져 보려고 생각해 그 끝에 가서야 부단히 노력했다. 그녀가 자신의 사람이라고 생각하는 세미와 예환이도 나 자신이라고 생각하며 돌봐줬다. 그녀의 등에 진 책임감을 덜게 해주기 위해서였다.

그리고 내 잘못을 조금씩 갚아 간다고 생각이 들었을 때,

한예안은 주검이 되어서 나타났다.

나는 뿌리째 흔들렸다. 정신이 아득해졌다. 그때 잠시 숨이 멈췄었던 것 같기도 하다. 귀가 먹먹했고 누가 칼로 찌르는 것처럼 내 몸이 꿰뚫리는 기분이었다.

그녀를 잃었다는 절망에 나는 또 바보 같은 실수를 저지를 뻔했다. 다행히 정신을 놓기 직전 한예안이 남긴 편지를 읽었고 나는 그녀를 더 이상 실망시키지 않기 위해 그녀처럼 나를 내려놓았다. 그 뒤로는 무리해서 그녀가 지키고 싶어 하는 것들을 지키려 최선을 다했다.

내가 가장 활기찼을 때가 한예안이 죽고 난 뒤 동생들을 책임져야 했을 때였다. 세미와 예환이가 정신을 잃을 것같이 울고 있었는데 나마저 넋을 놓을 수가 없었다. 나와 동생들이 그녀의 전부였으니 지켜내야 했다.

정신을 차리기 위해 일부러 더 열심히 살았고, 웃으며 동생들을 챙겼다. 부모님이 막 돌아가시고 난 뒤의 한예안도 이런 기분으로 하루하루를 버텼을 것이다. 내가 책임져야 하는 자리에 오르게 되니 한예안이 홀로 겪어왔을 감정을 느끼게 되었다. 만만치 않게 힘들었기 때문에 더욱 쓰렸다.

표출해내지 못한 한예안의 죽음에 관한 슬픔과 괴로움이 밤이면 꿈을 통해 올라왔다.

그러던 어느 날, 꿈에 한예안이 나왔다. 새침한 표정과 말투로 내 머리카락을 잡아당기다가 곧 나를 끌어안아 다정히 달래줬다. 든든한 기둥이 되어주던 누나의 품에서 나는 눈물을 터뜨렸다.

'보고 싶어, 보고 싶어, 제발…… 너 안 죽었잖아.'

지금도 부정하고 싶었다. 태연한 척하느라 동생들 앞에서 표출해내지 못한 슬픔을 꿈속의 한예안에게 표출해냈다. 계속 그녀에게 매달리며 죽음을 부정했다.

덜덜 떨리는 손으로 얼굴을 감싸니 어느새 내 손에는 피가 한가득 묻어 있었다. 그건 한예안에게서 나오는 피였다. 계속 피가 쏟아져 나오기 시작하자, 나는 더욱 절박하게 그녀를 붙잡으려 했다. 이 피가 무슨 뜻인지 안다. 난 은연중에 그녀가 죽었다는 걸 인식하고 있었다. 꿈에서만큼은 잊고 싶었지만.

'안 돼, 안 돼, 야. 그러지 마. 아니야! 누나! 한예안!'

하늘에서 내려온 생명의 동아줄을 잡는 것처럼 애처롭게 시신으로 변해가는 한예안을 껴안았다. 그녀의 몸에 힘이 빠져 목이 옆으로 꺾이려 하면, 손으로 붙들어 줬다. 무너져가는 몸을 조심스럽게 안아 내 몸에 기대게 했다. 얼마 전까지 온기가 느껴졌던 몸은 점점 차갑게 식어 갔고, 검은 눈동자는 초점을 잃어 인형의 눈처럼 텅 비어 있었다.

고개를 들자, 차가운 아스팔트 위다. 피는 계속 사방으로 뻗어 갔고 아직 끊지 않은 전화기 소리가 사방에 울려 퍼진다. 나도 모르는 사이 그녀에게 애원하고 있다. 제발 살아서 나에게 한마디라도 해줬으면 좋겠다. 내 이름 한 번만 불러줬으면 좋겠다.

'나도 데려가. 못 버티겠어…….'

하염없이 울며 힘겹게 헐떡이는 그녀를 붙잡기 위해 손을 뻗었다. 눈을 떠보면 나는 다시 현실이었다. 나는 빌어먹을 현실에 주먹을 쥐고 침대를 강하게 내리쳤다.

간간이 반복되는 악몽과 힘든 상황의 압박이 내 목을 조여올 때면 나는 내 두 번째 서랍에 보관해둔 종이를 꺼냈다. 종이는 오래되어 누렇게 변색했고 너덜너덜했기에, 지퍼백에 넣어 소중히 보관했다.

피로 얼룩진 이 종이는 한예안이 죽기 전에 선물과 함께 남겨둔 편지였다. 나는 핏자국이 묻은 곳을 손가락으로 문질러보았다. 당연하지만 지워지지 않는다.

편지를 꺼내 들 때마다 그때의 상황이 떠올라 누가 칼로 쑤시는 것같이 심장이 아프다. 편지에는 비꼬는 듯하지만 사실 누나의 다정함이 가득 담겨 있다.

나도 모르게 그 부분을 소리 내서 읽다 보면 그 특유의 말투를 흉 내 내게 된다. 10년이나 흘렀으면 특유의 몸짓이나 말투, 눈초리가 잊혀질 법도 하지만 나에겐 선명히 남아 있었다. 따라 읽다가 목소리에 울음이 살짝 섞인 것 같자 나는 편지를 내려놓았다.

눈 안이 먹먹했지만 미소가 지어졌다. 안구가 무거워지는 기분이어서 나는 손으로 그 부근을 지압했다.

세미나 예환이는 이제 누나의 죽음에 관해 많이 태연해진 상태다. 한예안은 이제 그들에게 하나의 아름답고 슬픈 추억으로 남게 되었다. "한예안은 참 좋은 누나였어." 하고 그녀를 상기하며 추억에 잠길 수 있게 되었다. 원할 때면 꺼내 보고 바쁠 때면 잠시 잊을 수 있었다. 잊기 위해 아직도 바삐 움직이는 나완 다르다. 집 안에 있을 때 느껴지는 쓸쓸함이 싫어 직장 동료를 룸메이트로 받아들였으니 말 다 했다.

예환이와 세미는 이제 육체적으로도 정신적으로도 이미 모두 성장한 상태다. 그들이 휘청거릴까 봐 내가 굳이 내 감정을 숨길 필요가 없었다. 끝까지 개인감정을 억누른 상태로 세상을 떠나버리고만 한예안과 다르게 나는 이제 내 감정에 충실할 수 있는 여유가 생겼다.

갑자기 조여오는 가슴에 나는 주황색과 검은색이 섞여 있는 보석이 박힌 목걸이에 손을 가져다 댔다. 나는 손가락 끝으로 목걸이의 뾰족한 부분을 만졌다. 불안할 때마다 만져 그 뾰족한 부분이 많이 무뎌져 있었다.

이 목걸이는 아주 예전에 예환이에게 전해 받은 목걸이인데 누가 줬는지는 알 수가 없었다. 세미에게 물어보니 공주님이 줬다고 하는데 무슨 뜻인지 지금도 모르겠다.

신비한 보석이 박혀 있는 이 목걸이를 만지고 있으면 왠지 마음이 편안해져 받은 이후로 몸에서 떼어낸 적이 없었다. 디자인도 마음에 들고, 차고 있으면 묘하게 힘이 솟는 기분이어서 받은 이후로 줄곧 차고 있었다.

납골당에 방문하기 위해 나는 집에서 나와 차에 타서 시동을 걸었다. 운전하는 내내 한예안이 죽었을 때를 떠올렸다. 가장 빛났어야 할 나이에 가장 초라하게 생을 마감했다. 나는 그녀의 시신을 보고서도 한참 그녀보고 일어나 보라며 얼굴을 톡톡 건드렸다. 이미 한참 전에 세상을 떠난 그녀를 껴안은 채 병원에 가서 의사에게 따져보았지만, 의사는 고개를 저을 뿐이었다. 완전히 이 세상을 떠났다는 소리를 들었을 때 나는 잠시 기절했던 것 같다.

한예환과 한세미에게서 전화가 왔을 때에서야 나는 비로소 정신을 차렸다. 아이스크림 언제 사 오냐고 투덜거리는 목소리를 들으며 한예안의 시신이 회수되는 것을 바라보았다. 살얼음이 낀 강물에 빠진 것같이 정신이 번쩍 들었다. 언니랑 오빠 둘 다 너무 늦게 온다는 찡얼거리는 목소리가 수화기 너머로 들려왔고 나는 견딜 수가 없었다.

전화를 바로 끊고 난 그대로 그 자리에서 또 한참을 울었다. 한예안의 죽음에 금방 이성을 놓을 것 같아 나는 몸부림을 쳤다. 그러나 나는 한예안이 나에게 마지막으로 부탁한 약속을 지키고 싶어 동생들에게로 시선을 돌렸다.

시간이 흐를수록 그때 억눌렀었던 기억들이 여유로워진 틈을 타 올라왔다. 한예안의 잔상이 날 괴롭혔다. 누나와 동생들이랑 함께 했던 즐거운 추억들이 새삼 또 떠올랐다. 여름에 덥다고 난리를 피우자 차가운 물이 담긴 바가지를 그대로 쏟아부은 일, 세미가 애완동물을 키우고 싶다는 말에 누나가 매미를 데려오는 바람에 집 안이 초토화가 된 일 등등.

예안이 죽은 후 유품을 정리하며 그녀가 사실 알바 이외에 얼마나 많은 일들을 하고 싶어했는지 깨달았다. 그러나 그녀는 자신이 책임져야 할 것들을 위해 오로지 돈만을 좇았다. 정작 자신은 자기가 하고 싶은 일을 내려놓았으면서 동생들에겐 하고 싶은 일을 하라고 열심히 지원해 줬다.

그녀는 재능이 참 많던 사람이었다. 무엇이든 배우는 속도가 빨라 어딜 가도 금방 배우고 적응했다. 뭘 배워도 절대로 떨어진다는 소리를 듣지 않을 사람이었다.

누나는 여러 방면에서 참 아까운 사람이었다. 그렇게 허무하게, 비참하게 갈 인물이 아니었다.

나는 납골당 근처 주차장에 차를 주차해 놓고 핸들에 이마를 기댔다.

"아직도……."

한숨과 함께 푸념이 튀어나왔다. 난 아직도 한예안의 죽음에 시달리고 있었다. 차갑게 식어가던 시신을 끌어안았을 때, 길바닥에서 죽어가고 있었을 때 아무도 곁에 없었을 한예안을 생각할 때, 마지막까지 우리 줄 선물을 껴안고 있는 그녀의 모습을 바라보았을 때. 이 모든 일들이 나를 괴롭혔다. 핸들을 잡은 손이 떨려왔다.

나는 쓴웃음을 지으며 차에 붙여놓은 가족사진을 바라보았다. 가족사진 속에는 엽기스러운 표정을 짓고 있는 세미와 나 그리고 그 모습을 한심하게 쳐다보고 있는 예환이와 예안 누나가 보였다. 나는 손을 뻗어 사진 속 한예안을 어루만졌다.

보고 싶었다. 너무나도. 아직도 숨이 막히게.

옆자리에 고이 놔둔 꽃다발을 챙기며 들고 자리에서 일어났다. 차에서 나오자마자 바로 차가운 바람이 나를 맞았다.

나는 납골당으로 이동해 한예안의 자리를 찾았다. 한예안의 유골함 바로 옆에는 나와 동생들이 모아서 산 선물이 가지런히 놓여 있었다.

'……저걸 샀을 때만 해도 한예안은 살아 있었는데.'

바로 어제 일처럼 느껴졌다. 동생들의 손을 잡고 여러 상점을 돌아다니며 무슨 선물을 줄지 고민했었다. 옷을 사주려니 괴상한 옷만 예쁘다며 골라 입는 한예안의 취향을 모르겠어서 관뒀다. 한예안은 부모님 같은 존재니 어버이날 때 꽃을 옷에 달아주듯, 우리도 배지를 사 훈장같이 그녀의 옷에 달아줄 것이 퍽 마음에 들어 그걸로 샀다. 성년을 축하한다는 뜻으로 모양은 장미 모양이었고.

결국은 전해줄 수 없었지만.

세미가 예전에 색종이로 꽃을 만들어 화려하게 꾸민 유골함 주변에 내가 산 꽃을 올려놓았다.

"흐윽, 으윽……."

제발 그만 좀 울었으면 좋겠다. 이제 그만 좀 상황을 순순히 받아들이고 태연해졌으면 좋겠다. 도대체 몇 년이 흘렀는데 아직도 유골함 앞에서 눈물을 보이는 꼴이라니. 이런 나약한 모습을 한예안이 봤더라면 찔찔이라며 비웃었을 것이다.

그녀의 유골함 앞에서 쪼그려 앉아 잠시 눈을 비비고 있는데 돌연 그녀의 유골함 쪽으로 한 사람이 다가왔다. 한예안의 자리에 와 인색 꽃을 올려놓은 그 사람은 검은 단발머리의 처음 보는 여성이었다. 시원시원하지만 날카로운 이목구비를 가진 그녀의 얼굴에는 많은 피어스가 달려 있었다. 코에도, 입술에도 피어스가 꼭 한 개 이상은 있었다.

그녀는 이 추운 날씨에도 민소매를 입었는데 드러난 까무잡잡한 팔 위에는 복잡한 무늬의 문신이 잔뜩 그려져 있었다. 주머니에 손을 쿡 찔러넣은 그녀는 입술을 비죽이며 중얼거렸다.

"스완하덴, 다짜고짜 찾아와선 이런 귀찮은 부탁이라니. 슈라이나와 관련되어 있어서 들어주는 거지, 난 원래 이렇게 순순하지 않다고."

그녀는 중얼거리며 꽤 유쾌한 표정을 지었다. 짧은 머리카락을 쓸어넘기곤 팔짱을 낀 그녀는 잠시 한예안의 사진을 바라보다가 또 히죽히죽 미소를 지었다.

"드디어 이 지긋지긋한 시간의 덫에서 벗어나는 건가. 신난다, 난 자유야! 끝이다! 빌어먹을 그 드보아스의 시간 마법진도 이제 다시는 작동할 생각 안 하겠지?"

쉰 듯한 허스키 목소리를 가진 이 여성은 깍지를 껴서 머리 위로 올린 뒤 기지개를 켰다. 개운해 보이는 표정이었다.

생긴 것도 세게 생겼지만, 이 여성에게선 엄청난 위압감이 뿜어져 나왔다. 딱히 위압감이 느껴지는 표정이나 몸짓을 하지 않아도 그 분위기가 몸속에 녹아 있었다. 나도 모르게 인상을 썼다. 이건 보통 사람의 기운이 아니었다.

그 여성을 뚫어져라 쳐다보고 있자니, 그 여자도 나의 시선을 느끼고 고개를 돌렸다. 그녀의 시선이 내게로 꽂혔다.

쪼그려 앉아 이 사람이 누굴지, 혹시 한예안의 지인일지 인상을 쓰고 있다가 그녀와 눈이 마주치자 나도 모르게 몸을 움츠렸다.

눈동자 바깥 부분만 검었고 그 속은 어두운 계열의 다양한 색으로 빛나고 있었다. 안에 검은색 반짝이 가루가 가득 찬 스노우볼 같았다. 그녀의 눈동자에 대해서 더욱 충격적이었던 건, 그녀의 동공이 마치 파충류의 것처럼 길게 세로로 찢어져 있다는 것이었다.

나와 눈이 마주친 그녀는 내 위아래를 훑더니 고개를 갸우뚱거렸다.

"어머, 얘. 추잡스럽게 우리 슈슈 유골 아래에서 뭐 해? 왜 울어?"

그녀의 시선은 얼굴에서 내 목 부근의 목걸이 쪽으로 꽂히더니 곧 놀란 표정을 지었다. 눈동자를 크게 뜨며 입꼬리를 아주 높게 끌어올렸다. 입꼬리가 저렇게까지 올라갈 수 있다는 것이 신기했다. 그녀의 눈동자처럼 역시 사람 같지 않은 웃음이었다. 눈동자는 호기심이 어려 있었고 입꼬리는 계속 올라가 있는 상태였다. 살짝 기이한 표정이었다.

도망치려고 했지만, 발이 떨어지지 않았다. 누군가가 도망가지 못하게 내 몸을 땅에 묶어두고 있는 기분이었다. 내 몸이 움직이지 않는 것이 아니라 정말 말 그대로 발을 아무리 들어 올리려 해도 들 수가 없었다.

내가 바둥거리고 있는 사이에 그 사람은 점차 나에게 가까워졌다. 나는 표정을 와락 구겼다.

"네가 이걸 어째서 가지고 있는 거야? 이거 우리 슈슈 건데? 게다가 이 세계에는 마법이라는 개념이 없어서 이런 마법석을 구하려고 해도 구할 수가 없을 텐데."

나와 목걸이를 번갈아 보며 질문하듯 중얼거린 그녀는 여전히 그 기이한 미소를 얼굴에 담은 채였다. 웃고 있었지만 동시에 살벌해 보이기 그지없다. 딱히 위협을 주려는 것 같진 않았지만 께름칙한 느낌이 들었다.

"어? 잠시만. 너 영혼이⋯⋯."

그녀의 눈동자가 일순 커졌다. 놀란 표정을 지은 그녀는 내 지척으로 가까이 더 다가와 내 얼굴을 잡고선 이리저리 살폈다. 내 몸은 이유를 모르겠지만 전혀 움직일 생각을 안 했다. 무형의 힘이 나를 꽈악 누르고 있었다.

그녀의 동공은 계속 내 얼굴을 살피면서 커졌다 작아지기를 반복했다. 황당하다는 표정을 짓다가도 곧 흥분을 감추지 못하는 즐거운 표정을 지었다. 그녀는 "츠츠츠츠" 하며 이상한 동물 소리를 냈다.

"멸망을 막기 위해 버린 영혼이 여기에 왜 있지? 시간이 처음으로 돌아가며 당연히 소멸했을 줄 알았는데. 게다가 너⋯⋯ 잠시만 너 여기서 누구야."

그녀의 말이 떨어지자마자 나는 내 몸에 모종의 힘이 들어옴을 느꼈다. 이상한 힘은 꾸욱 닫혀있던 내 입을 억지로 열게끔 만들었다. 나는 조종을 당하듯 입을 열어 그녀의 질문에 답했다.

"한세유. 예안 동생."

그녀의 말에 대답할 생각은 추호도 없었다. 그러나 말이 저절로 흘러나왔다. 나는 낯선 이에게 내 이름을 까발리고 곧 입술을 깨물었다. 귀신에 홀린 것 같은 기분이었다.

예안의 동생이라는 말을 들은 그녀는 곧 크게 웃었다. 웃으면서 눈을 크게 뜨며 나를 쳐다보는데, 섬뜩했다.

"하, 하하! 아주 재미있어! 역대급이야. 오만방자하고 차가웠던 황태자가 이상할 정도로 귀여워진 이유가 너 때문이었구나? 그때 버린 영혼을 여기서 발견하다니."

그녀는 내 어깨에 자신의 손을 올리고 눈물이 나올 때까지 깔깔거리며 웃었다. 그러면서 그녀는 손을 뻗어 계속 내 목걸이를 만지작거렸다.

"네 덕분에 유쾌해졌으니까 상을 줄게. 상황으로 봐서는 지금 이 마법을 쓰는 게 맞는 것 같네. 이 목걸이 잃어버리지 마. 본래의 영혼으로 널 이끌어줄 테니까."

허공에 손가락을 들어 올린 채 이상한 문양을 그리기 시작한 그녀였다. 허공에 글씨가 써져서 깜짝 놀라기도 잠시, 그 글씨는 내 목걸이에 새겨졌다가 곧 뚜렷한 모습을 감추었다.

나는 그 손을 치우고 싶었지만 내 마음대로 되는 것이 없었다. 그녀는 계속 나를 보며 웃음을 터뜨렸다. 혼자 재미있어 죽으려 하는데 나는 무서워 죽겠다. 누나, 살려줘.

영문도 모를 소리를 쏟아내는 그녀의 모습에 나는 인상을 썼다. 네가 누구인지 아는 건 포기했고 적어도 내가 이해할 수 있게끔 말을 해주면 좋겠다. 같은 언어 쓰는 거 맞지?

그녀는 눈을 가늘게 뜨며 자신을 노려보고 있는 내 이마를 톡 가볍게 치고 또 웃었다. 그리고 그제야 나에게서 조금 멀어져선 또 중얼거린다.

"헤스티아를 보는 것도 이제 끝인 건가? 드디어!"

그녀는 돌연 내 손을 잡고 방방 뛰었다. 무지막지한 힘에 이끌려 나는 자리에서 일어났고 주춤거리며 같이 빙글빙글 돌아줬다.

"이제 진짜 끝이다! 해방이야! 끝없는 시도 끝에 성공이라고! 신난다! 이제 블랑쉬엘을 깨울 수 있어!"

내가 떨떠름한 표정으로 어색하게 서 있자 그녀는 왜 나보고 같이 좋아하지 않냐며 타박을 주었다. 나는 그녀가 정신병원에서 탈출한 사람이 아닐까 생각이 들어 인상을 썼다. 어떻게 하면 잘 타일러서 다시 병원에 보내지 생각하고 있는데 그녀의 손에 들려 있는 물건에 몸이 굳었다.

저 검은 머리의 여성의 손에 들려 있는 건 다름이 아닌 내가 성인을 앞둔 한예안에게 주려고 한 장미 모양 배지였다. 유골함 옆에 놔뒀는데 그걸 가져간 것이었다.

그 여자는 나에게 배지를 보이며 씨익 웃었다.

"이건 주인한테 잘 전해줄게. 내가 걔를 잘 구슬려서 네가 직접 전해줄 수 있게 해줄 테니까. 너무 걱정 말고. 하하. 나 너무 착해진 것 같다."

나는 그녀의 말에 표정을 더욱 구기며 소리쳤다. 목소리가 나오지 않을 줄 알았지만 이번엔 목소리가 내 의지를 따라줬다.

"잠시만! 그걸 가져가면!"

그녀를 붙잡으려 했지만 그녀는 내 이마에 손가락을 지그시 가져다 대었다.

"……!"

손가락에서 묘한 힘이 퍼져 나와 내 몸에 닿았고 점점 졸음이 쏟아지며 의식이 옅어졌다. 가물가물해지는 시야 속에서 그 이상한 사람이 모습이 마지막으로 보였다. 또 봐. 입을 벙긋벙긋거리며 작게 속삭이고 있었다. 그러고선 허공을 찢고 자리를 벗어난다.

또 꿈을 꾸었다.

꿈에서는 여느 때와 같이 한예안이 나왔다. 예쁘고 단정한 모습이었다. 그녀에게 매달려서 눈을 감고 그녀가 차가운 시체로 변할 때까지 기다렸다. 피로 스스로를 물들이기 전까지 이 따스함을 즐기려고 발악했다. 그러나 이번엔 이상하게도 그녀는 시체로 변하지 않았다.

대신 처음 보는 주황색 머리카락의 여자아이로 변해 나를 따뜻하게 아주 꽉 껴안아 줬다.

사건의 전말

19

사건의 전말

스완과 보냈던 어릴 적 기억이 돌아왔다. 좋았던 기억, 슬펐던 기억 모두 함께 돌아왔다. 기억이 모두 돌아왔다고 해도 그가 나에게 보여주는 이상한 행동이 모두 이해되는 건 아니었지만, 어느 정도는 이해가 갔다.

기억이 돌아온 이후로 스완과의 관계에 변화가 있었냐면 큰 변화는 없었다. 그저 예전보다 조금 더 그가 편해졌을 뿐이었다. 한편으로는 왠지 모르게 더 어색해진 것도 같다. 아니다, 나만 어색해진 건가.

내가 그에게 먼저 입을 가져다 댔으니 그냥 너무 부끄러웠다. 꿈이라고 생각하니 참 편했는데 그가 괜히 상기시켜서 날 괴롭게 만든다.

일단 기억을 되찾은 후 내가 확실하게 알 수 있던 건, 스완은 처음부터 끝까지 완전한 내 편이었다는 것이다. 그가 나에게만 보였던 호의도 사실 나를 괴롭히기 위해서가 아닌 정말 날 소중하게 생각해 보인 행동이었다. 대량의 치료 포션을 준 것도, 다치지 말라고 말한 것도, 에릭과의 결투 때 장갑에 돌을 넣어준 것도 모두.

스완하덴의 행동을 생각하면 피식 웃음이 나왔다가 문득 그의 다른 면모도 떠올라 입매를 굳혔다.

"블란치가의 비밀……."

그의 괴로웠던 과거가 담긴 블란치가에 관한 것이었다. 기억이 돌아오고 블란치가의 비밀도 같이 알게 되자, 그것에 대해 좀 신경 쓰이기 시작했다.

공작가가 숨기고 싶었던 블란치가의 비밀은 바로 그 치료 수업에 있었다. 일반 사람이라면 바로 죽을 만큼의 신체적 폭력을 아이에게 퍼붓고 혼자 독방에 갇혀 쓸쓸히 치료해야 한다.

비록 스완하덴은 그의 능력이 너무 뛰어나 청소년기 이내에 그 극악무도한 치료 과정을 모두 완수할 수 있었지만 보통은 20대 중후반까지도 그 치료 과정을 못 마치는 경우가 있다고 한다. 스완의 말로는 현 공작은 20대 중반에서야 그 모든 과정을 마쳤다고 한다.

스완이 안쓰러웠기도 했고 개인적으로 백마력이라는 마력에 흥미가 좀 생겨 조사해 보기 시작했다. 어쩌면 내가 감히 그 악의 고리를 끊을 수 있지 않을까 하는 마음이 들어서이기도 했고, 스완에게 고마운 마음이 아직도 남아 있기도 했고, 저번에 예쁘다고 해줘서 좀 신경 쓰이기도 했고……. 모르겠다. 그냥 불쌍해서 도와주고 싶었다.

"슈슈, 진심으로 그거 다 읽을 거야?"

"몰라. 그냥 잡히는 대로 가져왔어."

헤스티아는 내 손에 들린 어마어마한 양의 책을 보며 경악했다. 근력 강화 마법을 건 내 팔에는 불어난 알통과 함께 힘줄이 올라와 있었다. 난 가볍게 한 손으로 책들을 든 채로 넓은 책상 앞에 와르르 쏟았다. 백마법과 흑마법 그리고 그 뒤 배경에 관한 책들이었다.

도서관에 눌러앉은 나는 빠르게 책들을 읽어갔다. 아는 내용이 다 반사였지만 혹시 내가 놓친 내용이 있을까 싶어서 계속 읽어보았다. 헤스티아는 내가 속독하고 있을 때 옆에서 열심히 이번 칼럼에 넣을 글을 적고 있었다.

예전 같았더라면 그저 할 일 없이 책상에 엎어져 있거나 관심도 없는 십자수 따위를 했겠지만 지금은 알아서 해야 할 일을 하고 있으니 괜히 내가 뿌듯했다. 헤스티아를 바라보며 작은 미소를 지은 나는 시선을 다시 책 쪽으로 돌리고 집중하기 시작했다.

"태초에 일반 계열 마법은 인간들에게 허용된 마법이고, 백마법과 흑마법은 마물들에게 허락된 마법······?"

책을 속독하며 알고 있는 내용을 되풀이하며 읽다가 다음 책을 집었다. 생각이나 기대 없이 집은 책이었지만 다른 책들과 다르게 시선을 끄는 내용이 참 많았다.

내 관심을 사로잡은 한 문단에서 멈췄다. 잠시 읽는 것을 멈추고 이 책을 쓴 저자가 궁금해 표지를 바라보았다. 내가 현재 잡고 있는 책은 황실 연구소에서 발표한 논문으로, 저자는 다름이 아닌 하일리의 돌아가신 어머니, 카라딜 에브게딘이었다.

이 논문은 도서관 저 구석 나열된 책들 뒤편에 있었기에 지금 처음 읽어보는 것이었다. 카라딜이 흑마법과 아우그란 산에 관해 연구했었다는 사실이 문득 떠올랐다. 흑마법과 아우그란 산은 백마법과 전혀 관계가 없는 것 같았지만 그것과 별개로 나는 카라딜이 쓴 논문이었기에 흥미를 가지고 읽어 내려갔다.

"백마법과 흑마법은 확실히 마물들의 것이지만 그 마력들을 감당할 수 있는 그릇은 딱 한 종족이 있을 뿐이다. 그 종족은 세계의 관리자 혹은 중재자라고 불리는 드래곤이다.”

드래곤이 세계의 중재자라니. 시중에 파는 많은 책에서 그들은 힘의 상징이지만 동시의 악의 상징이라고 불릴 만큼 인간들에게 극악한 존재라고 했다.

그나저나, 드래곤만이 흑마법과 백마법을 쓸 수 있다고 한다. 이 이야기는 어디서 들은 것 같기도 하다.

“인간은 태어나기를 그 두 종류의 마력을 가지고 태어날 수가 없다.”

나는 그다음 문장에서 잠시 읽는 걸 또 멈췄다. 인간이 백마법이나 흑마법을 가지고 태어날 수 없다면 블란치 가문의 사람들은 뭘까. 걔네들은 그 백마력을 가지고 태어난다. 비록 그 값을 치르긴 해도.

황가의 사람들이 흑마법사라고 불리긴 하지만 엄밀히 말하면 흑마법사는 아니다. 순수 혈통이라고 불리는 하일리의 동생마저도 흑마법사는 아니다. 다만 그 황실의 가보에 있는 흑마력을 이용해 마법을 부릴 수 있는 것이다.

때문에 전 대륙에서 완전한 흑이나 백 마법사는 블란치 가문의 사람들밖에 없었다. 흑백 마법은 드래곤의 것이기 때문에 사람들이 가질 수 없다는 건데, 블란치가가 그걸 가지고 있단 뜻은······.

“블란치 가문의 탄생 배경에 대해 알아봐야 하나? 근데 워낙 폐쇄적인 가문이라 관련 서적이 있을까······.”

나는 관자놀이를 누르며 말꼬리를 흐렸다. 문득 앞을 보니 헤스티아가 엎드려서 자고 있었다. 피곤한 건지 꽤 불편한 자세임에도 깊은 잠에 빠져있었다.

생각해 보니 헤스티아는 정황을 읽기 위해 제국의 역사를 아주 빠삭하게 알고 있었다. 친한 교수들도 많았고, 원고를 집필하며 알게 된 작가들도 많았고, 여러모로 공식적이지 않은 정보들을 많이 알고 있었다.

헤스티아가 일어나면 한번 물어봐야지, 라고 생각하며 난 다시 카라딜의 논문을 읽어 내려가기 시작했다.

* * *

수석을 유지하기 위해 난 참 부단히도 노력한다. 전체 수석이 되면 주는 장학금을 얻기 위해 남들보다 열심히 공부하고, 열심히 산다. 그러나 언제나 한 과목 앞에서 수석의 위태로움을 매년 느낀다.

그건 바로 제국 역사학. 선생님의 목소리 톤이 너무 일정하다.

"슈슈! 정신 차려! 으아아, 눈동자가 안 보여!"

언제부턴가 나는 졸고 있었다. 어제 카라딜의 논문을 너무 열심히 읽어서 눈에 풀을 붙인 것같이 떨어지지 않았다.

일단 헤스티아가 불러서 눈을 뜨긴 떴는데 눈동자가 아직 빛을 보기에 준비가 되지 않았는지 한 바퀴 굴러 그 뒤로 숨었다. 흰자만 내놓은 채 괴로워서 숨넘어가는 소리를 냈다. 헤스티아가 건넨 시원한 물을 한 모금 마시고 나서야 나는 비로소 정신을 차릴 수 있었다.

정신을 차리고 나자마자 선생님과 눈이 마주쳤다. 나는 아카데미에서 유일하게 제국 역사학 선생님과 음악 선생님과 사이가 좋지 않았다.

일단 음악 선생님과 사이가 좋지 않은 이유는 굳이 설명을 하지 않아도 알 테고, 역사학 선생님은 다른 선생님들께 평이 좋은 내가 유일하게 자기 시간에만 꾸벅꾸벅 졸아서 그런 게 분명하다. 그런데 성적은 또 잘 받아가니 엄청 얄미울 수밖에.

선생님께선 또 졸고 있는 나를 노려보시곤 혀를 차셨다. 한심하다는 눈빛으로 한참을 쳐다보시더니 다시 칠판 쪽으로 눈을 돌리신다. 선생님께선 분필을 들고 칠판 왼쪽 끝에서부터 오른쪽 아래까지 쭈욱 필기를 시작하신다.

나는 다시 졸음을 어떻게든 참아내려고 눈을 부릅뜨며 허리를 폈다. 선생님의 장황한 필기를 대충 눈동자로 훑으며 공책에 적어보려고 펜을 들었다.

"오르드 제국 건국 이전의 대륙 상황이라……."

문득 흥미가 있는 주제여서 잠이 깼다. 선생님께선 칠판의 위에서부터 아래까지 필기를 모두 마치시고 나서 몸을 돌려 그 내용을 설명, 아니 그냥 읽어 내려가시기 시작했다.

"자, 건국 이전에는 대륙은 작은 왕국들과 부족들로 가득 차 있었지. 우리는 초대 황제가 우리를 그 극악무도한 흑백의 드래곤들에게서 구원해 주기 전까지 그들에게 억눌리며 살았었다."

역사학 선생님께선 우리가 이전에 드래곤들에게 시달리며 살았다고 주장하셨다. 드래곤은 신화 같은 존재였지만, 그럼에도 많은 이들이 그들의 존재 사실을 믿고 있었다. 때문에 드래곤에 대한 동화책이나 관련 책들이 많이 출판되었다.

그러나 그곳에선 모두들 드래곤이 사악하게, 나쁘게, 아주 악독하게 묘사되고 있었다. 때문에 수업에서 드래곤들의 악행을 강조하는 게 그렇게 이상한 건 아니었다.

"선량하고 아주 위대한 대륙의 최초 소드마스터 초대 황제 폐하께선 힘을 남용하는 드래곤을 바로 잡고 싶어 하셨지. 드래곤들을 처리한 황제 폐하는 그 힘을 이용하여 우리 인간들을 위한 제국을 세우셨다!”

역사학 선생님께선 허리를 꼿꼿이 피시며 아주 자랑스러워하는 감정이 꾹꾹 눌러 담긴 목소리로 연설하셨다.

“저거 다 거짓이야. 다 엉터리야.”

얌전히 선생님의 설명을 듣고 있었는데 옆에서 헤스티아의 볼멘 소리가 들려왔다.

“드래곤은 애초에 수호의 존재였다고. 마물과 인간 사이를 중재하는 중재자 역할이기도 했고. 신과 가까운 종족이기도 하고.”

카라딜의 논문에서 읽은 내용이 나와 나는 고개를 돌려 헤스티아를 바라보았다. 헤스티아는 칠판의 필기를 바라보며 눈을 가늘게 뜨다, 내가 쳐다보니 표정을 풀고 눈썹을 치켜떴다. 좀 더 자세히 설명해 보라고 헤스티아에게 부탁하니 그녀가 기쁜 표정을 지었다.

헤스티아는 애초에 교과서에 나온 초대 황제 영웅 이야기부터 잘못되었다고 했다. 그가 혼자 드래곤을 때려잡고 정의를 이룬 것처럼 묘사되어 있었지만 사실 그사이에 많은 사람들이 그를 도와줬고, 드래곤을 죽이기 위해 더럽고 치사한 과정이 생략되었다고 했다.

헤스티아는 선생님의 시선을 피하기 위해 교과서를 세워 몸을 낮췄다. 그녀가 딱 펼친 페이지에는 늠름하게 그려진 초대 황제의 초상화가 그려져 있었다.

나도 교과서를 세워 몸을 낮췄다. 사실 키가 작아 상체를 낮출 필요 없이 충분히 큰 교과서 뒤에 숨겨졌다. 헤스티아와 같은 페이지의 내 교과서엔 초대 황제의 그림에 우스꽝스러운 콧수염과 확장된 콧구멍이 덧그려져 있었다.

헤스티아는 고개를 내 쪽으로 들이밀며 작게 속삭였다.

"내가 알아봤는데, 초승달이 뜬 날에 달과 가장 가까운 곳에서 정보 암거래가 항상 열리는 거 알지? 음모론이 아니라, 실제로 그런 암거래가 존재했었대. 현재까지도 있는진 잘 모르겠지만."

나는 고개를 끄덕였다. 예전에 암거래가 있었던 자리에는 현재 루나아샤가의 비밀 저택이 자리 잡았다고 한다. 이브가 예전에 알려준 사실이었다.

"대륙을 통일하려던 야망을 가진 초대 황제는 힘을 언제나 갈구했었지. 그 암거래에서 초대 황제는 모든 생명체를 관리, 수호하는 역할이 되어주던 드래곤의 심장을 취하면 대륙을 휘어잡을 수 있는 힘을 얻을 수 있다는 정보를 샀어. 그때 황제는 돈이 없는 떠돌이 검사였기에, 드래곤을 때려잡으면 그 시신을 주겠다는 조건으로 정보를 먼저 얻어 갔고."

헤스티아는 말하다가 중간에 목이 타는지 물을 한 모금 들이켰다.

"치열한 사투 끝에 황제는 결국 드래곤의 심장을 취할 수 있었어. 황제는 방대한 마력을 감당할 수 있는 신체가 아니었기에 한 입 먹고 한참을 그 후유증에 시달렸지만 결국 힘은 얻을 수 있었어. 근데 자신이 그 마력을 스스로 만들어낼 순 없고 오직 그 얻은 심장을 통해 마법을 쓸 수 있었지."

황가가 대대로 흑마법을 쓸 수 있지만 정작 그들에게서 흑마력이 느껴지지 않는 이유가 이런 이유여서였구나. 하일리나 먼발치에서 본 적이 있는 황제 폐하에게 아무런 마력을 느낄 수 없던 기억이 떠올랐다.

가보를 통해 흑마법을 쓸 수 있다고 했는데, 그럼 그 가보가 드래곤의 심장이 되는 건가.

"헤스티아, 너 혹시 블란치 가문이 어떻게 생겨났는지 알아?"

문득 어제 그녀에게 물어보고 싶었던 내용이 떠올라 물어보았다. 헤스티아는 잠시 고민하다 입을 열었다.

"제국을 건국한 황제는 압도적인 파괴와 죽음의 힘을 자랑하는 흑마법을 얻었으니 이젠 생명의 마법인 백마법을 얻고 싶어 했어. 그래서 황제는 백의 드래곤을 잡으러 갔지."

책에선 도저히 찾을 수 없던 이야기가 나와 너무 흥미진진했다. 카라딜이 썼던 서적들은 죄다 금지 서적으로 판결이 나와 불태워졌다고 한다. 그래서 더 찾아보고 싶어도 찾을 수가 없었다. 구석에 처박힌 채 발견되어 처분되지 못한 그녀의 논문 한 권으로는 내 궁금증을 완전히 해결해 줄 수 없었다. 마음 같아선 헤스티아의 얼굴을 잡고 백만 번 뽀뽀해 주고 싶은 심정이었지만 가까스로 삼켰다.

"백의 드래곤 블랑쉬엘은 순순히 죽어주지 않았어. 마법사의 마법에 포박당해도 절대로 죽진 않았어. 말마따나 생명의 힘을 가진 존재였거든."

백마법은 남을 치료하거나 살리는 마법이 주다. 백마법에도 공격을 할 수 있는 파괴적인 마법이 있긴 해도 흑마법처럼 많진 않다.

"난감해진 황제는 다시 그 정보의 장에 갔지. 그리고 거기서 황제는 백의 드래곤 블랑쉬엘의 힘을 얻으려면 블랑쉬엘의 자식에게서 그 마력을 얻을 수 있다는 정보를 사 갔어. 황제는 그 뒤 자신의 기사에게 작위를 하나 내리고 그에게 백의 드래곤을 넘겨줬어. 그렇게 생긴 가문이 블란치 가문이야."

"초대 황제 개쓰레기……."

헤스티아가 말해준 사실은 너무나 충격적이었다. 일단 초대 황제의 잔인함에 충격을 먹었고 여러모로 구역질이 나왔다. 도대체 그놈의 권력과 힘이 뭐라고 이렇게까지 인간을 추하고 천박하게 만드는 것이지.

나는 그녀의 설명에 바로 블란치가의 비밀을 이해할 수 있었다. 이어져 내려오는 드래곤의 힘을 인간의 몸으로 감당할 수 없으니 그렇게 고생하는 것이었다. 자연치유력을 높이는 것도 높이는 거지만, 어렸을 때부터 고된 학대를 통해 새롭게 힘을 감당할 수 있는 최적화된 몸을 찾아가기 위해 그런 과정을 겪는 게 아닌가 싶다. 인간의 이기심 때문에 죄 없는 사람들이 너무도 큰 고통을 받아왔다.

거기에 얹어 그 가문의 사람들은 자신들의 힘을 제국의 황제와 병사들을 위해 사용해야 하니 최적화된 몸을 얻고서도 그 뒤의 순례를 통해 남의 상처를 받아들여 치료하는 더 심한 고통을 또 겪어야 하는 것이다.

그냥 다 불쌍하다. 나는 인상을 쓰며 블란치 가문에 있었던 일을 떠올리다가 문득 한 가지 의문을 떠올렸다.

"근데, 드래곤들이 왜 이렇게 약한 거야? 소드마스터라고 해도 인간이 드래곤을 상대하기에 역부족일 텐데."

"드보아스 가문이 개국 공신 가문인 거 알지?"

"응."

"초대 가주가 인간들이 쓸 수 있는 일반 계열 마법의 정점에 도달한 자였어. 드래곤에 못 미친다고 할지라도 인간치곤 엄청난 기량을 가졌는데 그 사람이 초대 황제와 손을 잡고 드래곤들을 공격했어. 나중엔 황제에게 등을 지고 블란치가의 드래곤을 도와주려 했지만 백의 드래곤 블랑쉬엘은 일찌감치 자결했어."

초대 황제는 자결한 블랑쉬엘의 시신을 암거래상에게 넘겨줬고 그 뒤로 상인은 엄청난 부를 축적해 그 돈으로 큰 상단을 차렸다고 전해진다. 이브가 무너뜨린 루나아샤 상단이 문득 떠올랐다. 전생에서 읽었던 책의 주요 인물들이 서로 복잡하게 얽혀있었다.

나는 그 소설에 어떤 목적이 담겨 있다는 걸 최근에야 알게 되었다. 누군가 내게 소설을 통해 정보를 전달하려고 했던 것이다. 로맨스 소설로 위장한 그 소설의 남주들은 사실 남주라기보단 아까 헤스티아에게 들은 것처럼 제국 건국 과정에서 발생한 피해자들을 모아 놓은 느낌이다. 상처 입은 피해자일 뿐만 아니라, 잠재적 가해자가 될 수 있는 애들을 모은 느낌.

이브나 스완은 처음 만났을 때부터 뭔가 큰일을 터뜨릴 것 같은 느낌이 충만했고, 다른 차원에서 만난 코리나 하일리도 마찬가지였다.

내가 이쪽으로 넘어오게 된 이유가 어느 정도 예상되었다. 근데 그 추측이 너무 실없는 것이어서 바로 머릿속에서 지웠다.

"넌 이 모든 정보를 어떻게 아는 거야?"

헤스티아가 많은 연줄을 통해 비공식적인 정보가 많다는 걸 알고 있었지만 이렇게까지 자세하게 알고 있는 건 신기했다. 내가 대단하다며 그녀를 칭찬하자 헤스티아가 신이 나서 이 정보의 근원지에 대해 설명해 줬다.

"카라딜 에브게딘이라고 실종된 황실 마법사가 있는데 이 마법사가 제국에서 허가되지 않은 연구를 자주 시행했대. 카라딜이 실종되기 전에 친하게 지낸 기자가 있었는데 어쩌다 보니 그 기자랑 친해져서 알게 됐어. 난 이 모든 게 신뢰성 있는 정보라고 생각하는 이유가 이게 제국에서 일어나는 모든 기이한 현상들을 설명해 주거든. 시중에 파는 책이나 역사학 시간에서 알려주는 정보로는 모순만 더욱 생겨날 뿐이야."

근원지는 역시 카라딜이었다. 카라딜 같은 인물이 그렇게 황실에게 이리저리 치이다가 죽어버린 사실이 다시금 원통해지기 시작했다. 그녀의 죽음을 옆에서 지켜보았던 기억이 떠올라 가슴이 또 먹먹해졌다.

"내가 재미있는 거 하나 더 알려줄까?"

잠시 카라딜과의 짧았지만 즐거운 추억에 잠겨 조용히 있는데 돌연히 헤스티아가 또 말을 걸어왔다.

고개를 들자, 칠판에 빼곡했던 판서 내용에 관한 설명이 끝났는지 선생님께서 왼쪽에서 오른쪽으로 다시금 판서를 하고 계셨다.

나와 헤스티아는 이야기하느라 바빴기에 진작에 필기를 포기한 상태였다. 헤스티아는 아주 즐거워 보였고, 선생님은 포기하신 듯 우리 쪽을 힐끔 한 번 쳐다보실 뿐, 제지하지는 않으셨다. 선생님, 죄송합니다.

"카라딜이 아우그란 산에 느와르엘, 그러니까 흑의 드래곤이 아직도 살아남아, 그곳에 잠들어 있을 거라고 주장했어."

"오."

"근거로는 그 부근에 강하게 흑마력이 감지됐다는 사실과 황제가 느와르엘의 시신이 아닌 굳이 블랑쉬엘의 것을 상단에게 넘겼다는 의문스러운 점이 있지. 그것 말고 여러 근거가 있지만 그게 중요한 게 아니라……."

사실 예전부터 의문을 품고 있던 부분이긴 했지만 그걸 헤스티아에게 들으니 느낌이 이상했다.

멍하니 그녀를 바라보고 있는데 헤스티아가 뒤이어 다른 폭탄 같은 소리를 내뱉었다.

"슈슈, 나랑 거기 근처 한번 가보자. 사실 어제 말하고 싶었어."

"뭐?"

"아우그란 산에 의심되는 부분이 있어. 아마 네가 최근에 동아리를 통해 발표한 곳 같은데 거기에 흑의 드래곤, 느와르엘의 거처가 있을 확률이 높아! 코리나 하일리를 대동하면 근처까진 안전하게 갈 수 있지 않을까?"

나는 인상을 쓰며 바로 거절하려다가 문득 책 마지막 부분에 헤스티아가 혼자 산을 오르던 장면이 떠올랐다. 나는 우연이겠지 생각하며 멋쩍은 미소를 지었다.

* * *

드래곤 레어를 찾고야 말겠다는 헤스티아의 의지는 아주 대단했다. 산을 오르기 전에 여러 번 그녀를 말려보았지만 내 노력은 모두 수포로 돌아갔다.

"슈슈, 그래서 산의 최상층부는 여기로 가는 게 맞아?"

나는 헤스티아의 손을 잡고 그녀가 말하는 길의 반대쪽 길을 걸었다. 가는 길에 그녀가 자꾸 의심하기에 나는 헤스티아의 어깨를 몇 번 두들겼다.

"몬스터 토벌하러 산에 몇 년씩이나 올랐어. 나만 믿으래도."

의심을 받지 않으려 조금 올라가다가 산을 내려가다가를 반복했다. 위험하니까 하일리나 코리를 데려가자는 말이 있었지만 어차피 나는 최상층부로 올라갈 생각이 없어서 나들이 나온 기분으로 하층부를 빙빙 돌았다. 어차피 온순해진 몬스터는 이제 공격도 별로 하지 않는다.

"꺄아악!"

헤스티아와 걸어가는 길에 슬라임처럼 생긴 마물이 지나갔다. 헤스는 그 마물에 놀라 소리를 버럭 질렀다.

"괜찮아. 이젠 얘네는 무해할걸."

슬라임을 안아 들며 헤스티아를 진정시켜 보았다. 돌에 슬라임이 좋아하는 단 액체를 묻히고 마법을 걸어 오색으로 빛이 나게 했다. 슬라임은 그 돌을 바로 받아먹었고, 돌은 슬라임의 몸속에서 예쁘게 빛났다. 빛은 슬라임의 몸속에 있는 액체에 굴절되어 더욱 밝게 빛났고 슬라임은 주변을 오색으로 아주 예쁘게 빛냈다. 주변이 조금 환해졌다.

헤스티아는 눈을 반짝이며 이 몬스터에 대한 경계를 풀었다. 슬라임이 내 쪽에 고개를 가져다 대며 얼굴을 비비니 헤스티아는 자신이 안아보겠다고 하며 슬라임을 가져갔다. 자체 발광하는 슬라임 덕에 어두워져 가는 주변이 조금 환해졌다.

그녀의 손을 잡고 조금 많은 시간을 걸었다. 도란도란 쓸데없는 이야기를 하며 말이다. 은은한 푸른 오색 빛을 띠는 슬라임의 빛이 헤스티아의 녹안에 섞여 들어갔다. 긴 속눈썹이 빛을 반사해 내어 색이 좀 옅어졌다.

대화 소리가 잔잔히 깔린 공기에 나뭇잎 소리와 풀벌레 소리까지 합세했다. 바스락거리는 소리가 듣기 좋아 일부러 강하게 땅을 밟아

보았다. 대화하면서 문득 땅을 바라보니 헤스티아와 내 발걸음이 딱 딱 같은 발에 같은 속도로 나아가고 있어 괜히 발걸음을 더 맞추고 싶어졌다.

정말 평화롭기 그지없었다. 헤스티아가 홀로 산에 올라갈 때는 정 말 긴박하고 절박해 보였는데. 원작에서 헤스티아가 이 길을 혼자 걸어왔다는 것은 굳이 내가 아니었어도 그녀가 자신의 할 일을 하며 살았다는 거겠지.

문득 원작에서, 아니 그 다른 차원에서의 헤스티아가 떠올랐다. 상황은 결국 헤스티아를 꺾지 못했던 것이다. 그녀의 측면을 멀거니 바라보며 걷다가 뿌듯해서 미소를 지었다. 책의 마지막 부분을 헤스 티아와 함께하고 있는 기분이다.

그나저나 산에 드래곤이 있다고 하면, 원작에서 그녀가 산을 오른 이유가 무엇일까. 그 존재를 만나기 위해서일까? 그럴 확률이 매우 높다고 생각한다. 헤스티아가 가자고 말하는 산의 최상층부는 예전 토벌 때 내가 이상한 기운을 느껴 확인차 들렸다가 쪽지를 발견한 곳이었다.

"역시 나에게 그 쪽지를 주고 잠시 다른 차원으로 보낸 존재는 드 래곤인 건가."

"뭐라고 슈슈?"

실수로 생각을 중얼거렸다가 헤스티아가 고개를 갸웃거리며 반문 했다. 아무것도 아니라고 대답한 나는 턱을 쓰다듬으며 다시 생각에 잠겼다.

그러면 왜 나에게 코리를 구하라는 일을 시킨 걸까. 아니 애초에 코리뿐인 건가? 그때 잠시 다른 차원으로 뜻하지 않게 이동하게 된

건, 미래에 일어날 일을 막기 위해서임이 확실했다.

그럼 지금까지 꿨던 원작의 내용이 담긴 꿈들 역시 비슷한 맥락인 건가?

까마득하게 어렸을 때 처음 전생의 꿈을 꿨었다. 그리고 그 이후에도 계속 관련된 꿈을 꿨었다. 꿈 덕분에 현재 상황에 대한 경각심을 가질 수 있었다. 비록 거기에 맞춰 행동한 적이 별로 없을지라도.

그럼 흑의 드래곤은 내가 아주 어렸을 때부터 꿈을 통해 내 삶에 개입한 것이다. 그렇다 치면 내가 이 세계로 오게 된 이유도 흑의 드래곤, 느와르엘이……

곰곰이 생각하며 걷다 보니 헤스티아가 말이 없어진 나를 걱정하기 시작했다. 나는 조금 혼란스러웠다. 지금까지 가정이었던 것들이 확신으로 굳혀지고 있었다. 모든 것을 제대로 확인하려면 다시 그 최상층부로 올라가야 할 것 같았다.

헤스티아도 같이 올라가면 좋겠지만, 산의 최상층부는 좀 거친 마물들이 많이 모여 있는 곳이었다. 뺨 때리기나 머리채 잡기 말고는 호신술 하나 배우지 않은 헤스티아를 데리고 올라가기엔 좀 위험하다.

물론 나도 헤스티아를 데리고 가고 싶지만 드래곤이 어떤 존재이고 어떤 생각을 가지고 있는지도 잘 모르니 일단 내가 먼저 가보고 안전하다 생각이 들 때 데려가 줄 의향은 있었다.

나는 중, 하층부를 왔다 갔다 걸으며 헤스티아를 좀 지치게 만들었다. 문득 예전에 토벌하면서 발견한 자그마한 동굴이 떠올라 그쪽으로 이동했다.

헤스티아는 내가 데리고 간 장소를 바라보며 인상을 썼다. 분명히 헤스티아는 큰 동굴같이 생긴 레어에 그 안에 잠들어 있는 드래곤을 상상했을 것이다. 그러나 막상 보이는 건 팔 한 개 크기의 높이와 깊이의 동굴, 그리고 작은 딱정벌레가 다였다.

"자, 헤스티아. 네가 말한 곳으로 왔는데 이게 드래곤 레어야?"

"음⋯⋯."

나는 사람 두세 명 정도가 들어갈 수 있는 동굴에 얼굴을 들이밀며 과장된 목소리로 말했다. 그 아무런 의미 없는 작은 동굴 속엔 거미줄이 여러 개 쳐져 있었다. 그게 다였다. 여러 마리의 벌레가 그 그물에 붙잡혀 꿈틀대고 있었다. 그것뿐이었다.

헤스티아가 동굴 지척으로 다가오기에 나는 동굴 속에 집어넣었던 머리를 빼고 자리를 비켜주었다. 그녀는 허리를 숙여 아까의 나처럼 머리를 쑤욱 집어넣다가 곧 몸을 구겨 그 안으로 들어가 보았다.

하지만 애초에 좁았던 동굴이었으니 들어가자마자 바로 길이 막혔다. 몸을 돌려 동굴 밖으로 나온 헤스티아는 뭐가 나올지 몰라 무서워 참고 있던 숨을 크게 내뱉었다.

드래곤 레어에 대해 잔뜩 기대했던 그녀는 김이 빠진 건지 인상을 썼다. 바람이 빠져 자글자글해진 풍선 같았다.

"역시 아닌가 보네⋯⋯."

정말 속상해하는 헤스티아를 보니 괜히 찔려 땅을 바라보았다. 손가락으로 자신의 분홍색 머리카락을 만지던 헤스티아는 무안한 표정을 지었다.

"드래곤 레어가 그렇게 쉽게 찾아질 수 있는 게 아니지 않을까."

나는 풀이 죽은 헤스티아의 모습에 차마 그녀의 눈동자를 바라보진 못하고 그 작은 동굴 쪽에 시선을 고정하며 말했다. 헤스티아는 눈동자만 데굴데굴 굴리다가 인정하며 곧 고개를 끄덕였다.

동굴 밖을 기어 나와 풀밭에 털썩 앉아 있던 헤스티아는 곧 두 팔을 하늘로 뻗고 상체를 눕혔다. 딱딱한 풀밭에 벌러덩 누운 그녀는 별이 촘촘히 박혀 있는 하늘을 바라보았다. 어둠 때문에 검푸르게 보이는 풀 잔디 위에 누워 잠시 눈을 감았다.

갑자기 바닥에 몸을 맡기는 헤스티아를 바라보며 적잖이 당황했지만 나도 곧 그녀 옆에 가서 발라당 누웠다. 목이 뻐근했던 건지 그녀는 내 팔 한쪽을 가져가 그걸로 베개 삼았다.

"드래곤 만나서 하고 싶은 게 있는 거야?"

헤스티아는 자신의 머리카락을 쓸어주는 내 손길에도 눈을 가만히 감고 있다가 내 물음에 천천히 눈을 떴다.

"그냥, 딱히 없어. 가족도 죽임당하고, 힘도 뺏기고 우리 제국에 쌓인 원한이 많아 제국의 멸망을 기원하며 죽어갔대. 내가 자격은 없을지라도 그 블랙 드래곤에게 너무 미안하고 안타까워서 대신 사과하고 싶었어."

헤스티아의 말에 나는 할 말을 잃었다.

정말 무모했다. 겉으로는 당당하면서 생각이 없는 것 같겠지만 사실은 생각이 깊은 헤스티아다. 뭐, 올바르다고 해야 할지.

"가서 드래곤한테 밟혀 죽으면 어떻게 하려고?"

내 물음에 헤스티아가 어깨를 으쓱였다. 말로는 절대로 죽지 않게 한다고 하는데 별로 신빙성은 없어 보였다.

난 힘들고 귀찮아서 지나치는 것들을 신경 쓰고 해결하려는 그녀의 모습에 문득 여러 생각이 들었다. 돈만 잘 벌어 먹고살려고 하는 내 모습이 조금 초라하게 느껴졌다. 그냥 스치는 생각이었다.

한참을 입을 다물고 있다가 다시 입을 열었다.

"그럼 사과만 할 거야?"

긴 침묵 뒤에 이은 내 질문에 헤스티아는 고개를 저었다.

"응. 근데 원래는 내가 블랙 드래곤에 대해 조사한 이유가 솔직히 따로 있어. 집안도 내 편이 되어주지 못하고 선생님이나 지인들도 내 힘이 되어주지 못할 것 같은데 정말 바꾸고 싶은 게 있을 때 마지막 수단으로 절대적인 힘을 가진 드래곤을 찾아가면 되지 않을까 싶어서 아주 어렸을 때부터 드래곤에 대해 조사했었어. 비록 찾아가서 죽게 된다 해도 말이야."

헤스티아는 나긋한 말투로 말했다. 그리고 곧 내 쪽으로 고개를 홱 돌리며 맑게 웃었다.

"물론 이젠 나한테 네가 있으니 그럴 필요가 없지만! 너랑 있으면 굳이 드래곤이 없어도 원하는 걸 이룰 수 있겠다는 희망이 들어!"

이를 보이며 웃은 헤스티아는 나를 꼬옥 껴안았다. 나에 대한 신뢰가 아우그란 산은 물론 에베레스트산보다 높게 쌓인 것 같아 복잡한 기분이 들었다. 나는 내 볼을 긁으려다가 손을 올리기가 귀찮아 가까이 있는 헤스티아의 볼을 긁적였다.

이윽고 대화가 자연스럽게 끊겼다. 작게 재잘거리던 헤스티아의 목소리가 살랑거리는 바람 소리로 잦아들었을 때 나도 어느샌가 눈을 아주 천천히 껌벅이다가 감았다.

편안하고 잔잔한 분위기에 난 어느새 그 상태로 선잠이 들었던 것 같다. 헤스티아도 마찬가지로 그 상태로 잠에 빠졌지 않았을까 생각이 들지만 그 뒤 잠에 빠져서 모르겠다.

선잠에 빠졌던 나를 깨운 건 나와 헤스티아의 것이 아닌 대화 소리와 어두웠던 주변을 밝히는 빛이었다.

"앗, 깜짝이야."

우리 쪽으로 잠시 빛을 쏜 그 사람은 화들짝 놀라 좀 큰 목소리를 냈다.

"뭐지? 시체인가? 귀신인가? 네가 확인해 주라."

"겁쟁이 하일리."

"이게 다 네가 어젯밤에 공동묘지에 얽힌 귀신 이야기를 해서 그렇지 않나!"

자세히 들어보니 익숙한 목소리들이었다. 한 목소리는 굉장히 허스키했고 한 목소리는 그저 듣기 좋게 낮은 톤을 가진 목소리였다.

졸려서 눈만 천천히 껌벅이는데 가물가물한 시야 속으로 금발을 가진 익숙한 얼굴이 보였다. 검은 머리카락을 가진 사람도 보인다.

"잠시만, 저거 슈슈?"

"뭐, 진짜가!"

졸려서 멍한 내 쪽으로 빠르게 다가와 갑자기 크게 소리친다. 그들의 표정에는 하나같이 경악이라는 감정이 담겨 있어 의아했다.

"슈라이나! 슈슈! 정신 좀 차려 봐라! 상태 확인할 수 있는 방법 없나? 젠장, 마물에게 공격이라도 받은 건가?"

"……일단 빨리 학교에 데려가자."

소란을 피우는 사람이 누군가 싶었는데 하일리랑 코리였다. 다급해 보이는 코리가 나를 껴안아 들려고 하길래 잠이 조금 깼다. 나는 크게 하품하면서 목을 긁적였다.

"……뭐야. 시끄러워……."

나를 껴안아 들었기에 코리의 얼굴이 바로 앞에서 보였다. 코리의 단정하지만 사나운 이목구비가 바로 보였다. 하품하며 졸린 표정을 지은 나를 멀거니 바라보면서 고개를 갸웃거리기에 나도 같이 갸웃거렸다.

"뭐 하고 있었던 거야?"

"헤스티아랑 수다 떨다가 잠시 잠에 빠진 것 같은데."

때마침 그때 헤스티아의 코 고는 소리가 조용한 가운데 들려왔다. 코리는 나와 헤스티아를 번갈아 바라보며 어이가 없다는 표정을 지었다. 어이가 없다는 표정을 지은 건 하일리도 마찬가지였다.

코리는 눈을 가늘게 뜨며 날 원망스럽게 쳐다보다가 자신의 이마로 내 이마를 가볍게 쳤다.

"이런 곳에서 노숙하면 턱 돌아가."

졸음에 겨워 나는 천천히 고개를 끄덕이곤 그의 말에 턱을 괜히 비뚜름하게 만들었다.

코리와 하일리는 나나 헤스티아가 괜찮다는 걸 확인하자마자 썼던 인상을 풀었다. 나는 코리의 미간을 누르며 그 과정을 도와주었다. 코리가 내 모습에 실웃음을 지으며 손가락을 붙잡고 이거 뭐냐며 장난스럽게 흔들었다.

코리가 나를 깨우자 하일리가 자고 있는 헤스티아를 깨우기 시작했는데 헤스티아가 잠꼬대로 하일리의 머리카락을 꽈악 붙잡아 깨우는 손을 저지했다. 나는 그 모습에 코리의 품에서 내려와 깊은 잠에 빠진 그녀를 조심스럽게 업었다. 그러자 그녀는 하일리의 머리채를 내려놓고 얌전히 업혔다.

코리랑 하일리는 동시에 내 등에 업힌 헤스티아를 바라보았는데 둘의 표정이 동시에 묘하게 변했다. 하일리는 스완에 필적하는 내숭이라며 중얼거렸고 코리는 그저 감탄사를 내뱉었다.

"그나저나 너흰 어떻게 알고 온 거야?"

학교로 돌아가는 길에 나는 문득 궁금해져서 코리에게 물어보았다. 드래곤을 보러 최상층부로 갈 때 코리나 하일리를 데리고 올라가자는 말이 나왔긴 했지만 어차피 나들이 나온 기분으로 안전한 지역을 돌 생각이었기 때문에 부르지 않았다.

고개를 갸웃거리며 묻자 코리가 의아하다는 듯 미소를 지었다.

"네가 흑마법을 이용해서 우리에게 여기로 오라고 메시지를 남겼잖아. 우리한테 헤스티아만 맡기고 잠시 자리를 비운다고 말했으면서 거기서 같이 자고 있어서 당황했어."

흑마법을 고작 연락하는 데 쓸 만큼 난 마력이 남아돌지 않는다. 게다가 헤스티아만 맡기고 자리를 비운다니? 이해를 할 수 없어서 난 인상을 썼다.

"뭐? 난 그런 적……."

그런 적 없다고 말하려고 했다.

[궁금한 게 많을 텐데 올라와.]

돌연히 내 머릿속에 음성 하나가 울렸다.

[헤스티아 떨구고 와.]

또 울렸다.

어제 헤스티아와 수다를 떨며 잠에 빠진 후, 내려가는 길에 이상한 환청을 들은 것 같았다.

나는 귀를 몇 번 후비고서 그 말들을 무시하고 학교로 돌아갔지만 아무래도 계속 뇌 속에서 말들이 웅웅 울리는 것 같다. 자신을 찾아오라며, 궁금한 게 많으면 올라오라는 말들이 계속 맴돈다. 궁금한 게 많냐니. 그런 추상적인 질문을…….

원래 사람들은 태어난 순간부터 궁금한 게 참 많다. 하늘은 왜 파란색이며 구름은 어떻게 떠다니는 것이며, 마법은 어떤 원리로 작동되는 것이며. 기타 등등.

헛소리 좀 해보았다. 계속 내 머릿속을 울리는 궁금증이라는 단어는 오직 나에게만 해당하는 것이겠지. 나만이 줄곧 궁금했던 사항들을 의미하는 것 같다. 나는 왜 전생을 기억하고 있는지, 책과 이 세계는 무슨 연관이 있는 건지 따위의 개인적인 궁금증. 말해봤자 나만 미친 사람 취급당할 게 뻔해 혼자 숨겨뒀던 의문.

"해답은 결국 거기에 모여 있는 거겠지."

울리는 목소리가 너무 거슬려 나는 결국 용기를 내어 혼자 그 구역에 가보기로 했다.

의심스러운 마력이 흐르는 그 장소에 누가 있을지 예상이 갔었기에 발가락 사이에 땀이 좀 차 있는 상태였다. 가방끈을 잡은 손에도 물기가 차 있었다.

마법석에 들어 있는 마력을 연료로 하늘을 둥둥 떠다니면서 아우그란 산 위에서 잠시 멈춰 있었다.

예전부터 이상히 여기던 구역 부근을 빙빙 맴돌다가 결국 아래로 내려와 땅을 밟았다.

나무가 듬성듬성 있고 산이기 때문에 땅은 살짝 경사져 있다. 레어는 종종 동굴이라고 동화책에 묘사되어 있기에 나는 막다른 벽 쪽을 두리번거리며 푹 파인 곳을 찾았다.

한 몇십 분 정도 헤매며 드래곤 레어를 찾으려 애썼다.

그러나 아무리 찾아보아도 레어처럼 생기거나 수상해 보이는 지점은 없었다. 이 구역 자체의 느낌이 스산하고 어두운 거지, 특히 수상한 부분은 없었다.

허리에 손을 얹고 잠시 지친 몸을 쭈욱 늘렸다.

"생각해 보니, 레어가 꼭 동굴이라는 법은 없지."

문득 그런 생각이 들었다. 동굴인 곳만 찾고 있었는데 꼭 동굴의 형태일 필요는 없을 것 같았다.

"수상한 마력이 느껴지는 이 구역 전체가 레어인 건가."

예전에 카라딜이 숨어 있었던 곳이 떠올랐다. 마법진을 통해 아공간을 만들고 그곳 안에서 지냈었지. 문득 드래곤도 이 지역 전체에 크게 마법진을 그려놓고 그 속에서 생활하고 있을 가능성을 생각해 보았다. 설마설마했지만 꽤 신빙성이 있는 것 같았다. 그렇게 치면 마법진은 땅 어딘가에 그려져 있을 건데……. 찾아야만 했다.

발을 들어 땅 위를 한 번 그어보았다. 한 번 그렇게 생각하니 그 생각이 머릿속에서 떠나지 않는다. 나는 여기저기 돌아다니면서 발로 땅을 긋고 다녔다. 뭔가 보일 듯 말 듯했지만 결국 잘 보이지 않자 아예 돌을 가져와 돌아다니면서 땅을 조금 파보기 시작했다. 마법진은 보이지 않았지만, 뭔가가 느껴질 것 같은 기분이 들어 열심히 팠다.

땀이 나고 팔이 조금 저려서 장소를 이동하면서 땅을 파기 시작했다. 내 감이 틀린 게 아니라면 이 넓은 공간에 마법진의 자국 하나쯤은 있을 것이다. 열심히 파기만 하는 것이 심심하니 나름 예술성을 부여해 그림을 그려볼까 생각하던 중이었다.

"너 뭐 해?"

셔츠로 땀을 닦다가 돌연 나를 계속 지켜보고 있던 한 사람을 발견했다. 밝은 빛 아래의 그림자보다 더욱 어두운 머리색을 지닌 한 사람이 팔짱을 낀 채 나무에 기대어 비뚜름하게 서 있었다.

코, 입, 귀 얼굴의 군데군데 피어스를 끼고 짧은 머리 스타일을 한 여성이 등장하자, 나는 행동을 멈추었다. 잠시 흙투성이가 된 손을 셔츠에 닦고 좀 부끄러워서 하늘을 바라보다가 혹시 나를 부른 건지 궁금해 손가락으로 나를 가리켰다.

나에게 말을 거는 거냐고 의아해하니 그 사람은 깔깔 웃다가 곧 어둡지만 익숙한 느낌의 마력을 모아 눈을 치켜떴다.

"올라오라고 했더니 왜 땅을 파고 앉아 있는 거야? 슈슈."

공명으로 말이 전해지는 신기한 체험을 하자 나는 이 존재가 누구인지 단번에 알 수 있었다.

놀란 표정을 짓고 있는 내 멍청한 얼굴을 보고 또 기이한 미소를 지은 그녀는 등을 돌리고선 그다지 멀지 않은 곳으로 이동했다. 내 바로 옆이었다.

그녀는 수풀이 무성한 곳에 손을 뻗더니 옆으로 미는 시늉을 해보였다. 그러자, 머리카락같이 길고 풍성한 수풀 뒤로 상상 속의 드래곤 동굴 레어가 드러났다.

짧은 검은 머리카락의 사람은 나를 힐긋 쳐다보더니 그대로 동굴 속으로 들어갔고 나는 홀로 남겨졌다. 손에 잡히는 돌을 바라보며 한참 멍하니 있었다.

"아닌갑다."

지금까지 헛짚어서 남의 집 바로 앞에서 땅이나 파고 있었다. 잡고 있던 돌을 등 뒤로 던지며 나는 일어나 머리카락을 긁적였다.

곧 그 여자를 따라 동굴로 들어갔다.

* * *

그 여자가 들어간 동굴로 들어가자마자 나는 갑자기 쏟아지는 빛에 손으로 눈을 가렸다. 빛에 적응하기 위해 인상을 찌푸리며 눈을 감았고 아주 천천히 다시 떴다. 동굴에는 힘이 빠져 회색으로 변한 몬스터의 핵이 산처럼 쌓여 있었고, 넓은 공간 한가운데에는 백마법석으로 만들어진 큰 기둥이 우뚝 서 있었다.

저 백마법석에서 뿜어내는 빛 때문에 찌푸렸던 것 같다. 백마법석 기둥 한가운데에는 흰색 알이 박혀 있었다. 좀 더 자세히 보고 싶어 움직였다. 사방은 고요했기에 내 발걸음 소리가 주변을 채웠다.

"됐다! 끝났다!"

잠시 백마법석으로 만들어진 기둥 쪽으로 다가가고 있었다. 그 영롱함에 숨을 죽이고 있었는데 돌연 귀를 찢는 것 같은 엄청난 목소리가 들려왔다.

뒤를 돌아보니 아까 본 그 여자였다. 자세히 보니 검은 눈동자가 아니라 스완하덴과 비슷한 보석안이었지만 어두운 계열로 색이 계속 바뀌고 있었다. 백마법석에서 뿜어져 나오는 빛에 더욱 예쁘게 반짝거리고 있었다. 미소는 왠지 무서웠지만. 대체 왜 저렇게 웃는 거야.

"왜 이제 오는 거야? 내가 이곳에 있다는 거 진작부터 알고 있으면서!"

달려온 그녀는 나를 와락 껴안았다. 아까는 좀 침착했던 것 같은데 지금은 매우 흥분한 것같이 보였다. 날 껴안은 힘이 대단했다. 이 완력으로 바위를 하나 부술 수 있지 않을까.

아까부터 계속 멍하니 있었기에 안길 때도 나는 얌전했다. 올라오는 데에 쏟은 긴장이 땅을 파다가 들켰을 때부터 풀리다 못해 사라져 맥이 조금 빠져 있었다.

나는 확신하고 있었다.

"아 그게. 머리에 울리는 목소리랑, 그때 쪽지…… 지금까지 꿈들……."

"슈슈, 하하! 말 참 못하네! 맞아 다 나야! 나 말하는 거 맞겠지? 나라고 나!"

횡설수설한 말들을 잘 알아차려서 대답해 줬다. 안고 있던 걸 놔준 건 고마웠지만 손을 잡고 빙글빙글 도니 좀 어지러웠다.

"그럼 역시 흑마법을 쓸 수 있는 흑의 드래곤……."

"느와르엘이야! 빌어먹을 황가에 박혀 있는 그림 알지? 아, 이런. 정신이 없네. 내가 정신없이 구는 건가? 일단 뭐라도 좀 먹을래?"

자신을 느와르엘이라고 소개한 그 사람, 아니 드래곤은 손뼉을 쳤다. 시원스러운 소리가 나며 갑자기 공간이 일그러지는 듯하더니 눈앞에 커다란 테이블이 생겨났다. 평소라면 그녀가 짧은 시간에 쓴 마법이 무엇일까 분석했겠지만 테이블 위의 엄청난 음식들에 시선을 뺏겼다.

사파이어로 테두리가 장식된 테이블의 색은 전체적으로 희었다. 테이블의 다리 쪽을 보니 조각된 에메랄드 마물들이 종류별로 박혀 있었다. 테이블과 함께 있는 의자도 마찬가지로 온갖 보석들로 꾸며져 있었는데 다행히 엉덩이 부분은 푹신하게 되어 있었다.

테이블 위로 진수성찬이 차려졌다. 녹색 기름기가 흐르는 마물 고기, 슬라임 슬러시, 녹턴의 눈동자 구이, 기타 등등 아주 상다리가 부러지게 차려져 있었다.

나 방금 진수성찬이라고 했지? 취소한다. 테이블이 너무 아름다워서 잠시 입맛을 다셨다가 음식의 정체를 확인하고 인상을 찌푸렸다.

"자, 앉아봐. 나만 횡설수설해선 이해하지 못할 거야. 언젠간 네가 의문을 느끼고 나를 찾아올 줄 알았어. 나를 무서워하는 건지, 그냥 네 삶에 만족하는 건지, 좀처럼 빨리 올라오진 않았지만. 코리까지 구했고 대충 산에 내가 있다는 감을 잡았으면 빨리빨리 올라왔어야지!"

드래곤이 여기 있다는 것도 솔직히 추측은 했었고, 좀 더 자세히 살펴볼까 생각했었지만 내가 겁쟁이였기에 계속 미뤄두고 있었다. 겁쟁이답게 나는 음식을 먹어보라는 느와르엘의 눈빛에 굴복하여 슬라임 슬러시를 입에 머금었다. 뜬금없이 브로콜리 맛이다.

"사실 너한테 이 모든 걸 알려줄 필요는 없지만 네가 그 고생을 했으니 네가 온 김에 설명은 해주는 게 맞는 것 같아서 다 말해줄게. 궁금한 거 다 말해봐!"

계속 궁금한 걸 말해보라고 하는데, 이렇게 자리를 깔아주면 괜히 부담스러워 입이 더 떨어지지 않았다. 코를 막고 음식을 좀 먹어보다가 나는 냅킨을 붙잡으며 꼼지락거렸다. 저 느와르엘이라는 존재에게서 뿜어져 나오는 기운이 너무 막강하다.

한참 정적이 흐르고 나서야 입을 열었다.

"절 기다리고 있었어요?"

느와르엘은 내 질문에 맥이 빠졌는지 눈을 갑자기 크게 뜨더니 손을 휘저었다.

"아니다, 그냥 내가 처음부터 끝까지 차근차근 설명해 줄게. 그편이 낫겠다. 일단 네 질문에 대답을 마저 해주면 반은 맞고 반은 틀렸어!"

"네?"

"그니까, 들어봐. 들어보라니까? 궁금하지? 나 같아도 엄청 궁금할 거야."

나는 어색하게 웃으며 고개를 끄덕였다. 그러다가 보석안과 정확하게 눈이 마주쳐 나는 밝게 웃으면서 고개를 신나게 흔들었다.

"그나저나 슈슈, 황태자나 드보아스 가문의 애나 루나아샤 상단의 애새끼나 하나같이 헤스티아를 좋아하게 된 계기가 어색하지 않았어? 전부 다 첫눈에 반했잖아."

처음부터 설명해 준다면서 질문을 던진 그녀였다. 일단 그녀의 말에 나는 보석이 박혀 있는 포크를 내려놓고 잠시 생각에 잠겼다.

"딱히 이상하다 생각하진 않았는데요. 저 같아도 그럴 수 있을 것 같아서."

"아니, 걔가 왜!"

"우리 헤스가 뭐 어때서요!"

헤스티아 이야기에 느와르엘이 테이블을 치길래 나도 일어나 같이 쳤다. 수많은 시간을 헤스티아의 보호자가 된 기분으로 살아왔기에 헤스티아의 이야기에 나도 모르게 수축되어 있었던 허리를 펴고 언성을 높였다. 우리 헤스티아가 얼마나 예쁘고 사랑스럽고 멋있는 앤데! 모든 사람들이 그녀를 보고 한눈에 반해도 이상한 점을 못 느낄 거다.

사방이 급격하게 조용해졌다. 드래곤 앞에서 언성을 높였던 나는 조용히 다시 의자를 끌어 조심스레 그 위에 앉고 다시 포크를 들어 눈알을 집었다. "음식, 이거 참 맛있네요"라고 말하니 느와르엘이 흥미롭다는 듯 눈썹을 들어 올렸다.

"아무튼 책의 내용이기도 하고 조금 작위적인 것 같긴 하지만 크게 막 이상하진……."

"작위적일 수밖에. 네가 이 세상을 책 속이라 여기게끔 만들기 위해 일부러 내가 잠시 손을 쓴 거니까. 스완하덴도 책의 내용처럼 헤스티아에게 반하게 만들려고 흑마법을 썼는데 안 먹혔어. 주술을 걸 때 너를 향한 마음이 너무 컸던 건지, 아니면 백마법 사용자여서 그런 건진 잘 모르겠지만. 둘 다 같아."

잠깐, 무슨 소리래. 여기가 책 속이기에 그 내용대로 흘러가던 것이 아니라, 내가 여기를 책 속이라고 착각하게 만들기 위해 상황을 꾸민 거라고?

"제발 처음부터 설명해 주세요."

그녀는 내가 궁금해하고 있는 점들을 모두 알고 있는 것 같았다. 궁금증이 샘솟기 시작하자 드래곤에 대한 두려움이 조금 사라졌다.

느와르엘은 나를 바라보더니 웃음을 크게 터트렸다. 차려준 성의를 생각하며 비록 깨작거리긴 해도 마물 요리를 입에 집어넣고 있는 중이었다. "나도 못 먹는 걸 잘 먹는구나." 그녀는 책상 위의 음식을 모두 치우고 인간이 먹을 수 있는 음식으로 단번에 교체해 줬다. 오우거 고기는 오리고기로 바뀌었고, 슬라임 슬러시는 청포도 슬러시로 바뀌었다.

그녀는 내 의자를 자신의 쪽으로 가까이 이끌더니 나를 들어 올려 자신의 무릎 위로 앉혔다. 키나 덩치가 나에 비해 컸기 때문인지 의자에 앉는 것 같은 편안함이 있었다. 그녀는 마치 아이를 다루는 듯한 조심스러운 손길로 내 머리카락을 쓸었다.

"알겠어. 알겠어. 너도 그렇고 헤스티아도 참 깜찍해. 깨물어 죽여버리고 싶어. 아, 실제로 헤스티아는 그렇게 해서 죽인 적이 있었나?"

웃으면서 말하는 느와르엘이었다. 멀쩡히 살아 있는 헤스티아를 죽인 적 있다는 말에 나는 인상을 썼지만 그녀가 모든 걸 설명해 주기 전엔 의문점을 그냥 넘기자는 마음으로 가만히 있었다.

"일단 내가 오르드 제국을 증오하고 있다는 건 알고 있을 거야."

나는 고개를 끄덕였다. 그럴 수밖에 없지. 목숨을 잃을 정도의 궁지로 몰아 힘도 빼앗기고 가족인 블랑쉬엘도 죽임을 당하고.

"내가 이렇게 멀쩡히 살아 있는 걸 보면 알 거야. 초대 황제는 날 완전히 죽이지 못했어. 그는 내 심장의 일부를 베어가기만 하고 결국 날 잡는 건 실패했지. 마지막 힘을 다해 난 피신했어. 그들의 힘을 너무 얕보고 있었던 거야. 떼거지로 몰려와 공격하니 진짜 내가 질 수도 있겠다는 생각이 들더라."

아까는 흥분한 탓인지, 정신이 없어 보이던 느와르엘은 이야기를 시작하자 차분해졌다. 오랜 일을 회상하는 듯한 표정이었다. 그녀의 입에서 나오는 내용은 그녀에게 큰 상처였던 게 분명했지만 이미 오래전에 극복한 듯 말하는 내내 덤덤했다.

"날개 하나 까딱할 수 없어 잠시 넋을 놓고 있던 사이, 그들은 내 하나밖에 없는 가족, 동족을 자기 입맛대로 굴렸어. 블랑쉬엘의 공명을 들었지만 난 움직일 수가 없었어. 심장의 절반 이상을 빼앗기고 정신만 깨어 있었지. 블랑쉬엘은 생명의 마법을 가지고 있었기에 자결이 불가능했어. 하도 그녀가 죽여달라고 외치기에 나는 결국 그녀를 내 손으로 보냈어."

자신의 손으로 보냈다는 말에 나는 괜히 말라가는 것 같은 입술을 핥았다. 심지어 블랑쉬엘의 시신은 분해되어 상단으로 넘어가 팔렸다고 했지.

예전에 이브와 함께 저택에 들렸을 때 보았던 그 흰색 가죽과 뼈들이 문득 블랑쉬엘의 것이 아닐까 생각이 들었다. 등골 아래에서부터 벌레가 기어오르는 것 같은 기분이 들어 몸을 움츠렸다.

"나는 복수를 하기 위해 심장의 마력이 모두 소모될 때까지 힘을 썼어. 몸은 반 죽어 있었지만 정신은 깨어 있었으니 다행히 마법은 조금 쓸 수 있어 여러 가지를 준비했지."

나는 이야기를 들으며 조용히 고개만 끄덕였다.

"조금 남은 힘으로 긁어모아 사람들을 조종해 수도 쪽에 아카데미를 하나 세웠어. 황궁에 아주 가까운 곳으로. 아카데미가 지어지니 나와 블랑쉬엘을 죽이려고 가담했던 주요 귀족들이 그쪽으로 모이더라. 그 더러운 싹들까지도. 아, 너는 제외야. 넌 안 더러워."

느와르엘은 말하면서 눈 한쪽을 들어 올리며 내 어깨를 두들겼다.

"사람 몇 명 조종하니 힘을 다 써버린 거야. 드래곤의 심장은 마력이 부족하면 자연스럽게 의식이 끊기며 정신의 세계를 맴돌게 돼. 힘을 되찾아 복수를 하기 위해 나는 몇백 년 동안 학생들에게 몬스터 핵을 모으게 시키며 힘을 보충했어. 그리고 내 군대가 되어줄 마물들의 힘도 같이 강화시켰지."

우리가 그동안 토벌에 나가며 몬스터 핵을 열심히 모은 이유가 느와르엘의 힘을 보충시키기 위해서였던 건가. 그동안 열심히 모은 몬스터 핵이 아우그란 산 쪽으로 다시 이동되는 걸 본 적 있었다.

마물은 자신의 마력과 힘을 심장, 혹은 핵에 모아둔다고 한다. 인간인 황제가 느와르엘의 심장을 취해 힘을 얻었으니 마물인 느와르엘이 마물의 핵을 먹으면 당연히 힘이 다시 회복되는 것이다.

느와르엘은 이야기하면서 길고 검은 손톱으로 내 볼을 톡톡 건드렸다.

"그리고 내가 다시 움직일 수 있게 될 만큼 힘이 채워졌을 때, 팡! 다 터뜨려 죽일 계획이었지."

"그럼 몬스터들이 점점 강해져 가던 이유가……."

"맞아. 내 계획이 정상적으로 실행되고 있다는 뜻이 아닐까 싶네."

'다 죽여버린다'는 말에는 나와 헤스티아는 물론, 다른 사람들도 모두 포함되어 있었다. 괜히 허리를 꼿꼿이 세워 두 손을 모으고 다리를 숙인 채 고개를 숙였다.

아래를 바라보며 나는 머릿속으로 정리를 하며 입을 열었다. 무서워서 닭살이 돋은 것과 별개로 말은 조곤조곤 잘 나왔다.

"힘이 다 빠져 정신세계를 떠돌고 계셨고, 그 전에 아카데미를 모두 와인색으로 칠한 건 아카데미를 복수의 기점으로 잡았기 때문인가요. 주요 귀족들은 모두 근처에 모여 있고, 여러모로 쓸어버리기 편하겠네요. 수도 쪽 아이들은 거의 모두 이 아카데미로 입학하니 죽인다면 귀족의 대도 끊길 테고."

"오? 맞아. 똑똑하네 역시. 마물들은 내 상태에 강렬하게 반응해. 내가 잠들어 있는 동안 난 계속 기억의 장소에서 헤매고 있었고 원하지 않더라도 그 검붉은 등들과 마주해야 했지. 내가 깨어나기 그 직전까지 힘을 키운 몬스터들은 내 원한을 싣고 아카데미를 먼저 함락하고 있었을 거야. 사랑스러운 것들."

문득 떠오른 궁금함에 나는 숙이고 있던 고개를 번쩍 들었다.

"그럼 우리 학교 교장이 그 조종당한 사람 중 한 명이에요? 교장 선생님의 계획이 모두 느와르엘의 계획이라면 제국 멸망이네요."

느와르엘은 내 말에 놀란 표정을 짓더니 입꼬리 끝을 꿈틀거렸다. 그러다가 곧 박수를 치며 박장대소를 터뜨린다. 느와르엘은 재미있다며 연신 중얼거렸다.

갑자기 터진 그녀의 웃음에 나는 뻘쭘한 표정으로 그녀를 바라보았다.

"너 교장 본 적 없지?"

"네. 아무도 없을걸요. 베일에 싸인 분이잖아요."

"아, 웃겨. 교장 생각만 하면 유쾌해. 너도 꼭 한번 그 추한 꼬라지를 봐야 하는데."

또 무슨 소리를 하는 건지 잘 모르겠지만 그녀가 웃길래 입꼬리 한쪽을 끌어올리며 억지로 웃었다.

"그러니까요, 봐야 하는데."

영혼 없이 말한 나는 그녀의 무릎에서 슬금슬금 벗어나려다 붙잡혔다.

"근데 너 엄청 태연하다? 너희들 다 죽일 작정이었다니까? 벌벌 떨 것 같지는 않았지만 적어도 경악은 할 줄 알았는데."

"지금 현재 상황을 보면, 마음을 돌리신 것 같은데요. 마물도 얌전해졌고, 교장이 누군지 몰라도 계획을 철회했다고 들었고, 인간인 저한테 호의적인 것 같고."

"음…… 그래. 마음을 돌리긴 돌렸지. 질색하는 황실과 귀족들도, 무고한 어린아이들도, 관련이 없는 인간들도 수백 번 수천만 번 멸망시킨 후에야…… 처음 복수가 성공하고 모든 걸 허허벌판으로 만들었을 때 아주 통쾌했지! 아아주!"

"복수를 수천 번 이행했다니, 그게 무슨 소리예요?"

"아아. 망할 놈의 드보아스가 내 원한을 눈치채고 자기 집안사람들을 지키기 위해 시간 마법진을 자신의 영지 쪽에 그려놓았어. 그 시간 마법진의 발동 조건은 제국의 멸망이었지. 내가 아카데미를 세우고 계획을 다 구상한 뒤 막 잠에 빠졌을 때 그린 것 같더라. 제국이 멸망하고 얼마 지나지 않아 난 의식을 잃었고 다시 아우그란 산에 잠들어 있는 상태로 돌아갔지."

예전에 코리네 저택에 갔을 때 고장 난 것 같은 엄청난 크기의 시간 마법진이 떠올랐다. 하나하나 드러나는 사실에 말을 잇지 못하고 눈만 크게 떴다.

"시간 마법진에 걸리고도 인간들을 용서할 수 없었지. 그래서 죽이고, 태우고, 없애고…… 세상을 수도 없이 멸망시켰다."

건조한 말투였다. 느와르엘은 손톱으로 테이블을 톡톡 두들겼다.

"그리고 멸망 직전, 항상 헤스티아가 날 찾아왔지. 알지? 네 친구 말이야. 내 계획을 어떻게 알았는지 날 찾아와 뜬금없이 사과를 했지. 올라오는 길에 몬스터에게 찢겨 죽어도, 내 손에 비참하게 죽음을 맞이해도, 언제나 그녀는 마음을 돌려달라고 날 설득했어. 자신은 이곳에서 이루고 싶은 게 많다고. 자신이 뜻을 이룰 수 있게 도와달라고."

한참 테이블을 두들기던 느와르엘은 이내 손을 멈췄다.

"그렇게 몇백 번 시간을 도니까 멸망시키는 것도 지루해졌고, 복수의 의미 또한 점차 사라져갔지. 선조들 때문에 죄 없는 후손들만 고통받는 것 같아 결국 난 중간에 그만두기로 마음먹었다. 뭐, 여러 번의 회귀를 통해 블랑쉬엘의 영혼을 찾았기도 했고. 그 뒤로는 예전처럼 평화롭고 편안하게 살고 싶다는 마음이 들었어."

블랑쉬엘의 언급이 나오자 나는 백마법석으로 만들어진 기둥을 바라보았다. 거기에 박힌 알을 돌연 쳐다보는데 느와르엘이 블랑쉬엘이 태어날 매개체라고 설명해 줬다. 저게 무슨 과정인진 잘 몰랐지만 나는 고개를 끄덕였다.

"그래서 이제 슬슬 시간의 고리를 벗어나 보자, 하는데 문제가 생긴 거야."

아까 초대 황제의 이야기가 나올 땐 건조하던 목소리가 문제를 언급하려 하자 힘이 바짝 들어갔다. 목소리 톤에서 답답함이 느껴졌다.

"나와 그 제국을 건국할 때의 사람들이 어질러놓은 환경 때문에 제국 자체는 스스로 멸망의 길을 걸어가고 있었어. 그 뒤의 멸망에 크게 기여한 사람들이 네가 예상하는 그 네 명이야. 걔들이 언제나 기승을 부려 결국 멸망으로 이끌었지."

"걔들이라면, 하일리랑…… 코리, 이브랑 스완이겠네요."

"네가 마지막 장면들을 봤어야 해. 드보아스 영식은 마력이 역류할 때까지 계속 파멸 마법을 썼고 황태자는 보이는 족족 칼로 베어 갔고 이 모든 혼돈을 부추기면서 웃고 있는 루나아샤. 소공자는 굳이 말하지 않아도 예상이 갈 거야. 얘는 그냥 너무 쓰레기고 잔인해서 말로 표현하기가 좀 그래."

이야, 스완하덴. 드래곤한테도 인정받다니 대단하다. 도대체 무슨 짓을 하고 다닌 거니. 내가 입꼬리 한쪽을 올리며 잠시 꿈에서 보았던 스완하덴을 떠올리자 느와르엘이 나를 쳐다보다가 피식 웃었다.

"진짜 골치였어. 너도 중간에 내가 보여줘서 알겠지만 망나니들이 보통 망나니들이 아니더라. 난 걔네를 막으려고 온갖 시도를 해봤어."

"예를 들면요?"

"황실에 원한이 제일 커 가장 적극적으로 움직이던 황태자의 영혼을 회귀 전에 버려도 봤고, 몬스터의 힘을 약화시켜도 보고, 내 계획을 철회하기도 하고, 아카데미를 폐교해 보기도 하고. 다 별 소용이 없었어. 이브네스 루나아샤가 어떻게든 내 계획이 이행되게 했고 걔가 안 하면 스완하덴이 진행했고. 아, 생각하니까 열 받네."

느와르엘이 다리를 떨었기에 그녀의 다리에 앉아 있던 나도 덜덜 떨렸다. 힘도 좋으셔라.

자신의 뒷목을 만지작거린 느와르엘은 떨떠름한 표정을 지었다.

"어쨌건 아무 소용이 없었어. 멸망의 끝에는 언제나 헤스티아가 올라왔지. 아, 내가 마음을 바꾸고 달라진 게 하나 있다면 그저 흐느끼며 산을 올랐던 헤스티아가 걔네 쌍욕을 하면서 올라오기 시작했지. 참고로 책에 나오는 그 마지막 장면은 많이 미화된 거야."

"아, 어쩐지. 욕이 없다 했어요."

"서로가 서로 일에 너무 복잡하게 얽혀 있어서 난 어디서부터 손을 대야 할지 몰랐어. 정말이야. 정말 막막했지. 그래서 한동안 매번 올라오는 헤스티아와 멸망되기 직전까지 수다도 떨어보고 어차피 다 까먹을 테지만 상황 설명도 해보고, 신세 한탄도 해봤어. 블랑쉬엘을 살릴 방법을 찾아도 시간이 처음으로 돌아가니 그저 답답했지. 날 찾아오는 헤스티아와 함께 허송세월을 보냈어."

말하는 중간중간 물을 한 모금씩 마시다 보니 어느새 유리컵은 바닥을 보이고 있었다. 유리컵 표면에 맺힌 물방울을 바라보며 그녀는 잠시 침묵했다.

짧은 침묵 뒤에 느와르엘은 내 손을 살포시 잡았다.

"그런데 어느 날, 파멸 직전에 헤스티아가 아닌 다른 애가 찾아온 적이 있었어. 딱 한 번."

잡은 손엔 힘이 퍽 들어가 있었다.

"그때 나는 이번 턴엔 이 모든 일에 아무 관련도 없는 타 차원의 사람을 이용해 도움을 요청해 볼까 생각했어. 정말 그냥 실없는 계획이라고 생각했지만 걔는 그 말을 듣고 좀 다른 반응을 보였지. 내가 영혼을 고르고 있는 와중에 갑자기 옆에서 지켜보고 있다가 너를 고른 거야."

걔가 누구인지 물어보았지만 느와르엘이 어깨를 으쓱였다.

"너를 데리고 오자마자 시간이 되돌려졌어. 좀 이례적인 일이었고 나는 도박을 하는 심정으로 저번 회귀 때 그 아이가 했던 말을 따르기로 했지. 너를 다시 골라내어 다음 시간의 턴에 슈라이나로 태어날 수 있게 했고, 원래 슈라이나는 적당히 태어나자마자 죽을 예정이었던 애 몸속에 넣었어. 걔 이름이 이사벨이었나, 뭔가."

이사벨? 너무 뜬금없는 인물의 언급에 나는 눈을 동그랗게 떴다.

헤스티아를 엄청 질투하던 애가 있었다. 겉으로는 헤스티아를 좋아하는 척하면서 나중에 아니꼬워하는 걸 나한테 들켰다가 크게 싸우기도 했었고…….

걔가 원래 슈라이나의 영혼이었다니. 음, 조금 납득이 갔다. 어쩐지 그 꿈속에서 나는 너무 괴리감이 느껴졌으니까.

"네가 일단 뭘 알아야 바꿀 테니까, 이 세계를 알리기 위해 네 관심사인 로맨스 소설을 이용했어. 그다음 파멸 직전에 온 헤스티아가 자기 글 좀 쓴다고 귀 아프게 자랑질하길래 부탁했지. 슈라이나가 파멸을 막는다고 하니까 걔가 가능하겠냐며 기막혀 하더라. 근데 지금 둘이 친하게 지내니까 참 신기해?"

"작가가 헤스티아……."

그녀의 모든 이야기를 난 의외로 덤덤하게 들을 수 있었다. 시간의 회귀며, 복수며, 여러 새로운 사실에 놀라긴 놀랐지만 그녀가 그동안 보여줬던 현상들 때문에 태연히 받아들였다. 그러나 작가가 헤스티아인 건 좀 충격이었다. 예상도 못 했다.

"응. 재밌지 않아?"

다른 애들의 개인 사정이나 상처들이 나오지 않는 이유가 거기에 있었다. 헤스티아가 썼으니 내용이 헤스티아 위주일 수밖에 없지. 뒤늦게 모든 상황이 납득되어 고개를 끄덕였다.

"네가 온 뒤로 꼬여 있던 일들이 조금씩 풀리고 있어. 그게 참 신기하다니까? 어떻게 다 그렇게 변화할 수 있는 거지. 딱 알맞은 때, 알맞은 사람인 네가 있어서 그런가? 어쨌건 다 네가 변화시킨 거야!"

들뜬 느와르엘의 목소리에 나는 고개를 숙였다.

내가 다 변화시켰다니. 걔네들이 노력해서 스스로 극복하고 바꾼 거지. 이런 소리를 듣긴 좀 싫다. 그들의 노력을 가로채 간 느낌이다.

나는 바닥을 바라보며 인상을 찌푸렸다. 다리가 짧아 바닥과 내 발 사이의 간격이 컸다. 다리를 흔들고 있다가 곧 힘을 빼 얌전히 두었다. 갑자기 떠오른 생각에 나도 모르게 숨을 들이쉬었다.

"그럼, 제가 어쩌다 보니 제국을 구한 건가요. 좀 떨떠름한데."

"그치, 영웅이야. 슈라이나! 네가 이 시간 고리를 부순 거야! 나한테도 영웅이고!"

나는 오만상을 쓰며 고개를 저었다. 실질적 영웅은 내가 아니라 헤스티아라고 생각한다. 칭찬을 들어도 마음속에서 이는 거부감에 기분이 좋지 않아졌다. 빈속에 기름이 가득한 랍스타 라면을 먹는 기분이다. 그녀의 주인공 취급이 기분 나빴다.

느와르엘은 표정이 좋지 않은 나를 바라보며 고개를 갸웃거렸다. 이를 보이며 푸스스 웃은 그녀는 내 이마를 쓸었다.

"살아가는 생물체는 모두 무한한 경우의 수를 가지고 태어나. 보니까 넌 주변 사람들에겐 정말 잘 대해주더라. 수많은 경우의 수 중에 최선만을 선택하게 네가 옆에서 잘 있어 주던데? 어느 한 사람한테 영웅이 어찌 보면 곧 많은 사람들에게 영웅이 되는 거야."

"그럼 모두 영웅인 걸로 해요."

오작교 역할인 줄 알았던 나나, 가련한 여자 주인공인 줄 알았던 헤스티아나, 개새끼 남자 주인공의 역할인 줄 알았던 네 명이나, 그냥 모두. 모두 주인공인 걸로.

은연중에 쟨 여주고. 난 오작교고, 쟨 남주라는 특정 역할에 엄청 신경 썼는데 사실 모두 부질없는 것이었다. 시점에 따라 사람의 역할이 달라지니, 모두가 주인공이고 모두가 악역이며 모두가 오작교고 모두가 영웅이다. 아니면 다 아무것도 아니거나.

세계가 멸망되지 않은 이유는 한 사람이 담당하는 많은 역할이 다른 사람들과 잘 균형을 이뤘기 때문이 아닐까 싶다. 결국은 내가 스포트라이트 받을 이유가 없다. 다 같이 받는 게 옳다.

"슈슈. 네 인생론이 철밥통을 목표로 홀로서기였지 않아? 네 모습을 보면 전혀 그런 길로 가고 있진 않은 것 같은데? 철밥통은 몰라도."

마이웨이로 가고 싶어 했던 건 맞다. 득실에 따른 관계를 추구했던 것도 맞고 이득이 되지 않는 일이면 행동하지 않으려 했다.

"아, 몰라요."

사건의 전말

동생들을 일평생 키워 성격이 조금 우유부단하고 오지랖이 있는 것 같아 추구하는 방향과 맞지 않아 보이는 스스로가 걱정이었지만 그게 남에겐 도움이었고 그 도움이 세상을 구했다니. 그냥 생겨 먹은 대로 살려고 한다. 굳이 세상을 구하고 싶진 않지만 일단 내가 그 구한 세상을 살아가고 있으니까, 좋은 거지 않을까.

"그럼 영웅 슈라이나, 이제 정말 마지막으로 개인적인 부탁 하나만 해도 될까?"

"부탁하려고 절 영웅이라고 치켜세운 거죠."

느와르엘은 자신의 어두운 보석안을 천천히 깜박이다가 주머니에서 뭔가를 꺼내는 자세를 잡았다.

주머니에서 치켜세운 엄지를 꺼낸 그녀였다.

* * *

"뭔데요, 부탁이."

일단 흑의 드래곤 느와르엘의 부탁이 뭘까 궁금해서 들어만 보기로 했다. 아무리 지금 분위기가 훈훈하다 하더라도 내가 할 수 없는 일이거나 리스크가 크면 안 하려고 했다.

"괜찮아. 네가 부담 없이 할 수 있는 일이야. 너도 어느 정도 이 일에 대비해 왔거든."

느와르엘은 나를 데리고 아까 본 백마법석의 기둥 쪽으로 천천히 걸어갔다.

"블랑쉬엘의 몸이 될 수 있는 매개체를 구했어. 드래곤의 몸을 찾고 싶었지만 드래곤 종족은 딱 나와 블랑쉬엘 두 마리밖에 없어서 난감했었지. 근데 최근에 동대륙에서 백룡의 알을 구한 거야! 죽어서 영혼이 비어 있는 상태라 몸만 살려놓고 있어."

아, 저게 뭔가 했더니 블랑쉬엘이 쓸 몸인 것이다.

느와르엘의 목소리 톤은 들떠 있는 동시에 차분했다. 그녀는 백마법석 기둥의 가장 뾰족한 부분을 손가락 끝으로 만지며 중얼거렸다.

"황실이 빼앗아간 내 심장이 필요해. 이 코딱지만 하게 남은 심장 가지곤 블랑쉬엘을 살리기엔 힘이 턱없이 적어. 난 지금 내 힘의 반절도 못 내고 있거든."

그녀의 부탁은 바로 황실의 가보를 훔쳐 오라는 것이었다. 미간 사이를 구기며 나는 침묵을 유지했다. 하도 코리랑 하일리의 방에 많이 찾아가서 황실 보안 뚫는 건 쉽다곤 하지만 그들이 애지중지하는 가보를 훔쳐 오라니. 게다가 가보는 내가 알기로 황실 중앙궁 쪽의 비밀 관리실에 있었다.

"알이 부화하면 저 마법석 기둥 너 줄게."

나는 부탁을 들어주겠다는 대답 대신 느와르엘에게 내 집 주소를 알려주었다. 시디니시 북이네스 웨스트 영지 서쪽 저택. 깨질 위험은 없을 것 같아도 나중에 가지고 놀게 뽁뽁이에 감싸서 보내주세요. 그 귀한 백마법석이 저렇게 큰 기둥으로 있으면 방에 전시해서 옷 걸어놓기 좋을 것이다.

의뢰를 실행하다가 중간에 내가 실패해서 역적으로 몰리면 어떻게 할 거냐고 물어보자 느와르엘은 블란치가의 사람이 내 편인 이상 그럴 걱정할 필요는 없다고 했다. 아마도 스완하덴을 말하는 것 같다.

그리고 성공한 뒤 내가 실수로 흔적을 남겼어도 그녀가 힘을 되찾아온 뒤니 손을 잘 써서 흔적을 없애 준다고 한다. 생각해 보니 딱히 리스크가 큰 것 같진 않다. 나는 뒤이어 흔쾌히 고개를 끄덕였다.

"황실 중심부까지 바로 바래다줄게. 몬스터 군대와 함께 황궁으로 쳐들어가기 위해 마법진을 아주 예전에 그려놨었거든. 그걸 이용하면 될 거야. 이번 턴에 너의 일에 개입하느라 힘을 많이 써서 이곳을 떠나기가 쉽지 않아. 내가 조종하는 사람들 중 한 명을 보낼게."

그녀는 이 일이 나에게 그렇게 힘든 일이 아니라는 걸 확신하고 있었다. 마치 나가는 길에 아이스크림을 사 와 달라는 듯한 부탁 어조였다.

"너가 있는 곳과 가장 가까운 곳에 있을 사람이…… 아, 교장! 교장이 안내할 거야."

그렇게 말한 그녀는 또 배를 잡고 웃었다. 내 어깨를 잡은 채 한참을 웃으신다. 아까부터 의문인 건데, 그녀는 교장 이야기만 나오면 저렇게 몸을 가누지 못하고 웃음을 터뜨린다. 뭐가 그렇게 웃긴 거지.

크게 소리를 내어 웃고 있는 그녀를 얌전히 바라보았다.

"무려 초대 황제의 에스코트니까 영광으로 여겨."

"네?"

숨을 진정시킨 느와르엘은 뒤이어 폭탄 같은 소리를 내뱉었다.

"내 수명은 무한에 가깝고 초대 황제가 그 생명의 원천인 심장을 먹었으니 죽었을 리가 없지. 영혼은 몸을 떠났어도 몸뚱어리가 살아 있길래 조종하기 아주 딱인 거야. 아주 유용하게 써먹고 있지."

황궁 무덤에서 황제의 몸을 몰래 도둑질한 그녀는 아주 재미있는 장난을 많이 쳤다고 한다. 황제를 발가벗기고 촌구석을 뛰어다니게

했다던지, 그 상태로 음식점으로 들어가 접시에 맞게 했다던지. 조종하는 건 그녀여서 결국 그녀가 맞는 것과 다름이 없다곤 하지만 많이 통쾌했다고 한다.

"아, 그리고 얘도 데려가."

느와르엘은 팔짱을 낀 채로 바닥을 발로 몇 번 찍었다. 흙먼지가 자그마하게 일었다. 뭐 하는 건가 싶어 나는 그녀를 얌전히 쳐다보았다. 아직은 아무런 일이 일어나지 않았다.

그녀는 얌전한 땅을 물끄러미 쳐다보더니 백마법석 기둥 주변의 땅을 두 번 강하게 찍었다. 그녀가 찍은 부근의 땅이 크게 흔들렸다.

그녀가 세 번 땅을 찍자 그제야 가시적인 반응이 보였다. 갑자기 바닥에서 손이 하나 튀어나온 것이다. 튀어나온 새하얀 손에는 힘줄이 몇 개 솟아 있었다. 손이 튀어나오고 바닥에 조그마한 구멍이 하나 생겼다. 생긴 구멍 사이로 익숙한 얼굴이 반만 빼꼼 튀어나왔다. 머리카락과 눈만 간신히 보였다. 흰색에 가까운 은색 머리카락에 흙먼지가 잔뜩 묻어 있었다.

어두운 곳에서도 예쁜 색을 내는 보석안은 느와르엘을 응시했다.

"드래곤이라도 층간 소음 예절은 좀 지킵시다? 일하는데 또 그러시면 남은 심장 슬라임 밥으로 먹일 거예요."

스완하덴은 다시 머리를 숙이고 모습을 감추었다. 그가 사라진 땅 구멍 밖으로 돌연 사탕 막대가 튀어나와 그녀 쪽으로 던져졌다. 조금 있다가 초콜릿 포장지도 튀어나와 그녀에게 던져졌다.

느와르엘은 스완의 반응을 가소롭다는 듯 쳐다보았다.

주머니에 손을 넣더니 곧 마법으로 인화된 사진을 꺼냈다. 무슨 사진인지는 잘 보이지 않았지만, 웬 주황색 머리카락의 여자아이가 있었던 것 같다. 그녀는 그 사진을 잡은 그 손 그대로 구멍으로 집어넣었다. 그녀가 사진을 살살 흔들면서 조금씩 팔을 밖으로 빼내자 아까 사라졌던 스완하덴이 또 모습을 보였다.

"뭐 하세요, 아주머님."

그의 얼굴 윗부분이 다시 올라와 무심한 눈으로 느와르엘의 손에 들린 사진을 쳐다보았다.

"일 언제 다 끝내."

"거참 성질도 급하셔라. 걱정 마세요, 저 알이 썩기 전까진 절대 안 끝낼 테니까."

"거의 다 끝냈다는 소리네. 좋았어."

나는 그들의 대화로 대충 스완하덴이 저기서 뭘 하고 있었는지 추측해 보았다. 저 알을 보존하기 위한 거대한 백마법석 기둥이 갑자기 생겨났을 리가 없고. 그녀를 돕는 사람이 있었던 것이었다. 어떻게 꾀어낸 건진 몰라도 스완이 저렇게 순순하게 그녀에게 협력한 것이 좀 신기했다.

느와르엘에게 물어보니 역시나 둘 사이에 모종의 거래가 있었다고 했다.

"쟤 근데 왜 땅속에 있어요?"

"쟤가 첫 번째로 동굴에 들어오면 또 파멸의 길로 걸어 들어갈까 봐 땅속에서 마법석 기둥 작업하라고 했어."

스완하덴이 그걸 이해해 줬냐고 묻자, 느와르엘이 이번 턴의 스완은 사진 몇 장만 있으면 그 어느 누구보다도 쉬워진다는 말과 함께 날 팔아서 미안하다는 말도 했다.

그녀에게 물어보기 위해 목소리를 내자, 스완의 시선이 곧 내 쪽으로 꽂혔다. 스완하덴의 표정은 변함이 없었지만 눈동자엔 크게 동요가 일었다.

그가 날 보고 바로 말없이 땅속으로 들어가자 느와르엘이 그의 옷깃을 잡고 다시 그를 잡아끌어 땅 위로 올렸다. 다시 올라온 스완하덴은 양손으로 얼굴을 가리고 있었다. 귀가 아주 벌겋다. 저번에 그와 카드 게임을 하면서 그가 나에게 시비를 걸려고 입술 힐 마법에 관해 물어보자, 내가 아주 상세하게 설명해 줬던 것이 기억났다. 그것 때문에 저러나.

쑥스러워하는 스완하덴을 바라보며 느와르엘은 해맑지만 특유의 섬뜩한 표정으로 입을 열었다.

"하도 다른 시간대의 스완하덴에게 익숙해져서 그런가? 넌 진짜 토 나온다!"

"과찬이에요. 당신만큼 되어 보도록 더욱 노력할게요."

손으로 얼굴을 가리며 말하는 스완은 건조한 말투로 말했다.

비꼬는 그의 말에도 느와르엘은 전혀 화를 내지 않았다. 오히려 존댓말 쓰는 게 이번 턴이 처음이라고 나에게 언급한 느와르엘의 표정에는 놀라움의 감정이 가득했다. 그에게 이렇게 존중받는 건 또 처음이라고 살짝 감격한 것 같기도.

"일은 나중에 와서 처리하고 슈슈나 도와줘."

스완하덴은 느와르엘의 말이 끝나기도 전에 기다렸다는 듯 옷과 머리카락을 매우 깔끔히 하고선 내 옆에 섰다. 내가 그의 빠른 움직임에 놀라 물끄러미 쳐다보자 그가 손으로 자신의 측면을 가려 내 시선을 막았다.

* * *

자신도 교장의 몸으로 준비할 테니 스완을 데리고 지금 바로 움직여 달라는 느와르엘 고객의 의뢰에 나는 요청대로 빠르게 이동했다. 간단한 준비를 마치고 지금 학교 드래곤 분수대로 가서 서 있으면 느와르엘이 교장의 몸으로 달려가 황궁 중앙궁으로 바로 이동하게 해주는 마법진에 안내해 준다고 했다.

산을 내려가는 길이 험할 테니 넘어질 것 같으면 자신을 쓰라고 말한 스완이 내 쪽으로 손을 뻗었다. 딱히 그의 손이 없어도 안 넘어지고 잘 걸어갈 수 있었지만 그냥 그의 손을 잡고 싶어서 잡아주었다. 내가 손을 잡자 그가 깍지로 손을 바꿔 꼈다.

그러다가 왠지 레어를 나온 뒤 다리에 힘이 풀려 돌부리에 발이 걸리자 스완하덴이 기겁을 하며 날 업었다. 발목이나 발은 매우 멀쩡했지만 그냥 그의 목에 팔을 두르고 얌전히 업혔다. 나는 팔을 들어 그의 은색 머리카락을 만지작거렸다. 머리카락에서 아카데미 비누 냄새가 났다.

"지금 당장 드래곤 부탁 들어주러 가는 거야?"

산을 내려가는 중에 그가 물어보자 나는 고개를 끄덕였다.

"응. 다음 주엔 기말이야. 기말 다음엔 기사 시험 준비해야 하고. 의뢰는 받자마자 신속하게 처리하는 편이야."

내가 이렇게 바로 떠나려고 하는 이유는 이미 준비가 다 되었기 때문이었다.

예전에 내가 느와르엘의 마법으로 인해 깊은 잠에 빠졌을 때 이브가 황궁에 쳐들어간 적이 있었다. 그때 이브는 황궁으로 돌아오고 난 뒤 나에게 황실에 관한 정보를 많이 알려줬었다. 내 속에 있는 마력이 아직 불안정해, 순도가 높은 흑마력을 찾고 있을 때였다.

황실의 가보가 흑의 드래곤의 심장이라는 의심이 들자마자 무한한 흑마력이 들어 있는 가보에서 마력을 조금 **빼** 올 수 없을까 하는 생각에 여러 가지를 준비한 적이 있었다.

내 방에는 황궁의 가보의 모양을 똑같이 복제할 수 있는 마법 물품이 있었고, 모습을 바꿀 수 있게 하는 마법 약이 있었으며, 헤스티아에게 부탁해 몰래 **빼** 온 황실 설계도도 있었으며…….

미안하다. 양심을 팔아먹은 적이 있었다.

왜인진 모르겠지만 스완하덴이 나를 계속 쳐다보자 나는 말에 말을 붙였다. 괜히 찔린 나는 몇 번 헛기침을 했다.

"괜찮아. 황궁의 보안은 꿰뚫고 있어서 만만하니까."

내 말에 스완하덴은 시선을 앞으로 돌리며 고개를 끄덕였다.

"하일리만큼?"

"응."

앗, 찔려서 아무 말이나 하다 보니 말실수했다. 나는 아니라고 말하려고 다시 입을 열었다.

"응."

스완에게 업힌 채 하일리가 그래도 요새 얼마나 성장했는지 변명하며 내려가는 중이었다.

높게 솟은 나무들 때문에 산 아래의 광경이 하나도 보이지 않았는데 내려가다 보니 나무나 풀이 아닌 사방이 탁 트인 곳에 이르렀다.

부는 바람에 나뭇가지들이 뒤로 젖혀지고 그 뒤의 아카데미의 전체 건물이 한눈에 들어왔다. 안개가 껴서 그 짙붉은 모습이 살짝 뿌

옇게 보였다. 그럼에도 강렬한 색은 여전히 시선을 사로잡는다.

스완하덴과 이야기하면서 나는 그 짙붉은 건물 쪽으로 손을 뻗었다. 높은 곳에서 바라본 아카데미는 아주 작아 단숨에 가려졌다. 손으로 그 모습을 덮으니 문득 아카데미를 기점으로 제국을 파멸할 계획이었다는 느와르엘의 말이 떠올랐다.

마치 과녁의 짙붉은색 원같이 느껴지는 아카데미에 나는 아까 느와르엘이 나에게 밝혔던 사실을 곱씹었다. 그녀는 꽤 덤덤하게 짙붉은 와인색 기억을 나에게 말했었다. 그녀의 길고 괴로웠던 시간을 그저 몇 마디로 함축해 많은 감정들이 생략되었겠지.

아카데미는 걸음을 옮김에 따라 나무 수풀 뒤에 가려졌다. 문득 그녀가 파멸을 선택하기에 영향을 미친 사람들이 다시 그녀에게 도움을 줌으로써 끝을 냈으면 좋겠다는 생각이 들었다.

나는 황궁에 들어가서 가보를 빼 올 계획을 스완하덴에게 설명했다. 스완하덴은 진지하게 들어주며 고개를 끄덕였다.

"그래도 혹시 모르니까 가보를 찾으러 갈 때 하일리랑 코리도 데려갈래? 이브도 데려가자. 길은 하일리가 잘 알 테고 혹시 며칠 사이에 보안 마법 추가되었으면 코리가 필요할 수도 있으니까. 이브도 계획을 짜는 데에 도움을 줄 수도 있겠다."

스완하덴은 다른 애들도 같이 계획에 참여시키자는 말에 인상을 썼다.

"……일단 더 안전하긴 하네."

못마땅하게 중얼거린 스완하덴은 조금 늦게 고개를 끄덕였다.

그는 걷던 발에 힘을 주어 조금 속도를 내며 산을 내려갔다. 일찍 가서 애들에게 사정을 설명해야 한다고 생각하자, 나도 모르게 다급한 마음을 드러낸 것 같은데, 다행히 스완이 알아서 속도를 올려줬다. 그렇게 얼마 정도 달려갔을까. 이제 슬슬 미안한 마음에 내 발로 뛰어가겠다고 하니 그가 더욱 빠르게 내려가기 시작한다. 그는 방향을 조금 틀어 남자 기숙사 쪽으로 향했다.

내려가는 길에 아카데미 기숙사 건물의 모습이 나무 사이로 간간이 보였다. 나는 주머니에서 내가 만들어놓은 마법석을 쥐고 그에게 플라이 마법을 걸었다. 갑작스러운 마법에도 불구하고 스완하덴은 미리 내가 그 마법을 쓸 걸 눈치채고 움직였다.

학교가 잘 보이는 산의 낭떠러지 부분으로 이동해 몸을 띄웠다. 스완이 눈치가 빨라 아주 편했다. 스완이 플라이 마법진에 자신의 마력을 더해 변형을 줘서 속력을 주었다. 나는 뒤에서 바람의 저항을 낮출 수 있도록 새 마법진을 그렸다.

"근데 깨워서 갑자기 도와달라는 건 좀 아니려나……?"

하늘을 날아서 기숙사 쪽으로 정말 빠른 속도로 가다 보니 문득 문제가 하나 떠올랐다. 금세 도착한 남자 기숙사 건물의 윗부분에 둥둥 떠서 인상을 썼다. 중얼거리는 목소리를 들은 스완하덴이 고개를 돌려 나를 바라보았다.

그는 작게 고개를 끄덕였다.

"응, 아니라고 책에서 읽었어."

그렇게 말한 그는 손에 작은 마법석을 만들고선 그걸 냅다 하일리와 코리의 기숙사 창문에 강하게 던졌다. 유리가 깨지는 소리가 크게 났다. 와장창하며 테이프로 이어붙인 하일리네 기숙사 유리문이 다시 산산조각 났다.

크게 당황했기에 그에게 무슨 말을 해야 할지 고민하고 있었는데 이어 하일리의 목소리가 들려왔다.

"스완하덴! 괜한 짓 꾸미지 말고 와서 주황색 외계인 그림 더미랑 카드 좀 가져가라!"

창문은 깨지자마자 코리가 그려놓은 마법진 덕에 조각이 저절로 이어졌다. 창문 가까이 하일리가 보였다. 그는 테이프를 통째로 들고 한 조각씩 찍찍 끊으며 마법 덕에 이어 붙여진 조각 사이사이를 이었다.

창문 깨는 것이 아주 여상스러운 일인 것처럼 넘어가는 모습을 하늘 위에서 황당하게 지켜보고 있었는데 스완이 하일리네 기숙사를 가리켰다.

"쟤네 양아치라서 늦게까지 안 자. 특히 코리."

스완하덴은 엄지를 들어 자기 자신을 가리켰다. 엄청 진지하게 말하고 있었다.

"참고로 난 소등 시간 맞춰서 열 시에 자. 범생이지."

그렇게 말하자마자 스완하덴은 조금 더 아래로 내려가 하일리가 테이프로 이어붙인 창문을 바로 깼다. 와장창 유리가 깨지는 소리가 들렸고 스완하덴은 익숙하게 창문을 통해 방으로 들어갔다. 창문의 파편이 내 쪽으로 튈 것 같자 내가 막기 전에 알아서 막아줬다. 스완하덴은 너무도 자연스럽게 창문을 통해 방 안으로 들어왔다.

방 안을 확인해 보니 다행히 아무도 자고 있지 않았다. 하일리는 책상에 앉아 아카데미 과제를 풀고 있었고 코리는 침대에 반쯤 걸쳐져서 바닥에 거꾸로 널브러져 있었다. 입에 칫솔 하나를 문 채, 마법에 관한 잡지를 하나 펴서 읽고 있었다.

스완이 소란을 피우며 들어와도 아무도 경악스러운 반응을 보이지 않았다. 코리는 시선을 계속 책에 두다가 들어오는 찬 바람에 이불을 조금 더 끌어당겼고, 하일리는 잠시 멈칫했다가 한숨을 쉬며 다시 과제에 집중했다.

우리가 방에 들어가자, 창 위로 코리의 선명한 마법진이 빛을 내며 또다시 깨진 창문을 알아서 이어 붙였다. 다만 아까 테이프를 붙였던 것이 다 떼어졌을 뿐이다. 마법진이 발동되며 빛을 발하자, 하일리는 끄적이던 펜을 내려놓고 다시 테이프 통을 집었다.

"슈슈? 놀러 왔나."

스완의 등장에 인상을 쓰던 하일리는 나를 발견하고 표정이 좀 밝아졌다. 그는 창문에 붙이기 위한 테이프를 한 조각을 내 이마에 착 붙였다.

"슈라이나, 때마침 잘 왔다. 이 문제 좀 봐주라. 몇 시간을 풀어도 답이 나오지 않는군."

하일리는 갑자기 자신의 방에 쳐들어온 나를 태연하게 맞이했다. 아마 예전에도 이런 비슷한 상황을 겪어서 별로 의아해하진 않는 것 같다.

"잠시만, 슈슈가 왔다고?"

코리는 거꾸로 누워 있다가 나를 발견하고서 눈을 동그랗게 떴다. 굉장히 태연하게 반응한 하일리에 비해 코리는 꽤 당황스러워했다. 아니, 그것보다 살짝 난감한 듯 보인다.

"망했다."

인상을 쓰며 작게 중얼거린 그는 덮고 있던 이불을 책상 위에 던졌다. 책상 위에는 스완이 그린 것 같은 주황색 털 뭉치 그림이 쌓여 있었는데 코리가 그 그림을 수습해 보려 위에 선을 덧그린 흔적이 있었다. 글씨도, 마법진도 삐뚤빼뚤 그리는 코리여서 그런지 덧그린 게 무색하게 여전히 그림은 미궁에 싸여 있었다.

코리는 이불을 던지자마자 벌떡 상체를 일으켜 재빠르게 움직였다. 침대와 책상 주변에 붙여놓은 종이를 갑자기 성급하게 떼어내기 시작했다. 수상하게 굴기에 눈을 가늘게 뜨며 자세히 보니 슈니발렌이 제작한 마법 물품들과 내가 개인적으로 만든 물품들에 관한 설명이 적힌 종이들이었다. 예쁘지 않은 글씨로 참 빽빽이 적었다.

그의 허둥지둥한 모습에 하일리의 공책에 문제 설명을 빠르게 적던 나는 고개를 들어 거만한 눈빛으로 히죽거렸다.

"와, 아직도야?"

"……아냐."

코리가 내 시선을 피하며 귀를 살짝 붉혔다.

입을 비죽 내밀며 투덜거린 그는 잠시 사방을 둘러보았다. 온갖 서류와 책과 작은 메모가 침대와 책상에 도배되어 있었다. 그의 침대나 책상에는 못이 매우 많이 박혀 있었고 거기엔 그가 만든 마법 물품이 종류별로 주렁주렁 걸려 있었다. 옛날부터 전체적으로 산만했지만 그 가운데 나름의 질서가 있는 듯했다.

그는 어지러운 자신의 자리를 바라보더니, "청소 좀 할걸." 하고 중얼거렸다.

코리와 하일리 둘 다 내가 스완과 함께 놀러 온 줄로 알고 있었다. 하일리는 자연스럽게 코리와 내가 방학 때마다 모이면 하는 게임을 꺼내 들었고 코리도 그쪽으로 밍기적밍기적 움직였다.

시간이 그렇게 많은 것이 아니었기에 나는 게임 판을 옆으로 밀고 바로 본론으로 들어가려고 했다. 진지하게 할 말이 있다고 얘기하니 그들이 고개를 끄덕이며 쳐다본다. 모여진 시선 속에서 나는 입을 열기 전 아주 잠시 고민했다.

사건을 간략하게 설명해 주며 도와달라고 하면 그들은 흔쾌히 허락해 줄 가능성이 높았다. 흑의 드래곤 느와르엘이나 내가 이곳에 온 계기나 책 이야기나 블랑쉬엘의 알 이야기를 모두 설명해 줄 순 없으니 그 주제를 잘 피해서 말해야 할 것이다.

너무 깊게 파고들지 않는 선에서 이 상황을 설명해야 했다. 인상을 쓰며 잠시 침묵하고 있는데 스완하덴이 고개를 창문 쪽으로 까닥였다.

"황실 가보 훔치는 데에 쟤네 도움까지 필요 없어. 단둘이 가자."

그가 내 어깨 위에 손을 얹고 내 몸을 부드럽게 자신 쪽으로 돌렸다. 스완하덴은 조심스럽게 창문을 여는 척하다가 하일리와 눈이 마주치자 바로 부쉈다. 창문 밖으로 나간 스완은 내가 밖으로 나올 수 있게 손을 내밀었다. 잠시 멀뚱멀뚱 스완을 바라보니 내가 나와야 애들이 쫓아온다고 그가 아주 작게 속삭였다.

설명 없이 바로 목적을 이야기해 버리고 그대로 밖을 나가려고 하는 스완하덴의 모습에 나는 작게 감탄했다. 나에게 향할 걱정을 미끼로 애들을 낚을 생각을 하다니. 거 성격 참 스완스럽다.

느와르엘이 벌써 분수대에서 도착해 기다릴 수도 있었고, 여러모로 설명을 길게 할 시간이 없었기에 아까의 말이 무슨 말이냐며 설명을 요구하는 하일리와 코리의 말을 잠시 무시했다. 다만 짧게 도와달라는 말을 하고 그대로 나갔다.

폭탄 같은 등장과 발언을 한 뒤 바로 방을 나가자 역시 코리와 하일리가 알아서 쫓아왔다. 황당해하는 건 코리도 마찬가지였지만 특히 하일리의 반응이 더욱 컸다. 하일리가 자신의 집안을 경멸한다고 해도 가보를 훔친다는 이야기를 본인 앞에서 저리 당당하게 하니 당황할 수밖에 없는 것이다.

스완을 욕하는 소리가 뒤에서 들려오는 걸 보니 정말 잘 따라오고 있었다. 이브도 이 일에 동참시키고 싶었지만 안타깝게도 그는 방에 없었다. 시간만 많다면 그를 찾아봤겠지만 느와르엘이 기다리고 있었으므로 생략했다. 사실 이 애들이 그녀를 돕게 만들고 싶다는 생각은 온전히 내 욕심이었으므로, 빠른 포기가 가능했다.

아쉬움이 들었지만 고개를 흔들며 생각을 떨치고서 교장이 기다리고 있을 흑의 드래곤 분수대 쪽으로 향했다.

* * *

달은 밤하늘의 정중앙에 떠올라 있었고, 작은 벌레 소리조차 크게 들릴 만큼 주변은 아주 고요했다.

얼마 안 있어 분수대에서 물이 흐르는 소리가 들려왔다.

드래곤 분수대에는 느와르엘의 본체를 본뜬 조각상이 있었다. 늠름하게 조각된 드래곤의 입 부분에서 분수가 흐르고 있었다. 간간이 분수에서 의자로 물이 튀는 게 보였다. 느와르엘은 아직 도착하지 않은 듯했다.

손가락에도 한두 방울 튀는 작은 물방울을 닦아내며 나는 당황스러워하고 있는 하일리와 코리에게 간단히 상황 설명을 해줬다. 황실의 가보가 사실 어떤 흑마법사의 집안에서 대대로 내려오는 보물이었고 그걸 돌려받고 싶어 한다고 돌려 말했다. 그리고 그 흑마법사가 예전에 산에서 코리가 본 것 같았다는 그 사람이라는 말과 그가 황실에 깊은 원한을 품고 있어 물건을 돌려주지 않으면 큰 피해가 있을 거라는 말을 덧붙이니 납득이 된 듯 두 사람 다 고개를 천천히 끄덕인다.

설명을 듣고 나자, 하일리는 가보를 훔치는 데에 적극 찬성했다. 카라딜을 죽음으로 내몬 게 그 가보의 탓이 커서 그런지 그는 이 일에 껴도 되냐고 물어보았다.

코리는 별생각이 없어 보이다가 예전에 나에게 마법을 걸었던 흑마법사가 이 일의 주인공이라는 소리를 듣자 인상을 썼다. 코리까지 그 흑마법사가 위험할 수도 있으니 동참하겠다고 말하자 나는 굉장히 든든해졌다.

"사람 참 많이 왔네? 모두들 고마워!"

분수대에 앉은 지 얼마 지나지 않아, 사포로 간 듯한 걸걸한 할아버지의 목소리가 조용한 가운데 아주 크게 울려 퍼졌다. 스완하덴을 제외한 모든 애들이 그 목소리에 깜짝 놀라 어깨를 움츠렸다. 꽤 심각한 표정으로 생각에 잠겨 있다가 모두들 고개를 돌렸다. 목소리의 주인이 누구인지 확인해 보려고 말이다.

시선 끝에는 지팡이를 짚은 한 할아버지가 있었다. 할아버지는 일부러 안짱걸음을 고수하며 요염하게 뛰어오고 있었다. 입은 아주 커다랗게 벌려 아주 바보같이 웃고 있었다. 지팡이를 하늘 위로 쳐들어 붕붕 휘두르신다. 뛰어오면서 자연스럽게 새어 나온 웃음소리가 가관이었다. 얼굴에 맞지 않게 까르륵 아이 같은 웃음소리를 내신다.

모두의 시선이 그쪽으로 빼앗겼다. 할아버지는 모두의 시선에 쑥스러워하는 표정을 짓는다. 숨기려 하지만 나는 느와르엘 특유의 섬뜩한 웃음을 문득문득 발견할 수 있었다.

교장을 조종하는 건 느와르엘이었다. 일부러 초대 황제의 몸으로 수치스러운 몸짓을 보이며 사람들의 경악과 혐오를 불러일으켰다.

"저 망측한 사람은 누군가. 왜 익숙하지?"

하일리는 충격을 먹은 듯한 표정으로 저 발랄한 노인, 아우그란 아카데미의 교장을 바라보았다.

하일리와 교장의 시선이 마주치자마자 교장은 볼에 바람을 넣고 눈을 동그랗게 떠 깜찍한 표정을 지었다. 유독 하일리에게 역겨운 표정을 짓는 교장이었다.

나 역시 나머지 사람들과 마찬가지로 교장에게서 시선을 뗄 수가 없었다. 여전히 멍하니 교장을 바라본 채, 하일리의 질문에 작게 중얼거렸다.

"……네 선조……."

하일리는 내 말을 이해하지 못해 반문했다. 나는 아무것도 아니라고 말하며 고개를 저었다.

그냥 내가 미안해.

* * *

볼에 바람을 넣으며 눈을 크게 깜박이는, 나이가 지긋한 교장을 보며 인상이 써졌다. 저게 모두 복수의 일종이라고 했지? 이해해 보려고 고개를 작게 끄덕여 보지만 왠지 교장을 쳐다볼 수가 없었다.

"우와? 뭐야, 얘네들은 예상치도 못했는데. 다 날 돕는 거야?"

교장 선생님, 아니 그 속의 느와르엘은 코리와 하일리를 바라보며 눈을 동그랗게 떴다. 코리와 하일리는 그저 이 모든 상황이 얼떨떨한 건지 말없이 그저 눈만 껌벅인다.

느와르엘은 잠시 하일리와 코리에게 시선을 두더니 콧잔등을 긁었다.

"뭐, 기분이 이상하긴 하지만 나야 좋지. 내가 황궁 중앙 건물로 바로 이동하는 마법진을 발동시켜 줄게?"

교장 선생님의 목소리에는 애교가 한가득 섞여 있었다. 크게 박수를 한 번 친 느와르엘은 손을 붙인 상태로 비볐다. 지팡이를 옆구리에 낀 채 큰 보폭으로 드래곤 석상이 그려진 분수대 앞으로 성큼성큼 나아간 교장은 드래곤 석상에 손을 가져다 대려고 손을 뻗었다.

석상에 손을 가져다 대려면 분수대 속으로 들어가야 했다. 교장의 몸을 조종하는 느와르엘이 분수대 앞에서 바지를 벗으려고 하기에 나는 성급히 움직여 그녀의 바지 밑단을 거둬 올려줬다. 거기까지만 합시다, 제발.

내 행동에 입술을 비죽 내민 교장은 투덜거리면서 분수대에 발을 담그고 드래곤 석상에 다가갔다. 드래곤의 눈동자 부분을 두 번 누르고 힘을 주어 그 석상을 밀자 갑작스럽게 땅이 조금 울렸다.

드래곤 석상에서 물이 나오는 것이 멈춰졌다. 동시에 분수대 속의 물이 줄어들기 시작하며 작은 회오리를 만들더니 맨바닥을 드러냈다. 조금 전까지 바닥에 가득 차 있던 물은 얼마 지나지 않아 순식간에 메말랐다.

물이 다 빠지고 교장이 다시 석상을 원래 자리로 끌어당겼다. 쿵 소리와 함께 석상이 제자리를 찾았다. 물이 빠진 상태에서 드래곤 석상이 원래의 위치를 되찾자 마른 바닥에서 마법진 하나가 선명하게 드러났다.

맨땅에 갑자기 마법진이 저절로 하나 생겨나며 스스로 빛을 냈다. 그녀가 말한 황실 중앙궁으로 갈 수 있는 통로가 바로 이 마법진을 말하는 거였다.

"일회용 대이동 게이트네. 이런 곳에 마법진이 숨겨져 있을 줄이야."

코리는 어느새 내 옆에 바로 서 있었다. 흥미로워하는 표정을 지으며 분수대 속 숨겨진 이동 마법진을 검지로 한 번 쓴 코리는 곧 표정을 구겼다.

"일회용이니까 이 마법진을 황실 중앙궁에 침입할 때 한 번 사용하고 끝이네요."

코리는 손가락으로 마법진을 가리키며 교장을 바라보았다. 교장은 자신에게 말을 거는 코리를 흥미롭게 쳐다보며 맞다고 고개를 끄덕였다.

"황궁 중앙궁은 보안을 중요하게 여겨 그 건물 자체를 마력을 차단해 주는 광석으로 지었어. 마법진이 사라지지 않으려면 그 광석이 막아내는 마력 그 이상의 양이 필요한데, 난 그 정도 마력도 남아 있지 않아."

교장의 말에 코리는 마법진에 다시 시선을 꽂고선 인상을 썼다.

"중앙궁에서 마법 쓰는 것이 불가능하다면 마법사는 필요 없겠네."

영롱한 빛을 뿜어내는 마법진을 바라보며 코리는 낮은 목소리를 내었다.

"그럼 이건 완전 내 일이잖아. 따라가 봤자 짐만 되고."

그는 선 위에 손을 올리고 자신의 마력을 쏟아부었다. 마법진에 그의 마력이 추가로 흡수되자, 뿜어내는 빛이 배로 되었다. 아무래도 그가 마법진이 닫히지 않게 붙잡아 두려는 것 같았다. 편하게 돌아올 수 있게끔 말이다.

그가 알아서 마법진에 마력을 쏟아붓자 교장이 박수를 치며 좋아했다. 미간을 구긴 코리는 마법진에 시선을 고정한 채 고개를 까닥이며 우리보고 마법진 위에 서 있으라고 신호했다. 나와 스완, 그리고 하일리는 강한 빛을 내는 마법진 위에 섰다.

코리는 스완과 하일리를 번갈아 바라보더니 곧 나를 지그시 쳐다보았다. 이어 한숨을 쉬었다.

"아, 짜증 나."

손을 들어 어깨까지 내려온 금발을 거칠게 헤집은 코리였다. 흐트러진 금발 사이로 보이는 사나운 녹안이 나를 곧 응시했다. 그러다가 또 그 옆의 스완과 하일리에게 머물렀다.

"짜증 난다고오……."

하일리와 스완의 곁에 서서 마법진이 발동되길 기다리고 있었다. 떠나려는 내 옷깃의 끝을 잡은 코리는 인상을 쓰며 작게 투덜거렸다.

스완은 코리의 손등을 가볍게 쳐 그 손을 떨어뜨렸다. 무표정한 스완의 표정엔 크게 티가 나지 않아도 비웃음이 담겨 있었다.

"쓸모없긴."

"……너도 마법사니까 빠지지? 마력 남아돌잖아."

"응, 맞아. 그럼 다녀올게~."

스완하덴은 그의 질문을 맺고선 오랜만에 빙긋 웃었다. 능청스러운 표정이었다. 그는 아직 발동되지 않은 마법진 중앙 부분을 가볍게 발로 두들기며 [이동] 하고 시동어를 읊었다. 마법진은 빙글빙글 돌며 움직임을 보였다. 진 안에 그려진 수식들이 정렬을 맞추며 일정하게 번쩍거린다.

코리는 중앙궁으로 이동하려는 우리를 불퉁한 시선으로 바라보았다. 그러다가 나와 눈이 마주치자 "조심히 다녀와." 하고 중얼거리고선 작게 미소 지었다.

* * *

마법진을 이용하니 황실 중앙궁 안으로 들어오는 건 정말 금방이었다. 애초에 이 마법진의 용도는 느와르엘이 아직 복수에 목을 맬 때, 황실에 몬스터 군단을 투입하기 위해 만들어졌다고 한다.

저번 제국의 멸망 전까진 힘을 되찾기 위해 몬스터들을 이용하여 가보를 가져오게 했다고 했지. 덕분에 마법진은 가보가 놓인 방으로부터 정말 가까운 곳에 위치해 있었다.

다행히 도착한 곳은 보초도, 지나가는 사람도 없는 아주 구석진 공간이었다. 중앙궁 안은 매우 서늘했다. 날씨가 더웠지만 이곳 안으로 들어오는 바람에 땀이 한 번에 식어갔다.

"여기서부턴 마법을 못 쓰니까 빨리 움직이도록 하지."

하일리는 마력을 차단하는 광석으로 만들어진 황궁의 벽을 바라보더니 가져온 후드를 뒤집어써 얼굴을 숨겼다. 나도 가져온 후드와 얼굴 가리개로 꼼꼼히 얼굴을 쌌다.

그러다가 나보단 하일리가 얼굴을 더욱 숨겨야 할 것 같아 내가 쓴 얼굴 가리개를 그에게 씌워주었다. 손을 뻗어 그의 얼굴에 가리개를 매주자 그가 살짝 당황하는가 싶더니 곧 푸스스 작게 웃었다.

"괜찮아. 황궁 내의 사람들은 이제 거의 다 내 편이다. 들키면 그저 내 물건을 내가 훔치는 것 같은 웃긴 상황이 될 뿐이다."

자신이 이래 보여도 소드마스터 초입이니 후드가 벗겨져 얼굴을 상대방에게 보일 가능성은 낙타가 바늘구멍에 들어가는 것보다 작다나 뭐라나. 그는 마스크처럼 생겨 얼굴 하관을 덮는 가리개를 다시 내 얼굴에 씌우고선 내 머리 위에 손을 턱하고 올렸다.

"스트레스 푸는 기분으로 날뛰어도 된다. 책임은 내가 질 테니. 가보든 뭐든 다 훔쳐라. 다. 현 황후나 황제 위주의 물건으로 훔쳐주면 고마울 것 같군."

목소리를 낮춘 채 이를 보이며 웃는 하일리였다. 자기 가문의 물건을 훔친다는데 꽤 신나 보였다. 싫어하는 사람들 엿 맥이는 짓이어서 들뜬 건가 싶다.

우리는 조용하고 빠르게 움직였다. 가보의 정확한 위치는 내가 잘 알고 있었기에 내가 앞장섰다. 하일리는 내가 황궁의 내부를 자세히 알고 있어 의아해하는 것 같았다. 차마 차기 황제 앞에서 황궁의 설계도를 불법으로 구해 외웠다는 말은 할 수가 없었다. 그래서 얌전히 있기로 했다.

밤의 색이 궁 안을 검푸르게 만들고 있었다. 주위가 차분한 색에 덧입혀져 고요한 분위기를 자아냈다. 그 고요함을 깨지 않기 위해 우리는 아주 살금살금 움직였다.

걸어간 지 얼마 지나지 않아 수상해 보이는 작고 낡은 나무문을 발견할 수 있었다. 특별해 보일 것이 없는 문 앞에 경비가 세 명씩이나 서 있었다. 황실의 특수 기사처럼 보이는 경비 중 하나가 졸음에 겨워 하품을 쩌억 했다.

내가 구한 황궁의 설계도가 정확하다고 자부할 수 없었지만 나는 저 문 뒤에 높은 확률로 가보가 있을 거라고 장담했다. 초라해 보이는 문에 경비가 저렇게 많이 붙을 리가 없으니까 말이다.

경비의 수를 파악한 우리는 다시 발걸음을 돌려 가까운 벽 근처로 몸을 숨겼다. 하일리는 방심하고 있는 것 같은 그 세 명의 기사들을 날카롭게 쳐다보았다. 붉은 눈동자의 초점이 그들에게 꽂혀 있었다. 눈동자가 위아래로 그들을 분석하듯이 훑었다.

"황실 제1 기사단에서 황후가 따로 빼돌린 기사들이다."

"너 몇 학년 때의 실력이야?"

"내가 주니어 2학년 때 정도."

하일리가 주니어 2학년 때는 소드 익스퍼트 상급이었으니 저 기사들도 대충 그 정도 경지에 올랐다는 것이다. 아직 젊어 보이는데 대단했다.

그들에게서 시선을 떼지 않은 채 하일리는 검집에 손을 올렸다. 그가 검 손잡이 부분을 잡고 칼날을 길게 빼니 스릉하며 서슬 푸른 소리를 낸다.

"내가 보초들의 시선을 끌 테니 너희가 그 뒤를 뚫고 있어라."

하일리는 후드를 좀 더 눌러쓰고 스완과 내 앞으로 나섰다. 성큼성큼 나아가는 발걸음에는 망설임이 없었다. 처음엔 걸어가다가, 그 뒤엔 칼날을 세운 상태로 뛰었다. 번쩍 뛰어서 그대로 빠르게 공격을 넣었다. 하일리답지 않은 박력에 나는 작게 감탄했다.

방심하고 있을 때 쳐서 그런 건지, 아니면 단순히 하일리가 강한 건지는 모르겠지만 보초들은 제1 기사단이라는 타이틀을 가지고 있었음에도 너무 쉽게 당했다. 제일 왼쪽에 있는 사람을 발로 가격하고 나서 왼쪽에서 들어오는 공격을 여유롭게 막았다. 날아다닌다는 표현이 맞는 것 같다. 그가 눌러쓴 검은 로브 자락이 그의 움직임에 따라 펄럭였다. 그의 유연하고 날카로운 움직임을 보며 새삼스레 제국 내에선 검술로 그를 따라올 자가 없다는 사실이 깊게 와닿았다.

하일리가 여유롭게 소드 익스퍼트 세 명을 상대하고 있을 때 스완과 나는 그 뒤 작은 문을 지나가려고 했다.

"아저씨. 쟤 팔 들어 올릴 때 옆구리."

스완이 하일리를 뚱한 얼굴로 구경하고 있다가 전전긍긍하고 있는 기사에게 작게 속삭였다.

"와, 넌 누구 편이냐!"

하일리는 스완의 행동에 어이가 없다는 표정을 지으며 소리쳤다.

스완하덴이 기사들에게 힌트를 알려줬음에도 하일리는 별 무리 없이 그들을 모두 쓰러뜨릴 수 있었다. 문을 통과하면서도 뒤를 힐끔힐끔 바라보았다. 하일리는 보초들을 모두 다 상대하고 우리를 따라오려다가 곧 옆을 바라보며 인상을 썼다. 밖이 소란스러워졌다.

"누구냐!"

"중앙궁 쪽에 침입자다!"

소란을 듣고 다른 경비 기사들이 떼거지로 몰려온 것이었다. 모두 하나같이 무장해서 하일리 쪽으로 달려왔다. 하일리는 문 뒤의 우리를 바라보더니 곧 다시 내려놓았던 검을 올려잡았다. 그가 번거롭다는 표정을 지으며 한 번 혀를 차고선 목을 푼다.

"먼저 올라가라. 여긴 내가 맡고 있겠다!"

기사 하나가 그에게 다가와 공격을 하려 했다. 하일리는 다가온 사람을 발로 밀어내고선 검을 휘둘러 주변 거리를 확보했다.

하일리가 뒤를 봐줄 동안 마냥 편하게 앞으로 전진할 수 없었다.

가보가 있는 곳으로 가기까지 문이 아주 겹겹이 있었다. 한 개의 문을 지나칠 때마다 경비병들이 있었다. 뒤에 하일리가 있어서 신경 쓸 필요는 없었지만 앞을 뚫고 지나가려면 검을 뽑아야 했다.

당황하며 공격을 지체하는 행동은 틈을 보이는 거나 다름없기 때문에 나는 과감히 움직였다. 심지어 여기선 마법을 쓸 수 없었으니 조금 더 빠르게 움직여야 했다. 실력을 정확히 모르니 일단 먼저 급소를 공격함으로 기절부터 시키는 것이다.

내가 공격을 맡으려고 움직이니 스완하덴이 알아서 내 옆에 붙어 방어를 맡았다. 마구잡이로 공격을 퍼부어도 스완하덴이 아주 깔끔하게 들어오는 공격을 다 막으니 크게 무리 없이 그들을 하나씩 쓰러뜨릴 수 있었다.

이따금 스완이 공격을 하기도 했는데 내가 공격하고 있으면 굳이 손을 대지 않았다. 다만 나를 공격하려 검을 뺀 경비병들만 쓰러뜨렸다. 기절시킬 땐 평소처럼 상대에게 고통을 주는 검법과 아주 젠틀하고 정중한 검법을 사용했다. 그리고 꼭 보란 듯이, 칭찬해 달라는 듯이 날 쳐다보았다.

잔인하지 않게 사람을 기절시키길래 칭찬해 줬더니 정말 너무 정중해졌다. 쓰러뜨릴 때마다 "죄송하지만 목 좀 꺾을게요." 하고 말하며 빠르게 기절시킨다. 그리고 굳이 불필요한 공격을 하고 싶으면 "널 공격한 저 팔 꺾어도 돼? 나중에 제대로 맞춰 놓을게." 하고 물어보았다.

스완은 공격 형식이 매우 자유로웠기 때문에 공격을 할 때 항상 검을 쓰지 않았다. 무기의 온갖 종류를 알고 있어서 그런지 어떤 게 무기의 특징이 될 수 있는지 잘 알고 있었다. 잡히는 물건마다 그 물건 고유의 특징을 이용해 무기처럼 사용했다. 방어도 확실하게 하고 공격도 재치 있게 빠르게 넣으니 금방 문들을 통과할 수 있었다.

문을 5개 정도 통과했을까, 드디어 문이 보이지 않는 막다른 방에 도착할 수 있었다.

"드디어 도착했나 봐. 방 안이 진짜 깜깜하네. 여기가 맞겠지?"

도착한 방은 오직 어둠밖에 없었다. 문을 열어놓으니 방 안이 조금 환해졌지만 그렇다고 모두 훤히 보이는 건 아니었다.

스완하덴은 아까 부득이하게 내 얼굴에 튄 병사의 피를 자신의 소매로 닦아내고 있었다. 내 말에 스완하덴은 무심하게 방을 쭉 둘러보고선 고개를 끄덕였다. 방보단 내가 다쳤는지에 대해 신경을 쓰고 있는 듯했다. 나는 아무렇지도 않았지만, 그의 걱정을 덜어주기 위해 예전에 그가 준 힐링 물약을 들이켜고 엄지를 치켜세웠다.

방 안이 너무 어두워서 아무것도 보이지 않았다. 보통 같으면 방 안을 빛 마법구가 밝힐 테지만, 이곳에선 마법이 먹히지 않아 횃불로 방 안을 밝히는 것 같았다. 벽 군데군데에 횃불이 꽂혀 있었다.

때마침 혹시 몰라 들고 온 성냥이 주머니에 있었기에 나는 재빨리 방 안에 불을 밝혔다. 불을 밝히자 슬슬 방 안의 모습이 선명하게 드러났다. 외부의 빛이 들어올 수 없게 사방이 막힌 방 안은 적적한 느낌이 있었다. 밝혀진 방 안은 그저 텅 비어 있기만 했다. 아무것도 없는 것 같지만 난 이곳에 가보가 있다는 것을 확신했다.

몸을 구부려 흙에 손을 짚었다. 땅에 선을 그리며 나는 마력이 강하게 느껴지는 곳으로 다가가려 했지만 이상하게도 아무 마력도 느낄 수 없어 곧 손을 거두었다.

"이거 아냐?"

스완하덴이 나와 같이 방 안을 둘러보다가 구석에서 중간 크기의 보석함 하나를 들고 왔다. 상자엔 황실 문양이 찍혀 있었고 그 안을 열어보니 검은색의 덩어리가 보였다.

예전에 사진으로 받아본 가보의 모습과 똑같았다. 보석함의 모양도 일치했다.

"……맞는 것 같은데."

나는 고개를 끄덕이고서 스완에게 그 가보를 넘겨받았다. 주머니에서 물건의 모양을 똑같이 복제해 주는 마법 아이템을 꺼내고 그 가보를 복제해 가짜를 하나 만들었다. 스완이 보석함을 가져온 곳에 다시 그 모조품을 배치해 놓고 우리는 빠르게 그 방을 나갔다.

나가는 길에 횃불에 불을 피웠던 흔적을 지웠다. 또 쓰러진 병사들의 입에 스완이 기억을 혼란시키는 물약을 한 방울씩 떨어뜨려 넣는 것도 잊지 않았다.

점점 수가 많아지는 기사들을 상대하는 하일리를 데리고 재빨리 중앙궁을 탈출했다. 마법이 차단된 중앙궁 내에 유일하게 하나 남아 있는 마법진을 통해 자리를 빠져나오자 아무도 우리를 쫓아올 수 없었다.

* * *

마법진에서 빠져나와 우르르 튀어나오자 교장과 코리가 마법진에 붓고 있는 마력을 거뒀다.

"엇. 진짜 빠르네."

코리는 살짝 놀란 표정을 지으며 쭈그렸던 상체를 피고 내 쪽으로 다가와 다친 곳이 없나 살폈다. 멀쩡하다는 걸 알리자 코리는 한숨을 쉬었다. 교장도 꽤 놀란 것 같은 눈치였다. 발을 동동 구르며 우리가 오기만 기다리던 교장은 내가 보이자마자 수고했다며 와락 껴안았다.

"내 심장은 어디 있어?"

느와르엘이 가보를 찾자, 나는 소중히 들고 있던 그녀의 심장을 돌려주려 팔을 뻗었다. 그런데 막상 그녀에게 돌려주려니 조금 망설여졌다. 가보를 가져왔을 때부터 계속 마음에 걸리던 부분이 있었기 때문이었다.

나는 인상을 한 번 쓰고는 교장의 손에 가보를 쥐여주었다. 밝았던 교장의 표정이 곧 어두워졌다. 나는 그 반응을 예상했다.

"가보에서 마력이 느껴지지 않아."

떨떠름한 표정이 절로 지어졌다. 활기가 넘쳤던 그녀의 목소리가 단번에 가라앉았다.

"역시 진짜가 아닌 건가요?"

"그래. 모양만 닮은 가짜야."

교장은 가보를 발로 밟아 부수며 그 가보가 가짜라는 걸 증명해 냈다. 부서진 가보는 아무런 마력을 뿜어내지 못하고 가루가 되었다.

"왜지? 예전엔 그 자리에 항상 진짜가 있었는데. 왜 갑자기 가짜로 바꿔치기 된 거지? 또 이젠 무슨 변수야! 일상을 되찾는 게 뭐가 이렇게 어려운 거야!"

교장은 이로 손톱을 까득까득 깎으며 눈을 서슬 퍼렇게 떴다. 가져온 가보가 가짜라는 사실이 밝혀지자 분위기가 갑자기 싸해졌다. 그녀에게 초조해하지 말고 좀 시간을 가지고 찾아보자는 말을 할까 말까 고민했다.

그러나 말을 걸기엔 교장이 너무나도 큰 살기를 뿜어내고 있었다. 나한테 향한 것은 아니었지만 괜히 드래곤이 아닌 건지 그 살기가 엄청났다. 비록 할아버지의 몸을 쓰고 있어도 말이다.

"이걸 찾는 거야?"

그녀의 분위기가 매섭게 변한 가운데 돌연히 익숙한 목소리가 들려왔다. 모두의 시선이 그 목소리 쪽으로 향했다.

목소리의 주인은 이브네스였다.

* * *

느와르엘의 심장이 들어 있는 보석함을 들고 있는 이브네스에게 모두의 시선이 꽂혔다. 마치 모든 상황을 알고 있는 듯 이브의 은안이 날카롭게 빛나고 있었다.

"안녕하세요, 교장 선생님. 아니, 위대하신 흑의 드래곤 느와르엘."

이브네스는 입 양쪽 꼬리를 끌어올리며 단정한 미소를 지었다. 허리를 숙여 인사하고 다시 고개를 들었을 땐 교장을 탐색하는 듯한 눈빛으로 그녀를 훑어보았다.

딱히 누군가 설명하거나 알려주지 않아도 이브는 현재 무슨 일이 일어나고 있는지 다 알고 있었다. 교장을 조종하는 것이 느와르엘이라는 사실과 느와르엘이 황실의 가보를 원한다는 사실 모두.

"역시 너였어? 또 방해하는 거야?"

교장은 몸을 부들부들 떨며 허탈한 표정을 지었다.

얼마 전 그녀가 자신에게 말해주었던 말이 떠올랐다. 모든 일이 잘 성사되는가 싶을 때면 언제나 이브가 그 계획을 망쳤다며 그를 무척 싫어했었다.

교장은 살기로 번들거리는 눈으로 이브를 노려보았다. 하지만 이브는 태연한 표정으로 흥분하는 교장을 내려다볼 뿐이었다.

"이브, 그 가보는 왜 가지고 있는 거야?"

언제 가져간 거냐는 말은 하지 않았다. 문득 예전에 그가 검게 물든 팔을 들고 나를 찾아왔을 때가 떠올랐다. 아마 그때 가져온 거겠지. 다만 왜 그걸 빼돌렸는지가 궁금했다.

"교장의 뒤에 드래곤이 있다는 걸 진작에 알고 있었어. 심장을 가지고 있으면 여러모로 서로에게 이득이 되는 협상이 가능할 거라 생각했지."

나는 협상이라는 말에 의문이 들었다. 이브는 따로 드래곤에게 원하는 게 있던 것일까. 인상을 쓰며 고민하고 있는데 교장이 옆에서 이를 갈며 그를 노려보았다.

"네 마음대로 쥐락펴락하는 걸 협상이라고 하는 거야? 나 원 참."

그녀의 분노에서 수천 년 동안 홀로 뒷에서 괴로워하던 심정을 대충 읽을 수 있었다.

"또 다 죽이고 처음부터 다시 시작해야 해?"

다시 시작한다는 말에 나는 소름이 등골에서부터 올라와 나도 모르게 손을 뻗어 교장의 옷깃을 잡았다. 느와르엘은 자신의 옷깃을 잡는 손길에 고개를 홱 돌려 나를 쳐다보았다. 간절한 눈빛으로 그러지 말아 달라고 고개를 젓자 느와르엘이 입술을 깨물었다.

"이브네스 루나아샤. 그만 내놔. 애초에 나의 것이었어."

교장은 그의 앞으로 뚜벅뚜벅 걸어가서 손을 내밀었다. 교장에게

서 뿜어져 나오는 엄청난 살기에도 이브는 아무런 미동을 보이지 않았다. 교장이 그를 노려보며 자신의 심장을 돌려달라고 하자, 다른 사람들도 눈을 가늘게 뜨며 한마디씩 했다.

"그냥 줘. 가져오는데 많이 힘들었다는 건 알지만, 원래 주인이 있잖아."

"제발 무슨 생각인 건 모르겠지만, 이브네스."

하일리와 코리가 맞은편에 보석함을 들고 선 이브네스를 말리기 시작했다.

"쓰레기네, 쓰레기."

스완하덴은 턱을 괴고 그를 비웃었다. 들고 있던 나뭇가지를 똑똑 꺾어 그에게 한마디씩 던지기 시작했다.

그렇게 모두가 이브를 최종 흑막으로 몰아가고 있을 때, 이브가 고개를 돌려 나를 쳐다보았다. 이브를 몰아가는 분위기길래 나도 기꺼이 껴들었다. 몰아가는 거 재밌지.

나는 그에게 삿대질을 하며 인상을 썼다. 그만해, 나쁜 놈아.

이브네스는 내 반응에 조금 충격을 먹은 듯 눈을 가늘게 떴다.

"……슈슈 너까지 그러니까 좀 억울한데."

혼자 중얼거리던 그는 자신 앞에 우뚝 선 교장에게 다시 시선을 고정시켰다. 이브와 시선을 마주하자 교장은 그의 꿍꿍이를 알아차려 보겠다는 듯한 표정으로 그를 노려보았다. 이브는 날이 선 그 시선에도 정중히 웃었다.

"당신의 입에서 멸망 계획을 철회했다는 말만 듣고 돌려줄 생각이었습니다."

그렇게 말한 이브는 눈을 가늘게 뜨며 나를 쳐다보았다.

느와르엘의 반응에 모두가 다 선동당했다. 그의 협상은 모두가 원하는 방향이었고 사심이 들어가 있지 않아 깨끗했다. 저 말이 거짓일 수도 있지만 최근 이브의 변한 성격과 성향을 고려하면 저 말이 거짓일 이유가 없었다.

반대로 저 말이 사실이라면 이브는 오히려 우리를 위해 열심히 일한 것이었다. 그렇게 우리는 죄 없는 이브를 몰아갔지만 아무도 죄책감을 갖지 않았다. 나도 포함이다. 그런 걸 가지고 있었으면 진작에 주지, 괜히 수고를 했다.

이브의 변론에 느와르엘은 더욱 날을 세우며 그를 경계했다. 나나 다른 애들이나 너그럽게 변한 이브를 몸소 체험해서 딱히 긴장하는 것 같진 않았지만 느와르엘은 달랐다. 그에게 시달린 시간이 길어서 그런가.

"네가 순순히 그런 일을 할 리가 없잖아? 고작 그런 말을 듣기 위해 네가 그런 귀찮은 짓을 감수했다고?"

교장은 손을 입가에 가져다 대며 킥킥 웃었다.

"머리 굴러가는 소리가 들릴 만큼 틈만 나면 계략을 짜내는 네가? 남 인생을 구기며 희열을 느껴 하는 네가? 쓰레기라면 스완하덴과 거의 맞먹을 정도인 그 이브네스가? 모두를 살리려고 혼자 황궁에 들어가 가보를 빼 왔대! 아무리 상황이 많이 바뀌었다고는 해도 이건 아닌 것 같은데!"

비웃음을 잔뜩 머금은 교장은 가보를 들고 멀뚱멀뚱 서 있는 이브에게 독설을 쏟아냈다. 이브는 그녀의 독설을 들으면서 표정이 점차 굳어져 갔다. 그의 표정 위로 의문이 올라왔다. 이브네스는 입꼬리 한쪽을 올리며 나를 쳐다보았다.

"나 왜 이렇게 욕먹는 거야?"

손가락 끝으로 스스로를 가리킨 이브가 나를 바라보며 물어보자, 어서 가보나 돌려주라고 손짓했다.

이브는 다른 차원의 자신이 어땠는지 꿈에도 모르고 있으니 그저 쏟아지는 욕에 어리둥절할 수밖에 없었다.

"모두를 살리려고 가보를 빼돌린 거라뇨. 토가 나옵니다."

나름 해명을 해보려고 이브는 잔뜩 경계하고 있는 교장에게 한 발자국 더 다가갔다.

"역시 네가 좋은 뜻을 가지고 움직일 리가 없지. 네 그 비열한 목적이 뭔데?"

교장의 날이 선 질문에 이브는 고개를 갸웃거리며 인상을 썼다. 은색 눈동자가 침묵과 함께 가늘어졌다. 이브는 턱을 만지작거리며 잠시 생각에 잠겼다.

"비열한 목적이라……."

고개를 들어 밤하늘을 바라본 이브였다. 작게 중얼거리고선 손에 잡힌 보석함을 만지작거렸다. 그는 곧 한 단어를 내뱉었다.

"아무래도…… 슈라이나?"

그의 시선이 나에게 꽂혔다. 나를 지목하자 감동받아서 자동 반사적으로 미간이 구겨졌다. 뭔 이상한 소리를 하려고. 불퉁한 시선으로 그를 쳐다보자 그가 입꼬리 한쪽을 들어 올리며 작게 웃었다.

"널 지키고 싶어서 그런 것 같은데."

이브는 고개를 돌려 교장을 바라보았다. 눈썹을 위로 들어 올리고선 교장을 향해 작게 미소지었다.

"제 평온한 일상을 놓고 협상하고 싶었습니다."

이어지는 이브의 말과 진심인 것 같은 표정에 교장은 벙찐 표정을 지었다. 언제나 밝거나 살벌하거나 둘 중 하나였던 느와르엘의 표정에 황당함이 떠올랐다. 그녀는 검버섯이 핀 자신의 손을 들어 괜히 목을 긁었다. 그러다가 흰 콧수염도 한 번 쓸었다.

"이번 턴에선 다들 그냥 다른 사람이 됐는데?"

심각한 표정으로 중얼거린 교장은 헛기침을 했다. 아까보다 한층 밝아진 표정으로 이브를 바라보았다. 가시같이 찌르던 살기들도 많이 돌아갔다.

"내가 원하는 것도 너의 바람과 비슷하니 대화가 잘 통하겠네."

교장의 말에 이브가 망설이다가 천천히 고개를 끄덕였다.

"계획 같은 건 몇백 년 전에 철회했으니까 걱정 마! 빨리 넘겨!"

교장은 이브 바로 앞으로 바짝 다가갔다. 주름진 손을 길게 뻗어 그가 들고 있는 보석함을 뺏으려 했다. 당장 보석함을 돌려줄 것 같은 반응을 보이던 이브가 돌연히 보석함을 뒤로 빼돌렸다. 교장은 덕분에 헛손질해 허공을 휘둘렀다.

"이게 무슨 장난질이야."

교장은 이를 갈며 이브를 죽일 듯이 노려보았다. 저런 농락은 나 같아도 짜증 났을 것 같았다. 아까보다 배가 된 살기에 이브는 미소를 지었다.

"교장의 몸이라서 다행으로 여겨야 하나요? 본체가 왔으면 전 진작 죽었겠네요."

"잘 아네."

"너그럽게 넘어가 주셔서 감사합니다만 갑자기 마음이 바뀌었습니다. 당신보단 슈라이나에게 바라는 게 생겨서요."

이브는 꽤 사악한 미소를 지으며 내 쪽으로 성큼성큼 다가왔다. 나는 나에게 바라는 게 있다는 이브의 말에 적잖이 당황했다. 분명 지금 내 얼굴은 한껏 구겨져 있을 것이었다. 한 발자국 떨어진 거리로 바짝 다가온 이브는 상체를 숙여 나지막이 나에게 속삭였다.

"날 몰아가다니. 괘씸해, 슈슈."

자신을 몰아갔다는 말에 나는 모르는 척 그의 시선을 피했다. 후비적. 내가 언제.

"네가 내 요구에 응해준다면 순순히 이걸 넘길게."

그 말이 떨어지자마자 내 뒤에서 몸싸움하는 소리가 들렸다. 눈을 돌리니 하일리가 검을 뽑아 든 스완하덴을 말리고 있었다. 아까까지만 해도 여유를 부리며 이브를 까던 스완이 살기를 뿌리며 그에게 달려가려고 했다.

살인을 막고 있는 하일리와 코리도 나에게 이상한 요구를 하면 가만히 있지 않겠다는 말을 하며 이브를 경계했다. 나는 애들에게 괜찮다는 손짓을 하며 이브를 바라보았다. 호들갑이다.

교장은 화를 거두고 그저 흥미진진하게 상황을 지켜보고 있었다. 이브가 적이 아니라는 확신을 얻자 상황을 즐기는 그녀였다.

그나저나 이브의 요구라니. 그와 쌓아온 정이 있으니 그가 나에게 무리한 건 시키지 않을 것이다. 무보수 의뢰 처리만 안 요구했으면 좋겠건만. 나는 팔짱을 끼고 고개를 까닥였다.

"뭔데."

"너한텐 별거 아닌 부탁이야."

"그니까 뭔데."

눈을 가늘게 뜨며 물어보자 이브는 나에게 키를 맞춰 무릎을 구부려 내 얼굴 앞에 자신의 볼을 가까이 가져다 댔다. 손가락을 세워 든 그는 자신의 볼을 톡톡 건드렸다.

"뭐 어쩌라고."

고개를 갸웃거리며 인상을 쓰자 이브가 나를 힐끔 바라보았다. 그는 난리가 벌어지고 있는 스완 쪽을 바라보더니 곧 목소리를 낮췄다.

"너한테 받아보고 싶어. 가벼운 뽀뽀라도."

"뭐?"

"내가 최대로 부릴 수 있는 욕심이야."

조금 황당해서 헛웃음을 지었다. 볼 뽀뽀를 그렇게 받아보고 싶었나.

이브와의 스킨십은 대체로 짙은 편이었다. 그가 나에게 자신의 강아지에게 하듯 볼이나 이마에 입을 맞춘 적도 있었다. 그럴 때면 언제나 난 기겁을 하며 벅벅 닦았지. 그걸 담아두고 있는 건가. 욕심이라니 참 휘황찬란한 단어를 쓴다.

"유치하게 그게 뭐야."

볼 뽀뽀라니. 이젠 애완동물이나 여동생에서 벗어나 딸 취급인가. 이브가 무슨 마음으로 그런 부탁을 한 건진 알겠지만 그래도 볼 뽀뽀는 좀 아닌 것 같았다. 이곳에 오해를 할 사람이 많았다. 나는 직접적인 뽀뽀 대신 내 엄지에 뽀뽀를 하고 그 손가락을 이브의 볼에 문댔다.

이브가 내 행동이 의외였는지 눈이 꽤 동그래졌다.

"이걸로 퉁쳐. 자, 이제 쓸데없는 부탁하지 말고 가보 돌려줘."

이어진 내 말에 이브는 동그랗게 떴던 눈을 가늘게 만들었다.

"싫은데."

이브는 얼굴에 미소를 한가득 지어 보였다. 그가 한 수 물러날 기세를 보이지 않자 나는 한숨을 쉬었다. 제대로 해주지 않으면 돌려주지 않을 것 같다. 빨리 기숙사로 돌아가 쉬고 싶은 마음이 컸기에 시간을 끄는 게 조금 귀찮아졌다.

나는 머리카락을 거칠게 헤집고 그냥 빨리 해치우기로 마음을 먹었다. 뽀뽀 정도야 우리 남동생한테도 해주고, 친구인 헤스티아에게도 해주고 어렸을 땐 오라버니인 하룬에게도 해줬다. 이브야 뭐. 뻘쭘하긴 하지만 기분이 더럽지는 않다.

재차 한숨을 쉬고 입술을 앞으로 뺐다. 이브는 눈을 꼬옥 감고 주둥아리를 쭈욱 내밀고 다가오는 나를 바라보며 푸핫, 하고 웃음을 터뜨렸다. 그가 귀를 살짝 붉히며 볼을 가까이 가져다 댔다. 이브의 입꼬리가 은은히 올라가 있었다.

눈을 가늘게 뜨며 그의 볼에 짧게 입을 맞추려니 갑자기 이브가 잠자코 있던 고개를 돌렸다. 그의 볼에 뽀뽀하려던 것이, 그가 고개를 돌리는 바람에 입술에 닿고 말았다.

쪽, 하며 입술에 짧게 다른 입술이 맞닿았다가 떨어졌다. 떨어지면서 그가 내 입술을 살짝 핥았다. 아주 짧았지만 길게 느껴진 순간이었다. 나는 깜짝 놀라 감았던 눈을 번쩍 떴다.

"무슨⋯⋯."

눈을 뜨니 이브가 굉장히 아스라한 웃음을 짓고 있었다. 그가 손을 들어 내 머리카락을 쓰다듬었다.

그가 입술을 뗀 동시에 내 등 뒤에서 엄청난 폭발음이 들려왔다.

"신난다, 도망가야겠네."

이브가 내 뒤를 힐끔 바라보며 혀를 찼다. 코리나 하일리나 더 이상 스완하덴을 말리지 않았다. 이 상황을 흥미로워하는 교장도 스완하덴과 다른 애들을 말리고 있었지만 어느새 밀쳐져 저 멀리 나가떨어져 있었다.

천천한 발걸음으로 다가오는 스완하덴은 참 살벌하게 웃고 있었다. 원래 잘 안 웃는 애가 입꼬리를 양쪽으로 끌어올리며 웃으니 정말 무서웠다. 목을 좌우로 꺾으며 우두둑 소리를 낸다. 손목도 열심히 풀기 시작했다.

코리도 만만치 않게 사나운 표정이다. 원래 사나운 표정이었지만 진지해지니 더욱 살벌해졌다. 얼굴의 반에 그림자가 어둡게 졌다. 허공에 공격 마법진을 그리며 스완과 같이 이브 쪽으로 걸어갔다.

얌전히 스완하덴을 말렸던 하일리의 표정이 만만찮다. 웬만해선 잘 내보이지 않는 살기를 내뿜으며 들고 있는 검에 자신의 기를 실었다. 검을 쥔 손의 반대편 손에는 어디서 가져왔는지 모를 물티슈가 들려 있었다. 하일리는 내 앞을 지나가면서 입을 닦으라며 그 물티슈를 내 손에 쥐여줬다.

천천했던 그들의 걸음이 이브의 발걸음에 따라 점점 빨라졌다.

이브는 쫓기는 와중에도 기분이 좋은 듯 입꼬리를 들어 올리고 있었다. 반대로 그를 쫓는 사람들의 표정은 마냥 썩어 있었다.

"이브네스 루나아샤!"

"포박 마법의 수식이 뭐였더라."

나는 이브에게 넘겨받은 보석함을 끌어안고 갑자기 시작된 추격전을 바라보았다. 바닥에 앉아 보석함에서 흘러넘쳐 허공으로 흩어진 흑마력을 모아 몸의 기력을 조금 회복했다.

밀쳐져 나가떨어졌던 교장이 내 쪽으로 다가와 옆에 앉아 나와 같이 그들의 추격전을 구경했다. 나는 아까 입술을 대가로 얻은 보석함을 교장에게 넘겼다.

"예상한 것보다 인기가 엄청난데, 슈슈!"

내 어깨에 팔을 턱하고 올려놓는 손에 옆을 바라보았다. 교장은 털털한 말투로 한마디를 하고 낄낄 웃고 있었다.

"그러게요. 쟤네 할 일 더럽게 없나 봐요."

교장은 내 말에 더욱 낄낄거렸다. 내 어깨에 두른 손을 들어 내 볼을 만지작거리다가 잡아당겼다. 주름진 손이 아주 까칠까칠했다.

"어쨌든 네 덕을 많이 봤어!"

교장은 내 등을 몇 번 치고선 고개를 떨어뜨려 자신의 허벅지에 올려진 보석함을 바라보았다. 시선의 끝에는 이브가 들고 온 진짜 황실의 가보가 올려져 있다. 교장은 잠시 혀로 입술을 핥고 보석함을 열어 그 안을 살폈다. 마력이 충만한 검은색 덩어리가 온전히 들어 있었다.

교장은 조심스레 자신의 심장을 손가락으로 쓸었다. 입을 살짝 다문 상태로 킥, 하고 웃은 그녀는 꽤 심란한 것 같은 표정을 짓다가 한숨을 쉬었다.

"멀리 돌아왔네."

한숨과 함께 내뱉어진 교장의 말이었다.

"영원히 적이 될 줄 알았던 이들에게 도움도 받고."

그녀는 환장 파티가 일어나고 있는 저 앞쪽을 바라보고 있었다.

"정말 멀리멀리 돌아왔나 봐."

교장의 눈동자에는 감격이라는 감정이 잔뜩 내비쳐지고 있었다. 금방 눈물이라도 흐를 것 같은 표정이어서 나는 숨죽였다.

인간 부스러기들.

교장은 중얼거리면서 내 머리카락을 쓰다듬었다.

시니어 엔드 파티

20

시니어 엔드 파티

느와르엘에게 심장을 돌려주고 난 후 그녀는 나에게 짧은 인사를 한 뒤 자신의 레어로 돌아갔다. 그녀는 알이 부화하기 전까지 아우그란 산에 머문다고 했다.

"심심하니까, 자주 놀러 와! 흑마법 가르쳐 줄게."

아카데미로 돌아가기 전에 그녀는 나에게 자주 찾아오라고 했다. 아무래도 혼자서 산에 있는 게 적적한 것 같았다. 그래서 나는 그녀가 알을 부화시키기 전까지 자주 그녀를 찾아가 대화 상대가 되어주었다.

그녀에 대해 아무것도 모르는 헤스티아를 데려와 소개해 주기도 하고, 블랑쉬엘이 태어날 알을 닦기도 하고, 그녀에게 여러 마물에 관한 세세한 설명도 들었다. 몇백 년을 산 생명체다 보니 그녀에게서 배우거나 얻을 것이 참 많아 좋았다.

또 심심할 때면 느와르엘이 날 이 세계로 불러들이기 위해 참고용으로 모은 로맨스 소설을 읽기도 했다. 그중엔 헤스티아가 쓴 소설도 포함됐다.

"하일리는 나지막이 욕설과 함께 사랑을 속삭이며 헤스티아의 머리카락을 쥐었다. 그리고 거칠게 입을……. 하일리…… 오오 개쓰레기…… 대단해……."

와작와작 과자를 입에 넣으며 나는 소설 속 한 문장을 읽었다. 꿈속에서 보던 내용을 실제로 읽으니 기분이 묘하다. 난 레어에 눌어붙어 간식을 바닥에 널브러뜨려 놓고 헤스티아가 쓴 소설을 정주행했다. 다시 읽어보니 눈에 들어오지 않았던 사실도 보이고 참 재미있었다.

'재미있는 건 공유해야 더 재밌지.'

이 엄청난 소설을 나만 보기엔 좀 아까웠다. 평소에도 헤스티아에게 책을 추천해 주거나, 빌려주었던 나는 그녀에게 타 대륙 역사에 관한 책을 여러 권 가져다 주면서 그사이에 '헤스티아의 그놈들'을 끼워 넣었다.

헤스티아의 반응은 아주 신랄했다.

"슈슈! 슈슈! 이 책 뭐야?"

"음? 역사학 책 중 하나 아니야? 도서관에 흘러들어 왔나. 뭔 내용이야?"

"으아아악!"

험한 말. 험한 말. 험한 말.

헤스티아는 자신의 소설을 읽으며 괴성을 질렀다. 코리와 하일리, 이브가 등장하는 부분에선 오만상을 쓴 채 기분 나빠하다가 스완하덴이 헤스티아에게 구애를 하는 장면에서는 경악을 금치 못했고, 끝내는 자기 머리카락을 뜯으며 절규했다.

"작가 누구야! 작가 누구냐고! 신상 다 털어 버릴 거야! 근데 내 묘사는 마음에 들었어! 내 미모와 성격을 정말 잘 표현했더라고. 그래도 끄아아악!"

원작자가 누구냐며 내 어깨를 잡고 털었지만 나는 그저 이 상황이 재미있어 낄낄거렸다. 헤스티아 미안. 헤스티아의 반응이 너무 재밌다. 책 속 남주 모델이 된 애들에게도 보여주고 싶었지만 너무 수치스러워할 것 같아 관뒀다. 그냥 나랑 느와르엘만 낄낄거리기로.

사건이 하나둘씩 정리되자 나는 책 빙의 조연에서 평범한 아우그란 아카데미의 학생으로 돌아왔다. 이브도 시간이 흘러 졸업했고, 나도 어느새 졸업의 막바지에 놓이게 되었다. 아카데미 막바지에 놓이게 되니 삶이 마냥 바빠지기 시작했다.

현실에 치이다 보니 일어난 사건들이 원래 정리되어야 할 속도보다 더욱 빠르게 정리된 것 같다. 여기가 소설 속이라는 생각은 어느 순간부터 하지 않고 있었다. 정말 현실이라고 받아들이니 전보다 더욱 성실히 사는 것 같고.

"곧 정말 끝이네."

동아리 부실로 향하는 길에 학교 게시판이 보였다. 게시판에는 시니어 엔드 파티에 관한 안내문과 홍보 포스터로 도배되어 있었다. 이번 20회 시니어 엔드 파티에는 내 학년 때의 애들이 참석할 것이다.

주니어 엔드 파티할 때가 엊그제 같은데 벌써 시니어를 끝내는 파티에 참석하게 될 날짜를 앞두고 있었다. 파티가 끝나면 바로 졸업이기 때문에 학교 학생들은 그 파티에서 자신의 영혼을 불태운다고 한다. 주니어 엔드 파티와 다르게 이번 시니어 엔드 파티의 규모는 엄청 컸다. 게다가 이번 파티는 주니어 엔드 파티와 비교해 상대적으로 자유로운 편이었다. 격식을 던져놓고 난장판을 만들어도 재미만 있으면 괜찮다고 한다.

재작년에 이브가 자신의 시니어 엔드 파티에 날 파트너로 초청한 적이 있었다. 그때 정말 난장판이었지. 그때는 특이하게 웨이터 중 한 명이 분란을 일으켜 난리가 일어났었다.

막상 내가 시니어 엔드 파티를 앞두게 되니 기분이 이상했다. 딱히 설레는 기분은 아니었고 좀 싱숭생숭한 기분이 들었다.

게시판에 붙여져 있는 시니어 엔드 파티의 전단지를 한 장 챙겨 파일에 껴놓았다. 전단지에는 시간과 날짜 그리고 춤을 추고 있는 한 여성과 남성의 그림이 그려져 있었다.

"스완은 누구랑 갈까……."

그냥 문득 떠오른 의문이었다. 단순한 의문이었다.

헤스티아는 하룬을 또 초청할 가능성이 높았고, 코리는 여동생이 있으니 파트너가 없으면 걔를 데리고 갈 가능성이 높았다. 하일리는 인간관계가 두루두루 괜찮으니 파트너를 구하는 데에 문제는 없을 것 같다. 그런데 스완하덴은 과연.

고민에 빠져 시선을 아래로 뒀다. 단정한 검은색 학교 구두를 바라보았다. 햇빛에 반사되어 빛이 나는 구두에 눈살을 조금 찌푸렸다. 난 깊게 숨을 내쉬며 괜히 머리카락을 거칠게 헤집었다.

* * *

요새 하지 않았던 짓을 한다. 왠지 조금 불안했다.

시내로 내려간 나는 화장품 가게에 들렀다. 화장품이 하나같이 다

어마어마한 가격대기에 나는 제일 저렴하고 세일하는 물품 위주로 바구니에 담았다.

시니어 엔드 파티가 얼마 남지 않았으니 남은 기간만이라도 나를 최대한 꾸며보려고 화장대 앞에 앉았다. 등교할 때 예뻐 보이려고 아침 일찍 일어났다. 왜 예뻐 보이려는지 알 순 없었지만 말이다.

헤이즐이 있었더라면 헤이즐에게 부탁했었겠지만 그녀는 이미 졸업하고 없어 나 혼자 방을 쓰고 있었다.

"으아아, 슈슈? 얼굴이 그게 뭐야!"

등교 전 내 방에 들른 헤스티아가 손을 뻗어 내 얼굴을 감쌌다. 나는 기껏 한 화장이 지워질까 봐 그녀의 손을 떼어냈다. 그녀가 물티슈를 들고 쫓아오길래 나는 도망쳤다.

"헤이즐 언니가 보면 굉장히 속상해할 거야. 이게 뭐야. 화장을 왜 이렇게 한 거야! 목은 하얗고 얼굴이 새까맣잖아."

"이거 내 쌩얼인데."

나름 반항했다. 말 같지도 않은 거짓말을 하며 나는 화장한 내 얼굴을 겨우 사수했다.

헤스티아는 내 화장을 지우려다가 곧 관두었다. 내 책상 위의 시니어 엔드 파티의 전단지를 봤기 때문이었다. 그녀는 "아, 혹시 날파리들을 쫓으려고 일부러 저런 화장을……." 하며 중얼거렸다. 나는 그녀가 내 화장을 아예 지우기 전에 재빨리 기숙사를 나갔다.

예쁘게 화장을 한 나는 블루반 앞에서 서성거렸다. 그냥 발길이 그쪽으로 옮겨졌다. 블루반 아이들은 내가 근처에서 서성이자 "벌칙인가.", "게임에서 졌나 봐." 하며 웅성거렸다. 기껏 화장했는데 아무도 내 얼굴을 인정해 주지 않았다.

나는 심통이 나서 립스틱을 덧발랐다. 지금 안 사실인데 방금 내가 바른 립스틱, 형광 노랑이었다. 아 몰라. 안면이 좀 있는 블루반의 검술부 애들이 낄낄거리며 뭐하냐고 나에게 말을 걸자 나는 나도 모르겠다고 답변해 줬다.

이동 수업이 끝나고 자신의 반으로 애들이 하나둘씩 돌아오고 있었다. 잠시 기다리니 애들 사이에서 눈에 확 띄는 밝은 은발의 소년이 보였다. 팔과 옆구리 사이에 두꺼운 책들을 끼고 창문 밖을 바라보며 천천히 걷고 있다. 그의 시선이 꽂힌 곳에는 아우그란 아카데미의 꽃 정원이 펼쳐져 있었다.

햇빛이 그의 흰 피부에 닿아 그가 더욱 빛이 났다. 투명한 크리스탈처럼 반짝거리는 보석안도 예쁘다는 생각이 들었다. 내가 그를 뚫어지게 쳐다보니 스완도 내 시선을 느끼고 고개를 들었다. 스완이 나를 발견하자마자 걸음을 멈추고 눈을 동그랗게 떴다.

"스완."

"⋯⋯?"

시선이 마주치자 이마를 조금 가리는 앞머리를 쓸어 뒤로 넘겨보았다.

그리고 쪽. 내 손바닥에 짧게 뽀뽀했고.

"⋯⋯후."

손바닥을 내밀며 바람을 불어 스완에게 날렸다. 사람들이 나보고 몽환적인 분위기가 있다고 하니 아련한 표정은 덤. 이 정도면 충분히 어필이 됐나. 치명적인 척하는 게 어려웠다. 수영 키판 위에 올라가 허우적거리는 기분이다.

그의 반응을 보기가 조금 무서워 바로 등을 돌리고 내 교실로 냅다 뛰었다. 뒤에서 누군가 쓰러지는 소리가 들려왔지만 나는 좀 급하게 반으로 향했다.

"나 뭐 해? 방금 나 왜 그런 거야."

스스로의 행동이 의문스러워 중얼거렸다.

뛰면서 고개를 돌리니 창문에 비친 내 모습이 보였다. 애들이 우스꽝스럽다고 하지만 부끄럽진 않았다. 나름 정말 최선을 다해 열심히 꾸몄으니까 말이다. 내 눈에는 괜찮았다.

좀 더 가슴을 펴고 성큼성큼 걸었다. 당당히 걸으며 스완의 시점에서 생각해 보았다. 일단은 망했다는 생각이 스쳐 지나갔다. 나는 노래도 그렇고, 화장에도 재능이 없는 게 분명했다.

그냥 카림 손 붙잡고 가야지 뭐. 나는 허탈하게 웃었다.

* * *

기숙사 1층에는 학생 별로 편지함이 한 개씩 있었다. 보통 내 편지함에는 대체로 웨스트 가문 문양이 박힌 어머니나 아버지나 시녀들의 편지가 들어 있다. 그러나 시니어 엔드 파티를 일주일 남기지 않은 오늘, 웬일로 가족이나 저택 내 시녀가 아닌 다른 사람이 나에게 편지를 보냈다.

아무런 무늬 없는 흰색의 깔끔한 편지지였다. 편지 봉투 구석에 정갈한 글씨체로 작게 '이브네스 루나아샤'라고 적혀 있었다. 누가 보냈나 했더니 이미 아카데미를 졸업한 이브에게서 온 편지였다.

[슈슈, 모레 아카데미에 찾아갈 건데 먹고 싶은 거 있어?]

나는 냉큼 답장했다.

* * *

　엔드 파티가 다가온다는 뜻은 이제 검술 수업도 얼마 남지 않았다는 뜻이었다. 수업이 막바지에 이르니 애들이 평소보다 더욱더 시끄러웠다. 풀어진 분위기와 시끄러운 주변 속에서도 하일리는 아주 빡세게 내 맨손 호신술 진도를 나갔다.

　하일리와 무려 7년 가까이 되는 시간을 같이 검을 배우는 데 쓰다 보니 어느새 기본적으로 알려진 검의 기술을 대부분 익히고 말았다. 그래서 하일리와 나는 서로 다른 왕국이나 대륙에서 검의 기술을 알아보고 공유했다. 내가 가져온 남쪽 왕국의 검법은 이미 모두 익힌 상태고, 최근에 그가 다른 대륙에서 신기한 검법을 알아 왔길래 그걸 연마하고 있었다.

　그 검법의 응용 동작을 구사하기 위해서는 기본 맨손 호신술이 몸에 익어야 한다고 한다. 그래서 요새 열심히 맨손 격투를 배우고 있는 중이다. 황태자의 막강한 인맥으로 그 검법을 배워둔 하일리는 새로운 싸움 기술을 나에게 전수해 줄 수 있다며 기뻐했다.

　"하나, 치고 빠지고. 하나둘. 발 바꾸고."

　하일리가 넓은 판을 들고 와서 빠르게 앞으로 내밀었다. 나는 호흡에 맞춰 그 판을 주먹으로 치기도 하고 발로 차기도 한다. 그가 판을 들고 내 쪽으로 휘두르면 나는 고개를 숙여 피하거나 팔등으로 막았다. 끝없이 공격을 해야 했기에 숨이 매우 가팔라 오르지만 하일리가 밀어붙이니 계속 공격을 이어가게 된다.

　그다음엔 초를 재서 최대한 빠르게 하일리에게 공격을 쏟아붓는

다. 힘을 실어 마음껏 공격해도 맞을 때 힘을 분산시켜 받아내기 때문에 서로에게 돌아가는 충격이 별로 없었다. 그동안 하일리가 나에게 계속 맞느라 생긴 요령이었다. 맞는 요령이 대단했다.

소리를 내지르며 연속 공격을 마치면 전속력으로 연무장 한 바퀴를 뛴다. 다 뛰고 나면 땀이 머리끝에서 발끝까지 범벅이다.

"자, 이제, 네, 차례. 판 내놔."

숨이 차서 말이 끊겨 나왔다.

한 바퀴를 돌고 나면 이제 내가 판을 잡고 하일리가 공격한다. 그러나 나에겐 마법이 있었기에 굳이 귀찮게 그의 공격을 굳이 받아낼 필요가 없었다. 하일리 대련용 판잡이 인형을 만들어 그와 붙게 했다.

하일리가 아주 능숙하게 내가 만든 마법 도구와 대련한다. 땀을 흘리며 열심히 대련에 임하는 그를 바닥에 널브러진 채로 바라보았다. 하일리가 판들이 부서지지 않게 툭툭 치면서 하는데도 매우 강한 힘이 느껴졌다.

땀을 많이 흘려 목이 탔기에 가져온 물을 벌컥벌컥 마셨다. 잠시 숨을 돌리고 하일리에게서 시선을 떼고 주변을 바라보다가 옆에서 대련하며 떠들고 있는 아이들이 눈에 들어왔다.

"너 레베카한테 파트너 신청할 거라며. 차이겠는데?"

"너나 잘하지? 이사벨이 너한테 권태 느낀다고 하는데 파트너 신청할 때 딱 까이는 거 아냐?"

마시다가 남은 물을 얼굴에 뿌렸다. 땀에 얼룩졌던 얼굴이 물 덕분에 시원해진다. 손으로 얼굴을 닦아내며 나는 하늘을 쳐다보았다.

아이들의 이야기를 듣다 보니 문득 저번에 화장하고 왠지 불안한 마음에 충동적으로 블루반에 간 일이 떠올랐다. 떡밥을 던지려 했다가 폭탄을 던져 버렸지.

"슈라이나, 너는 파트너 정했나."

자신의 짧은 수련을 마친 하일리가 내 쪽으로 다가와 근처에 앉았
다. 햇볕이 뜨거운 건지 수건을 머리 위에 올려놓고 있었다. 수건 아
래 그늘진 그의 얼굴의 붉은 눈동자가 더욱 선명히 빛이 났다. 나는
고개를 돌려 하늘을 쳐다보며 돌멩이 하나를 던졌다.

"하하하."

대답을 하지 않고 그냥 소리 내어 작위적인 웃음소리를 냈다. 하
일리는 아무런 말을 하지 않는 나를 멀거니 바라보다가 자리에서 일
어났다. 내가 가져온 수건을 내 얼굴 위에 덮고선 물기가 흡수될 수
있도록 톡톡 두들겼다.

"반응을 보니 아직인 건가."

나는 잠자코 쓰러져있다가 남은 물을 내 얼굴 위 수건에 쏟았다.

"딱히 생각해 놓은 사람이 없으면 내가 너의 파트너 되면 안 되나?"

"하일리, 네가 파트너?"

하일리가 파트너라니. 파티 내내 굉장히 즐겁고 편할 것 같긴 하
다. 나는 한숨을 깊게 내쉬었다.

"불쌍한 황태자님."

"뭔가, 또. 왜 그러나."

하일리는 내 말이 수상하다는 듯 눈을 가늘게 떴다.

"신중히 생각했다가 정말 끝까지 마땅히 같이 갈 사람이 없으면
다시 말해. 그럼 나랑 같이 가자."

"단순히 너랑 가고 싶은데."

하일리가 고개를 갸우뚱거리며 물어보자 고개를 저었다.

"정말 신중히 생각해야 해. 넌 네가 생각하는 것만큼 인기 없지 않아. 딱 한 번이야, 하일리. 시니어 파티는 딱 한 번 남았어."

내가 손에 잡히는 나무 막대기로 그를 쿡쿡 찌르며 말하자 그가 고개를 끄덕였다.

"그럼 너도 나중에 애들이 파트너 신청하면 끝까지 신중하게 생각했다가 아무래도 좀 부담스러울 것 같으면 나한테 와라. 내가 너한테 제일 편한 상대지 않나?"

그래도 나름 황태자인데, 그런 말을 하는 하일리가 괜히 짠해졌다. 뭐, 그게 그의 매력이지만.

"근데 나한테 파트너 신청할 애들이라니. 스완이나 코리 말하는 거야?"

"그래, 이브도 포함이다."

"아…… 근데 또 신청할까? 이브는 바빠서 안 올 것 같고, 스완하덴은 잘 모르겠다. 코리는 별생각 없으면 나나 비이디엘한테 신청할 수도 있겠네."

파트너를 고르는 일이 왠지 혼자 밥 먹기 싫어 밥 친구 구하는 것처럼 느껴져서 웃겼다. 코리는 일단 비이디엘이라는 백업 동생 파트너가 있으니 다행이었다.

그래, 내가 스완하덴이 나에게 파트너 신청을 해줬으면 하는 감정이 드는 것도 그가 불쌍해서다. 스완 성질이 더러워서 같이 파트너를 할 사람이 없잖아. 그래서 안쓰러운 마음에 그런 화장까지 감수하고 그에게 간 거라고. 그런 우스꽝스러운 몸짓을 스완에게 보인 것도 다 생각해서 한 행동이다. 그래, 그런 거라고 생각하자.

하일리는 내 말을 잠자코 듣고 있다가 눈썹 한쪽을 들어 올렸다.

"코리나 이브나 스완하덴이 너에게 신청할지 안 할지 모르겠다고? 진심인가? 안 할 리가 없는데."

놀란 것 같은 하일리의 목소리에 나는 떨떠름한 표정을 지으며 고개를 끄덕였다.

"코리가 계속 너한테 무슨 말을 하려다가 계속 관두지 않나?"

"응. 그러더라."

"이브네스에게 혹시 편지가 왔나? 안 왔나."

"……왔어."

"그리고 오늘 스완 그 녀석 수업 빠진 것 봐라."

"그건 왜."

내가 모두 긍정하자 하일리는 허탈한 웃음을 지었다. 그는 손을 뻗어 내 어깨를 가볍게 두들겼다.

"폭풍에 대비해라, 슈라이나."

감당하기 힘들면 나한테 오고. 하일리는 뒤이어 중얼거렸다.

* * *

폭풍에 대비하라니.

저녁 급식 시간에 나온 크림빵을 뜯으며 아카데미의 산책로를 걸었다. 걸으면서 아까 하일리가 했던 말들을 떠올렸다. 하일리에게 더욱 구체적인 설명을 해달라고 요구하자 그가 자연히 알게 될 거라며 입을 닫았다. 아니 알려주지 않을 거면 말을 말던가. 불안하게시리. 딱히 나에게 해가 될 건 아니라는 말이 그나마 좀 안심이었다.

그나저나 오늘 이브가 나에게 바깥 음식을 주기 위해 굳이 찾아온

다고 했다. 나는 주머니에서 이브의 편지를 꺼내 읽어보았다. 이브
는 오후 6시쯤 이번에 새로 생긴 케이크집의 생크림 카스텔라를 들
고 분수대에서 기다리고 있겠다고 적어놓았다.

나는 먹고 있던 크림빵을 빨리 입에 구겨 넣고 분수대 쪽으로 걸
음을 옮겼다. 분수대에 가까워지면 가까워질수록 장미꽃이 많이 보
인다. 길거리에 한 송이 두 송이 놓여 있던 장미가 걸음에 따라 점점
늘어간다. 아주 작은 바람이 불어도 많은 장미꽃의 잎들이 나부꼈
다. 장미꽃 파티였다.

누가 했는진 잘 모르겠지만 장미꽃으로 꾸며진 길이 참 예뻤다.
장미꽃 한 개를 들어 올렸다. 장미꽃의 줄기에는 흔한 가시 하나 보
이지 않았다. 내가 들어 올린 장미꽃뿐만이 아니었다. 길거리에 널
린 다른 넘치는 장미꽃들도 가시가 모두 뽑힌 채로 꾸며져 있었다.
덕분에 장미를 만지는 데에 가시를 조심하지 않아도 됐다. 누가 인
위적으로 뽑은 것 같은데 참 대단한 노력이었다.

장미꽃들을 구경하느라 아래로 꽂은 시선을 들어 올리니 바로 앞
에 분수대가 있었다. 저 멀리 주황색 머리카락의 이브네스가 보였
다. 분수대에 걸터앉아 한 손엔 생크림 카스텔라를 든 채 팔짱을 끼
고 있었다.

분수대 근처에는 비단 이브만 보이는 것이 아니었다. 자신의 양쪽
에 아직 가시가 많이 박혀 있는 장미꽃을 잔뜩 쌓아놓은 채로 풀숲
에 숨어 있는 스완하덴도 보였다. 스완하덴은 분수대에 걸터앉아 있
는 이브를 바라보고 있었다.

스완하덴은 숨죽이며 허공에 뭔가를 그리고 있었다. 힐긋 보니 백
마법의 공격 마법진이었다. 마법진을 완성한 스완하덴이 시동어를

욽자 공격 마법이 소리와 형체 없이 이브 쪽으로 날아갔다. 이브는 그 마법을 어떻게 느낀 건지, 허리를 숙여 그걸 익숙하다는 듯 피한다.

마법을 피하느라 허리를 잠시 숙였던 이브네스는 내가 다가오고 있는 걸 알았는지 곧 고개를 들었다. 내가 장미꽃으로 잔뜩 꾸며져 있는 영역 안으로 들어오자 손을 흔들었다. 이브는 내 품에 대大자의 생크림 카스텔라를 안겨줬다.

"알맞은 때 네가 와서 정말 다행이야. 덕분에 목숨을 건졌어."

"목숨이라니?"

"내가 만나는 장소를 잘못 정했거든. 아닌가, 잘 정했나? 스완하덴의 계획을 의도치 않게 망쳤으니까. 걔도 여기서 너한테 물어보려고 했나 봐."

만나는 장소를 잘못 정해 이브가 스완하덴의 계획을 망쳤다는 말에 나는 스완하덴이 있던 풀숲을 쳐다보았다. 나는 이쪽을 바라보고 있을 스완에게 손을 흔들었다. 뭔진 모르겠지만 힘내라, 스완. 이브가 그렇지 뭐.

스완이 왜 숨어 있는 건지 궁금했지만 눈앞의 카스텔라에 신경이 팔려 무시하기로 했다. 카스텔라의 크기도 컸지만, 허기가 져서 바로 먹고 싶었기 때문이었다. 나는 카스텔라 상자를 곱게 펴서 접시처럼 만들었다. 상자 안에는 포크랑 케이크 나이프가 예쁘게 포장되어 있었다. 나는 포크를 꺼내 카스텔라를 예쁘게 잘라 입에 넣었다. 입안에서 사르르 녹는 생크림과 촉촉한 빵의 조화가 일품이었다.

이브는 열심히 먹고 있는 나를 물끄러미 쳐다보고 있었다. 그의 입에는 옅은 미소가 걸려 있었다. 그렇게 맛있냐고 뻔한 질문을 던지길래 나는 고개를 끄덕였다. 조금 먹으라고 그에게 카스텔라를 건

네자 그가 나 많이 먹으라며 거절했다. 직접 먹여주면 먹겠다는 헛소리를 하길래 그냥 내 입에 열심히 퍼넣었다.

"곧 시니어 엔드 파틴데, 파트너 생각은 해봤어?"

이브네스는 손을 들어 곱슬거리는 내 머리카락을 손가락으로 뱅글뱅글 돌렸다. 그의 질문에 나는 잠시 침묵했다. 입에 음식물이 들어 있기 때문이었다.

"내 파티 때 네가 참석했잖아. 그러니까 너도 날 골라줬으면 좋겠어서."

이브가 나른히 웃으면서 손가락으로 자신을 가리켰다. 손을 뻗어 흘러내린 내 머리카락을 귀 뒤로 넘겨주었다.

그의 말이 끝나자마자 무섭게 갑자기 땅이 살짝 울리기 시작했다. 땅 위의 장미꽃들도 조금씩 들썩들썩거린다. 분수대에 한껏 장식된 장미꽃들이 별안간 하늘로 떠오르기 시작한다. 길바닥에 장식되어 있던 장미꽃들이 모두 허공의 한군데에서 뭉쳐 빙글빙글 돌았다.

갑자기 이게 무슨 일인가 싶어 눈을 동그랗게 떠 이브를 바라보았다. 이브는 입꼬리 한쪽을 올리고 한숨을 내쉬었다. 모인 엄청난 양의 장미꽃들은 이브에게 날아가 그를 후려쳤다. 문득 주니어 엔드 파티 때의 일이 데자뷔처럼 떠올랐다. 이브네스, 그때도 장미꽃으로 맞은 것 같았는데. 휘날리는 장미꽃 때문에 시야가 잘 확보가 되지 않아 인상을 썼다.

"슈라이나."

하늘에서 장미꽃 잎이 비처럼 내려왔다. 눈을 몇 번 깜박거려보았다. 익숙한 목소리가 잔잔하게 들려온다. 흙투성이인 한 사람이 보였다. 새하얀 은발 위에 장미꽃 잎들이 몇 개 올려져 있었다.

"슈슈. 나랑……."

그는 재차 내 이름을 불렀다. 뒤에 이어 말하려고 하다가 잠시 머뭇거린 그였다.

"나랑, 파트너, 하자."

스완하덴이 말하기를 머뭇거리는 사이, 내 바로 옆에서 다른 목소리가 들려왔다. 목소리가 살짝 갈라지고 허스키한 게 매우 익숙했다. 어디서 날아오거나 뛰어온 듯 목소리가 숨에 차 있다.

때마침 매섭게 흩날렸던 장미꽃이 모두 차분히 가라앉았다. 조금 어지럽던 시야가 뚜렷하게 확보되었다. 내가 먹고 있던 카스텔라는 하늘 위로 올라가 있었다. 장미꽃 비가 모두 가라앉은 후에야 생크림 카스텔라는 다시 얌전히 내 무릎 위로 돌아왔다.

나는 좀 정신없어서 두리번거렸다. 목소리가 이곳저곳 들려오는데 혼란스럽다. 누가 나한테 뭘 말하고 있는 거지. 앞에는 스완하덴이 있었고, 뒤에는 물에 빠진 이브네스가 보였고, 오른쪽에는 어느새 등장한 코리가 있었다. 달려온 코리는 내 어깨를 잡고 숨을 골랐다.

스완과 이브는 여기에 원래 있었다는 걸 알고 있었지만 코리는 갑자기 나타나 깜짝 놀랐다. 어디서 튀어나온 거지. 날아온 건가. 나는 숨이 찬 코리의 등을 토닥였다.

많은 사람들이 내가 눈치가 없는 편이라고 해서 내가 눈치가 없다는 걸 어느 정도 인지하고 있다. 아무리 눈치가 없어도 현재 이 세 명 모두 나한테 파트너 신청하러 왔다는 눈치 정도는 남아 있다. 비록 파트너를 신청하는 이유가 핑크빛 이유가 아니어도 말이다.

때마침 분수대 앞을 지나가던 하일리가 나를 발견했다. 세 명 사이에서 카스텔라 포크를 들고 뻘쭘하게 앉아 있는 나를 보며 웃음을 터뜨렸다. 그리고 그는 곧 숙제를 들고 분수대 쪽으로 걸어왔다.

"와, 난리 났다."

하일리의 말대로 정말 회오리 감자다. 나는 카스텔라를 한 입 더 먹으며 중얼거렸다.

* * *

갑자기 많은 일이 터져서 정신이 없지만 나는 상황을 정리해 보았다.

그러니까 이브가 나를 불러서 카스텔라를 건네줬고 파트너를 신청했다. 그런데 때마침 스완하덴이 나한테 파트너를 신청하려는 찰나 코리도 나타나서 나에게 파트너가 되자고 한다.

코리가 갑자기 튀어나온 게 너무 신기해서 언제 온 거냐고 물어보았다. 코리도 때마침 분수대 근처를 지나가다가 스완과 이브가 먼저 파트너 신청을 하는 걸 보고 급하게 왔다며, 원래 자기도 벼르고 있었다고 하늘을 보며 말했다.

이 세 명에서 끝이 난 것이 아니었다. 오늘 오후 검술 수업 때 나에게 파트너 신청을 한 하일리도 나를 발견하고 이쪽으로 와버리고 만 것이다. 이 무슨 드라마 같은 상황인 건지. 나에게 파트너를 신청한 사람이 무려 네 명이나 있다. 지금 이 중 세 명은 나에게 답을 바라는 상태고.

카스텔라가 포도당을 충분히 공급해 줘서 그런지 뇌가 잘 돌아간다. 이 문제를 어떻게 해결할까.

"그래서 다들 나한테 파트너 신청하러 온 거지?"

물어보니 하일리가 맞다고 한다. 좋았어, 나는 솔로몬이 되어보기로 했다. 아기는 한 명인데 두 명의 엄마 때문에 아기도 둘로 나눠야 하는 상황이다. 문제점은 이거다. 이 불쌍한 네 명 모두 파트너가 없었고 모두 제일 친한 이성 친구가 나였다. 공급이 부족했으나 수요가 높았다.

내가 인상을 쓰며 생각에 잠길 동안 정적이 잠시 흘렀다.

코리는 손가락을 꼼지락거리다가 분수대 물에 빠진 이브를 뒤늦게 발견했다. 아공간으로 연결되어 있는 주머니에 손을 넣은 코리는 손을 휘적거리더니 곧 물에 뜰 수 있는 고무 오리 한 마리를 꺼냈다. 그리고 물에 빠진 이브 옆에 둥둥 띄웠다. 나를 바라보던 이브의 눈동자가 물에 떠다니는 오리에게 시선이 꽂혀 오른쪽에서 왼쪽으로 이동했다.

정적이 흘렀다.

이브는 물에 잠긴 손을 들어 올리더니 수면 바로 밑에서 주먹을 꽈악 쥐어 코리에게 물을 뿌렸다. 자신의 눈 쪽에 물이 튀자, 코리는 인상을 쓰며 물을 손으로 닦아냈다. 물소리가 작게 났지만, 정적이 흘렀다. 오랜 정적 끝에 나는 드디어 '카스텔라 먹기'를 모두 끝냈다. 포크를 내려놓고 입을 닦았다. 생각을 마쳤다.

"이브 너는 졸업생이고 외부에서 오는 거라 딱히 파트너 필요 없지 않아?"

돌연히 입을 열자 이브가 오리의 얼굴을 손가락으로 누르다가 고개를 들었다.

"필요한 게 아니라 그냥 너랑 가고 싶은 거지. 네 말대로 네가 아니면 딱히 파트너도 필요 없어."

그런 이유는 불쌍하지 않으니 거르기로 했다. 별 고민하는 시간도 가지지 않고 이브에게서 시선을 떼어냈다. 자, 다음 문제.

이브 다음에는 하일리가 눈에 띄었다. 하일리를 바라보니 그가 오늘 중급 마법학 과제를 나에게 내밀었다. 나는 그가 별표 쳐놓은 문제의 풀이 과정을 끄적였다. 하일리가 밝은 표정을 지어 만족스러웠다. 좋았어, 다음 문제.

고개를 또 트니 이젠 코리가 눈에 띄었다. 코리가 아까부터 나를 뚫어지게 쳐다보고 있었다. 내가 고개를 홱 돌려 그와 시선을 맞추자 그가 살짝 움찔했다. 조금 성급하게 이쪽으로 온 듯 코리의 머리카락이 산발이었다. 그는 웬일인지 내 시선을 똑바로 마주하지 못하고 힐끔힐끔 쳐다보았다. 한 손을 들어 올려 뒷머리를 헤집었다. 어깨까지 내려오는 금발 사이로 보이는 귀가 붉었다. 코리는 이브를 한 번 바라보더니 잠시 생각하고선 이윽고 입을 열었다.

"난 갈 친구가 너밖에 없어. 혼자 가기 좀 그래서."

그건 이해할 만한 이유였다. 그와 파트너가 되는 걸 잠시 고민했지만 코리는 백업이 있었다.

"그냥 비이디엘이랑 가."

코리의 문제가 해결되었다. 다행이다. 나는 고개를 돌려 앞을 쳐다보았다. 맞은편에 스완하덴이 티는 나지 않지만 나름 처량한 표정을 지으며 장미꽃을 한 아름 들고 있었다. 마지막 문제였다.

스완하덴은 말을 잘못했다며 중얼거리는 코리와 이브를 한 번씩 쳐다보다가 잠시 고민하고 입을 열었다.

"······왠지 모르겠지만 애들이 나를 피해. 나는 위로 가족도 없고 아래로도 없어. 같이 가 줄 사람이 한 명도 없어. 혼자 가게 됐을 때

나에게 쏟아질 애들의 시선이 무서워. 같이 가 줄 '네'가 절실히 필
요해."

스완의 말을 잠자코 듣고 있던 이브가 어이없다는 표정을 지으며
들고 있던 오리를 던졌다. 오리는 스완의 머리를 맞고 튕겨져 나갔
다. 튕겨 나갈 때 삑 소리가 났다.

스완은 애절해 보이려고 목소리를 떨었지만 표정이 무표정이었기
때문에 전혀 애절해 보이지 않았다. 이 모습은 스완이 연기할 때 나
오는 모습이어서 나는 잠시 눈을 가늘게 떴다. 그를 의심스럽게 쳐
다보자 그가 눈을 좀 더 크게 떴다. 답지 않게 매우 초롱초롱했다.

확실히 스완하덴은 자신이 부리는 사람은 많았지만 같이 파트너
로서 갈 만한 사람은 만들어두지 않았다. 애초에 그는 여자와 담을
쌓고 지냈다. 아니다, 여자애들이 그와 담을 쌓았다. 보통 스완같이
외모가 뛰어나고 집안 좋고 능력 좋은 애와 접점이 생기면 어떻게라
도 친해져 보려는 게 일반적이지만 슬프게도 스완이기에 사람들이
무릎을 꿇고 "접점 생겨 죄송합니다." 하고 빈다고 한다. 스완이랑
친하지 않았더라면 나도 그랬을 것이다.

생각해 보니 처음 스완이 들어왔을 때 엄청난 인기를 끌었다가 지
금은 그게 모두 두려움으로 바뀌었다. 스완이 변해가면서 그를 무서
워하는 사람들의 인식도 변해갔지만 그래도 여전히 많은 이들이 그
를 무서워했다.

하여튼 스완의 말이 제일 진솔하고 설득력 있었다. 사심이 있는
건 아니었다. 게다가 처음에 스완이랑 가는 것도 나쁘지 않겠다고
생각했으니 말이다. 객관적으로 봤을 때도 스완의 처지가 제일 처량
하지 않은가. 가족 백업도 없고, 친한 친구도 없고, 파티를 피할 수

있는 상황도 아니고.

"누나아, 슈슈 누나. 어딨어."

스완을 뚫어지게 쳐다보며 해결되지 않은 난제에 깊게 고민에 빠졌는데 돌연 또 다른 목소리가 들려왔다. 목소리가 아직 앳되고 애교가 가득 찬 걸 보니 카림의 목소리였다.

그쪽으로 고개를 돌리니 정말 카림이 있었다. 연푸른색 머리카락에 다홍색 눈동자를 가진 사랑스러운 존재가 내 쪽으로 다가왔다. 최근에 키가 부쩍 큰 카림이 나를 발견하고 맑은 미소를 지었다. 손을 흔들며 내 쪽으로 뛰어오기에 나도 마주 손을 흔들었다.

"슈슈 누나, 헤스티아 누나한테 들었어. 시니어 엔드 파티에 날 파트너로 데리고 간다며!"

카림의 볼에 발그레한 홍조가 떠올랐다. 그는 기뻐서 어쩔 줄 몰라 하며 나를 껴안았다. 카림이 키가 많이 컸기에 나는 폭 안겼다. 덕분에 내가 잔뜩 당황하는 표정을 아무도 못 봤을 것이다.

카림이랑 같이 가려고 생각은 했지만 아직 말은 하지 않았기에 그가 파트너 이야기를 꺼냈을 때 조금 당황했다. 뒤늦게 카림이 헤스티아를 언급했다는 사실이 떠올랐다. 아, 헤스티아가 나 대신 카림에게 말해 준 것 같았다. 헤스티아 앞에서 카림이랑 가야겠다고 흘려 말한 기억이 났다.

"한 번밖에 없는 시니어 파티에 날 데리고 가려고 한 거야?"

나와 같은 색의 다홍 눈에 기쁨의 빛이 넘실거린다. 요새 내가 기사 준비 때문에 바빠 카림을 신경 못 써줬다. 그 때문인 건지 내 파트너가 된다는 사실에, 원래 기뻐할 것의 배로 기뻐하고 있었다.

"누나가 최고야."

기쁨에 떨리는 목소리로 카림이 작게 속삭였다. 카림은 나를 다시 꼬옥 껴안으며 내가 빼도 박도 못하게 결정타를 날렸다. 심장이 철렁했다. 갑자기 온몸의 피가 모두 빠져나가는 기분이 들었다. 갑자기 귀가 조금 먹먹해졌다. 저 높은 절벽에서 떨어진 것 같은 기분이었다.

나는 잠자코 카림이 나를 주려고 가져온 장미꽃을 잡았다. 모르겠다. 가족이 최고다. 귀여운 게 최고다. 카림 최고.

"아 맞다 누나! 하룬 형이 헤스 누나 보러 아카데미 놀러 왔는데 같이 마중 나가자!"

카림은 내 손을 꼬옥 붙잡고 이를 보이며 상쾌하게 웃었다. 크면서 젖살이 어느 정도 빠져 이젠 귀엽다는 느낌보다 잘생겼다는 느낌이 강하지만 그럼에도 여전히 귀여웠다.

"형들 여기 모여서 뭐하고 계세요?"

카림은 내 손을 잡고 그대로 가려다가 자신을 뚫을 듯 꽂히는 시선에 고개를 갸웃거렸다. 카림이 궁금해하자 코리는 눈동자를 굴리다가 분수대 물을 손가락 끝으로 조금 참방이며 물놀이 한다고 어색하게 대답했다.

카림은 코리의 임기응변에 납득한 듯 "재미있으셨겠다!" 하며 크게 고개를 끄덕였다. 모두가 조용해진 가운데 카림이 한 명씩 눈을 마주치고 눈꼬리를 접으며 다시 또 맑게 웃었다.

"그럼, 안녕히 계세요."

카림이 예의 바르게 허리를 푹 숙여 인사했다.

"그럼, 안녕."

나도 고개를 조금 숙여 인사하고 퇴장했다. 시선이 나에게로 쏠렸다.

에라, 모르겠다.

나는 도망쳤다.

* * *

우여곡절 끝에 시니어 엔드 파티 당일이 되었다.

옷을 골라 입고 화장대 앞에 앉아 화장을 하려고 했다가 나는 멈칫했다. 인정할 건 인정해야 했다. 내가 못하는 것 중에 아무리 노력해도 개선되지 않는 것이 있다. 첫 번째는 노래였고 두 번째는 화장이었고 세 번째는 패션 감각이었다.

내가 화장이나 패션 중에 괜찮다고 생각되는 건 전부 다 사람들이 경악할 만한 조합이었다. 이 사실을 예전엔 몰랐으나 이젠 대충 눈치챘다. 뭐, 그런 걸 못해도 문제 될 건 없다. 잘하는 사람에게 부탁하면 되니까.

헤이즐이 꾸며줄 때 그나마 시선이 제일 곱기에 헤이즐에게 부탁하기로 했다. 신기한 것은 내가 헤이즐에게 부탁하기도 전에 그녀가 먼저 나를 찾아왔다는 것이었다.

"또 혼자서 막 바를 것 같아서 찾아왔지! 우리 슈슈, 마지막 파티인데 웃음거리가 되면 안 되잖아?"

사실 화장을 핑계로 오랜만에 헤이즐을 볼 수 있어서 참 좋았다. 헤이즐은 자신의 뷰티샵을 런칭하고 승승장구하고 있어 얼굴을 보기가 힘들었다. 오랜만에 보는 헤이즐은 더욱 세련되어졌다.

헤이즐이 오랜만에 방에 들어오니 벅찬 기분이었다. 그녀가 졸업한 후 나는 그동안 혼자서 방을 썼다. 아카데미에 막 들어온 후배가 내 방에 배치돼야 했지만 들어오지 않았다. 동아리 활동 때문에 늘어나는 마법 도구들 때문에 내 짐이 너무 많아져 기숙사에 쌓아놓고 있었는데, 아카데미에서 나를 배려해 그냥 독방처럼 쓰라고 했다. 동아리 실적이 뛰어났기에 가능한 일이었다.

때문에 그동안 계속 독방을 썼는데 그렇게 외로울 수가 없었다. 헤이즐이 오랜만에 오니 방 안에 활기가 도는 것 같다.

메이크업 전문가가 된 헤이즐의 화장을 받으려면 이제 큰 액수의 돈을 내야 한다고 한다. 헤이즐은 자신이 이렇게 시간을 내며 공짜로 화장을 해주는 대신 새로운 화장법이나 옷, 화장품을 홍보할 때 나를 모델로 사용하기로 했다. 나는 딱히 신경 쓰지 않았으므로 흔쾌히 고개를 끄덕였다.

"이번 메이크업의 테마는 청순, 아련, 성숙이야."

헤이즐은 내 얼굴에 분칠에 분칠을 더했다. 콧노래를 부르는 걸 보니 기분이 굉장히 좋아 보였다. 나만큼이나 자신의 화장이 잘 맞는 사람이 없다며 그녀는 언제나 나를 치장하는 것을 즐겼다.

나를 새로 창작하는 과정을 마친 헤이즐은 자신의 화장에 굉장히 흡족해했다. 나를 꾸며줄 때마다 자신의 화장 실력이 발전해가는 것을 실감한다고 한다. 그녀는 화장이 번지지 않게 내 눈을 손으로 멀찌감치 가린 채 전신 거울 앞으로 나를 데려갔다. 헤이즐은 나를 거울 앞에 세우고 가리고 있던 손을 치웠다.

"오오……"

솔직히 나는 다른 사람들처럼 그녀의 화장 솜씨에 크게 감탄한 적이 없었다. 그녀가 내 얼굴에 화장을 해줄 때면 그냥 아, 조금 예뻐

졌구나 하는 선에서 그쳤었다.

거울 속의 내 모습을 바라보았다. 내가 입은 드레스는 머메이드 형식의 흰색 드레스였다. 어깨 부분이 아주 시원하게 트여 있었다. 드러난 목덜미에는 예쁜 흰색 꽃목걸이가 걸려 있다. 드레스의 옆부분이 살짝 트여 있어 내 짧은 다리가 굉장히 길어 보였다. 곱슬거리는 주황색 머리카락이 예쁘게 땋여 어깨 위로 늘어뜨려져 있다.

피부가 전보다 더욱 밝아 보였다. 헤이즐이 내 전신에 덕지덕지 바른 미백 크림 덕인 것 같다. 흰색 드레스 덕분에 밝아진 피부가 더욱 밝아 보인다. 볼과 입술에는 옅은 분홍빛이 맴돌고 있었다. 눈가에 뿌린 반짝이와 눈 화장이 어우러져 아련한 느낌을 자아냈다.

'정말 예쁜데.'

처음이었다. 진심으로 감탄이 우러나온 것은.

헤이즐에게 놀랍다고 말하자 그녀는 배로 기뻐했다. 그동안 내색은 하지 않았어도 자신이 꾸며줄 때마다 내 반응이 시원찮다는 걸 속상해했던 것 같다.

헤이즐은 나를 꾸며준 후 다음 예약이 있다면서 급히 아카데미를 떠났다. 나는 헤이즐이 바로 간다는 소리에 아쉬웠지만 그녀를 보내줬다.

파티에 참석하기 위해 기숙사 밖을 나가니 하늘에 오색의 마법 등들이 한가득 떠 있었다. 시니어 엔드 파티는 주니어 때보다 규모가 더욱 커서 밖이 더욱 예쁘게 장식되어 있었다. 풍경을 구경하려 고개를 돌리다 보니 자연스레 나를 기다리고 있는 카림도 발견했다. 연미복으로 멋지게 차려입은 카림이 장미꽃을 들고 기숙사 앞 벤치에 앉아 있었다.

"누나!"

카림은 나를 발견하자마자 벤치에서 일어나 나를 반겼다. 그러다가 눈을 곧 휘둥그레 떴다.

"와아……."

내 앞으로 다가온 카림은 내 얼굴을 뚫어지게 쳐다보더니 내 손에 장미꽃을 쥐여줬다.

"순간 누나 아닌 줄 알았어……."

"뭐?"

"아니야, 이렇게 예쁜 누나의 파트너여서 나 미움 좀 받겠다. 근데 너무 신나! 빨리 가서 나랑 춤추자! 누나랑 춤춰본 지 너무 오래됐어!"

카림은 자신의 팔 위에 내 손을 올려놓고 들뜬 발걸음으로 길을 이끌었다. 연회장으로 가는 길에 많은 마법진과 마력이 느껴졌다. 조금 의아해 두리번거렸다.

이번 시니어 엔드 파티에는 전 시니어 파티보다 많은 것이 추가되어 있었다. 나는 나무에 걸려 있는 많은 마법 사진기를 발견했다. 파티의 참가하는 학생들의 모습을 담아내 기념으로 나눠주려고 최근에 아카데미가 마법 사진기를 대거 구매한 것 같았다. 마법 사진기는 보관이 힘든 사진구와 다르게 이미지를 종이로 찍어내 주는 아주 값비싼 마법 물품이었다. 나는 아카데미의 재력에 다시 한번 감탄했다.

카림과 내 모습도 사진기에 찍힌 것 같았다. 찍힌 사진은 찍힌 당사자에게 바로 한 장씩 전달되고, 사본도 한 장 뽑혀 연회장 가는 길에 자동으로 장식된다.

"누나, 저기 전시되어 있는 사진들 구경하고 갈래?"

카림이 전시되어 있는 사진들을 보며 눈을 빛냈다. 카림은 이미지가 구의 형태가 아닌 종이로 얇게 나온다는 사실을 신기해했다. 나는 시니어 파티에 처음 와 본 카림이 모든 것에 신기해하는 게 귀여워 작게 웃으며 고개를 끄덕였다.

나는 카림과 찍힌 사진들을 한 번씩 구경하고 연회장으로 들어가기로 했다. 행복한 커플들 사진은 그냥 훌훌 지나치고 우리가 알고 있는 사람들 위주로 찾아 나아갔다.

많은 사진들 사이에서 우리는 헤스티아와 하룬, 코리와 비이디엘의 사진을 겨우 발견했다. 그들은 팔짱을 끼고 사이좋게 연회장으로 향하는 길을 걷고 있다가 찍혔다. 카림은 비이디엘의 사진을 뚫어지게 쳐다보고 있었다. 매일 싫다고 하더니 비이디엘에게 결국 관심을 주고 있는 카림을 흐뭇하게 바라보았다.

"요것 봐라."

내가 카림을 놀리자 카림이 손사래를 치며 아니라고 시치미 뗐다.

사진에 하일리도 발견했다. 과연 하일리는 누구와 갈까 궁금했었기에 유심히 사진을 들여다보았다. 하일리는 매우 떨떠름한 표정으로 교장 선생님과 팔짱을 끼고 있었다. 끌려가고 있는 듯한 표정이었다. 나도 모르게 웃음을 크게 터뜨리고 말았다. 분명히 혼자 가려다가 교장 선생님, 즉 놀러 온 느와르엘한테 붙잡힌 것이 틀림없었다.

조금 더 옆으로 이동하니 다른 사진이 내 눈에 들어왔다. 뭐가 찍혔는지 잘 알아볼 수 없는 흔들린 사진이었다. 이 사진이 찍힐 때 사진기가 흔들린 것 같았다. 잘 보이지 않지만 은발 머리의 사람이 주황 머리의 사람을 공격하고 있었다.

"저거 분명 스완 형이랑 이브 형이다."

카림이 장담했다. 나도 동의하며 고개를 끄덕였다. 문득 고개를 돌려 주변 쓰레기통을 바라보니 두 장의 사진이 갈가리 구겨지고 찢긴 채로 버려져 있었다. 나는 카림이랑 낄낄거렸다.

그렇게 전시된 사진을 모두 보고 연회장 안으로 들어가려 하는데, 연회장 문 앞에 공고문 하나가 눈에 들어왔다.

[이번 연도 졸업생들의 어두운 역사를 까발립시다!]

종이의 윗부분에는 굵은 글씨가, 그 아래에는 친구들의 흑역사가 담긴 영상구와 사진구를 현 학생회장에게 가져오라는 내용이 적혀 있었다.

나는 카림에게 양해를 구하고 기숙사로 뛰어 들어가 모든 영상구와 사진구를 긁어모았다.

* * *

시니어 엔드 파티는 해마다 진행되는 방법이 다르다. 아마 파티를 계획하는 사람이 매번 달라지기 때문이지 않나 싶다. 시니어 엔드 파티가 시작되기 한 달 전부터 엔드 파티를 참여하는 학생들로부터 의견을 받는다. 파티 설문지를 작성하면 그걸 학생회가 피드백 삼아 꾸려나가는 형식이다. 원하는 밴드나 오케스트라의 이름을 적으면 최대한 그 부분을 고려해서 초청하고, 원하는 디저트나 음식을 적으면 그 음식들이 파티에 나올 가능성이 높다.

참고로 나는 신나는 음악이 좋았기에, 이번에 음악의 고정관념을 깨고 락과 비슷한 형식의 음악을 만들어낸 밴드의 이름을 적었다. 원하는 디저트로는 동대륙의 간식, 꿀떡을 적었다.

요새 동대륙의 디저트 체인점이 시내 군데군데 생겨나기 시작했는데, 조금 비싸긴 하지만 우리 학교는 돈이 많으니 기꺼이 돈을 써 주지 않을까 하며 희망을 걸고 있었다.

시니어 엔드 파티는 학생들 중심으로 운영되는 파티여서 한마디로 난장판이다. 다른 말로는 개판.

그래도 이브 때는 양호했던 것 같은데 아래 학년으로 가면 갈수록 학생들이 과격해져서 그런지 더욱 난장판이 될 거라 예상한다.

그리고 내 예상은 연회장 문을 열자마자 딱 들어맞았다.

"홀! 홀! 홀! 홀!"

"짝! 짝! 짝! 짝!"

무슨 일인지는 모르겠지만 학생들이 책상을 두들기며 소리를 지르고 있었다.

손에는 코팅된 와인색 종이를 모두 들고 있었다. 저게 뭐지.

"야, 2배 걸어!"

"아냐, 화끈하게 가자! 올인해 올인!"

"인생은 한 방이야아아! 가자아아!"

학생들 사이에서 열띤 논의도 터져 나오고 있었다.

카림과 나는 이게 무슨 일인지 어리둥절해서 서로의 얼굴을 바라보고 있었다. 나와 카림뿐만이 아니었다. 이제 막 들어온 다른 학생들도 눈앞에 벌어지고 있는 생소한 광경에 고개를 갸웃거리고 있었다.

"저기! 들어오셨으면 10 아우그란을 받아가세요!"

얼떨떨해서 그저 멍하니 서 있는데 별안간 파티 진행자 중 한 사람이 나를 붙잡았다.

파티 진행자는 큰 음악 소리 때문에 소리를 지르고 있었다. 소리를 질러도 겨우 목소리가 들렸다.

그는 나와 카림을 붙잡고 '아우그란'이라고 불리는 것을 나눠줬다. 들어오는 사람마다 10장씩 나눠주는 것 같다. 아까 본 와인색 코팅된 종이였다.

"이게 뭔데요!"

카림이 주변 음악이 시끄러워 덩달아 소리치며 물어보았다.

"이번 파티 화폐인데, 파티에 참여하면서 요령껏 불려보세요! 가장 많이 번 사람이 이번 파티의 여왕과 왕이 되는 거예요! 왕과 여왕이 안 되더라도 벌어들인 화폐로 여러 선물을 살 수 있으니 열심히 모아주세요!"

그렇게 파티 진행자는 우리에게 간단한 설명을 한 후 떠났다.

추가적으로 알아보니 금액마다 색이 있었다. 1 아우그란은 와인색이고, 10 아우그란은 노란색, 100 아우그란은 초록색, 1000 아우그란은 파란색, 10000 아우그란은 빨간색이었다.

신박한 파티 전개에 카림과 나는 눈을 껌벅였다. 손에 잡힌 파티 화폐를 바라보았다.

와인색 종이를 코팅한 화폐는 아우그란을 상징하는 꽃과 교장 선생님의 수줍은 얼굴이 같이 인화되어 있었다.

"갑작스럽게 돈을 불리라니. 도대체 이걸 어떻게 불리라는 거지……."

나는 돈을 멍하니 쳐다봤다. 조금 황당했다. 파티가 이런 식으로 진행될 줄이야.

돈을 어떻게 불릴까에 대한 고민은 곧 쓸데없는 고민이라는 것을 알았다. 벽마다 아주 크게 돈을 불리는 방법에 대해 적혀 있었다.

여러 작은 미니게임을 통해 돈을 걸고 게임에서 이기면 그 배로 가져가는 형식이었다. 참 다양한 게임이 많았다. 동전 홀짝으로 돈을 거는 게임도 있었고 댄스 배틀에 돈을 거는 게임도 있었고 아주 가지각색이었다.

한마디로 도박판이었다. 누가 이런 식의 파티 진행을 요청한 건지는 몰라도 참 흥미로웠다. 일단 난 어디서부터 손을 댈지 몰라 종이를 들고 멀뚱멀뚱 서 있었다.

"슈슈! 슈라이나! 슈슈 네가 너무 필요해!"

멍하니 서 있는데 때마침 헤스티아가 내 쪽으로 달려왔다.

하늘하늘한 연분홍색의 드레스에, 머리에 컬을 넣은 헤스티아는 기가 막히게 예뻤다. 허리까지 내려오는 풍성한 머리카락이 뛸 때마다 살랑거린다. 헤스티아는 높은 굽을 신은 채 곤란하다는 듯 발을 동동 구르고 있었다.

"나 탕진했어!"

뭣.

헤스티아는 울먹거리며 내 양손을 잡았다.

"내가 정말로 좋아하는 작가의 친필 사인이 있는 책이 상품으로 나왔는데 그걸 너무 사고 싶어! 100 아우그란이라고 해서 50 아우그란까지 모았는데 이브랑 스완하덴한테 다 뜯겨 버렸어어. 으아아악!"

헤스티아가 잘 세팅된 머리카락을 막 뜯으려 하기에 그녀를 말렸다. 헤스티아의 뒤를 보니 하얗게 불태운 것 같은 표정의 하룬이 의자에 널브러져 있었다. 많이 고생한 것 같은 얼굴이다. 그새 폭삭 늙어 있었다.

"그래서 그런데 나랑 같이 댄스 배틀에 나가자! 네가 있으면 100 아우그란 따위 금방 모을 수 있을 것 같아!"

일단 무슨 일인지 당최 감이 잡히지 않아 고개를 끄덕였다. 헤스티아를 따라 댄스 플로어로 이동하는데 내 옆에 줄곧 있었던 카림이 사라졌다. 보니까 어느새 비이디엘이 카림을 낚아채 간 것이었다. 비이디엘도 파티에 빠져 정신이 없어 보였다. 비이디엘은 카림을 낚아채 가며 "언니! 언니는 새로운 파트너를 찾아! 많을 거야! 카림 데려와 줘서 고마워!" 하며 소리쳤다.

카림이 반항하며 나에게 계속 미련을 보이자 비이디엘이 "눈치 없게 굴지 마!" 하며 핀잔을 주었다.

비이디엘은 카림과 사교춤을 추고 싶었던 건지 오케스트라가 있는 연회장 모퉁이로 그를 끌고 갔다. 카림은 질색하는 듯싶다가도 그녀를 완강히 거부하진 않았다. 싫다 하면서 입꼬리 한쪽이 올라가 있는 걸 보고 나는 깔끔히 카림을 비이디엘에게 양보할 수밖에 없게 되었다.

게임의 대부분이 파트너와 함께할 수 있게 구성되어 있었다. 댄스 배틀도 그렇고 다른 여러 게임들도 모두 파트너와 함께하는 형식이다.

그렇게 카림을 떠나보내고, 내 현재 파트너는 헤스티아였다. 돈을 벌기 위해, 상황에 따라 파트너를 수시로 바꾸는 일이 허다했다. 헤스티아는 내 팔짱을 낀 채 주먹을 꽈악 쥐었다. 그녀는 의지로 불타올랐다.

헤스티아가 나를 데리고 댄스 배틀이 치러지고 있는 곳으로 향했다. 헤스티아는 자신이 가지고 있는 모든 아우그란을 털어 진행자에게 쥐여주었고 나는 10 아우그란 중 5 아우그란만 그에게 주며 참가를 신청했다.

"아니이! 또 다른 참가자가 등장했습니다! 헤스티아랑 슈라이나 이렇게 둘이 참가하는 거 맞습니까아?"

게임 진행자가 목청을 높이며 우리를 학생들에게 소개했다. 학생들은 나와 헤스티아가 나온 것을 보고 환호성을 질렀다. 왠지는 모르겠지만 아까보다 더 많은 사람들이 몰려오기 시작했다.

"황태자와 교장 선생님 대 헤스티아와 슈라이나! 전설의 빅매치가 되겠는데요!"

진행자가 흥분해서 소리를 내질렀다. 음성 확성기에 소리를 지르니 더욱 목소리가 크게 울려 퍼졌다.

잠시만, 대결 상대가 누구라고? 나는 진행자의 말에 놀라 헤스티아를 쳐다보았다. 헤스티아는 도발적인 눈으로 앞사람을 쳐다보고 있었고 나도 고개를 돌려 그쪽을 바라보았다.

같이 대결을 펼칠 상대는 다름이 아닌 하일리와 교장 선생님이었다. 나이가 지긋하시고 품위 있게 생기신 노인이 드레스를 입고 학생들의 놀이에 참여하니 학생들의 선풍적인 관심과 인기를 끌었다. 더불어 옆에서 부끄러워하는 황태자, 즉 하일리가 춤을 춘다니 애들이 배를 잡고 웃었다.

"하일리 님 쪽에 500 아우그란!"

"교장님 멋있어요! 200 아우그란!"

그리고 도박이 시작되었다. 나는 멍청한 표정으로 하일리를 바라보았다. 하일리는 양손으로 얼굴을 가리고 있었다.

나와 헤스티아 쪽에도 돈을 거는 사람들이 많았다.

"꺄아악! 슈슈야아! 100 아우그란!"

"헤스티아, 발라버려! 200 아우그란!"

대부분 우리를 잘 아는 옐로우반 애들이 우리 쪽에 돈을 걸었다.

그러나 역시 교장 쪽보단 거는 애들이 적었다.

구경하는 무리들 속에서 이브네스가 보였다. 한가로이 게임들을 구경하고 있다가 진행자의 큰 목소리를 듣고 온 것 같았다. 이브는 헤스티아의 손을 잡고 춤판에 끌려 나온 나를 보더니 입꼬리 한쪽을 올렸다. 이브네스는 잠시 주머니에 손을 넣더니 파란색 종이 열 장을 꺼냈다.

"슈라이나 쪽에 10000 아우그란."

이브가 내 쪽에 돈을 걸자 갑자기 주위가 술렁술렁거렸다. 많은 돈이 걸리면 걸릴수록 배틀의 분위기는 고조되었다. 내가 놀라 이브를 쳐다보자 이브가 주먹을 쥐며 파이팅 하라는 손짓을 보였다. 웃음을 참으려 필사적인 표정이었다. 그의 응원에 오히려 기운이 빠졌다.

그리고 배틀은 시작되었다. 헤스티아는 나이가 지긋하신 교장과 대치하며 섰고 나는 하일리와 대치했다.

"맙소사."

나와 같이 끌려 나온 하일리가 앓는 소리를 내며 중얼거렸다.

파티에 섭외된 밴드가 악기를 들어 올리고 각각 연주를 하기 시작했다. 빠른 비트와 풍부한 베이스를 겸비한 신나는 노래가 홀 안에 울려 퍼졌다. 드럼 박자에 따라 고막이 흔들릴 정도로 큰 소리였다.

분위기가 고조됨에 따라 애들이 발을 일정한 박자에 맞춰 바닥에 찍었다. 헤스티아는 의지에 불타올라 빠른 비트에 몸을 격렬하게 움직였다. 그러나 헤스티아는 사교댄스 이외의 춤은 죄다 목각 댄스로 만들어버렸다.

엇박과 정박 섞어서 리듬을 타는 헤스티아는 뻣뻣하고 격렬한 춤 사위가 무색하게 정말 진지한 표정을 짓고 있었다.

삐그덕. 삐그덕.

표정은 프로 댄서인데 춤은 교통정리였다. 나는 순수하게 감탄했다. 저런 식의 창작이 가능했구나. 새로 깨달음을 얻었다.

애들이 크게 호응하면 호응할수록 이길 확률이 높은 대결이었다. 헤스티아의 웃긴 춤에 많은 애들이 반응했지만 아무래도 교장이 춤을 춘다는 점에서 저쪽의 환호가 아직 더 컸다. 교장이 섹시한 춤을 추면 애들이 소리를 질렀다. 아니, 비명인가. 교장 선생님, 제발 삼가세요!

헤스티아가 저리 열심히 하니 나도 열심히 해야겠다는 의지가 올라왔다. 상품 중에 딱히 가지고 싶은 것도 없었고 그렇다고 해서 여왕이 되고 싶은 건 아니었지만 열심히 참가한다고 해서 나쁠 건 없으니 나도 슬슬 몸을 움직였다.

애들이 나에게 빨리 춤을 추라고 발을 바닥에 찍어 박자를 만들며 압박을 가하고 있었다. 아무래도 저번 축제 때 춘 춤 덕분에 나에 대한 기대치가 올라간 것 같았다.

나는 많은 애들의 시선 속에서 몸풀기로 꾸물꾸물 팔 웨이브를 선보였다.

"오오! 슈라이나! 팔 지렁이!"

"어떻게 저렇게 움직인 거야?"

팔 웨이브를 모르는 많은 아이들이 소리를 지르며 환호했다. 이런 춤동작이 신기한 건지 눈이 왕방울만 해진다.

여기서 끝이 아니었다. 몸이랑 목이랑 따로 움직이며 발을 뒤로 슥슥 뺐다. 일명 달 걷기, 문워크였다. 대충 어설프게 따라 하는 거지만 애들은 이런 춤을 본 적이 없으니 또 마냥 신기해했다. 또 여러

신박한 스텝과 병맛스러운 춤을 보여주니 애들이 크게 웃음을 터뜨렸다.

"하하하! 슈라이나, 뭔가! 푸하하!"

하일리도 나를 멍하니 바라보다가 배를 잡고 웃었다.

교장, 느와르엘이 나를 견제하는 건지 곧 인상을 팍 썼다.

"황태자님! 뭐 좀 해보세요! 지게 생겼잖아요."

교장은 나름 공식적인 자리라고 황태자인 하일리에게 존댓말을 썼다. 후손아, 아무거나 춰보라고. 옆구리를 쿡쿡 찔린 하일리는 웃다가 말고 정신을 차린 건지 곧 웃음을 멈추었다.

"……돈을 절반 이상 거는 게 아니었는데……"

하일리는 한숨을 내쉬며 슬슬 몸을 움직이기 시작했다. 의외로 그는 승부에 대한 의지가 있었다. 부끄러워도 지면 안 된다는 생각이 머리에 잡혀 있는 것 같았다.

드럼 비트에 맞춰 살짝 몸에 힘을 실은 하일리는 들어가는 박자에 쿨한 어깨 웨이브를 넣었다. 그 뒤 박력 넘치게 팝을 넣어 몸을 앞으로 숙이는데 다시 고개를 들어 올릴 때 머리카락이 뒤로 넘어가며 아까 가려졌던 얼굴이 드러났다. 사람들의 숨 삼키는 소리가 들렸다.

"꺄아악! 황태자님! 너무 멋있어요!"

"오오오! 역시이! 못하는 게 없으셔!"

남자 검술부 애들과 여자 검술부 애들이 하일리의 이름을 부르짖으며 열광했다. 이젠 귀가 먹먹해서 누구의 환호가 더 큰지 분간이 잘 안 갔다. 저거, 한두 번 춤 춰본 솜씨가 아니었다. 전생에서 볼 법한 굉장히 캐쥬얼한 춤이었다.

세유가 저런 춤을 잘 췄었지. 하일리는 딱히 의식해서 추고 있다기보단 그냥 리듬에 몸을 맡기고 있는 것 같았다. 하일리가 워낙 운동 쪽에 탁월하니 저런 춤도 그냥 나오려니 했다. 옛날에 동생들이랑 노래 틀어놓고 댄스 배틀을 했던 게 떠올랐다.

옛날 생각이 나니 승부욕이 들끓어 올랐다. 나는 춤을 추던 하일리에게 다가가 어깨를 밀치고 박자에 맞춰 발을 바닥에 찍었다. 내가 그의 춤을 받고 더 새로운 춤으로 아이들의 시선과 환호를 끌자 하일리가 처음에 웃다가 곧 표정을 굳혔다.

"미안하지만, 난 좀 필사적이다."

하일리가 필사적인 이유는 잘 모르겠지만 그는 질 생각이 없어 보였다. 그는 내 춤을 받고 다른 춤을 선보였다. 아이들의 웃음을 유발하기 위해 그는 아까보다 우스꽝스러운 춤을 췄다. 그럼 나는 더 충격적인 춤을 췄다. 아이들이 슬슬 기겁했다.

처음엔 헤스티아와 교장 선생님 구도로 진행되던 배틀이 이젠 나와 하일리의 구도로 진행되었다.

하일리와 나는 기존 춤의 상식을 아예 파괴하고 있었다. 빠른 박자에 맞춰 장르가 없는 기괴한 춤을 추자 시선이 모두 여기 꽂혔지만 우리는 춤을 주거니 받거니 하느라 바빠 신경 쓰지 못했다.

……결국 승자는 나였다. 정말 하얗게 불태웠다.

춤을 추던 중간에 축제 때부터 나를 응원하던 검술부 남자애들이 구경 무리에 합류하여 기합을 넣듯 내 이름을 부르짖었기 때문이었다. 훈련받은 것같이 일정한 박자와 목소리로 나를 응원하며 환호하자 판세는 나와 헤스티아 쪽으로 기울여졌다.

하일리는 자신의 모든 걸 보여주고 멘탈이 털려 그저 허허로운 웃음을 지었다. 교장은 그냥 즐거운 건지 마냥 웃고 있었다.

나는 우승을 해서 아까 진행자에게 맡긴 5 아우그란과 함께 500 아우그란을 더 벌었다.

헤스티아는 아우그란을 받자마자 냉큼 자신이 눈여겨보던 책을 사 갔고 하일리는 낭패 어린 표정을 지었다. 하일리는 상품 진열대 쪽에 가서 한 물건을 뚫어지게 쳐다보았다. 나는 그가 쳐다보고 있는 물건이 혹시 그가 필사적이게 된 이유인가 싶어서 그쪽으로 발걸음을 옮겼다.

[흑역사 제거 쿠폰]

하일리는 미련 어린 눈으로 그 쿠폰을 쳐다보았다. 무려 20000 아우그란이었다. 그냥 사지 말라는 소리였지만 그럼에도 하일리를 포함한 많은 애들이 노리고 있었다.

나는 저 쿠폰을 바라보다가 갑자기 등골이 오싹해졌다.

내 흑역사도 제보받지 않을 가능성은 없었다. 눈이 뒤집힌다.

"이브네스!"

난 재테크의 달인, 이브를 애타게 찾았다. 선생님의 도움이 필요하다.

* * *

"이브! 이브네스!"

나는 댄스 배틀이 끝나고 스낵바로 가서 과일 칵테일을 마시고 있는 이브에게 달려갔다. 내가 달려오자 이브는 팔을 벌렸지만 나는 그 팔을 안으로 접어줬다. 스스로를 껴안게 된 이브네스는 내가 그를 부르자 고개를 갸우뚱거렸다.

"어떻게 벌써 만 아우그란이나 번 거야?"

진지한 표정을 지으며 이브에게 물어보았다. 나에게 건 돈이 무려 만 아우그란인 걸 보아 벌써 엄청 번 것이다. 이브네스는 칵테일 잔에 꽂힌 레몬을 뽑아 내 입에 넣어주곤 안의 내용물을 마셨다. 레몬이 셔서 오만상을 쓰자 이브가 작게 웃었다.

"그건……."

"이브, 여기. 일단 천 아우그란."

"아. 고마워."

이브가 잔에서 입을 떼고 나에게 무슨 말을 하려는 참에 한 아이가 중간에 끼어들었다. 그는 주섬주섬 주머니에서 와인색 아우그란, 노란색 아우그란을 꺼내더니 이브에게 쥐여줬다.

이브는 그 아이에게 천 아우그란을 태연히 받고 다시 칵테일을 한 모금 홀짝였다.

"뭐야, 왜 아우그란이 굴러들어 와?"

이제 남주 버프, 등장인물 버프 같은 건 안 믿는다. 학생들이 이브에게 돈을 상납하기 시작하자 나는 놀라서 눈을 동그랗게 떴다.

"처음부터 돈을 다 써버린 애들이 많으니까 파티 진행이 안 되는 거야. 그래서 내가 기존 학생회를 좀 도와줬지."

"……어떻게?"

"음…… 대출?"

나는 그의 말에 깜짝 놀랐다. 무슨 파티 게임에 대출이라는 개념까지 넣어……. 이 파티, 마지막 파티라고 너무 막 나간다.

이브의 말을 더욱 자세히 들어보니 더욱 가관이었다. 분씩 단위를 정해 이자율까지 정했다. 게다가 돈을 갚을 능력이 없으면 파산 신청도 가능했다. 적어도 작은 주전부리는 사 먹을 수 있게 기본 금액인 10 아우그란만 남겨주며 말이다. 그 대신 그때부터 아우그란을 더 버는 것이 불가능하다고 한다.

설마 아우그란을 빌릴 때 보증도 서냐고 물어보자 이브는 눈동자를 굴리더니 고개를 끄덕였다.

문득 이브의 셔츠에 달린 배지 하나가 눈에 들어온다. '은행장'이라고 적힌 배지를 보니 이브도 파티 진행자 중 한 명이었다. 하기야, 이브가 전전대 학생회장이었으니 파티를 꾸려나가는 학생회를 돕는 게 무리가 아니었다. 왠지 이브가 이 파티를 제안했을 것 같은 강렬한 예감이 들었다.

"가지가지 한다."

"사회 생활하기 전에 미리 재미로 경험해 보는 거지, 뭐."

"……정말 뜻깊은 파티네."

애들을 좀 더 적극적으로 참여시키기 위해 각각 가지고 있는 부끄러운 점들을 이용하는 걸 보니 정말 이브였다. 흑역사 까발리는 것도 이브 아이디어일 것이다.

내가 눈을 가늘게 뜨며 그를 바라보자 이브는 웃으면서 조심스럽게 손을 뻗어 내 드레스 리본을 잡은 뒤 자신 쪽으로 끌어당겼다.

"그래도 사채업자도 있는 마당에, 은행장은 정직한 편이라고."

"사채업자가 누군데."

"스완하덴."

이브네스는 왼쪽 방향으로 고개를 까닥였다. 그가 까닥인 곳을 바라보니 아니나 다를까, 스완하덴이 있었다. 스완하덴이 한 아이를 물끄러미 쳐다보면 아이들이 알아서 돈을 상납했다. 근데 사채업자라기보단 조폭에 가깝지 않나 싶다.

"스완하덴 님! 여기 천 아우그란 더 벌어왔습니다!"

깍듯이 인사하며 스완에게 푸른색 천 아우그란을 내민 학생을 보니 난 확신했다. 음, 조폭 맞구나. 조직까지 형성했다.

스완하덴의 조직에 속한 것 같은 애들 중에는 은행 위원으로 위장한 애들도 있었다. 어디서 구한 건지 몰라도 이브가 차고 있는 은행 위원 배지를 달고 있다. 실제로 그들에게 돈을 빌려주지도 않았으면서 이자 갚으라고 막 쪼기까지 한다. 그럼 애들은 그들이 단 은행 배지를 보고 속아 돈을 선뜻 넘긴다.

"야, 내가 쉽게 아우그란을 벌 수 있는 방법을 아는데…… 너만 알려주는 거야……."

얼씨구. 다단계도 있다. 스완 너 정말 대단한 아이구나. 비열하게 돈을 벌 수 있는 온갖 방법을 다 보는 것 같다.

그나저나 스완하덴이 저렇게 조직까지 만들어가며 아우그란을 필사적으로 버는 이유가 뭘까. 스완하덴이 흑역사 때문에 저러는 것 같진 않았다.

내가 스완하덴을 멍하니 쳐다보자 이브네스는 손을 뻗어 내 얼굴을 자신 쪽으로 향하게 했다. 이브는 내 얼굴을 양손으로 감싸 안으며 볼이 눌리게끔 했다. 붕어 같은 표정을 짓게 되자 이브가 얼굴을 들이밀며 웃었다.

"내가 도와줄까? 떼부자로 만들어 줄게."

이브의 말에 나는 잠시 눈동자를 굴리다가 고개를 끄덕였다. 이브가 도와준다면 엄청 든든하겠지.

"그 대신 나랑 춤춰줘."

이브가 손가락을 들어 연회장 구석에 있는 댄스 홀 쪽을 가리켰다. 그 댄스홀은 정말 연인들을 위한 공간이었다. 파트너와 춤을 추고 로맨틱하게 있고 싶은 사람들을 위해 만든 공간인 것 같았다.

이 난장판의 영향을 받지 않게 마법진이 그려져 있었다. 외부 소리 차단은 물론이고 마법진 안에는 다른 공간에 온 것처럼 설정되어 있었다. 안에선 밖이 보이지 않지만 밖에서는 안이 훤히 보인다.

그쪽에는 사람들이 서로 껴안고 블루스를 추고 있었다. 분위기가 야릇해진다 싶으면 아예 대놓고 진하게 키스를 한다. 거의 대부분 다 키스하는 것 같다. 아예 마법진 밖 개판과 전혀 다른 세계였다.

나는 그곳을 바라보다가 고개를 돌려 이브를 바라보았다. 이브는 뻔뻔한 표정을 지었다.

"다트 게임이 그나마 안전하려나……."

내가 돌아서서 그냥 혼자 힘으로 해결하려고 하자 이브가 농담이라며 나를 붙잡았다.

그가 편하게 내 어깨에 자신의 팔을 두르며 스낵바에서 일어났다. 게임 진행자로 온 그가 팁을 알려주려고 내 귓가에 입을 가까이 가져다 댔다.

"이브네스! 여기 좀 와 줘……."

이브의 조언을 들으려는 찰나, 현 학생회장이 그를 불렀다. 이브는 웃고 있다가 그를 바라보고선 표정을 싸하게 굳혔다. 방해하지 말라고 퉁명스레 말한 이브는 학생회장이 나를 멍하니 보기 시작하자 혀를 차며 그의 몸을 내게서 돌렸다. 그렇게 나는 파트너를 또 잃고 혼자 남게 되었다.

돈을 어떻게 하면 불릴까 생각하고 다시 연회장을 서성이는데 저 멀리 익숙한 금발이 보였다. 검은색 연미복 겉옷을 어깨에 걸치고 한 게임 부스 앞에서 쭈그려 앉아 있었다. 털털한 자세와 스타일을 보아 코리였다.

코리가 있는 게임 부스에는 딱 코리 한 명밖에 없었다. 인기가 없는 건지 사람이 아주 휑했다. 아예 자리를 깔고 앉은 걸 보니 한참 동안 저기 부스에 머물러 있었던 것 같았다. 코리는 다른 파티 진행자와 일대일로 쭈그려 앉아 뭔가를 열심히 하고 있었다.

"가위, 바위, 보."

코리가 하고 있는 게임은 가위바위보였다. 나는 흥미가 돋아 그쪽으로 걸어갔다. 게임의 수익성을 확인해 보고 나는 단번에 왜 이 게임이 인기가 없는지 알아차렸다.

한 번 이길 때마다 겨우 백 아우그란을 준다. 다른 곳으로 가면 막 천씩 버는데 여기는 겨우 백이었다. 연속으로 이기면 이길 때마다 백씩 추가된다. 그러니까 한 번 이기면 백 아우그란, 두 번 연속으로 이기면 이백 아우그란, 세 번 연속으로 이기면 삼백 아우그란, 이런 식이다.

대신 지면 지금까지 연속으로 이겨 따낸 돈을 모두 잃게 된다. 버는 것에 비해 리스크가 너무 컸다.

흥미를 가지고 코리 옆에 가서 앉았다. 코리는 가위바위보를 하다가 내가 옆으로 오자 놀란 표정을 지었다. 코리는 갑자기 귀를 살짝 붉히고선 고개를 돌려 앞의 진행자를 바라보았다. 그리고 그대로 게임을 진행했다.

"이걸로 돈이 벌려?"

물어보니 코리가 고개를 천천히 끄덕였다. 왠지 코리는 내 쪽을 보지 않으려고 했다. 계속 고개를 돌린 채로 대답을 했다.

"……응. 총 213번 연속으로 이겼어."

코리는 다시 가위바위보를 했다. 이번에도 그가 이겼다.

"이제 214번……."

쑥스러운 듯 작은 목소리로 중얼거리는 코리를 보며 나는 진심으로 감탄했다. 저런 식으로 돈벌이가 가능하구나……. 단순한 시간 마법을 이용했을 뿐인데…….

내가 옆으로 가까이 다가오자, 나를 의식한 듯 코리가 몸을 배배 꼬았다. 뭐지, 화장실이 급한가? 그는 안절부절못하고 있었다. 나를 힐끔 바라보다가 인상을 쓰는 게 어딘가 불편해 보였다.

"코리 화장실 다녀올래? 내가 대신 게임 하고 있을게. 그래도 되나요?"

"그냥 빨리 게임 끝내주세요~ 제발……."

게임 진행자가 내 말에 울먹이며 중얼거렸다. 그는 이 게임이 너무 지루한지 아예 누워 있었다. 그는 코리를 보지도 않은 채 가위바위보를 했고, 코리가 이길 때마다 큰 소리로 코리가 이긴 숫자를 외쳤다.

화장실을 다녀오라는 내 말에 코리는 반응도 하지 않고 게임을 계속했다. 아까부터 이상하게 그의 어깨가 움츠러든 채 경직되어 있었다. 고운 미간에 주름이 진 걸 보니 정말 무슨 일 있나…….

나는 코리가 216번째 이길 때까지 그의 옆에 앉아 있었다. 열심히 게임에 집중하고 있는 코리를 뚫어져라 쳐다보았다. 이런 재미없는 게임을 이렇게 열심히 하다니.

왠지 긴장한 것 같길래 그의 등에 손을 올려놓고 미소를 픽 지었다. 그의 귀여운 모습에 입꼬리를 끌어올리고 눈꼬리를 휘자 내 쪽을 또 힐끔 본 코리가 몸을 움찔거렸다.

가위, 바위, 보.

"……!"

그다음 판에서 코리는 주먹을 냈고 진행자는 보자기를 냈다. 계속 이기던 그가 갑자기 져버렸다.

217번째에서 그대로 져버린 것이다.

이만 천 칠백 아우그란을 한 순간에 날려버린 것이다! 이만 천 칠백 아우그란이면 흑역사 쿠폰은 물론, 다른 여러 물건을 잔뜩 살 수 있는 돈이었다.

나는 화들짝 놀라서 눈을 동그랗게 떴다. 지친 건지, 아니면 순간 다른 생각을 한 건지 그는 마법을 쓰지 않았다. 아니, 못한 것 같았다. 옆에서 지켜보고 있던 내가 너무 아까워 인상을 썼다.

"아……."

코리는 그저 자신의 주먹을 멍하니 바라볼 뿐이었다. 꽉 쥔 그의 주먹이 그의 동공처럼 잘게 떨리고 있었다. 돈을 벌기 위해 217판까지 노동을 했으나 모두 날아가 버렸다. 나는 이 아찔한 상황에 그저 미간을 구길 뿐이었다.

"드디어어!"

코리가 게임에서 지자마자 누워 있던 진행자가 얼굴을 활짝 피며 코리를 껴안았다. 코리는 영혼이 나간 얼굴로 얌전히 안겼다. 진행자는 코리가 지자마자 그대로 미련 없이 부스를 접었다. 그간 무척 지루했던 듯싶었다. 코리라는 손님 때문에 차마 그만두지는 못한 것이고.

나는 껑충껑충 뛰는 그 진행자의 뒷모습을 바라보다가 코리 쪽으로 시선을 돌렸다. 코리는 계속 자신의 주먹을 물끄러미 바라보고 있었다. 나는 조용히 손을 들어 올려 코리의 등을 살포시 토닥였다.

나는 내가 가지고 있는 오백십 아우그란 중 십 아우그란을 사탕과 맞바꿔 그의 입에 넣어주었다.

"……고마워."

"아냐."

나는 제대로 토라져 낙심에 빠진 코리를 일으켜 세워줬다.

"나한테 돈이 좀 남았으니까 그걸로 뭐라도 해보자."

코리가 아니라고 고개를 저었지만 나는 힘을 내라고 고개를 끄덕였다.

나는 코리의 손을 잡고 상점 쪽으로 걸어갔다. 흑역사 삭제 쿠폰이 아직 남아 있을까 해서다. 아이들은 자신의 이미지를 지키기 위해 열심히 돈을 모았고 쿠폰은 역시 불티나게 팔리고 있었다. 하일리는 언제나 그 쿠폰 근처에 서성거렸지만 손에는 쿠폰 한 장도 없었다.

"교장 선생님이 하일리 끌고 다니면서 일부러 돈 야금야금 뺏어가던데."

판매원의 옷 끄트머리를 잡고 쿠폰을 멀거니 바라보는 하일리를 바라보다가 코리는 멋쩍게 웃었다.

"쿠폰 절대 못 구하게 하려고."

진심으로 하일리가 불쌍해졌다. 처량하게 서 있는 하일리에게 다가갔다. 그가 힘없이 우리 쪽으로 고개를 돌렸다. 저렇게 절박한 그를 바라보니 주니어 때부터 차곡차곡 모아온 그의 기록을 모두 넘긴 것에 대한 죄책감이 스멀스멀 올라왔다.

축 늘어진 하일리를 보며 입을 열었다.

“……얼마나 벌었어?”

“천 삼백…….”

“그래도 나보단 괜찮네!”

미안해서 괜히 목소리를 크게 냈다. 하일리의 등을 치며 힘을 주려고 했다. 그러나 하일리는 고개를 절레절레 저었다.

“마이너스…….”

하일리는 눈물을 글썽이며 허허롭게 웃었다.

“마, 마이너스……. 천삼백?”

내가 믿을 수 없어 다시 그에게 물어보자 하일리가 고개를 끄덕였다. 마이너스 천 삼백이란다. 탕진을 넘어 빚까지 진 상태인 것 같다. 나에게 천천히 걸어와서 내 어깨를 잡았다. 그 손은 바들바들 떨리고 있었다.

“괜찮아. 하일리. 침착해, 침착해. 괜찮아.”

그의 등을 두들기며 쉬쉬해 줬다. 대재앙 앞에 심신이 많이 미약해져 있었다. 하일리가 다시 흑화할 기세여서 나는 조치를 취하려 머리를 굴렸다. 일단 빚이라는 급한 구멍을 막기 위해 하일리에게 이브를 소개해 줬다.

“황태자님도 파산인가 보네요. 저런.”

“…….”

“마이너스 천삼백? 그렇게 뺏기는 것도 실력인데. 참 대단하시네요 황태자님.”

“……10 아우그란이나 내놔라.”

파산을 신청하니 이브가 하일리에게 빚을 모두 청산해 주고 룰대로 10 아우그란을 쥐여줬다. 이브가 하일리를 골리려는 교장 선생님의 계략을 알았기에 하일리를 조금 불쌍히 여겼다. 원래 파산 신청하면 더 이상 게임이 불가능했지만 특별히 눈감아줘서 계속 게임을 돌 수 있게 해줬다. 이브가 이 상황을 재미있게 여기고 있기에 가능한 일이었다.

그러나 체념한 하일리는 더 벌 생각도 하지 않은 채 자신의 전 재산인 10 아우그란을 사탕과 맞바꿨다. 하일리는 텅 빈 눈으로 사탕을 와득와득 씹어먹었다.

"하일리, 포기하지 마. 나한테 오백 아우그란이 남았거든."

나는 파산해 버린 코리와 하일리에게 남은 지폐를 보여줬다. 낙심한 애들을 보니 마냥 안쓰러웠다.

코리와 하일리는 괜찮다며 체념이 어린 얼굴로 고개를 저었다. 넣어두라며 내 주머니에 내가 꺼낸 돈을 집어 넣어줬다.

"나에게 확실하게 돈을 모을 수 있는 계획이 있어. 너희들 도움이 필요해. 낙심하지 마, 잃었던 돈 다시 되찾을 수 있을 거야. 하일리, 너랑 나는 쿠폰을 얻을 수 있을 거고. 코리 너도 필요해?"

내가 코리에게 물어보자 코리가 멍하니 나를 쳐다보더니 이내 고개를 끄덕였다. 생각 없이 끄덕인 것 같았지만 좋은 게 좋은 거다. 좋았어. 우리 모두 바라는 게 같았다. 목적이 같으면 굳이 말을 할 필요 없이 진행이 수월해진다.

"너무 침울해하지 마. 나만 믿고 따르면 돼."

"2만 아우그란을 모을 수 있다고 생각하나? 날린 것만 1만인데."

"네가 그냥 생각 없이 돈을 투자해서 그래."

조금 강경한 말투로 말했다. 아직도 침울해하고 있었지만 작은 희망에 눈을 빛낸 하일리였다. 코리는 그저 자신이 열심히 쌓은 탑이 모두 우르르 무너져 그냥 멘탈이 나가 있었으나 내가 준 사탕을 물자 기운을 좀 차린 것 같다.

"따라줄 수 있지?"

믿음직스러운 미소를 지으며 물어보자, 멍하니 나를 보고 있던 그 두 명이 고개를 천천히 끄덕였다. 그나저나 오늘 참 맹한 애들이 많네. 멘탈 나갔나, 다들.

코리와 하일리를 모아 둥글게 원을 만들었다. 두 명의 넥타이 끝을 잡고 내 얼굴 쪽 가까이 이끌었다. 나는 내 일꾼이 되어줄 그들을 모아놓고 작전 회의를 했다.

"좋았어. 일단 코리, 넌 아까처럼 노가다를 뛰어서 안정적이게 돈을 좀 벌어줘. 그리고 나와 하일리가 다른 게임에서 돈을 벌어오면 네가 돈을 안전하게 맡아."

다시 처음부터 시작하라는 말이 좀 잔인하게 들릴 수 있었다. 그러나 노가다 게임들에 코리의 마법이 아주 유용하게 쓰이고 있었기에 어쩔 수 없었다. 코리는 이내 승낙하고 자신의 운명을 받아들였다.

"코리가 버는 돈의 삼 분의 일을 앞으로 하일리 너에게 맡길게. 그걸로 수익이 중간 정도 벌리는 게임에 투자해. 돈을 따면 그걸 코리한테 줘, 그걸 또 게임에 쏟아붓지 말고. 안전하게 가는 거야. 더 이상 잃으면 안 돼. 아, 그리고 교장 선생님이 널 부르면 그냥 무시해."

하일리가 내 말을 귀담아듣고 있다가 곧 진지한 표정을 지으며 고개를 끄덕였다. 그래도 정신과 희망을 되찾아서 그런지 아까같이 모든 것을 놓아버린 것 같은 분위기는 사라졌다. 그 모습이 보기가 좋아 나는 그의 어깨를 꾸욱 눌렀다.

"그럼 나는 남은 삼 분의 일로 높은 수익, 높은 리스크가 있는 게임에 투자할게."

잘 모르겠지만 나는 운수가 좋은 편이었다. 스완과 게임을 할 때 항상 느끼는 것이다. 잘 안 풀리는 것 같더라도 궁지에 몰려 운에게 모든 걸 맡겨야만 할 때 언제나 대박이 터졌다. 그 스완하덴도 이 점만은 인정하고 칭찬해 줬다.

"그럼 잠시 해산."

기합을 잔뜩 넣고 우리는 각자 위치로 걸어갔다. 성큼성큼 앞으로 걸어가며 나는 손을 비볐다.

이제 좀 제대로 해볼 시간이다!

[부스는 10분 후에 모두 접습니다. 다시 한번 안내 말씀드립니다. 부스는 10분 후에 모두 접습니다.]

안내 방송이 돌연 연회장 내에 울려 퍼졌다.

"……."

"……."

"……."

잠시 정적이 흘렀다.

나는 고개를 숙이고 있다 어깨를 좀 떨었다. 그리고 그대로 걸음을 돌렸다. 뒤를 도니 하일리와 코리도 가던 발을 멈추고 뒤를 돈 상태였다. 우리는 모두 엄청 웃고 있었다. 그중 나는 실성했다. 하일리도 마찬가지였다.

나는 그 둘에게 달려가 각각 손을 붙잡았다. 내 발이 향한 곳은 가장 리스크가 크지만 한 방에 떼돈을 벌 수 있는 곳이었다.

"하하하! 올인 가자!"

"다 쏟아부어라!"

낄낄거리며 거침없이 이동했다. 우리와 같은 사람은 한두 명이 아니었다. 어느 정도 번 것에 만족한 애들은 설렁설렁 움직였지만 필사적인 애들은 인생 한 방에 꽂혔다. 모두 자신의 어두운 역사를 지키고 싶어 했다.

"가자!"

"올인! 올인! 올인! 올인!"

"끝장내보자!"

돈이 궁한 아이들이 떼거리로 그쪽으로 몰리고 있었다. 10분밖에 남지 않자, 이상하게도 애들이 더욱 사기로 들끓어 올랐다.

막판 게임이라고 모두 올인을 작정한다. 나와 사정이 비슷한 이들에게 연민을 감출 수가 없었다. 혀로 마른 입술을 한 번 핥았다. 립스틱 맛이 난다.

나는 눈을 감고 짧게 속으로 누군가에게 기도했다. 누구라도 응답해 줬으면 좋겠다. 너무 절박해서 손에 땀이 차기 시작했다.

"홀! 홀! 홀! 홀!"

"짝! 짝! 짝! 짝!"

이미 많은 애들이 '그' 부스에 웅성웅성 모이며 참가하고 있었다. 게임에 건 돈을 무려 2배로 투자해 주는 그 전설의 '홀짝' 부스. 다른 필사적인 애들이 모든 돈을 다 여기에 쏟아붓듯, 나도 거기에 내 모든 돈을 쏟아부었다. 내 오백 아우그란.

게임은 빠르게 진행되니 10분 이내에 금방 벌 수 있을 것이다.

나는 빠르게 머릿속에서 연산했다. 첫판 천 아우그란, 그다음 이천, 사천, 팔천, 만육천, 삼만이천 여기까지 오기만 하면 된다. 그러면 쿠폰을 손에 얻을 수 있었다. 코리와 하일리에게 미안하지만 첫 이만을 채우면 일단 내가 먼저 사고, 그다음 급한 하일리 하나 사주고, 그다음에 코리 순으로 줄 것 같다.

내 흑역사가 시급했다. 많은 애들이 내가 노래 부르고 있는 영상과 어쩌면 춤을 추는 영상 기타 등등을 가지고 있을 수도 있었다. 다른 사람은 몰라도 절대로 안 봤으면 하는 사람이 있었다.

나는 필사적으로 뛰어서 게임에 참가했다. 그냥 돈이 아예 없는 하일리와 코리는 게임장 밖에 서서 나를 응원했다.

홀의 자리는 오른쪽, 짝의 자리는 왼쪽이었다. 게임 진행자가 튕겨서 다시 받았을 때 실버라고 제국어가 적힌 부분이 홀이었고 그 뒤 교장과 비슷하게 생긴 잘생긴 초대 황제가 그려진 쪽은 짝이었다.

나는 미리 주머니에서 동전을 하나 꺼내 튕겨보았다.

막연히 찍기는 뭐하니 일단 미리 튕겨서 나온 쪽으로 따르려 했다. 얼굴이 위였으니 짝이었다.

첫판을 짝으로 선택해 왼쪽으로 이동했다.

"짝! 짝! 짝! 짝!"

아까 홀짝, 거리며 시끄럽게 굴던 애들을 보며 인상을 썼었는데, 지금 내가 그러고 있었다. 무리와 다 같이 발을 바닥에 찍으며 시끄럽게 굴었다. 밖에 참여하지 않는 사람들은 같이 신이 나서 "우! 우! 우! 우!" 하며 소리쳤다. 분위기가 불타오른다.

저 멀리 춤을 추는 사람들을 위해 연주하던 밴드들도 음악을 멈추고 압도적으로 시끄러운 이쪽을 바라보았다. 축축해진 손을 드레스에 슬슬 닦으며 나는 염원과 함께 짝을 외쳤다.

동전을 튕겨 손등 위에 올린 진행자가 우리를 애간장 태웠다.

"짜악!"

진행자의 결과 발표와 함께 짝에 있던 사람들은 모두 환호했다. 남학생들은 넥타이를 던졌고 여학생들은 구두를 벗어 던졌다. 다들 기쁨에 포효를 내질렀다. 나도 너무 기뻐 포효하려다가 옆에서 소리를 어마 무시하게 지르는 애들 덕분에 기가 죽어 조용히 주먹을 흔들며 기뻐했다.

하일리와 코리가 밖에서 손을 흔들며 나 대신 엄청 기뻐해 줬다. 그거면 됐다.

홀에 있던 애들은 모두 게임장을 나갔고 짝에 남아 있는 아이들 중에 아직 더 돈을 불리기 원하는 애들만 게임장에 남았다. 짝에선 한두 명 정도밖에 나가지 않았다. 모두들 필사적이었다.

나는 다시 동전을 먼저 튕겨 보았다. 제발 이번에도 내 운이 먹히길 바라는 마음으로 튕겼다. 결과는 홀이었다. 나는 홀 쪽, 오른쪽 공간으로 갔다.

"호올!"

나는 주먹을 세게 쥐며 나이스를 외쳤다. 두번이나 성공하자 애들은 좀 많이 빠지기 시작했다. 정말 거지였던 소수만 계속 남아 있었다. 하일리와 코리는 기뻐서 어쩔 줄 몰라 하는 나를 보며 웃음을 터뜨리기 시작했다.

동전을 또 튕기니 이번에도 홀이었다. 나는 홀의 자리로 이동했다. 아무리 내가 운이 좋다고 하지만 이렇게 연속으로 이기니 기분이 저 하늘 끝으로 올라갔다. 혹시 이번에도 만약 성공한다면…….

으…… 제발 홀이어라. 제바아알.

"호올!"

성공했다.

내 엄청난 운빨을 믿을 수가 없었다. 많은 애들이 돈을 잃고, 아니면 원하는 액수를 얻고 빨리 게임장을 빠져나왔다. 사람이 점점 줄어들어 갔다. 그러나 나는 끝까지 남아 있었다.

승리가 코앞에 있었고 나는 의지로 불타올랐다. 아까 그냥 지나가는 말로 운이 내 편이라고 했는데 정말 운이 내 편이었다.

나는 그 뒤로 몇 번 더 승리를 거두었다. 걸어둔 돈이 어느새 16000 아우그란에 이르자 깊은숨을 내쉬었다. 정말 고지가 얼마 남지 않았다. 이번 한 판만 성공하면 32000 아우그란으로, 쿠폰을 하나 장만할 수 있었다.

동전을 쥔 손에 뽀뽀를 하며 다시 튕겨 홀짝을 확인했다. 마지막은 홀이었다. 나는 과감히 홀 쪽으로 이동했다. 게임장 안에는 나밖에 남아 있지 않았다. 모두들 게임장 밖으로 이동하고선 나를 응원했다. 내 엄청난 운에 모두들 크게 감탄 중이었다.

으…… 제발 홀이어라…… 호오올…… 제바아알. 기도하며 중얼거렸다. 나는 오른쪽 자리로 대담한 발걸음으로 이동했고 진행자는 동전을 튕겼다.

결과는.

"호올!"

다리에 힘이 풀려 잠시 비틀거렸다. 이럴 수가. 성공해 버렸다.

나도 모르게 비명을 지르고 말았다. 나 혼자 남아 있었기에 환호 소리가 크게 울려 퍼졌다. 나는 허공에 주먹질을 했다.

"삼만 이천이야! 이것 봐! 오백에서 삼만 이천! 무에서 유를 창조해냈어!"

나는 너무 기뻐 나를 지켜보고 있을 애들에게 크게 손을 흔들었다. 하일리와 코리가 기뻐하는 나를 보고 배를 잡고 웃고 있었고 축하한다며 박수를 쳐주고 있었다.

삼만 이천을 달성해 버리고 말았다. 막연한 계획이었지만 운빨이 먹혀 성공한 것이었다. 나는 그대로 게임장을 빠져나와 오백에서 삼만 이천으로 불어난 아우그란을 회수하려고 진행자에게 갔다. 진행자는 웃느라 눈물이 나온 것을 닦고 나보고 수고했다며 등을 두들겼다.

아우그란을 받고 빠지려는데, 문득 내 머릿속에 한가지 생각이 스쳐 지나갔다.

"삼만 이천을 두 배로 불리면 육만 사천인데……."

그러면 코리와 하일리 각각 쿠폰을 쥐여줄 수 있었다. 나는 눈을 질끈 감았다. 후. 다시 도전하고 싶다. 다시 도전해서 성공만 한다면 정말 완벽한 결말을 얻을 수 있었다.

나는 거듭되는 운을 통해 성공을 거머쥐었다. 지금까지 그랬던 것처럼 왠지 이번에도 간단히 성공할 수 있을 거라 예감이 든다.

하일리와 코리에게 돌아가던 발걸음을 돌리고 다시 진행자 쪽으로 성큼성큼 이동했다. 아까 벌어들인 삼만 이천을 아우그란을 진행자 앞에 불쑥 내밀었다.

"올인."

근엄하게 한마디 내뱉자, 여러 곳에서 반박이 터져 나왔다. 박수를 치며 나를 반기려고 하던 하일리와 코리가 사색을 지었다.

"그만해도 된다, 슈슈! 난 괜찮다! 어차피 내 이미지는 바닥이다!"

"슈슈, 사실 애초에 쿠폰 따위 필요 없었어. 그만하고 돌아와!"

다들 나를 말렸지만 나는 고개를 저었다. 그리고 기어코 진행자에게 돈을 안겨줬다.

잠시 고개를 숙였다가 또 고개를 저었다. 재차 저었다. 의지를 담아 눈을 치켜떴고 엄지를 치켜세웠다.

"우리, 같이 멋지게 졸업하자."

좌라랑. 아이들은 내 근엄함에 입을 틀어막았다. 다시 게임 좌석을 선택하는 곳으로 천천히 걸어갔다. 뒤에서 울부짖는 소리가 들려왔다.

"슈라이나아!"

"안 돼!"

운명을 결정해 줄 동전을 미리 튕겼다. 홀짝인지 확인하기 전에 나는 또다시 누군가에게 기도하며 손에 작게 뽀뽀했다. 부끄럽지만 의식 같은 거였다. 모르겠다. 나는 지금 매우 절박하다. 동전을 미리 튕겨보니 짝이었다. 숨을 내쉰 나는 왼쪽으로 이동했다.

진행자가 침을 꿀꺽 삼키고 동전을 튕겼다. 진행자도 나를 응원하고 있다는 게 느껴졌다. 동전이 하늘에서 몇 바퀴를 돌았다. 그 도는 속도가 너무도 천천히 느껴져 침을 삼켰다.

동전이 진행자의 손등이 아닌 바닥에 떨어졌고, 그는 재빨리 발로 동전을 밟았다.

진행자는 발을 들어 올려 결과를 확인했다. 나는 마음속으로 짝이길 수백 번 빌었다.

그리고 결과는.

"짜아악!"

"아자아!"

진행자는 소리를 고래고래 지르며 환호성을 질렀다. 그건 나도 마찬가지였다. 모든 사람들이 경악에 빠진 표정을 지었다. 오백에서 육만 사천. 가히 경악할 만한 벌이었다.

나는 하일리와 코리에게 보란 듯이 뛰어갔다. 하일리와 코리는 또 물개박수를 치며 나를 반겼다.

"하하. 내가 말했잖아! 난 된다고……."

"아니, 잘못 봤다. 호올!"

그리고 진행자는 뒤늦게 폭탄을 터뜨렸다. 갑자기 뒤통수를 강하게 후려 맞은 느낌이다.

나는 등을 돌려 진행자 쪽으로 성큼성큼 다가가 그의 어깨를 강하게 잡았다. 진행자가 눈을 아래로 깔며 미안하다고 사과했다. "네가 이겼으면 하는 마음이 너무 컸나 봐. 잘못 봤어……." 하고 뒤이어 말하는데 나는 뭐라고 반박할 수 없었다.

"……하하 ……하하."

다리가 후들후들 떨려 그대로 주저앉을 뻔했다. 벽을 잡고 겨우겨우 지탱하며 걸어갔다. 애들이 달려와 내 상태를 살폈지만 좋을 리가 없었다. 나는 붙잡아 주는 손들을 정중하게 떨치고 허리를 세웠다.

한순간에 오백 아우그란도 잃고 거지가 된 나는 다시 시계를 바라보았다. 아직 5분이나 남았다.

잠시 눈동자를 굴려 주변을 둘러보았다. 코리와 하일리가 걱정스러운 눈으로 나를 바라보고 있었고 그 뒤에 이 모든 것을 지켜보고 있던 이브가 입을 한 손으로 가리며 끌끌대고 있었다. 언제나 웃을 때 비웃듯 입꼬리 한쪽만 올리며 웃던 이브가 끌끌거렸다. 어지간히 웃었나 보다. 저런 모습은 아주 드문데.

그에게 성큼성큼 다가가자 이브가 내 시선을 피하며 웃었다. 고개를 돌린 채 이브네스는 큰일 났다고 중얼거리며 내 어깨에 손을 올렸다.

"슈슈, 원래 있던 돈은 어딨어?"

"탕진."

"아아."

짧게 탄식을 내뱉으며 이브가 한쪽 손으로 웃음이 터져 나오는 얼굴을 가렸다.

"대출을 원해?"

웃음이 좀 식기까지 잠시 숨을 천천히 내쉬던 그는 주머니에 묵직한 파티 화폐들을 꺼내고 내 손에 쥐여주었다.

"이자 안 칠 테니까 빨리 갔다 와. 시간 끝나기 전에."

그는 나를 게임장 쪽으로 가볍게 툭툭 치고 아직도 웃음기가 남아있는 미소를 지었다.

이브에게 만 육천 아우그란을 대출받았다. 손에 잡힌 코팅된 종이들을 잠시 멀거니 바라보다가 나는 주먹을 꽈악 쥐었다.

사회자가 마지막 남은 시간에 마지막 한 판을 더 진행하려고 했다. 홀짝 게임의 새로운 턴이 시작되자, 아까 실패했던 사람들이 다시 대거 몰려들었다.

그리고.

"짜아악!"

나는 홀 쪽에 서서 절망했다. 아까 대출받은 만 육천도 받자마자 다 없어져 버렸다. 허탈해서 계속 멍하니 허공만 바라보고 있었다. 이브네스, 코리는 내 시선을 보려고 하지 않은 채 계속 웃었다. 하일리는 웃지 않았다. 내 처지가 마냥 남의 일 같지가 않은 것이다.

"이브……."

"왜, 뭐 필요해. 말만 해."

"파산 신청⋯⋯."

이브는 배를 잡고 웃으며 고개를 끄덕이고는 십 아우그란을 내 손에 쥐여줬다. 이브네스가 자신이 가지고 있는 아우그란을 모두 꺼내 주려고 했지만 나는 비참했기에 고개를 저으며 십 아우그란만 받아갔다.

십 아우그란과 사탕 하나를 맞바꿔 입에 넣었다.

이제 거의 끝나가는 시점이었다. 하일리가 허탈한 표정으로 그냥 포기하라며 내 어깨를 두들겼다. 고개를 들어 하일리를 바라보았다. 아주 뼛속 깊이 동정하고 있는 듯한 표정이었다. 하일리가 내 어깨에 손을 올리자 나도 그의 어깨에 손을 올려 어깨동무를 했다.

"쟤는 끝나가는데 지금 뭐 하는 거지."

"어디 올라가는 거야?"

돈 버는 부스들이 문을 거의 닫고 있는 시점이었으나 아직도 상점에는 많은 희귀하고 탐나는 물건들이 쌓여 있었다. 아직도 미련이 남아 그 주변을 서성거리고 있는데 갑자기 가까운 곳에서 웅성거림이 커졌다.

사람들은 손가락으로 위쪽을 가리키기 시작했다. 스완하덴이 연회장의 가장 높은 곳으로 올라가기 시작했다. 연회장을 위에서 아래로 내려다볼 수 있는 곳으로 향하는 것 같다. 그쪽으로 올라가고 있는 스완의 등에는 어마 무시한 크기의 통이 묶여 있었다. 무작정 열심히 돈만 수거하며 벌어들이던 스완하덴이 갑자기 묘한 움직임을 보이자 많은 사람들이 관심을 보였다.

가장 높은 곳으로 올라간 그는 난간에 걸터앉아 학생들을 바라보았다. 스완하덴의 행동에 의문을 느낀 학생들은 하나둘씩 그를 바라보았다. 스완은 뚱한 표정을 짓고 있었다. 연회라고 입은 단정한 검은색 셔츠에 묻은 흰색 먼지를 툭툭 털더니 다시 아래를 내려보았다.

휘이익!

그가 사람들의 시선을 끌기 위해 크게 휘파람을 불었다. 어찌나 크게 잘 불던지 소리가 쩌렁쩌렁했다. 모든 사람들이 스완하덴을 일제히 쳐다보았다. 똘망똘망한 눈으로 사람들을 마주 쳐다보던 스완하덴은 순진하게 눈을 몇 번 껌벅였다.

"버러지처럼 굽신거려봐."

그는 자신의 등에 지고 있던 통을 들어 올리고선 그대로 안에 있는 내용물을 떨어뜨렸다. 사람들의 눈이 동그래졌다. 돈 나올 구석은 이제 이미 끊겼으나 하늘에서 돈이 펑펑 쏟아져 내려왔다. 코팅된 종이들이 팔랑팔랑거리며 떨어진다. 지폐에 그려진 교장님의 얼굴이 무수히 쏟아져 내린다.

마치 비처럼 내려왔다. 스완하덴이 그 파티 지폐를 쏟자마자 무섭게 사람들은 하나같이 죄다 그의 쪽으로 죽기 살기로 몰려들었다.

사람들은 비처럼 쏟아져 내리는 화폐에 모두 달려들어 잡으려고 발버둥 쳤다.

"야 이 쓰레기 같은 놈아!"

학생들은 허리를 굽혀 지폐를 줍다가도 소리쳤다. 개미처럼 옹기종기 모여 열심히 허리를 굽혀 파티 지폐에 필사적이었다. 학생들은 모두 자신의 절박함이 웃긴 건지 웃음을 터뜨리며 동시에 스완하덴에게 욕을 퍼부었다.

"너 이런 거 해보려고 아까부터 그렇게 악착같이 모은 거냐!"

"쓰레기야!"

모두 열심히 돈을 줍다가도 그를 욕했다. 스완하덴은 그냥 물끄러미 그들을 내려다볼 뿐이었다.

"하하하."

스완하덴은 입을 열어 웃는 소리를 내었지만 여전히 뚱한 표정이었다. 당최 생각을 알 수가 없었다. 통에 손을 집어넣고 더욱 많이 돈을 쥐어 사람들에게 던졌다.

"저 미친놈⋯⋯."

하일리도 그를 욕하곤 있었지만 허리를 숙여 주섬주섬 줍고 있었다. 코리가 하일리의 몸통을 붙잡고 스완에게 휩쓸리지 말라며 말렸지만 하일리는 애처롭게 손을 뻗었다.

"우리를 꼭 벌레 같은 존재로 만들어야 해?"

계속 항의가 들어온다.

"⋯⋯."

스완하덴은 대답 대신 왼쪽으로 조금 움직여 뿌려댔다. 사람들이 왼쪽으로 또 우르르 몰려들어 지폐를 채가며 더욱 원숭이 같은 모습을 보여줬다. 스완하덴은 통을 뒤집은 상태에서 탈탈 털며 통을 자신의 뒤로 던졌다.

사람들이 모두 스완하덴 아래쪽으로 옹기종기 모여 화폐를 잡는데에 시선이 팔리자, 스완의 조직들이 부스에 침입해 쌓아놓은 화폐들을 모두 강탈해갔다. 모두 뒤집어엎었다. 그러나 돈 비 때문에 정신이 없어 눈치챈 사람은 별로 없었다.

나는 뭐가 뭔지 모르겠어서 일단 스완하덴의 아래쪽 쌓여 있는 화폐로 내려가 돈을 주웠다.

"!"

거만하게 사람들을 내려다보던 스완하덴이 턱을 괴며 멀거니 있다가 곧 눈을 동그랗게 떴다. 그는 돈을 열심히 줍는 나를 발견한 것이다.

"슈라이나, 어, 언제…… 줍지 마, 그거…… 미안. 잠시만, 이게 아닌데."

갑자기 그가 크게 동요하는 모습을 보였다. 그답지 않게 횡설수설하며 말을 더듬었다. 난간에 앉아 있다가 바로 바닥으로 뛰어내리려는 몸짓을 보이다가 내가 아래에 있으니 망설였다.

"엇."

스완하덴이 당황하며 몸을 뒤척거리다가 곧 중심을 잘못 잡고 뒤로 우당탕탕 넘어졌다. 그가 넘어지자마자 지폐가 평범한 종이로 바뀌었다.

스완이 뿌린 건 결국 가짜였다. 그저 다른 아우그란을 얻기 위한 시선 끌기 용이었다. 아무리 스완이 무서워도 이번만큼은 분노가 두려움을 이긴 것 같았다. 사람들은 빈 종이를 들고 떼거지로 스완에게 달려들었다.

"저놈을 잡아라!"

스완하덴은 자신에게 대거 달려드는 사람들을 보며 얌전히 자신의 짐을 챙겼다.

통을 챙겨 들고 다시 끈을 들어 자신의 등에 야무지게 묶고선 도망쳤다. 태연한 표정으로 발 빠르게 움직인 스완하덴을 많은 이들이 쫓아다녔다.

연회장에는 다시 한번 큰 소란이 일어났다. 대환장 파티였다.

나는 이 모든 난리를 지켜보며 졸업하기 직전 내 목표를 다시 재정비했다. 마지막 파티를 통해 강하게 느낀 점이 있다. 요새 인생 좀 잘풀린다고 긴장과 끈이 느슨해졌으나 다시 강하게 붙잡았다.

"난 무조건 무조건 무조건 공무원이다."

몇 번의 개고생을 통해 뼈저리게 다짐했다.

* * *

도망치던 스완하덴은 갑자기 연무장 뒤쪽 창가 쪽에서 나타났다. 내가 때마침 그쪽에 서 있었기에 창문을 두들기는 소리를 들을 수 있었다. 나는 그를 발견하고 문을 열어줬다.

스완하덴의 등에 매달린 통에는 진짜 아우그란이 한가득 쌓여 있었다. 정말 말 그대로 모든 돈을 싹쓸이했다. 부스에 남은 돈, 애들 돈 그냥 전부 다 가지고 있었다.

그는 자신이 벌어들인 아우그란을 그대로 둘로 나눠 다른 통에 나눠 담았다. 두 통 중 하나를 나에게 줬다. 나는 좀 어리둥절했다.

"들어줘."

스완하덴과 나는 각각 통을 들고 학생회장에게 갔다. 그가 통을 학생회장 앞에 턱 하고 가져다 놓으니 학생회장이 크게 당황했다.

"와…… 진짜 너 대단하다."

학생회장은 통 안의 종이들을 손으로 휘저으며 중얼거렸다. 이렇게까지 모을 줄은 몰랐던 것이다.

"그럼 파티의 왕과 여왕은 너희 둘로 하면 되는 거지?"

끄덕끄덕. 스완은 눈을 반짝이며 고개를 두 번 끄덕였다. 나는 멍하니 있다가 갑자기 '파티 여왕'이라는 칭호를 받게 되었다. 무슨 일인지 어리둥절해 스완을 바라보았다.

주니어 파티 때처럼 파티의 여왕이나 왕이 되면 얻는 사은품이 있었다. 주니어 때는 왕관이었고 시니어 때는 파트너끼리 나눠 낄 수 있는 액세서리였다. 반지는 심플한 은색 반지였고 꽃처럼 생긴 와인색 왕관 보석이 정중앙에 박혀 있었다.

"첫 파트너를 놓쳤으니까, 무조건 마지막 파트너가 되고 싶었어."

그렇게 말한 스완은 내 손에 반지를 끼워줬다. 왼손 약지에 끼우길래 그를 물끄러미 쳐다보았다. 설명을 바랐지만 그가 등을 돌렸다.

귀를 붉히곤 지폐를 모두 쓰레기통에 분리수거 해서 버린 뒤 빈 통을 얌전히 청소 도구함에 되돌려 놓았다.

지폐를 버릴 때 몇 장 가져가서 쿠폰을 살까 했지만 관뒀다. 어차피 내 흑역사를 봐도 나를 아껴줄 사람은 아껴주고 그렇지 않을 사람은 안 그런다. 스완이 내 부끄러운 역사를 보게 된다는 게 걸려서 그렇게 뛰어다녔지만 그는 나에게 전자의 사람일 것 같았다.

"훌륭하고 바른 사람은 남도 챙길 줄 안대."

스완은 대사를 읽듯 내 앞에서 보란 듯이 크게 중얼거리며 남이 버린 쓰레기를 자신이 주웠다.

"마치 나처럼."

* * *

"푸하하하!"

"와, 진짜 쟤 진짜 웃기다! 뭐 해?"

그 후에 우리는 파티에서 남은 음식을 깔아놓고 모두가 부끄러워하는 기록을 같이 봤다. 홀의 구석에 옹기종기 모여 편하게 널브러졌다.

옐로우반, 그린반, 레드반, 블루반 모두가 섞여 앉아 벽에 비친 영상을 바라보았다.

많은 학생들의 부끄러운 역사가 지나갔다. 주니어 때 보았던 신호등 삼인방의 방귀쇼에 관한 영상도 나오고, 어떤 학생이 혼자 상황극을 하다 찍힌 영상도 나오고, 더럽게 춤을 추는 영상도 나왔다.

그 시간만큼은 모두 자신의 어두운 과거가 까발려지는 시간이었기에 아무도 서로를 이상하게 보지 않았다. 이상하게도 더 많은 웃음을 유발시킨 과거를 가진 것이 자랑처럼 여겨지게 되었다.

코를 파다가 찍힌 학생이 화면에 비치면 "고놈 참 잘 생겼다."라는 말들이 튀어나왔고, 방귀를 뀌다가 찍히면 "소화 잘돼서 좋겠다!"라는 목소리들이 튀어나왔다.

자신의 역사가 나올 때 공격받지 않기 위해 필사적이었다. 그게 좋은 효과를 불러일으킨 것 같다.

[왜 이런 데에서 홀로 울고 있었던 걸까. 뭐에 그렇게 마음이 상해 저렇게 금방 부서질 듯한 표정을 짓고……]

영상은 아니었지만 하일리의 목소리가 갑자기 홀 안을 울리자 아이들이 환호하기 시작했다.

하일리의 영상이나 음성, 사진이 나올 때마다 아이들은 웃음을 참으며 근엄하게 박수를 쳤다.

"미래의 황제 폐하께 경외를!"

"하일리 오르드 황제 폐하 만세이! 만세이!"

검술부 애들이 환호하며 소리치자 하일리가 자신의 무릎에 얼굴을 묻으며 다리를 감쌌다.

"하지 마라⋯⋯."

하일리의 귀가 새빨개졌다.

하일리의 흑역사가 제일 많이 나왔지만 의외로 안 나올 것 같은 애들의 것도 나왔다. 예를 들면 코리나 스완 말이다. 헤스티아는 내가 제보해서 몇 번 나왔다.

영상 속에 코리가 나왔다. 영상 속 장소는 기숙사 방 안이었다. 코리가 영상에 자신이 나오자 놀라 하일리를 바라보았다. 하일리는 코리의 시선을 피했다.

영상 속 코리는 침대에서 자지 않고 책상에 엎어져서 자고 있었다. 코리는 자고 있다가 갑자기 눈을 번뜩 떴다.

[하. 하일리. 큰일 났어.]

[뭔가?]

[몸이 굳어서, 안 움직여.]

너무 오랜 시간 그 상태로 그대로 자 책상에 박혀 꼼짝도 못 하는 코리였다. 영상에서 웃음을 터뜨리는 하일리의 목소리가 들렸다. 영상구를 세워놓고 하일리는 몸이 굳은 코리를 도와줬다.

책상에서 떨어뜨려 놓고 바닥에 눕혀 놓아도 책상에 엎드린 그 자세로 누워 있다. 하일리가 코리의 굳어버린 근육을 제대로 해주려다가 우두두둑 소리가 나자 코리의 몸에서 엄청난 마력이 뿜어져 나왔다. 그리고 영상이 끊겼다.

스완하덴이 영상에 나올 때는 언제나 내가 함께 등장했다. 스완하덴이 걸어가다가 나를 지나쳐가는 장면이 나왔다. 처음에 걸어가던 스완이 입을 손으로 가리더니 조금 빨리 걸었다. 조금 빨리 걷던 그는 조깅을 하듯 뛰기 시작했고, 점점 빠르게 뛰기 시작하더니 나중에는 전력 질주를 했다.

그러다가 발에 돌부리가 걸려 넘어졌다. 스완은 갑자기 고개를 들고 자신이 걸린 돌부리를 들고 화면에 던졌다. 영상은 끊겼고 곧 다음 스완하덴의 영상으로 넘어갔다.

블루반에서 엎드려서 자고 있는 스완의 모습도 나왔다. 내가 블루반에 들어온 모습도 찍혔고 스완이 내 등장에 고개를 번쩍 들어 올리는 장면도 나왔다. 그와 짧은 이야기를 하다가 나는 블루반을 나갔다.

스완하덴은 계속 내 뒷모습을 사라질 때까지 바라보았다. 다시 잠에 빠지려 책상에 얼굴을 묻은 그는 갑자기 한쪽 손을 자신의 왼쪽 가슴에 올려놓았다. 주먹을 들어 책상을 쾅 친 그는 중얼거렸다.

[같은 인간 아닐 거야, 잰.]

"쟤 뭐해?"

보고 있던 헤스티아가 어이없다는 듯 중얼거렸다. 저 영상을 보자마자 난 고개를 돌려 스완하덴을 바라보았다. 스완이 한쪽 손을 들어 올리고 자신의 측면을 가려 내 시선을 차단했다.

우려했던 내 흑역사는 의외로 많이 나오지 않았다. 한때 떠돌아다니던 노래 부르는 영상도 나오지 않았고 그동안 하일리가 수도 없이 많이 건진 내 못난 모습은 나오지 않았다.

나온 거라곤 아까 댄스 배틀 때 춤을 추던 내 모습뿐이었다. 어렸을 때부터 이런 것에 좀 예민하게 반응했었던 나였기에 주변 애들이 나를 쳐다보며 눈치를 살폈다.

"와, 나 왜 이렇게 못났지.", "왜 저런데, 나." 하며 얼굴을 붉히고 크게 수치스러워했다. 애들이 나를 걱정스레 쳐다보자 나는 어깨를 으쓱였다.

"진짜, 웃기다."

나는 내 우스꽝스러운 춤을 보며 웃음을 터뜨렸다.

사실 이렇게 모두 다 같이 부족한 점을 공유하니 이젠 아무래도 좋았다. 파도 파도 끊임없이 나오는 기록들을 보며 밤새도록 먹고 웃었다.

서로가 부끄럽고, 약하다고 생각하던 부분을 인정하고 공유하니 그저 유쾌함만이 남았다.

졸업식

21

졸업식

검은색 졸업식 옷으로 갈아입었다. 거울에 비친 내 모습이 왠지 어색해서 손가락을 꼼지락거렸다. 이에 혹시 뭐가 끼지 않았는지, 옷에 먼지가 묻어 있지 않은지 재차 확인했다.

졸업 모자는 옐로우반이어서 줄이 노란색이었다. 노란색 줄을 멍하니 만지작거리다가 문득 모자가 비뚤어져 있는 것 같길래 손을 들어 제대로 고쳐 썼다. 고쳐 쓰니 머리카락이 또 엉겨 산발이 돼서 나는 한숨을 쉬었다. 모자를 다시 벗고 정성스러운 빗질을 한 뒤 다시 제대로 썼다.

뎅, 뎅, 뎅.

졸업식 시작을 알리는 학교 종이 울렸다. 창밖으로 보이는 날씨는 매우 쾌청했다.

"슈슈! 우리 늦었어! 빨리 가자!"

"어어. 잠시만!"

빨리 나가자는 헤스티아의 목소리가 들려오길래 알겠다고 소리쳤다. 나는 마지막으로 내 모습을 점검하고 거울 속에 비친 나를 향해 이를 보이며 웃었다.

헤스티아와 팔짱을 끼고 졸업식이 진행되는 곳으로 걸어갔다. 헤스티아는 내 옆에서 재잘거리며 앞으로 자신이 어디에 취직할 건지, 뭐 할 건지 털어놓기 시작한다. 나는 웃으면서 그녀의 말을 들어주었다.

졸업식은 야외에서 진행되었다. 많은 이들이 꽃다발을 들고 한두 명씩 입장하는 학생들을 기다리고 있었다. 익숙한 얼굴들이 보인다. 하룬과 카림. 현재 내 삶의 부모님. 손에 예쁜 꽃다발을 한 아름 안고 내 쪽을 향해 손을 흔들고 있었다. 아, 이브도 온 것 같다. 단정한 정장을 입고 비스듬히 서 있다가 나와 눈이 마주치자 작게 손을 흔들었다.

폐에 공기를 가득 채우며 숨을 깊게 들이쉬니 가슴에 구멍이 생겨 바람이 금방 빠져나가는 듯한 기분이 들었다. 깨끗하고 시원한 바람이 불어 기분은 좋았지만 왠지 기운이 빠졌다. 이런 게 먹먹한 기분인가 싶다.

담담한 걸음으로 단상 앞 의자들 쪽으로 향했다. 의자에 적혀 있을 내 이름을 찾아 두리번거렸다. 그동안 과목 전체 수석을 내가 가장 많이 차지했기에 졸업식 때 대표 학생 선서를 한 뒤, 상을 받을 예정이었다. 상을 받는 사람은 단상에 올라가야 했기에 앞쪽에 앉아야 했다. 수상자는 의자에 이름이 붙여져 있었다.

슈라이나 웨스트라고 적힌 의자는 정말 단상 바로 앞쪽에 위치했다. 내 자리를 찾아가니 앞쪽에 익숙한 얼굴 몇몇이 보인다. 헤스티아도 있고, 코리도 있고, 하일리도 있고. 와. 다 상 받나 봐. 하기야,

다들 열심히 하니까 각 과목의 상을 받는 것이 무리가 아니다.

손을 흔들며 다가가는데 눈에 들어오는 한 사람에 나는 눈을 비볐다. 정말 의외의 사람이 앞쪽에 앉아 있었다. 아니, 무시하는 건 아닌데. 그냥 너무 의외였다.

"스완하덴?"

스완하덴이 팔짱을 낀 채 앞쪽 의자에 비뚜름하게 앉아 있다. 그가 잠시 두리번거리다가 내 이름표를 뜯어 자신의 옆 의자 이름표와 바꿔치기하는 모습이 보였다. 그러다가 졸업식 진행 위원에게 걸려 내 이름표는 원위치로 돌아왔다.

스완하덴도 상을 받는가 보다. 무슨 상일지 감이 잡히지 않았다. 과목 상들은 이미 다 차지할 만한 애들이 차지했다. 놀란 건 나뿐만이 아니다. 몇몇 선생님들도 놀라 보였고 애들은 자꾸 스완을 보며 눈을 비비고 있었다. 다들 단체로 무시하는 건가 싶다. 어떻게 보면 나도 무시한 걸지도.

나는 조용히 자리에 앉았다. 어쩌다 보니 친한 애들 모두 다 나와 가까운 곳에 앉았다. 하일리와 코리와 헤스티아는 모두 눈을 동그랗게 뜨고 스완하덴을 쳐다보고 있었다. 나도 그들과 합세해 눈을 동그랗게 뜨고 스완하덴을 쳐다봤다.

"네가 무슨 상이야?"

헤스티아가 헛웃음과 함께 비꼬면서 물어봤지만 스완하덴은 아주 가볍게 무시했다. 코리가 스완하덴을 쿡쿡 찌르며 물어보아도 그는 묵묵부답이었다. 다른 애들도 용기를 내어 차례로 물어보아도 대답이 없다. 너무 알고 싶었지만 스완하덴이 답이 없길래 우리는 머리를 맞대고 스완하덴이 받을 상을 추측해 보았다.

"나쁜 학생상."

"코 아래 진상."

"정신 이상."

"파티 의상."

"아래턱 말단 뼈 발생 이상."

"잔칫상."

의미 없는 혹평을 듣던 스완하덴은 눈동자를 굴리다 콧등을 잠시 긁적였다.

"……."

다 아니라며 고개를 절레절레 저었다. 의외로 진지하게 다 듣고 있었다. 한술 더 떠 그는 검지를 번쩍 들어 올렸다. 뭔가 싶어서 애들이 그 검지에 집중하니 단순히 스완이 손가락을 좌우로 까닥이며 아니라고 한다. 뭔진 모르겠으나 꽤나 자신만만하다. 우리를 바라보는 표정은 평소와 같이 무심했지만 왠지 비아냥거리고 있는 것 같았다.

[아. 아. 모두들 조용히 해주세요.]

음성 확성구를 통해 선생님의 목소리가 사방에 울려 퍼졌다. 시끄럽게 떠들던 학생들은 일제히 입을 닫고 앞을 바라보았다. 간간이 말을 듣지 않은 학생들도 선생님께서 이어 연설을 하기 시작하시자 조용해졌다.

졸업식의 형식적인 개막 순서를 밟자, 아카데미의 높으신 분들도 모두 한마디씩 하려고 자리에서 일어났다. 아주 길고 긴 연설의 릴레이가 시작되었다.

날씨가 좋았다. 햇볕이 모든 곳에 골고루 따스하게 퍼져있다. 너무 뜨겁지도 않았다. 딱 잠에 들기 좋은 날씨와 연설이다. 어차피 졸업식 연설은 다 똑같은 내용이다. 똑같은 격려의 말과 똑같은 조언.

　[이제 새로운 시작입니다. 여러분은 이제 무수한 선택의 기로와 그에 따른 결과들을 마주하게 될 겁니다. 지금까지 자신이 어떻게 살아왔나 생각해 보고 어떤 방향으로 나아갈지 생각해 봅시다.]

　아무리 뻔하디뻔한 연설이어도 오늘은 특별한 날이었기에 괜히 새롭게 와닿았다. 멍하니 하늘의 날아다니는 비둘기만 바라보다가 문득 귀에 들어오는 말에 무릎을 손가락으로 두들겼다.

　지금까지의 내 행보. 그리고 시작이라.

　선선히 부는 바람에 머리카락이 나부꼈고, 따뜻한 날씨에 기분이 좋았다. 눈을 잠시 지그시 감고 있으니 나는 문득 하나의 사실을 깨달을 수 있었다.

　'전생에서 대충 이 시점까지 살았었지…….'

　연설에서 지금이 마지막이자, 새로운 시작이라고 하길래, 갑자기 든 생각이었다.

　이 시점에서 난 죽었었다. 졸업을 앞두고 이제 막 날개를 펼쳐 나아가려고 했을 때 숨이 끊겨 다시 처음부터 시작했었다. 이제 졸업을 하고 나면 지금껏 살아보지 못한 새로운 나이로 살게 되는 것이다.

　교감 선생님의 나긋나긋한 연설이 이어 들려왔다. 아이들은 하나둘씩 고개를 푹푹 숙이기 시작했으나 나는 내 생각에 잠겨 손가락을 꼼지락거렸다.

　전생 이맘때쯤 나는 무슨 생각을 하고 있었을까 문득 궁금해졌다.

　'삶이 나아지기를 바라고 있었지, 난.'

　그저 끼니 걱정하지 않고 살 수 있는 환경을 바랐었다.

　삶이 불안정했기 때문에 이번 생에서 무조건 국가의 공무원이 되려고 했었다. 일정한 수입을 보장받는 직업 위주로 내 미래를 계획했었다. 그리고 그 마음은 지금도 변하지 않았다. 오히려 파티 이후로 굳세어졌다.

그러나 많은 이들과 만나며 우여곡절을 겪었고 앞으로 나아가는 과정에서 많은 것을 깨달았다. 나라는 존재는 생각보다 주변에 많은 영향력을 끼치고 있었다. 덕분에 제국도 구할 수 있었다잖아. 내가 생각한 것만큼 난 별것 아닌 존재가 아니었다. 별것 아닌 존재가 맞긴 하지만 말이다.

예전까진 단순히 먹고 사는 것만 생각했더라면 이제는 나도 모르게 내 삶에 의미를 찾고 있었다. 안정적인 걸 바라는 게 나쁜 것은 아니었다. 지금도 안정적인 생활을 바랐다. 그 누구보다 더.

그러나 세상에 다양하고 무수한 사람들이 있고 여러 가지 변수가 많은 만큼 내가 원하는 완벽히 안정적인 삶은 모순이었다. 내가 무슨 직업을 선택하든지, 어떤 사람이 되든지 간에, 휘청거림을 겪진 않을 순 없다.

다만 내가 돈 때문에 심하게 시달린 기억이 있었기에 돈 문제만 해결되면 삶이 안정적일 거라는 오해를 했다. 생활적인 면에선 안정적일 순 있어도 안정되지 않는 다른 거슬리는 점들이 보일 것이다.

사람들을 거쳐 가며 생각을 많이 수정했다. 계획대로 되는 게 있고 안 되는 게 있다. 에릭과 사귀며 연애 계획을 북북 찢어버린 것처럼 뭐 하나 내 마음대로 되는 게 없다. 그래서 삶에 변하지 않는 의미를 두고 그걸 중심으로 계획을 짜며 수정해 나아가고 싶었다.

아직까지 제국에서 약자로 여겨지는 사람들—여성이나 해외 노동자, 몸이 불편한 사람 등—의 인권을 신장시키겠다는 헤스티아의 원

대한 목표까진 아니어도 괜찮다.

나 나름대로 작은 의미를 찾아 그걸 이뤄나가고 싶은 마음이 들었다. 어떤 역할과 직업, 상황에 놓이든 간에 말이다.

가슴을 억누르는 막막함에 깊은 한숨을 내쉬었다.

나는 교감 선생님의 연설에 꾸벅꾸벅 졸고 있는 헤스티아를 바라보았다. 침이 조금 흐르고 있길래 헤스의 노란색 모자 줄로 쓱 닦아주었다.

고개를 들어 아카데미의 풍경을 바라보았다. 드높이 뻗은 아우그란 산의 절경이 눈에 담긴다. 아주 푸르렀다. 부는 바람에 따라 수많은 나뭇잎이 흔들려서 꼭 춤을 추는 것처럼 보인다.

'소설의 이야기도 여기까지였고.'

조용하게 속으로 중얼거렸다.

'헤스티아의 그놈들'이라는 소설도 이 이후의 내용은 다루지 않았다. 처음에 소설 속에 들어온 것으로 착각하여 애들을 마치 하나의 캐릭터처럼 바라보지 않았나 싶다. 물론 같이 보낸 시간이 쌓여갈수록 그런 생각은 자연스레 없어진 것 같지만.

소설의 내용이 끝난다는 것은 내가 이야기를 앎으로써 얻을 수 있는 혜택도 이제 없다는 것이다. 솔직히 세상을 바라볼 때 어느 정도 전생의 기억과 책의 내용에 의지했었다.

그러나 이제 그런 것들에 새롭게 쓰여질 내 삶을 맡기기엔 주변과 나 자신이 너무 소중했다.

새로 시작하는 기분이었으나 동시에 잃어버리는 기분이었다. 진정한 홀로서기를 시작해야 했는데 망설여졌다.

온갖 그림과 낙서와 글로 점철된 페이지를 찢어내고 새 페이지가 주어졌다. 이젠 오롯이 내가 그려나가는 것이었다. 내 손에는 다색의 크레파스가 쥐어졌다. 하지만 쥐고만 있고 싶다.

길고 긴 연설이 끝나 어느새 교감 선생님이 제자리로 돌아가셨다.

상을 받아야 했기에 선생님들이 아이들 이름을 한 명씩 호명하면 앞에 나가서 상을 받는다. 나는 전체 성적 우수상이었기에 제일 먼저 이름이 불려졌다. 앞으로 걸어 나갈 때 아이들이 축하한다며 박수와 호응을 크게 해줬다.

수고했다는 진부하지만 소중한 말이 여기저기서 들려온다. 밖에서 귀족 혹은 어른들이 많이 왔지만 학생들은 마지막에 잔뜩 흥분한 상태였고 서로가 서로와 친해졌던 터라 격식은 내려놓았다. 아카데미가 예전에 비해 많이 자유로워졌기에 모두들 어느 정도 선은 이해해 주는 분위기였다. 뜨거운 환호 속에서 나는 덤덤히 상을 받고 내려왔다.

"슈슈! 수상 세레모니 같은 거 없어?"

"어."

재미없다는 야유가 쏟아졌지만 나는 어깨를 으쓱였다. 싱숭생숭하니 오늘은 센치해지는 날이다.

이어 헤스티아도 상을 받았다. 역사학과 문학 쪽에서 높은 성적을 거둬 그에 따른 상을 교감 선생님을 통해 받은 헤스티아는 주먹을 쥐고 작게 흔들었다. 정말 기쁜 것같이 보였다. 살짝 눈물이 고여 있는 걸 보니 정말 감격스러운 것 같았다.

코리는 마법 쪽 대표상을 수상했고 부끄러운지 빠르게 받고 빠르게 내려왔다. 하일리는 굳이 말할 것도 없이 검술부 쪽 대표상. 하일리가 상을 받으러 나올 때의 반응도 굉장히 열렬했다. 하일리도 부끄러워하는 것 같았지만 그저 웃으면서 고맙다고 손을 흔들었다.

그리고. 마지막. 대망의 스완하덴.

[……스완하덴 블란치. 모, 모범 학생상?]

음성 확장구에서 논란의 이름이 나오자 졸업식에 참여한 사람들 모두 초토화되었다. 스완하덴은 사람들의 시끄러운 반응 속에서 피식 웃더니 곧 뚜벅뚜벅 단상에 올라갔다. 단상에 올라간 스완하덴은 잘 지켜보고 있으라는 듯 계속 내 쪽을 쳐다보고 있다.

[위, 위 학생은 교내 학생들에게…… 모, 모범을? 보였기에…… 이 상장을 수여함?]

상을 읽고 있는 선생님의 목소리가 아주 잘게 떨려왔다. 불신으로 동공이 흔들리고 있다.

스완하덴은 공손히 두 손을 뻗어 상을 받고 내 쪽에서 잘 보일 수 있게끔 상장을 펼쳐 보여줬다. 계속 나를 바라보고 있는데 뭐 어쩌라는 건지 모르겠다.

"쟤가 어떻게 모범상이야?"

"이게 뭐야?"

"잘못 인쇄된 거 아니야?"

아이들은 혼돈에 빠졌고 그건 나도 마찬가지였다. 모범의 기준이……?

때마침 내 옆자리는 선생님들이 모여앉은 자리와 가까웠다. 선생님들이 앉아 서로 잡담을 나누고 계셔 여러 뒷이야기가 들려왔다. 전체 학년에 딱 한 명 뽑는 저 모범 학생상에 관한 이야기다. 모범 학생상의 기준이 상점이라고 한다.

스완하덴이 상을 받은 이유가 엄청났다. 비록 가는 곳마다 초토화가 되긴 했어도 일단 봉사 활동을 꼬박꼬박 챙겨서 상점이 제일 높다는 것이었다. 어쩐지 요새 눈에 띄게 분리수거를 하고 쓰레기를 줍고 하더니만 다 이걸 노린 거였나. 봉사 활동을 하는 이유가 벌점 많이 받아서 처벌받는 줄 알았다. 아니면 상점으로 벌점을 메우려하거나. 근데 벌점은 벌점대로 많이 쌓여서 처벌받을 건 받고 상점은 상점대로 많이 쌓여서 저렇게 상을 받게 된 것이다.

"벌점도 제일 높고, 상점도 제일 높고."

선생님들이 멍하니 스완하덴을 바라보며 중얼거렸다. 정말 대단하다는 듯한 눈초리였다. 그건 다른 아이들도 마찬가지였다. 나는 괜히 뒤를 돌아 블란치 공작이 있나 찾아보았다. 스완하덴을 보러 온 건지, 블란치 공작도 졸업식에 와 있었는데 스완이 상을 받았다고 하자 멍청한 표정이었다.

스완하덴. 왠지 모르겠지만 바른 아이, 모범 학생 노래를 부르더니만 결국 해냈네. 공식적으로 모범적인 학생이 되었다. 이제 아무도 그의 인성에 반박 못 할 것이다. 아니, 애초에 모범과 인성이 연관 있는지는 잘 모르겠다. 어찌 되었건 기어코 목표를 이루고야 마는 스완하덴의 모습에 박수를 쳐주고 싶었다. 대단하다, 스완하덴. 꼬옥 액자 사서 벽에 걸어놔라.

한참의 소란이 서서히 가라앉자, 폐막을 위한 절차를 밟더니 기어코 졸업식이 끝나버렸다.

"끝이다!"

"와아아!"

하늘에는 수많은 모자가 날아다녔다. 내가 만든 마법 사진기를 들어 날아다니는 모자를 찍었고 내 모자도 저 하늘 위로 날려 한 컷을 찍었다. 기분이 무척이나 들떠 있었지만 웃고 있는 만큼 허전했다. 어딘가 마음이 비어 있는 기분이었다. 간질간질해서 코가 가려웠고 벅벅 긁고 싶었다. 왜인지는 모르겠다. 이유 없이 불안한 기분.

헤스티아를 포함한 다른 애들과 찍은 사진들을 구경하고 있는데 돌연히 뒤에서 목소리들이 들려왔다. 벽 뒤에서 누군가가 티격태격하며 말다툼하고 있었다.

"잠시만, 네가 구했으면서 내가 왜?"

"닥치고 마음 바뀌기 전에 빨리 가."

"부끄러우면 네가 직접 전해라."

"이게, 양보해줘도."

스완하덴과 하일리가 서로 뭔가를 주고받고 하고 있었다. 하일리의 손에 들린 건 고급스러운 작은 상자였다. 스완은 나와 눈이 마주치자마자 고개를 돌려 하일리가 들고 있는 작은 상자를 미련스럽게 쳐다보았다.

스완하덴은 하일리의 목덜미를 잡고 저 먼 벽의 뒤편으로 질질 끌고 갔다. 실랑이가 조금 더 있던 것 같았지만 하일리가 곧 벽에서 튀어나왔다.

"저기, 슈라이나. 줄 게 있다."

하일리가 진지한 표정으로 나에게 다가왔다. 손에는 아까 봤던 작은 상자가 들려 있었다. 하일리는 내 앞에 우뚝 서서 상자를 열었다.

하일리가 꺼낸 건 다름이 아닌 장미 배지였다. 꽤 오래되어 보였다. 나는 놀라 눈을 동그랗게 떴다.

저 장미 배지는 세유를 포함한 동생들이 내가 성년을 앞두자 새 시작의 기념으로 돈을 모아 샀던 선물이었다. 하일리는 잠시 고개를 푹 숙이고서 머리카락을 헤집었다.

"졸업 축하한다."

그가 손을 뻗어 조심스럽게 내 옷에 장미 배지를 달아주었다. 배지를 손가락으로 한 번 툭 치고선 예쁘다며 미소를 지었다. 바람이 내 얼굴을 스쳐 지나가며 주황색 머리카락이 일순 시야를 가렸다.

"하, 하하."

처음엔 헛웃음을 지었다.

그다음엔 나도 모르게 손을 눈가로 뻗었다. 양손으로 얼굴을 가렸다.

쏟아져나오는 울음에 나는 입술을 물었다. 곧 목놓아 울었다.

"……정말…… 시작이네……."

허리를 숙이고 몸을 웅크리고서 나는 한참 울다가 또 기뻐 웃었다.

한 치 앞을 볼 수 없는 미래를 더 나아가는 게 왠지 무서워 머뭇거리고 있었다. 그러나 내 등을 따스한 손들이 강하게 앞으로 밀어주는 것 같은 기분이 들었다.

두려움과 망설임이 따뜻한 햇빛과 함께 녹아내렸다.

+

드래곤이 그은 끝과 시작

하늘에 수백 마리의 까마귀들이 날아다닌다. 해가 피를 흘리며 산 너머로 붉게 저물어 사방이 피로 물든 것처럼 보인다. 광폭한 몬스터들이 사람들을 물어뜯었다. 귀를 찢는 사람들의 괴성이 그렇게 달큰하게 들릴 수가 없다. 내가 괴로웠던 것보다 배로 그들이 고통스러워야 한다. 그렇기에 나는 팔을 더욱 드높게 치켜들어 더욱 소리를 질렀다.

[찢어라! 불태워라! 괴롭게 하라!]

난장판이 한눈에 보이는 제일 높은 곳에 서서 울부짖자 몬스터들도 나와 같이 울부짖었다. 흥분과 통쾌함에 젖어, 내 모습이 그려져 있는 오르드 깃발을 잘근잘근 밟았다. 내 심장과 피와 괴로움으로 세워진 제국이 멸망해 가는 꼴을 보니 무척 통쾌하다.

"하하하!"

나는 허리에 손을 얹고 시원히 웃음을 내질렀다. 입꼬리가 즐거움으로 경련한다. 정말 오랜 시간 동안 저 냄새 나는 산에 갇혀 엄지만 빨고 있었다. 핵을 모아 어느 정도 재정비를 마쳐 황궁에 쳐들어가 내 심장, 힘을 되찾았고 이제 더 이상 숨어 있을 이유가 없다.

모두 부수자! 없애자!

한때 인간들을 사랑하고 아꼈던 마음은 진작에 먼지가 되어 흩어졌다. 드래곤은 모든 생명체의 수호자로서 수호의 의무를 가지고 있지만 그딴 거 버린 지 오래다.

'블랑쉬엘…… 지금 너만 옆에 있어 줬더라면.'

웃고는 있지만 마음 한편이 불편했다.

블랑쉬엘은 이미 사라졌다. 영혼도 어딘가로 재배치되어 찾을 수가 없었고. 그녀는 이기적인 사람들의 욕구만 충족해 주다가 죽어버렸다.

이것은 모두 초대 황제 레슬리안의 이기심으로 비롯된 비극이다. 그의 그릇된 야망과 욕망이 만들어낸 비극. 실로 추악하다. 은혜를 악으로 갚다니.

레슬리안 오르드 이아네스의 영혼은 진작에 사라졌다. 남은 건 예비 황제, 하일리 오르드 이아네스. 그도 레슬리안과 똑 빼닮아 잔인하고 포악무도하다. 그래서 현 오르드 제국의 황제, 하일리 오르드 이아네스를 찢어 죽였다.

레슬리안, 초대 황제가 나에게 검을 꽂을 수 있게 마법으로 붙잡아둔 건 드보아스였다. 다니엘 드보아스. 그는 일반 마법에 대해서는 거의 드래곤에 준하는 재능을 가지고 있었다. 그런데 그걸 고작 이런 곳에 쓰다니…… 추악하기 그지없다. 레슬리안의 야망에 놀아난 꼴이라니.

그래서 차기 드보아스 후작, 코리 드보아스를 터뜨려 죽였다.

이 모든 것의 시작은 루나아샤였다. 드래곤이 자신의 힘을 심장에 담아두고 있다는 사실을 어떻게 안 건지는 몰라도, 그가 레슬리안에게 정보를 팔았다. 주제도 모르고 황제에게 드래곤의 시신을 달라고 했었지.

하필 내가 도망쳐 산속에 의식을 잃고 널브러져 있을 동안 블랑쉬엘이 희생자가 된 것이었다. 그녀는 시신마저 편하지 못했다. 루나아샤들은 그녀의 뼈로 검을 만들고, 가죽으로는 옷을 만들어 팔았다. 팔고 남은 시신의 잔해들은 아직도 루나아샤의 저택에 전리품으로 남아 있었다.

"끄아아악!"

진실이 다시 돌려받은 심장을 갉아 먹는다. 괴로움에 소리를 버럭 내질렀다. 모든 걸 믿고 싶지 않았다. 다 없애버리고 싶었다.

그래서 루나아샤의 우두머리, 이브네스 루나아샤를 잘게 잘게 분해해 죽였다.

블랑쉬엘은 온갖 수치를 받으며 죽었다. 억지로 그녀를 인간형의 모습으로 변하게 만들어 아이를 갖게 한 것이다. 단순히 심장을 먹는 것만으로 드래곤의 힘을 이어받을 수 없다는 걸 알고, 그 마력을 감당할 '혼혈'의 육체를 만들려고 한 것이다.

인간들은 블랑쉬엘에게 억지로 원치 않는 아이를 낳게 하고 그녀를 짓밟으며 자신들의 우월감을 표출해냈다.

블랑쉬엘은 아우그란 산속에서 힘을 회복하지 못해 반 죽어 있는 나에게 공명으로 살려달라고, 여기서 꺼내 달라고 울부짖었다. 몸은 죽었어도 정신은 깨어 있었기에 그녀의 목소리가 들렸다. 그러나 나는 무력하게도 아무것도 할 수 없었다.

그저 나는 울부짖었다. 울부짖고 또, 울부짖었다. 무력함에 몸부림쳤다.

[죽여줘! 느와르엘, 날 죽여줘! 죽여줘! 듣고 있으면 죽여줘⋯⋯.]

블랑쉬엘은 공명을 통해 나에게 애원했다. 처음 나에게 했던 말과는 달리, 자신이 감당할 수 있는 괴로움의 범위를 넘어섰는지 그녀는 내게 울부짖으며 죽음을 갈구했다.

블랑쉬엘의 능력 자체가 치유에 관련된 능력이었기에 혼자서 죽는 건 불가능했다. 그래서 나의 힘이 필요한 것이었다.

나는 느리게 차오르는 힘을 필사적으로 모았다. 그리고 괴로워하는 블랑쉬엘의 두 눈을 감겨줬다. 알에서 나올 때부터 함께했던 가족 블랑쉬엘. 그렇게 나는 평생의 동반자를 내 손으로 없앴다.

그리고⋯⋯ 블란치 공작가를 찾아갔다.

블란치 공작가.

그녀를 범한 추악한 인간의 아이로 만들어진 가문.

율리넬 블란치는 진작에 세상을 떠났고 남은 건 스완하덴 블란치였다. 나는 그녀의 아픔으로 나온 부산물들은 모두 없애고 싶었다. 그래서 현 블란치 공작, 스완하덴 블란치를 우두둑 뜯어 죽였다.

그러나 한 방에 죽진 않았다. 드래곤의 혼혈이라 그런지 바로 회복하기에 죽이기를 반복했다.

찌르고 찢고 갈고⋯⋯ 결국엔 흑마법을 쏟아부어 최대한 고통 속에 죽게 했다. 애초에 정상이 아니었던 스완하덴은 죽는 와중에도 계속 웃고 있었다.

그게 더욱 화나 나는 '그'를 집요하게 괴롭히다 죽였다. 인간 따위에게 블랑쉬엘의 흔적이 남는 게 너무 싫었다.

그렇게 모두를 죽이자 땅 위에는 피밖에 남지 않았다. 제국의 찢어진 국기에 갈색의 피가 눌어붙어 불규칙적으로 펄럭였다.

"드래곤이시여! 노여움을 거둬주십시오! 드릴 말씀이 있습니다!"

아우그란 산의 정상에서 세계의 멸망을 무심하게 지켜보고 있는데 한 분홍색 머리카락의 여자애가 대담히 산에 올라와 나에게 소리쳤다.

이야기를 들어봤자 별다를 것도 없고, 인간들이라면 치가 떨렸기에 나는 망설임 없이 바로 그녀를 죽였다. 그리고 다시 나 혼자밖에 남지 않은 텅 빈 세상을 공허하게 쳐다보았다. 왼쪽 끝부터 오른쪽 끝까지. 온 세상이 전부 피였다. 이기적이기만 한 인간들의 시신들이 퍽 마음에 들었다.

블랑쉬엘이 이 세상 꼴을 보면 뭐라고 할지 상상이 가지 않았다. 인간과 관련된 것이라면 언제나 열린 마음으로 바라봤던 그녀였기에 이런 무자비한 학살을 마음에 들어 하지 않을 게 뻔했다.

내 껍질을 모두 벗겨버릴 정도로 화를 낼 수도 있다. 괜히 또 보고 싶어서 픽 웃었다. 어차피 그녀는 없기에 모두 쓸데없는 생각이다.

복수를 무사히 끝마치고 그 절경을 바라보고 있는데 저 멀리 드보아스 영지 쪽에서 돌연 강한 마력의 기운이 느껴졌다. 이상하다 싶어 날개를 펴서 하늘을 날아 그쪽으로 다가가 보았다.

고장 난 줄 알았던 드보아스의 시간 마법진이 역 시계 방향으로 천천히 돌아가며 빛을 뿜어내기 시작했다.

마법진의 껍질 부분인, 동그란 테두리가 빙글빙글 돌아갈 동안 안의 꼬불꼬불한 수식과 글자들이 스스로 재배열되면서 들썩거리고 있었다.

시간의 패턴이었다. 발동 조건이 충족된 듯 멈춰 있던 마법진이 발동되고 있었다. 한 번 발동되기 시작한 마법진은 아무리 나여도 중간에 멈출 수가 없었다. 텅 빈 눈으로 멀거니 그 마법진이 돌아가는 모습을 구경했다. 곧 세상이 진동했다. 지진이 나며 물체가 제각기 소리를 내는데 꼭 포효하는 것처럼 들렸다.

갑자기 세상이 어두워졌다. 의식이 또 끊기는 듯싶더니 그대로 그 자리에 주저앉았다.

"뭐, 뭐지?"

주변이 어디론가 빨리는 느낌이 들었고 텅 비어 있던 주변은 갑자기 흙으로 메워졌다.

정신을 차려보니 나는 다시 아우그란 산속인 것이다. 당황스러웠다. 힘을 써보려 하지만 다 막혀 있었고 심장에서 마력을 끌어올리려고 하니 심장이 없었다.

다시 처음으로 돌아왔다는 걸 인정하는 데에는 꽤 많은 시간이 걸렸다. 한참을 머리를 식히고 있자니, 갑자기 내 주변에 다량의 몬스터 핵이 생겨났다.

돌아온 시간대는 이제 거의 막 복수의 막바지에 접어들었을 때였다. 몬스터 핵을 흡수하고 힘을 조금 회복하자 나는 다시 제국을 쳐부수고 사람들을 혼돈 속에 빠뜨리기로 마음먹었다.

그래서 그렇게 했다. 한 번 성공했으니 두 번째라고 어려울까. 계획은 순조롭게 진행되었고, 곧 세상에는 아무것도 남지 않게 될 터였다.

"드래곤 느와르엘이시여. 노여움을! 용서를 구합니다! 조화와 질서를 파괴해 혼동을 일으킨 우리가 증오스럽겠지만, 부디 우리의 어리석음을 한 번만 눈감아 주시옵소서!"

또 분홍색 머리카락의 여자애가 올라와 나에게 소리친다. 뭐야. 얜
또. 나는 그 여자아이를 다시 한번 죽였다. 다시 처음으로 돌아와서
또 황제를 죽이고, 드보아스 후작을 죽이고, 루나아샤 상단주를 죽
이고, 블란치 공작을 죽였다. 저번엔 왜 시간 마법진이 가동되어 처
음으로 돌아간 건진 모르겠지만, 다시 엉망으로 만들었으니 괜찮다.
흡족하게 망가진 세상을 바라보고 있는데 또 드보아스 시간 마법진
이 발동되면서 복수를 끝마치기 전으로 돌아갔다.

또 돌아갔다.

"왜!"

왜지? 왜 자꾸 돌아가는 걸까. 이상함을 느끼면서도 그들에 대한
분노가 사그라지지 않아 계속 죽이고 죽였다. 그리고 황폐해진 세상
을 마주할 때쯤, 다시 그 분홍색 머리카락의 소녀가 올라와 내게 용
서를 구했다. 그리고 그때마다 시간이 되돌아갔다. 드보아스 마법진
이 역 시계 방향으로 움직이며 빛을 뿜어냈다. 그리고 정신을 차려
보면 다시 아우그란 산속이었다.

몇 번이고 이 짓을 반복했다. 그래도 언젠가는 이 지독한 루프에서
벗어나겠지라는 생각으로 계속 제국을 멸망시키고, 죽였지만…….
어느새 눈을 떠보면 난 처음으로 돌아와 있었다.

오르드 제국을 멸망시킨 게 벌써 몇 번째인지 모르겠다. 한 몇백
번 되지 않았을까. 매 턴마다 부지런하게 산에 올라와 나에게 사과
를 하는 분홍색 머리의 소녀는 이번에도 올라왔다. 떳떳하게 핀 가
슴과는 다르게 어깨는 두려움으로 떨리고 있었다.

"드래곤이시여! 제가 감히 인간들을 대표하여 머리를 숙입니다!
인간들이 어리석어 균형과 조화에 틈을 만들어 모든 것을 혼돈으로

이끌었습니다! 그래도 제발. 제발. 제발. 한 번만 우리를 불쌍히 여겨 노여움을 거둬주십시오."

또냐. 또 올라왔다. 또! 또! 계속 반복되는 상황과 저 소녀가 질려 혀를 내둘렀다. 바닥에 납작 엎드려 발발대면서도 할 말을 똑 부러지게 하는 저 소녀의 말이 문득 귀에 들어오는 날이었다.

제국에 대한 분노도 시간이 지나 많이 잠잠해진 상태였다. 내가 당했던 것의 배로 그들을 고통스럽게 해줬으니까. 블랑쉬엘의 빈자리와 현재 내 형편을 생각해 보면 다시 화가 났긴 했지만, 소녀의 말을 들어줄 정도로 화가 많이 누그러졌던 것 같다.

나는 제국의 영토를 향해 쏘아대던 마법을 멈추고 그 소녀에게 다가갔다. 내가 자신의 지척에 다가온 것을 확인한 소녀는 더욱 이마를 바닥에 가져다 대며 몸을 떨었다. 소녀는 계속 나에게 사과의 말을 소리치고 있었다. 이해가 가지 않았다. 왜 뜬금없는 사람이 목숨을 걸고 찾아 올라와 내 발아래 머리를 조아리는 것일까.

두 눈을 꼬옥 감고 계속 말을 떠벌리는 여자아이의 턱을 쥐고 들어 올렸다. 동그란 녹빛 눈동자가 두려움으로 떨리고 있었지만 날카롭게 빛이 났다. 섬세한 얼굴을 강하게 잡아 인상을 쓰며 노려보니 그 소녀가 울먹이며 눈물을 뚝뚝 떨어뜨리기 시작했다.

"그, 그. 제발. 노여움을…… 흐흑……."

처량하게 눈물을 쏟아내는 여자아이의 이마에 손가락을 가져다 대고 그 생각을 읽어보았다.

[인간의 야망은…… 참 각양각색이군.]

인간이 용기 있는 행동을 보일 때는 항상 욕심이나 야망이 숨어 있었다. 매일같이 자신을 찾아오는 저 소녀도 비슷했다. 야망으로 머리와 마음이 가득 차 있었다. 황제와 똑같았다. 그 또한 자신의 야망을 자신을 통해 이루고 싶어 했으니까.

그러나 그 둘은 엄연히 달랐다. 황제의 야망은 오직 이기심으로 이뤄져 있었다면, 이 소녀의 야망은 이타심으로 가득 차 있었다. 그 때문일까, 그녀가 자신의 바람을 이루는 방법은 아주 조심스럽고 다정하며 신중했다.

헤스티아라고 불리는 여자아이는 내 마음을 돌려 자신의 뜻을 이루려고 했고, 나를 이해하고 받아들이려 했다. 그래서 그렇게 매번 시간의 반복 속에서 집요하게 내 아래에서 머리를 조아린 것이다. 그녀의 기억을 읽으며 나는 깨달을 수 있었다. 한없이 이기적인 인간이 있는 것처럼 반대로 한없이 멍청한 사람도 있을 수 있구나, 라는 것을.

나에게 상처 입힌 사람은 헤스티아가 아니었다. 기실 현시대를 살아가는 모든 사람이 아니었다. 그럼에도 나는 지금 살아가고 있는 사람들에게 화풀이를 했다. 그런데, 엉뚱한 사람이 나에게 사과를 한다.

수백 번이나 복수를 해서 이미 질린 상태였기에 나는 백기를 들기로 했다. 다시 한번 드보아스가의 마법진이 돌아간다. 마법진 때문에 진동하기 시작하는 세계를 바라보며 나는 마법진 발동 조건이 뭔지 알아보기로 했다.

딱 일어날 힘만 되찾자마자 나는 드보아스가에 들러 마법진을 확인했다. 마법진을 파헤쳐보니 그 발동 조건은 제국의 멸망이었다. 가족애가 남달랐던 다니엘 드보아스가 내 계획을 눈치채고 마법진을 그려놓은 듯하다. 내가 생각을 돌릴 수 있게끔. 자신들의 소중한 자식들이 나로 인해 비참한 죽음을 맞이하지 않을 수 있게끔. 그들이 사는 세계가 평화로울 수 있게끔. 정말로 이기적이다.

그 멸망 기준은 꽤 구체적이었는데, 일단 첫 번째로 황실이 온전해야 했고, 드보아스 가문 사람들이 모두 살아남아 있어야 했으며, 인구수는 30퍼센트 이상 하락하면 안 됐다. 그 이외에 기타 등등 조건이 참 많았다. 그냥 나 때문에 죽는 사람이 한 명도 없어야 하는 것이다.

"망했네……."

왜 하필 회귀하는 시점이 복수 막바지쯤인 건지……. 내가 의식을 잃고 잠들기 전에 세팅해놓은 '모든 조건'들은 인간들이 필연적으로 파멸로 향하게끔 만들고 있었다.

드보아스의 마법진을 조사하는 와중에 나는 의도치 않게 블랑쉬엘의 영혼의 행방도 알게 되었다.

환생한 그녀는 일개 마법사가 되어서 나를 열심히 조사하다가 자신이 드래곤이었을 때의 삶과 비슷한 과정을 거쳐 죽게 된다. 현 드보아스와 그녀가 친했기에 빨리 찾을 수 있었다.

생각해 보면 제국을 세우는 데, 아니 나를 죽이는 데 가장 큰 공을 세웠던 드보아스가 공작 작위를 받지 않았던 이유가 뒤늦게 자신의 잘못을 깨달아 죄책감에 시달리다 황제를 책망했기 때문이었다. 그래서 몇 번 블랑쉬엘을 도와줬었고. 별로 도움이 되지 못했지만.

블랑쉬엘의 영혼의 행방도 찾았겠다, 나는 내 계획을 막는 것에 시급해졌다. 원래라면 힘을 되찾고 사람들을 몽땅 쓸어버렸어야 했지만, 나는 드보아스 가문의 영지에서 마법진을 가만히 구경했다. 한 사람이 바로 내 등 뒤 가까이 찾아왔다. 누군가 했더니 눈에 초점이 사라진 코리 드보아스다. 현재 모든 가족을 잃고 홀로 후작이 된, 드보아스.

"……넌 누구야?"

원래라면 지금쯤 내가 죽었어야 할 코리 드보아스가 나에게 다가와 말을 걸었다.

이제 복수는 깔끔히 접으려 했기에 나는 코리를 해코지하지 않았다. 그렇게 나만 손 떼면 깨끗하게 끝이 날 줄 알았건만…….

[헬 풀리 바톤트]

인형 같은 표정의 코리 드보아스가 손을 들어 올렸고 마법진을 그려 시동어를 읊었다. 사용 범위가 얼마나 넓은 건지, 그가 마법진에 자신의 모든 마력을 들이부었다. 코리의 입과 코에서 피가 주륵 쏟아져 나왔지만 그는 신경도 쓰지 않았다.

갑자기 하늘에서 비가 쏟아졌다. 비는 기이하게도 불에 휘감겨 있었다. 무엇으로 만들어진 건지는 몰라도 그 비에 맞은 사람들은 단순히 타들어 가는 것을 넘어, 피부가 녹아내렸다. 그건 코리도 마찬가지였다.

드래곤이라 다른 사람들보다 조금 더 오래 버티는 나를 멀거니 쳐다보던 코리는 다시 손을 들어 올려 자신이 죽기 전에 먼저 나를 죽였다. 심장이 없어 나약했던지라 나는 깔끔히 죽었다. 끝내 사람들과 자신을 다 죽이고 마는 코리의 모습에서 왠지 불안함을 느꼈지만 크게 신경 쓰지 않았다.

그리고 다시 처음으로 돌아왔다. 그다음에는 일단 블랑쉬엘의 영혼을 되찾았다는 사실이 기뻐 블랑쉬엘을 되돌릴 방법을 열심히 생각했다. 복수에는 이제 완전히 손을 뗐으니 멸망할 일이 없을 것이라고 생각했다. 블랑쉬엘을 되돌리는 방법은 쉬웠다. 백마력을 감당할 수 있는 다른 육체를 찾아 그녀의 영혼을 집어넣으면 그만이었다.

드래곤은 나와 그녀 딱 두 마리였기 때문에 타 대륙에서 용의 알을 구해와 그녀를 살리려 했다. 나는 곧 내 평온한 일상을 되찾을 수 있을 거라는 생각에 너무도 신이 났다. 그러나······.

"미친놈들! 미친 것들! 광폭한 짐승들!"

이젠 다신 볼 수 없을 거라고 생각했던 헤스티아가 사뭇 다른 대사를 꺼내며 산에 올라오고 있었다. 그리고 기어코 내 레어를 찾아들어왔다. 헤스티아는 나를 발견하자마자 기쁘고 놀라 방방 뛰더니 짤막한 사과의 인사를 전했다. 몇 번이나 이마를 땅에 박고 절하다가 고개를 들어 쌍욕을 시작한다.

"드래곤이시여! 망나니들이 세상을 망치고 있습니다. 지금 산 아래는 불바다입니다! 대피하여 주십시오! 아니, 그들을 제발 말려주십시오! 이 모든 것의 배후가 느와르엘 님이라고 들었습니다. 중간에 왜인진 모르겠지만 마음을 돌리신 것 같아도! 마음을 돌리신 거면 그들을 제발 말려주십시오!"

내가 복수에서 손을 떼자, 뜬금없이 나타난 애들이 알아서 내 계획을 진행해 주고 있었다. 그녀의 말에 레어를 나와 산 아래를 바라보았다. 정말로 모든 것이 불바다였고 실로 총체적 난국이었다. 누가 이 일을 주동했는지 보니 내가 죽이려고 혼심을 다했던 그 네 명이었다. 죄 없는 사람들이 나와 인간들의 싸움에 휘말려, 돌이킬 수 없는 상처를 입었는지 제대로 망가져 있었다.

나는 머리를 짚으며 인상을 썼다. 그 뒤로도 원치 않은 제국 멸망은 계속되었다. 블랑쉬엘을 살리려다가 계속 흐지부지되며 처음으로 돌아왔다. 덕분에 나는 꽤 절박해졌다.

나는 그들을 돌이켜보려고 수도 없이 노력했다. 하지만 힘이 어느 정도 쌓일 때까지 계속 산속에 널브러져 있어야 했기에 나는 복수 이외의 일들을 시도하기에는 한계가 있었다. 그럼에도 나는 최선을 다했다.

일단 황실이 온전해야 한다는 것이 첫 조건이었다. 그러나 황실을 무너뜨리는 건 언제나 황태자, 하일리 오르드 이아네스였다. 황제, 황후를 처참히 죽이고 피의 황제가 되어 자기 제국을 말아먹는다. 그래서 그의 영혼을 끄집어내어 다른 곳에 보내보았다. 하지만 소용 없었다. 드보아스의 시간 마법진이 움직이면 다시 원상 복구되었기 때문이었다.

몬스터들의 힘을 약화시켜 그들 때문에 죽는 사람들의 수를 줄여 보기도 하였지만 소용없었다. 그들이 알아서 사람들을 죽였기에.

지금까지 준비해 놓은 것들을 모두 철회해 보았다. 아우그란 아카데미의 문을 닫고, 초대 황제의 몸을 땅에 묻어두었다. 그러나 이브네스가 어떻게든 내 계획이 실행되도록 빈 공간을 채워 넣어 결국 인간을 파멸에 이르게 했다.

다른 애들은 그렇다 쳐도 애초에 스완하덴이 이 세상에 존재하는 이상 파멸은 피할 수가 없었다. 돌이킬 수 없을 만큼 비뚤어진 그는 무자비한 학살과 고문으로 많은 사람들의 정신을 돌게 했고, 그 정신이 돈 사람들은 더 큰 혼돈을 불러일으켰다.

"으아아악!"

"끼야아악!"

헤스티아와 나는 절망에 빠졌다. 이번에도 멸망의 냄새를 맡아 산으로 올라와 내 도움을 구하려 한 그녀는 그들이 어떻게 제국을 멸망으로 이끌었는지 상세하게 설명해 주며 그들을 욕했고, 나는 나아지지 않는 상황에 머리를 붙잡고 소리를 질렀다. 그녀도 잔뜩 괴로워하며 소리를 질렀다.

"내가 뭘 더 어떻게 해야 하는 거야!"

질렸다. 숨이 막혔다. 바닥에 머리를 쾅쾅 박으니 헤스티아가 그러면 자신도 머리를 박아야 할 것 같다며 나를 일으켰다.

나는 그 누구라도 붙잡고 싶은 마음에 헤스티아에게 이 모든 상황을 설명해 줬다. 헤스티아는 내 모든 말을 헛소리로 치부하지 않고 진지하게 들어주다가 눈을 동그랗게 떴다. 자신이 이전에도 산에 올라온 적이 있었다는 걸 알게 되자, 신기해하던 그녀는 턱을 긁으며 중얼거렸다.

"지금 상황이 너무 꼬여 있는 것 같아요. 조금만 왼쪽으로 움직이면 옆 사람의 오른발이 꼬이고, 오른쪽으로 움직이면 앞사람의 팔이 뒤틀어지는 느낌?"

헤스티아는 아무 생각 없이 한 말이었지만 모든 방법을 시도해 보고 더 이상 방법을 떠올릴 수 없었던 나에게 그녀의 그 말은 가뭄에 단비와도 같았다.

모두 실에 엉켜 있는 것 같았다. 이 일과 관련 없는 다른 3자가 그 실을 와서 끊어주면 결말이 바뀔 수도 있을 것 같았다. 물론 하나의 가설일 뿐이었고 효과가 있을 거라고 확신할 수는 없었지만 일단 뭐라도 해봐야 했다.

다시 세상이 처음으로 돌아갔다. 이번에 나는 힘을 모으자마자 마땅한 영혼을 찾는 데에 힘을 썼다. 허공에 틈새를 만들고 영혼의 강을 뒤적이며 제국이 또 멸망하는 날까지 기다렸다. 다음 턴이 되기 전까지 마땅한 영혼을 찾아두면 좋을 것 같아 타 차원의 영혼들을 위주로 뒤적거리고 있었다.

영혼을 들어 올리면 동그란 불 모양이 곧 그 사람이 전생에서 쓰던 육체의 모습으로 희미하게 변한다. 이번에 건져 올린 영혼은 5살 꼬마 아이였다. 하지만 이걸 감당하기엔 너무 어린 것 같아 다시 강에 집어넣었다. 다시 손을 집어넣고 영혼을 건져 올렸더니 전생에서 살인을 저지른 기록이 있던 사람이었다. 나는 다시 영혼을 강 속으로 집어넣었다.

이 짓을 계속 반복하며 마땅한 사람을 찾았지만, 내 마음에 들만한 흡족한 사람이 없었다. 다들 몇 퍼센트씩 부족했다.

그때 갑자기 내 등 뒤에서 손이 하나 툭 튀어나와 영혼의 강 쪽에 들어갔다. 인기척조차 느끼지 못했다는 사실에 한 번 놀랐고, 그 사람이 드래곤들만 손을 댈 수 있는 영혼의 강에 손을 넣은 것에 두 번 놀랐고, 그 사람이 스완하덴인 것에 세 번 놀랐다. 헤스티아밖에 안 올 줄 알았는데, 갑자기 스완하덴이라니. 지금쯤 저 밑 혼돈 속에 신나서 사람들과 몬스터들을 막 죽이고 있어야 할 놈이.

스완하덴은 평소와 별다를 것이 없어 보였다. 똑같이 맛이 간 눈동자에, 가리지 않아 훤히 보이는 잔 상처들. 잔혹하고 위험한 분위기. 딱 한 가지 다른 점을 꼽자면 그는 조금 지쳐 보였다. 졸려 보이는 것 같기도.

스완하덴은 고민도 없이 불쑥 한 영혼을 꺼냈다. 그 영혼은 내가 아까 한 번 거른 영혼이었다. 너무 힘들게 살아서 도와달라고 부탁하면 비협조적일 것 같았다. 애초에 딱 자신의 것만 챙기는 사람이었기에 이 일과 어울리지 않다고 생각했었다.

영혼이 영혼의 강 밖으로 나오자 전생에 살던 모습으로 흐물흐물한 형태가 잡혔다.

"······."

스완하덴은 그 영혼을 안아 들고 멀거니 바라보고만 있었다. 광기 어린 눈동자로 영혼을 곧 부술 듯 그러쥐고 있었다. 그가 짓는 표정은 나도 처음 보는 표정이었다. 살짝 당혹이 어린 표정. 난감한 표정. 그러다가 그는 그녀를 껴안아 든 채 곧 뭐가 그렇게 재미있는지 입꼬리를 들어 올리고 미친 듯이 웃음을 터뜨렸다. 광기가 어려 있어 조금 섬뜩했다. 제대로 미친 건가.

영혼이 부서질 것 같아 냉큼 그에게서 영혼을 뺏었다. 계획에 없는 영혼의 소멸은 한 차원을 없앨 수 있을 만큼 피해가 컸다. 벌렁거리는 반쪽 심장을 가다듬고 그가 택한 영혼을 바라보았다. 지구라는 세계의 영혼이었다. 동쪽에 사는 아이인지, 머리와 눈동자가 검었다.

"걔를 슈라이나 속에 넣어."

영혼을 빼앗긴 그는 아직도 끌끌 웃으며 섬뜩하게 웃고 있었다. 블랑쉬엘은 분별없이 짓는 내 미소가 참 섬뜩하다고 했었는데 얘는 나보다 더 심했다.

그나저나 뭐라고 한 거지. 이 영혼을 슈라이나에게 넣으라고?

"좋은 걸 알려준 대가로 흑마법으로 나 좀 죽여."

그가 탁한 웃음으로 말했다. 얘가 어디서부터 어디까지 알고 있는지는 잘 모르겠다. 블랑쉬엘을 그대로 넣은 것 같은 보석안이 무심하게 나를 쳐다보고 있다. 스완하덴은 내가 당장 자신을 죽여주기를 원했지만 나는 그를 죽이지 않았다.

내가 그를 죽이지 않자, 스완하덴이 몸을 움직여 나를 죽이려고 하기에 어쩔 수 없이 그에게 손을 뻗었다. 스완하덴은 별 반응 없이 자신을 죽이려 하는 내 손을 바라보다가 즐겁다는 미소를 지었다.

분노에 몸을 맡긴 채 그를 죽일 때마다 보았던 미소였다. 스완하덴은 항상 죽을 때마다 저런 표정이었지.

블랑쉬엘과 닮아놓고서 고통에 젖은 그의 모습을 보니 왠지 마음이 아파 고통 없이 죽였다. 그를 바닥에 널브러뜨려 놓고 축 늘어진 팔에 아까 그가 골랐던 영혼을 끼워 넣었다. 그 영혼을 바라보는 눈동자에서 뒤틀린 애정이 느껴졌기 때문이었다. 좀 비뚤어진 형태이긴 했으나, 그래도 나름 첫 긍정적인 감정이었다. 접점이 전혀 없어 보였는데, 예전부터 그 영혼을 잘 알고 있는 것 같았다.

아직 미약한 숨이 붙어 있는 스완하덴은 품속의 영혼을 바라보더니 팔을 안으로 굽혀 그 영혼을 더 가까이했다. 너무 세게 쥐어 영혼에 금이 갈 뻔했으나 그 전에 그의 숨이 끊겼다. 그렇게 그는 또 죽었다.

다시 땅이 진동하기 시작했고 모든 것이 또 처음으로 돌아갔다.

이제 뭘 해야 할지 알았다. 일단 그 영혼을 이 세계로 환생시키기 전에 현재 상황에 대해 알려야 했다. 그래서 그 영혼에 대해 조사했다. 이름은 한예안이고, 동생들이 몇 명 있었고 평생 일만 하느라 바빠 보이는 아이. 어떻게 자연스럽게 이 세계를 알릴까 생각하다가, 문득 그녀의 유일한 유흥이 로맨스 소설이라는 걸 알게 되었다.

로맨스 소설을 통해 이 세계를 알려야겠다 싶었다. 이번에도 산으로 올라와 조잘거리는 헤스티아를 바라보며 또 까먹을 테지만 상황을 설명해 줬다.

헤스티아는 내 일에 아주 적극적이었기에 자신이 꼭 책을 쓰겠다고 했다. 망나니 같은 사람들을 자신과 엮으면서 꽤 괴로워 보였지만 그래도 그녀는 묵묵히 소설을 써 내려갔다.

이 세계의 상황을 알려야 하니 최대한 피폐하게, 스토리 위주로 적으라고 했다.

"제국의 멸망을 막는 사람이 슈라이나라고요?"

헤스티아는 그 사실이 퍽 마음에 들지 않는 것 같았다. 어지간히도 슈라이나와 사이가 좋지 않은 것이다. 그러나 헤스티아는 투덜거리면서도 소설을 잘 써주었다.

그렇게 모든 준비가 끝났다. 솔직히 반쯤은 도박이었다. 어떤 결과가 나올지는 예상도 못 하겠다. 걔가 전생의 기억을 되찾아 어떤 식으로 그 극악무도한 애들을 바꿔나갈지 상상조차 되지 않는다.

손과 발을 잘라 그들을 억압할까? 이계인인 만큼 꼼수를 써서 한 방에 이 사달을 멈출까? 그들을 꽁꽁 묶어 아무 짓도 하지 못하게 가두지 않을까. 나는 잘 모르겠다. 그냥 일을 저질러 놓고 결과를 볼 뿐이다. 중간중간에 개입해서 상황을 봐야겠지만.

나는 레어의 밖, 전망이 잘 보이는 곳에 앉았다.

구름 뒤로 해가 숨으면서 하늘이 붉게 변했다. 괴성이 이 위에까지 울려 퍼진다. 하늘과 땅의 색이 같아지는 것 같은 착시 효과가 난다. 턱을 괸 채로 나는 그 광경을 무심하게 바라보다 입술을 물었다.

다시 한번 시간의 마법진이 역 시계 방향으로 움직이기 시작하며 작은 진동이 세상에 일었다.

segue.

이어서

a due.

외전

오작교는 싫습니다 4

초판 1쇄 발행 2019년 7월 8일
초판 4쇄 발행 2021년 11월 30일

지은이 윤지원(살오른곱등이)
펴낸이 최재호
펴낸곳 주식회사 에이템포미디어
편집 디자인 s:now* **표지 디자인** Limjae
교정 교열 에이템포미디어 출판부

등록번호 2019년 2월 27일 제 2019-000012호
주소 경기도 부천시 조마루로385번길 92, 부천테크노밸리U1센터 726호
전화 070-4100-0600
전자우편 atempo_media@naver.com
블로그 http://atempomedia.com

잘못된 책은 바꿔드립니다.

ISBN 979-11-6428-052-0